Scarlet
스칼렛

www.bbulmedia.com

바다는 창문을 열고

SCARLET
ROMANCE
STORY

바다는 창문을 열고

기 진

장편 소설

contents

프롤로그

워낙 남쪽이라 한겨울에도 크게 온도가 떨어지지 않긴 했지만 그날은 가을 중에서도 유난히 더운 날이었다. 해가 슬슬 저물 기미를 보이고 있었다.

열다섯 살이던 정아는 그때 앞서가던 남자의 뒷모습을 정확하게 기억했다. 얇은 책을 한 손으로 들고, 다른 손으론 글을 한 줄씩 가리키며 읽던 세 살 위의 도시 소년. 큰 키에 교복도 머리도 언제나 단정한 상태를 유지하던 소녀의 첫사랑.

그가 언제 서울로 돌아갈지 알 수 없었다. 정아는 연락처를 물어봐야 한다고 계속 생각했지만 그 말이 쉽게 나오지 않았다. 세 살이나 많은 오빠라서. 그는 정아를 마냥 어린아이 보듯 할 뿐이었다. 지금에 와서 생각해 보면 그런 그의, 신희의 태도가 당연했지만 그때는 그게 잠이 안 올 만큼 서러웠다. 정아는 열다섯 살에 이미 키가 다 자라서 성인이 된 지금의 그녀와 비슷했다. 그러니 속도 다 자랐다고 생각했었다.

　모래사장을 천천히 걸어가며 책을 읽던 그를 생각하면 깔끔하게 머리칼을 정리한 유독 하얀 뒷목이 떠오른다. 그리고 그를 제외한 세상은 노을에 물들어 온통 금빛이었다.

　정아는 그의 뒤를 따라 자전거를 끌며 흘깃흘깃 신희의 뒷모습을 보다가 괜히 찔려서 딴청을 했다. 그러다가 키가 한참 큰 그와 보폭이 차이 나 거리가 벌어지자 몇 걸음을 달려 신희를 따라잡았다. 소녀가 달리는 발소리에 앞서가던 신희가 웃느라 어깨를 들썩였다. 그러던 그가 갑자기 뒤를 돌아보는 바람에 정아가 놀라 자리에 멈춰 섰다. 그가 그 작고 하얀 얼굴로 물었다.

　"좀 천천히 걸을까?"

　따라가고 있는 걸 알았나 보다. 놀란 정아가 고개를 푹 숙이더니 자전거를 인도로 끌고 가 잽싸게 올라탔다.

　얼른 페달을 밟아 도망치다가 힐끔 뒤를 돌아보니 신희가 당황해 손을 뻗었다가 내리고 있다. 그 모습을 본 정아가 얼마 못 가 자전거를 멈추고 내려섰다. 귀 끝까지 빨개진 그녀가 가만히 서 있자 신희가 천천히 걸어왔다. 그리고 자전거에 달린 바구니에 책을 넣어 준다.

　"읽어. 너 줄게."

　"준다고? 왜?"

　정아가 묻자 신희가 다시 앞장서 걸으며 말했다.

　"너 귀여워서."

어린애 대하듯 하는 걸 알고, 정아의 빨개졌던 얼굴이 이번엔 붉으락푸르락한다. 신희가 준 책도 펼쳐 보니 심지어 동화책이다.

누군 남자로 좋아하는데, 어린애 대하듯. 중학생한테 동화책이 웬 말인가!

심술이 나서 첫 장을 폈는데, 생각보다 꽤 재미있었다. 정아가 제자리에 서서 책을 읽자 앞서가던 신희가 뒤를 돌아본다.

나름 중학생이라고 교복 입고 돌아다니는 정아가 신희의 눈엔 그저 귀여웠다. 햇빛을 가리고 다니지 않아 여름 내내 까맣게 탔다. 올해 초만 해도 초등학생 같았는데, 이제 좀 중학생 티가 난다. 그래 봤자 꼬마지. 저렇게 어린 꼬맹이도 크면 여자가 될까. 신희가 팔짱을 끼고 잠깐 고개를 기울였다가 소리 죽여 웃었다.

그럴 리가 있나, 싶었다. 저 애는 평생 가도 꼬맹이일 것 같다.

정아가 책장을 넘기다가 문득 바람이 세차게 불어 고개를 들었다. 아니다. 어쩌면 그 바람에 커진 파도 소리 때문이었을지도 모르겠다.

신희가 안 가고 그녀의 앞에 여전히 서 있었다.

"천천히 읽어."

"……."

"기다릴게."

그가 미소를 지으며 말했다. 첫사랑 중인 소녀에게 아주 치명적인 미소였다. 태어나서 저렇게 예쁘게 웃고, 다정하게 말하는 남자는 처음 보았다. 그가 웃고, 말하는 모든 순간이 소녀에게는 설렘이었고, 아플 정도의 짝사랑이었다.

정아가 책을 탁 덮어 다시 바구니에 넣었다.

"집에 가서 읽을래."

"그래. 그렇게 해."

"고마워. 오빠."

그리고 자전거를 끌며 다시 해변을 걸었고, 그 남자애도 멀찍이 떨어져 걸었다. 정아는 자기가 읽었던 부분을 신희에게 물어보고, 신희는 부드러운 말투로 대구를 했다.

아무것도 하지 않았던 그 순수한 시간은 정아 인생에 가장 행복한 순간이 되어서, 마치 녹화해 놓은 영상처럼 종종 머릿속에 띄워 보곤 했다.

정아는 아직도 그 책을 가지고 있었다. 부모님이 그녀를 잠깐 이모네 집에 맡겼을 때에도, 서울로 대학을 갔을 때에도 가지고 다녔다.

한여름에도 장사가 잘되지 않는 해수욕장보다 한 정거장 먼저 내리면 읍내가 나왔다. 읍내에서 15분 정도 걸어 올라가면 민가가 있는데 거기 이재하 시인의 문학관이 있다. 정아가 여기서 먼저 일하고 있던 직원, 소하에게 말을 걸었다.

"저기 할아버지들 계속 계셔도 되는 거예요?"

아직 취직한 지 삼 일밖에 되지 않은 그녀가 난감해하며 문학관 로비를 가리키자 소하가 대수롭지 않게 말했다.

"여기 가끔 동네 분들도 오셔서 쉬실 거예요. 정아 씨한테 크게 잔소리만 안 하시면 그냥 두세요."

"아. 네. 그럴게요. 고마워요."

정아가 너무 깍듯하게 말하자 소하가 불편해 죽겠다는 듯 몸을 이리저리 꼬며 말했다.

"어차피 둘밖에 없으니까 그냥 말 편하게 할까요? 관장님도 신경 안 쓰세요. 원래 있던 직원 언니는 저랑 여섯 살 차이였는데도 편하게 지냈거든요."

그녀가 쿨하게 말하자 정아가 웃으며 고개를 끄덕였다.

"그럼 그럴까요?"

"응. 동갑이잖아요. 아. 이따 점심 먹을 때 카페 알려 줄게. 커피 필요하죠?"

"엄청 필요하죠. 못 마시면 좀비가 돼요."

정아가 투덜거리자 소하가 즐겁게 웃는다. 일에 관한 건 어려울 것이 하나도 없었다. 정아는 취업이 확정된 날 받은 프린트에 적힌 이재하 시인의 이력, 문학관 역사 등을 이미 달달 외운 상태였다.

관장 하나와 직원 두 명도 많은 것 아닌가 싶을 만큼 한적한 공간이었다. 문학관은 언덕 위에 있어 창밖으로 바다가 보였다. 소하가 창밖으로 바다를 바라보는 정아에게 말을 걸었다.

"쭉 서울에서 살았어?"

선배인 그녀가 먼저 말을 놓자 정아도 조심스레 말을 놓았다.

"아니. 나도 이 근처 사람이야. 버스로 한 시간쯤 떨어진 곳."

"그래? 잘됐네. 집 가까워서."

정아가 대답 없이 미소만 지었다. 본가에 갈 일이 별로 없을 거라는 말은 굳이 하지 않았다.

인적이 드문 곳이라 한동안 직원이 구해지지 않아 외로웠다며, 소하는 재잘재잘 자기 이야기를 늘어놓았다. 동갑내기가 들어왔는데 지난 삼 일간 서먹하게 지낸 게 억울했던 소하가 폭발적으로 수다를 떨자, 정아도 긴장이 풀려 같이 이야기를 나눴다. 대학 다닐 때 이야기며, 졸업하고 일하던 영어 학원 이야기도 했다. 정아의 대학 생활은 아르바이트의 연속이었다. 그중 영어 학원 강사 일이 잘 맞아서, 졸업 후에도 그 일을 했다. 꽤 이름이 알려져서 돈도 웬만큼 벌었다.

생활력 강한 그녀의 이야기에 소하의 입이 떡 벌어졌다.

"우와. 그럼 학비랑 생활비 다 네가 번 거야?"

"응. 다신 못 해. 진짜."

정아가 생각하기도 싫다는 듯 부르르 떤다. 소하가 감탄했다.

"대단하다. 난 졸업하고도 용돈 받으면서 살았는데. 그러고도 취업이 잘 안 돼서 이렇게 시골까지 왔……다고 하면 짜증 나지? 여기 사람이라며."

"아니. 시골 맞지 뭐. 근데 이 정도면 번화가야. 우리 동넨 더 시골이거든."

"윽. 진짜?"

"응. 나 처음에 서울 갔을 땐 어떻게 이렇게 어딜 가나 사람이 많나 싶더라. 그래서 동기들이랑 맨날 사람 구경 했잖아."

온도가 뚝 떨어진 수요일, 문학관에는 관람객이 한 명도 오지 않았고 덕분에 둘은 내내 수다를 떨었다.

소하는 정아보다 삼십 분 먼저 출근해 문학관을 열고, 삼십 분 먼저 퇴근했다. 혼자 뒷정리를 마친 정아가 창가로 향했다.

파도 소리처럼 들리던 것이 실제로 파도 소리였다. 서울에 간 이후에도 가끔 차가 지나가는 소리를 파도 소리로 착각하곤 했다. 싫어하는, 그러면서도 사랑하는 바다.

정아가 창문을 닫고 문단속을 했다. 다시 바다로 돌아오고 말았다.

* * *

"야. 너처럼 생기면 인생이 어떠냐?"

현수가 짐짓 심각한 표정으로 물었다. 면적만 넓었지 사람은 얼마 살지 않는 어느 면(面)의 보건지소. 공중보건의로 근무 중인 신희가 팔짱을 끼고 뒤로 기댔다.

"뭐. 피해는 안 주지."

"와, 건방진 자식."

현수가 몸서리쳤다. 신희의 진료실 책상 위에 알록달록한 단지가 있고, 그 안에 아기들 먹으라고 가져다 놓은 사탕이 들어 있었다. 디자인에 센스가 없는 신희가 직접 고른 단지는 좋게 말해 알록달록이지, 사실 조잡스러웠다. 현수가 사탕을 또 꺼내 먹자 신희가 핀잔했다.

"이 썩는다."

"봐 봐. 사탕 몇 개 집어 먹었다고 구박하는 거. 이런 쫌생이에 결벽증 환자가 뭐가 이쁘다고 여자애들이 너만 보면 난리냐고."

신희는 남들보다 일 년 일찍 대학에 들어갔기 때문에, 그의 동기인 현수는 한 살이 많았다. 학교 다닐 때부터 가장 친하던 동기였다. 군의관인 현수의 부대가 하필 여기서 한 시간 남짓 떨어진 곳이라 툭하면 술 먹자고 신희를 찾아온다.

귀찮기는 해도 신희의 좁디좁은 인간관계에 몇 없는 절친이었다. 같이 술집을 가는 대신, 집에서 안주를 해 먹어야 되는 불편함을 이해해 주는 친구였다. 현수가 사탕을 우물거리며 물었다.

"근데 연애는 왜 안 하냐?"

"못 하는 거지."

신희가 속눈썹이 긴 눈을 천천히 내려 감았다. 더 말하기 싫어하는 그의 표정을 깨끗이 무시하고, 현수가 물었다.

"결벽증 때문에?"

"응."

그가 다시 눈을 떴다. 바닷가의 밝은 태양이 눈이 아프도록 진료실로 스며든다. 곧 할머니 한 분이 들어오자 현수가 눈치껏 진료실에서 나갔다.

인구가 많지 않은 동네에 삼 년 가까이 있으니 이제 환자들 대부분이 눈에 익었다. 영순 할머니는 항상 무릎이 너무 아프다고 울상이셨는데 오늘 유난히 표정이 밝았다. 신희가 영순에게 물었다.

"무릎 좀 어떠셨어요?"

"좋아. 오늘은 덜 아파. 그것 때문에 온 건 아니고."

영순이 손으로 오밀조밀 만든 도시락을 신희의 데스크에 내려놨다.

"혼자 사니까 밥 잘 챙겨 먹으라구."

음식 통에서 고소한 참기름 냄새가 물씬 풍겼다. 손맛 하난 좋다는 자부심을 젊어서부터 가지고 사셨다는 말을 하신 것이 떠올랐다. 신희가 목구멍으로 치미는 구역질을 억지로 삼켰다.

"감사합니다. 잘 먹을게요."

"의사 양반, 건강 잘 챙겨. 혼자 산다고 대충 끼니 때우지 말고."

"네. 그럴게요."

영순이 필요하다던 약만 진단받아 떠나고 얼마 후. 신희가 도시락 통을 챙겨 들었다. 속이 뒤틀리는 것 같다. 모든 신경이 이 도시락 통에 있었다. 신희는 진료실 옆에 있는 작은 주방으로 걸어갔다. 그리고 음식물 쓰레기통을 열어 도시락 안의 내용물을 전부 쏟아부었다. 그러고 나서야 싱크대를 붙잡고 헛구역질을 했다.

공중보건의로 오기 전, 4주 훈련 때에는 정말 굶어 죽을 뻔했었다. 남이 해 준 밥을 먹는 것이 힘들었다. 입에 정체불명의 음식을 넣는 것이 역겹다. 독이 들어 있을지도 모른다는 강박이 들었다.

그나마 남자들이 한 밥은 어떻게든 삼켰는데, 여자가 한 밥은 여전히 삼킬 수가 없다. 삼키기는커녕 냄새만 맡아도, 아니 심지어 보기만 해도 썩은 음식 냄새를 맡은 것처럼 역겨웠다.

먹은 것이 없어 헛구역질을 하던 신희가 자리에 주저앉았다. 불도 안 켜고 있었다. 그가 열린 문 쪽으로 무심코 고개를 돌렸다가 숨이 턱 막혀 그대로 굳었다. 되돌아왔던 영순이 주방 맞은편, 개방 화장실을 가리켰다.

"아, 아니 변소 좀 가려고……."

그러더니 얼른 화장실 안으로 들어가 버렸다. 신희는 뭐라 말도 못하고 허탈한 표정으로 할머니의 뒷모습만 보고 있었다.

　　　　　　■　　■　　■

정아는 문학관 일에 금방 익숙해졌다. 소하의 말대로 이재하 시인의 문학관 로비는 동네 사랑방이었다. 선선하게 에어컨이 돌아가는 곳에 할머니, 할아버지들이 앉아 계셨다.

여전히 관람객이 그리 많지 않은 곳이다. 퇴근을 하기 위해 노트북을 끄고 뒷정리를 하는데 근처에서 떡갈비집을 하는 봉단 할머니가 데스크 앞으로 오신다. 정아는 봉단이 들고 있는 커다란 택배 상자에 놀라서 두 손을 뻗어 상자를 받쳤다.

"이걸 여기까지 들고 오셨어요?"

"어디서 온 건지 알 수가 있어야지…… 글씨를 못 읽으니."

봉단이 상자에 쓰여 있는 주소와 발신인을 가리켰다. 정아가 그것을 읽으며 말했다.

"양평에서 왔네요."

"양평? 양평에서 뭐가 왔나."

"김미순 님한테서 왔고 홍삼이래요."

"아. 우리 큰며느리한테서 왔네."

봉단의 얼굴에 금방 화색이 돈다. 정아가 가방을 꺼내며 말했다.

"저 금방 다 끝나니까 잠시만 기다려 주세요. 가게까지 제가 들어다 드릴게요."

"어휴, 안 그래도 돼! 내가 들고 왔는데 내가 들고 가야지."

"딱 오 분만요!"

정아가 고집을 부리더니 더욱 부산하게 뒷정리를 했다. 동네에 글씨를 읽지 못하는 할머니들이 꽤 계셨는데 다들 약속이라도 한 듯이 편지나 택배가 오면 이 문학관으로 가져오셨다.

이 문학관이 기념하는 1934년생 이재하 시인은 이 지역에서 태어나, 대학을 졸업하고 모교에 교수로 있다가 고향으로 돌아와 여생을 마쳤다. 시인은 말할 것도 없이 이 동네 최고의 지식인이었단다. 동네 사람들은 모르는 것이 있으면 당연하다는 듯이 이재하 시인에게 가져와 물었다. 그녀가 칠순도 못 넘기고 작고한 후에도 동네 사람들의 그 습관은 변하지 않아, 모르는 것이 있으면 시인의 생가인 여기 문학관에 와서 무엇이든 물어보곤 했다.

정아는 이재하 시인이 무척 다정한 사람이었을 거라고 생각했다. 그녀가 죽고 이십 년 가까운 시간이 흘렀어도 습관적으로 문학관을 찾아오는 사람들을 보면 그런 생각이 들었다.

문학관 뒷정리를 마치고 묵직한 택배 상자를 들어 봉단이 운영하는 떡갈비집으로 향했다. 가게에 도착하니 그 앞 그늘에 봉단과

동갑내기인 영순이 앉아 있는 것이 보였다. 봉단이 먼저 시무룩해 보이는 영순에게 다가갔다.

"영순아. 무슨 일 있어?"

봉단이 영순 옆에 같이 앉아서 묻는다. 영순이 말했다.

"요즘 내가 간을 잘 못 보나 봐. 음식 맛이 없어……."

정아가 영순이 앉은 곳으로 다가갔다. 그리고 두 손으로 무릎을 짚고 허리를 숙여 영순에게 말했다.

"왜요. 저 지난번에 할머니가 만들어 주신 호박범벅을 세 그릇이나 먹었는데."

타지에서 온 정아가 쓸쓸할까 봐 툭하면 반찬을 나눠 주셨는데 왜 갑자기 이렇게 서운한 말씀을 하실까. 정아가 의아해 고개를 갸웃거렸다. 수줍음 많은 영순이 더 말을 안 하자 봉단이 재촉했다.

"왜? 무슨 일인데?"

"내가 보건지소 의사한테 반찬을 해다가 줬는데. 나갔다가 변소 가려고 다시 들어가니까 쓰레기통에 버리고 있더라구."

그 말에 놀란 정아의 큰 눈이 더욱 커졌다.

"반찬을 버려요? 왜요?"

"그걸 내가 아나……. 그 의사 양반이 원래도 무뚝뚝해서. 속을 알 수가 없어."

영순은 손맛이 좋은 게 자랑이었다. 고향은 산이고 시집은 바닷가로 와서 육지 음식도, 바다 음식도 잘했다. 부끄럼을 많이 타서 자기 입으로 자랑은 잘 못 해도 옆에서 맛있다고 해 주면 대답

않고 배시시 웃었다.

정아는 마음이 아픈 다음에, 열이 받아 얼굴이 뜨거워졌다. 봉단이 말했다.

"그 양반이 좀 인간미가 없긴 하지."

"서울 사람 입에 안 맞았나 보네."

영순의 울적한 목소리에 정아가 분한 표정으로 말했다.

"웃기는 사람이네 정말! 할머니. 그걸 절 줘야지, 뭐 그런 사람한테 가져다주셨어요? 절 주셨으면 맛있게 먹었을 텐데! 할머니 음식이 얼마나 맛있는데요!"

옆에서 화를 내 주니 영순은 마음이 좀 풀려서 슬쩍 웃었다.

"의사 양반이 봐 주니까 그렇게 아프던 몸이 한결 나아서…… . 아직 먹을 만하지? 그래도 내가 밥해 온 세월이 얼만데. 젊은 사람이라 입맛이 까다로웠나 봐."

됐으니 이제 걱정 그만하라는 듯 말하셨지만 정아의 속은 조금도 풀리지 않았다. 손자뻘인 그 의사를 먹이려고 아픈 몸으로 열심히 만들어 가셨을 텐데 그걸 버리다니.

영순 할머니의 몸에서도 마음에서도 진을 쪽 빼 간 것 같아 마음이 욱신거렸다.

그 '보건지소 의사'라는 남자는 하도 숙소에만 처박혀 있어서 정아는 한 번도 그를 만난 적이 없었다. 이 작은 동네에서 그러기도 힘든데.

정아가 이 동네로 이사 온 후, 할머니들은 이 주변에 젊은 미혼 남녀가 얼마 없으니 둘이 한번 만나 보라고 권하곤 했다. 얼굴도 그렇게 잘생겼고 나이도 정아와 딱 세 살 차이라면서.

그런 할머니의 말들을 민망해하며 웃어넘기던 차였다. 그런데 기껏 만든 음식을 버렸단 이야기를 들으니 얼굴도 모르는 그가 미워진다.

그날 밤 정아는 깊이 잠을 이루지 못했다. 아무래도 한번 찾아가 보지 않으면 이 화가 안 풀릴 것 같았다.

═   ▆   ═

문학관은 월요일에 휴관했다. 정아는 화요일부터 토요일까지 근무하고, 일요일은 소하와 격주로 한 명씩만 문학관에 나갔다.

일요일 근무를 하고, 월요일 아침 느지막이 일어난 그녀가 하품을 하며 옥외 계단을 타고 아래로 내려갔다.

정아는 2층짜리 건물 옥탑방에 살았다. 이 2층짜리 건물에는 보육원이 있었다.

그녀가 들어오자 보육원 바닥 청소를 하고 있던 태진이 흘기며 말했다.

"또 왔어, 또. 젊은 애가 왜 맨날 여길 와."

태진은 오십 대 중반의 여의사로, 내내 해외에서 근무하다 이제 막 한국으로 들어왔다. 이 보육원에는 건강이 좋지 않은 아이들이 많아 지금은 잠시 여기 눌러살고 있었다. 조만간 지진 구호 활동을 위해 A국가로 떠나기 때문에 그 전까지만 이 보육원을 맡기로 했다.

어깨 조금 아래까지 오는 머리칼을 찰랑거리는 태진은 피부가 까무잡잡해서 무척 건강한 인상을 주었고, 실제로도 굉장히 체력이 좋았다.

정아가 능청스럽게 대답했다.

"전 우리 꼬맹이들 영어 가르쳐 주러 오는 거거든요?"

"으이구……."

태진이 또 '그럴 시간에 연애 좀 해라' 라며 잔소리하기 위해 준비 자세를 취했다. 그래서 정아가 잽싸게 말을 돌렸다.

"아. 그보다 태진 쌤. 어제 진짜 열 받는 얘기 들었어요. 영순 할머니 있잖아요. 가끔 보육원에 음식 가져다주시는."

"응. 알지. 엄청 수줍음 많은 할머니?"

영순은 종종 음식을 만들어 여기 보육원에 가져다주고, 아이들이 맛있게 먹는 걸 말없이 보기만 하다가, 그게 에너지라도 된 것처럼 힘이 난 걸음으로 떠나곤 했었다.

"그 할머니가 보건지소 의사한테 반찬을 만들어다 줬는데, 그걸 쓰레기통에 버리더래요."

차분히 말하려던 정아가 중간부터 울컥해서 언성이 높아졌다.

"말이 돼요? 부잔가……. 아니, 부자여도. 어떻게 할머니가 해주는 음식을 버려요?"

"그러게. 그 녀석 참 못됐네."

태진이 맞장구쳐 주면서도 속으론 내심 의아해했다. 정아는 원래 웬만한 것들에 웃으며 좋게, 좋게 넘어가는 타입인데 웬일로 저렇게 뿔이 났나. 사람 좋은 것도 지나치면 걱정거리였다. 늘 웃고 상냥한 그녀의 속에서 뭔가가 짓눌려 썩고 있을지도 모른다는 생각이 들어서.

태진은 처음, 열다섯 살의 정아를 만났던 때를 떠올렸다. 그때 정아의 몸에 있던 상처들이 아직도 마음에 남아 있는 것은 아닌지 걱정했었다. 저 애가 영영 화내는 법을 잊어버리기라도 한 줄 알고.

그 보건지소 의사에게는 화도 안 날 정도로, 태진은 정아가 화내는 모습이 반가웠다. 정아가 순한 두 눈을 부릅뜨고 말했다.

"그래서 저도 오늘 보건지소 가 보려고요."

한참 딴생각을 하던 태진이 문득 정신이 들어 놀란 표정을 지었다.

"보건지소? 오늘? 가서 따지게?"

"네. 왜 버렸는지 알아야겠어요. 영순 할머닌 맘이 약해서 화를 못 내시잖아요."

씩씩거리는 걸 보니 속이 많이 상했나 보다. 하여튼 저 남 생각하는 오지랖 반만 자기 걱정을 해도 옛날에 남자 친구가 생겼겠네. 태진이 속으로 생각하며 괜히 입을 삐죽거렸다.

신희는 며칠째 너무 잔소리를 들어 어지러울 지경이었다. 오늘도 아침부터 할머니 두 분이 오시더니 중얼중얼 잔소리를 하시는 것이다.

"그래서 그 할머니가 얼마나 서운해했는지 몰라. 떡갈비집 할머니랑 문학관 아가씨가 달래 줘서 그나마 좀 풀어졌지."

"……죄송합니다."

도시락을 버린 후, 영순 할머니와 눈이 마주쳤을 때. 신희는 온몸에 식은땀이 흘렀다. 해명해야 하는데 온몸이 굳어 움직이지 않았다. 동네가 얼마나 작은지 동네 사람들이 다 와서 한 소리씩 하신다. 진료를 받고 난 할머니가 말했다.

"그러니까 의사 양반. 문학관 아가씨랑 한번 잘해 봐."

"예?"

대화가 왜 또 거기로…….

말주변 없는 신희는 이럴 때마다 어떻게 넘겨야 할지 몰라 무척 난감했다. 할머니들이 종종 신희에게 문학관 아가씨를 만나 보라고 중매를 하시는 것이다. 이 동네 젊은 사람이 딱 둘밖에 없는 것도 아닐 텐데. 하긴 젊은 미혼 여자가 동네에 거의 없긴 했다. 젊은 여자들은 대부분 결혼해서 오게 된 이주 여성이었다.

"그렇게 착한 아가씨도 없어. 얼굴은 또 얼마나 예쁜데."

"네."

"의사 양반은 하도 무뚝뚝해서, 그런 사근사근한 아가씨가 딱이라니까."

"아. 그렇군요."

신희가 심심한 반응만 보이자 결국 할머니들도 포기하고 슬슬 자리에서 일어선다. 신희가 말을 덧붙였다.

"할머니. 큰 병원 꼭 가셔야 해요. 내과요. 알겠죠?"

그러자 알았다는 듯이 손만 휘휘 젓고 나가신다. 저러고 다음에 또 보건지소에 와서 '여기 의사 양반이 있는데 왜 큰 병원을가. 돈 아깝게.' 하실 것이 뻔하다.

보건지소는 한계가 있었고 신희의 전공이 아닌 과에서 해결해야 할 증상이 수두룩했다. 화술 공부를 해야 하나. 어떻게 해야어르신들을 병원으로 보낼 수 있을까.

잔소리와 죄책감에 시달리다가 점심시간이 되자 신희는 보건지소 2층으로 올라갔다. 그의 숙소는 사람이 산다는 것이 믿기지 않을 정도로 깨끗했다. 신희가 슬리퍼를 신고 베란다 건조대에 널어둔 빨래를 만져 보았다. 아침에 널어놓고 나갔는데 해가 워낙 좋아 벌써 다 말랐다.

점심 식사로 냉장고에 넣어 뒀던 주먹밥을 꺼내 전자레인지에 돌렸다. 그 잠깐 사이에 빨래를 걷고 식탁 앞에 앉아 점심을먹으며 공부를 했다. 이렇게 여유 있어 본 것도 정말 오랜만이다.

처음에는 보건지소 사람들이 같이 점심을 먹으러 가자고 했었지만, 신희가 외식을 못 한다는 것을 알게 된 이후 따로 밥을 먹는 것이 자연스러워졌다. 사람들과 어울려 밥을 먹지 못하니 친해지는 속도가 언제나처럼 더뎠다.

신희가 주먹밥을 다 먹고 책을 덮었다. 아직 시간이 좀 남아 담배 한 대를 물고 옥외 계단으로 나가는 문을 열었다.

거기 서서 담배를 피우는데, 멀리서부터 씩씩거리며 걸어오는여자 둘이 보였다.

"진짜 들어가게?"

소하가 정아를 붙잡으며 물었다. 길에서 우연히 정아를 만나서 어디 가냐고 물었더니 보건지소에 가서 의사와 따진단다. 동네 사람들을 다 도와주고 다녀서 오지랖이 넓은 건 알았지만 이 정도인 줄은 몰랐다. 소하의 걱정스러운 목소리에도 정아가 단호하게 대답했다.

"응. 따질 거야."

"네가 찾아가서 따질 일은 아니잖아?"

소하가 상식적으로 이야기하니 욱해 있던 정아가 조금 진정하는 기미를 보인다.

신희가 담배를 한 모금 더 깊이 빨고 재떨이에 비벼 껐다. 설마 싶어 계단 몇 개를 내려가서 정아의 얼굴을 확인하며 중얼거렸다.

"아니겠지."

아는 사람과 너무 닮아 당황했다.

신희가 1층에 내려갈 준비를 하기 위해 다시 방으로 들어갔다. 그사이, 정아가 말했다.

"그래도. 사과는 하라고 할 거야. 할머니한테."

"너도 진짜. 오지랖이 태평양이다."

소하가 포기했는지 한숨만 쉬었다. 정아는 영순 할머니가 유난히 애틋했다. 잠깐만 이야기해도 울컥 눈물이 날 정도로 고달픈 삶을 사셨어도, 굶주리던 자신의 어릴 때를 떠올리며 음식을 챙겨 보육원에 종종 찾아오시는 그 걸음이 자꾸만 떠올랐다.

"가 볼게. 내일 봐."

정아가 씩씩하게 인사하더니 보건지소 앞으로 향한다. 결국 소하는 한숨을 쉬며 바로 뒤에 있는 집으로 돌아갔다.

보건지소 건물 앞에는 트럭 몇 대가 있고 지역 이름이 적힌 깃발, 태극기, 보건지소 깃발 이렇게 세 개가 바닷바람에 흔들리고 있었다. 문 안으로 들어가니 한쪽에 금연 포스터가 있고 동네 사람들 몇 명이 로비에 앉아 쉬고 있었다. 정아가 지나가던 하얀 가운을 입은 여자를 붙잡았다.

"저기 죄송한데 혹시 여기 남자 의사 선생님 계세요? 키가 큰."

할머니들에게 들은 인상착의를 말하자 여자가 의아해하며 되물었다.

"네? 무슨 일이세요?"

"아, 그게……."

정아가 자초지종을 말하려던 때였다. 여자가 정아의 뒤를 가리키며 말했다.

"혹시 저 선생님 말하는 건가?"

그 말에 정아가 얼른 뒤를 돌아보았다. 언제 왔는지 그녀의 뒤에 할머니들 말대로 키가 엄청나게 큰 남자가 서 있었다.

정아가 입을 열었다가 다시 닫았다가, 멍한 눈으로 그를 바라보았다. 분명히 입구에 금연하자고 포스터까지 걸려 있는데 의사에게선 담배 냄새가 났다. 가글을 해서 산뜻한 향기가 나긴 했지만, 가운에 담배 냄새가 배어 있는 모양이다. 신희가 자세히 보지 않으면 알아채기 힘들 정도로 희미하게 웃었다.

"들어가서 말씀하시죠."

그가 말하며 진료실을 턱짓했다. 정아는 말문이 막혀 아무 말도 못 하고 고개만 끄덕였다. 그러자 정아의 뒤에 서 있던 여자가 물었다.

"이신희 선생님. 아는 분이에요?"

"아무튼 저 찾으러 오신 것 같긴 합니다."

신희가 담담하게 대답했다.

'이신희'라는 이름에 정아의 눈이 커졌다. 가운을 입은 여자는 "별일이네." 하며 어깨를 으쓱하더니 원래 제가 있던 진료실로 들어갔다.

정아가 커진 눈으로 신희를 올려다보기만 하자 그가 고개를 조금 숙여 물었다.

"나 찾으러 온 거 아니에요?"

"네? 아, 맞는데……요."

그가 맞을까. 마지막으로 본 신희가 열여덟 살. 14년이 지났다. 신희가 몸을 돌리더니 진료실로 들어가며 말했다.

"들어가서 얘기합시다. 그럼."

그의 뒷모습에 정아는 더욱 머릿속이 복잡해졌다. 첫사랑. 책을 읽으며 걸어가던 그 세 살 위의 첫사랑이다. 어릴 땐 그렇게 예쁘장하던 소년이 삼십 대가 되어서는 어른스러운 분위기가 물씬 풍겼다. 정아가 신희를 뒤따라 진료실로 들어갔다. 자리에 앉은 그가 모른 척 물었다.

"어디가 아파서 왔어요?"

"네? 아, 아픈 게 아니라……."

"아픈 게 아니면?"

신희가 되묻자 정아의 심장이 쿵 내려앉았다. 무슨 자신감으로 그에게 따지러 왔던 건지.

정아가 입술을 잘근잘근 깨물었다. 첫사랑일지도 모르는 남자와 단둘이 있는 이 진료실이 숨 막히고 불편했다.

그녀의 불편한 표정을 물끄러미 바라보던 신희가 물었다.

"반찬 때문에 왔어요?"

어떻게 알았지? 정아가 움찔했다.

"할머니가 얼마나 속상해하셨는지 알아요?"

그녀가 묻자 신희가 표정을 찡그리더니 대답했다.

"전 원래 남이 주는 거 안 먹습니다."

정아가 고개를 들고 남자의 얼굴을 자세히 살폈다. 신희의 얇게 쌍꺼풀이 진, 도시적이기 그지없는 눈이 그녀를 바라보고 있었다. 뭐하러 의사가 저렇게 잘생겼는지 모르겠네. 그 얼굴에 설레기는커녕 울컥 열이 받는다.

그는 어떨지 모르겠지만, 자신이 신희를 못 알아볼 리 없었다. 아프도록 좋아했던 내 첫사랑. 14년 전 어느 날, 인사도 없이 갑자기 사라져 버린 그 이신희.

나에게는 그가 아프도록 소중했는데, 그는 나를 기억이나 할지 모르겠다. 정아가 그런 앙금을 담아 추궁했다.

"왜요? 왜 안 먹어요?"

"알 거 없어요."

신희의 말을 들었는지 말았는지, 정아가 진지한 표정으로 협상안을 내놓았다.

"이렇게 해요."

"뭘?"

"할머니가 해 준 반찬을 먹었는데 너무 맛있었던 거예요. 그래서 아껴 먹으려고 그늘진 곳에 올려놓다가 바닥에 쏟은 걸로. 어때요? 영순 할머니한테 그렇게 말할게요."

평소 남자를 영 불편해하던 정아는 술술 말이 잘 나오는 제 스스로가 신기할 지경이었다. 신희의 마르고 하얀 얼굴 때문인가. 예쁜 피조물이지만 남자라는 생각이 잘 들지 않았다. 그가 고집스럽게 대답했다.

"싫습니다. 그랬다가 음식을 또 가져오시면 어떡해요. 남이 한 음식은 절대로 안 먹어요."

신희에게는 처음 겪는 일도 아니었다. 어차피 이런 식으로 사람들과 관계가 틀어진 것이 한두 번도 아니니, 잠깐만 이 죄책감을 참고 잊으려 노력하면 된다. 남들이 질색하는 눈으로 자신을 보는 건 이미 익숙했다.

애매하게 돌려 말해 봤자, 상대에게 더 큰 상처를 줄 뿐이었다. 악의가 느껴질 정도로 냉정한 신희의 말에 정아가 표정을 찡그렸다.

신희는 정아의 얼굴을 물끄러미 바라보았다. 너 혹시 내가 아는 그 꼬마 아니냐고, 물어볼 기회도 없이 관계가 나빠지고 말았다. 익숙한 절차였지만 저 여자가 만약 그때 그 꼬마 애라면. 그 애가 저런 눈으로 보는 건 좀 서운했다. 그래도 꽤 근사한 오빠로 기억되길 바랐으니까. 정아가 그를 흘기며 말했다.

"주변 사람들이 의사 선생님 싫어하지 않아요?"

신희가 담담한 표정으로 대답했다.

"그런 거 원래 신경 안 써요."

"괴짜……."

"누가 괴짜예요?"

신희가 괴짜란 말에 바로 반응했다. 이상한 놈이란 소리깨나 듣고 산 모양이었다. 정아가 인상을 썼다. 저 남자가 저렇게 못됐었나. 기억에 있는 첫사랑은 하얗고, 웃는 게 예쁜. 꽤 괜찮은 사람이었던 것 같은데. 아무래도 어려서 남자 보는 눈이 없었나 보다.

하긴 그때는 그럴 만했지. 마음이 상처투성이라 누가 조금만 보듬어 줘도 좋아하며 졸졸 따라다녔을 것이다. 어리고, 다쳐 있던 열다섯 살의 여자 아이는.

첫사랑에 대한 추억이 변색되는 기분이었다. 살면서 더욱 반짝여지고, 미화된 기억. 아무 말 없이 바닷가를 걷기만 해도 심장이 터질 것처럼 두근거리던 순수함을. 어른이 된 지금은 느낄 수 없는 건지도 모른다. 정아가 휙 일어섰다.

"말도 안 통하는데. 전 그냥 갈래요."

그녀가 일어서는 순간 신희의 손이 저도 모르게 정아를 잡으려 올라갔다가, 빠르게 내려갔다. 그가 서운한 마음을 애써 감추고 물었다.

"겨우 그거 말하러 온 겁니까?"

"네. '겨우' 그거 말하러 온 거예요."

정아가 단호하게 말하자 신희가 크게 쉬고 싶은 한숨을 깊은 심호흡으로 대신했다. 자신의 성격이 벌써 그녀를 짜증 나게 만든 모양이다. 신희가 말했다.

"여긴 환자가 오는 곳입니다. 진료가 급한 환자가 있으면 어쩌려고 내 근무 시간을 뺏어요?"

윽. 맞는 말이다……

정아는 양심이 찔렸지만 왠지 지고 싶지 않아서 신희 앞에 있는 의자에 다시 앉았다. 그러더니 두 손을 제 이마에 올리고 말했다.

"저 아마 열 날 걸요?"

아마 열이 나는·건 뭐람. 신희는 어이없는지 가볍게 한숨을 쉬고 적외선 체온계로 열을 쟀다. 그런데 진짜로 열이 있다.

"……진짜네."

체온을 확인한 신희가 혼잣말하자 꾀병이 들킬까 봐 겁먹었던 정아가 좀 더 당당해져서 말했다.

"거봐요. 저 감기 걸린 것 같아요."

"아, 해 봐요."

신희가 입을 연 정아의 목 상태를 확인하더니 말했다.

"목이 많이 상했네. 약 제때 챙겨 먹고 이틀 뒤에 다시 와요."

"네에."

정아가 건성으로 대답했다. 하여튼 이 동네 사람들은 대답 건

성으로 하는 게 특기다. 익히 당해 온 신희가 한 번 더 말했다.

"대충 대답하지 말고 진짜로 와요. 날도 풀렸는데 왜 감기에 걸립니까?"

속을 들키자 정아가 조금 주눅이 들어 대꾸했다.

"저도 출근해야죠. 게다가 하나도 안 아픈데……."

"오라니까요?"

신희가 정아에게 심각함을 표현하려고 살짝 인상을 썼다. 그게 또 은근히 섹시해서, 정아는 자신이었으니 망정이지 다른 여자였으면 벌써 그 반반한 얼굴에 넘어갔을 거라고 생각했다.

신희가 혼잣말하듯 중얼거렸다.

"할머님들이 문학관 아가씨 착하고 예쁘다고 꼬셔 보라고 했는데."

"으으…… 정말……."

"별로 착하지도 않네. 말도 안 듣고."

말을 안 듣다니, 누가 어린앤 줄 아나. 겨우 세 살 많으면서. 어릴 때나 커 보였지 지금은 별것도 아닌 차이다. 정아는 정말 별로 아프지도 않은데 왜 오라는지 몰라 억울한 표정이었고, 신희는 분명히 감기가 심한데 대수롭지 않게 여기는 정아가 답답했다. 오랜만에 재회한 둘은 할머니들의 예상과 달리 영 맞지 않았다. 정아가 불만스럽게 대답했다.

"제가 괜찮다니까요."

"안 괜찮다니까요."

"제 상태는 제가 잘 알거든요?"

그녀가 고집을 부리자 신희가 울컥해서 언성을 높였다.

"네가 의사야? 의사가 안 괜찮다잖아."

그의 말에 정아가 눈이 동그래져서 되물었다.

"알았어요. 오면 되잖아요. 근데 왜 반말이에요?"

"아. 미안해요. 아는 사람이랑 닮아서⋯⋯."

신희가 말끝을 흐렸다. 정아가 어딘지 억울해 보이는 커다란 눈으로 자신을 바라보는 바람에 실수했다. 그 까맣게 탔던 꼬마가 이제는 하얀 얼굴의 어른이 되었지만 그 맑은 눈만큼은 하나도 변하지 않았다. 문득 14년 전으로 돌아간 기분이었다.

그가 무안한 마음에 정아를 내보내려고 문 쪽을 턱짓했다.

"다음 환자분 들어오셔야 하니까 이제 그만 나가요."

"안 그래도 나가려고 했거든요?"

"이틀 뒤에 와요. 꼭."

정아는 입술을 삐죽거리며 진료실 밖으로 나갔다. 14년 만에 첫사랑을 만났는데 단숨에 설렘이 사라져 버렸다.

밖으로 나갔던 그녀가 벽에 붙어 있는 종이를 발견했다. 거기 보건지소 점심시간 안내가 적혀 있었는데, 그 내용에 의하면 점심시간이 끝나려면 아직 5분이나 남았다. 시계를 보며 망설이던 그녀가 다시 진료실 안으로 들어갔다. 그녀가 신희를 흘기며 말했다.

"아직 점심시간이잖아요. 환자분들 시간 뺏은 것도 아니네."

정아의 핀잔에 할 말이 없는지 신희가 대답이 없다.

"있잖아요."

그녀가 화났다는 듯 발소리를 크게 내며 걸어와 신희의 맞은편에 다시 앉았다. 그리고 불만으로 가득한 얼굴을 그에게 가까이 하고 물었다.

"나 누구 닮았는데요?"

그녀가 묻는데 신희는 정아를 마주 볼 뿐 말이 없다.

"네? 누구 닮았는데요."

"강정아."

신희가 혼잣말하듯 중얼거렸다. 아닐까 봐 걱정이 돼서. 네가 아닐까 봐 무서워서. 그녀의 이름을 입 밖으로 내기 힘들었다.

제 이름이 나오자 화가 나 있던 정아의 표정이 한 번에 가라앉았다. 그녀가 찬찬히 신희의 얼굴을 살피고, 입을 열었다.

"의사 선생님도 내가 아는 오빠랑 닮았어요. 심지어 이름도 똑같고."

"다행이네."

그제야 그녀의 존재를 확인한 신희가 한숨을 쉬듯, 말을 이었다.

"오랜만이다."

정아는 이제 어떻게 반응해야 할지 몰라서. 바로 대답하지 못한 채 신희를 바라보고만 있을 뿐이었다. 동네 할머니들이 낯가림이 심한 것 같다고 말했던 보건지소 의사 역시 빤히 정아를 바라보며 그녀가 대답하기를 기다리고 있었다.

"그러게요. 왜 이렇게 오랜만이에요, 도대체."

당신 생각. 참 많이 했는데. 왜 이렇게 어른이 되어서야 만났어요, 우리?

어떻게 살았어요?

묻고 싶은 게 많은데, 정아는 어쩐지 이 14년 만에 만나는 첫사랑과 마주 앉아 있다는 사실만으로도 눈물이 날 것 같았다. 입을 열면 뚜렷한 이유도 없이 울 것 같아서 그냥 입을 열지 않았다. 신희 역시 더 이상 아무 말이 없었다. 잠시 후 점심시간이 끝나 환자가 들어오자 정아는 말없이 보건지소를 나왔다.

영순 할머니에게 뭐라고 말씀드려야 하나. 그 원망스럽던 보건지소 의사가 나의 첫사랑이었다니. 머릿속이 복잡했다.

1
재회

    신희가 마취과를 선택한 이유는 마취과 의사가 항상 환자의 머리맡에 서 있었기 때문이었다. 언제나 수술대 위에 누운 환자의 얼굴이 거꾸로 보인다. 그때 몇 마디 대화를 나누지만, 대부분 의식이 소실될 때 의사의 얼굴을 잊어버렸다.

    환자들은 길에서 스쳐도 기억에 남을 만한 신희의 얼굴을 거의 기억하지 못했다. 언젠가는 그가 마취해서 수술했던 여자가 퇴근하는 신희를 보고 번호를 물어본 적도 있었다. 전신마취 후에 자가 호흡을 할 수 없는 환자를 숨 쉬게 하는 것마저 그의 일이었음에도.

    고맙다는 말도 듣지 못할 정도로 기억에서 사라져 버리는 그 일이, 그 사실이 신희는 좋았다. 그래서 마취과를 선택한 거니까.

    어차피 남과 관계를 맺어 봤자 오래가긴 힘들었다. 괴상한 사람으로 기억되기 전에 차라리 잊히는 것이 편했다.

오랜만에 만난 정아도 마찬가지여서, '오랜만이다.'라는 말을 하기도 전에 괴팍한 남자가 되어 버리고 말았다.

평소엔 괜찮았는데. 그게 익숙하다고 생각했는데 괜찮지 않았다. 그 애만큼은 자신을 기억해 줬으면 좋겠다고 생각했다. 14년 전의 기억 하나하나까지 전부 알고 있어 줬으면 좋겠다고 생각한 건 욕심이었을까.

오겠다고 대답했던 정아는 약속한 날 보건지소에 찾아오지 않았다. 오랜만에 만났는데 그동안 어떻게 지냈는지 궁금하지도 않나? 어떻게 이렇게 연락 한 번 없을 수가 있나.

이른 아침, 보건지소와 50m 정도 떨어진 버스 정류장에서 신희는 현수와 함께 그가 타고 가야 할 버스를 기다려 주었다. 저 진상 군의관은 왜 이렇게 가까운 곳에 발령이 난 걸까. 툭하면 찾아와서 피곤했다.

한쪽 주머니에 손을 넣고 다른 손으로 커피를 마시던 신희가 들고 있던 텀블러 안을 보았다. 뜨거워서 뚜껑을 열어 두었더니 커피 위에 막 피기 시작한 벚꽃 잎 하나가 떨어졌다. 그것을 본 현수가 호들갑을 떨었다.

"야야, 소원 빌어. 빨리. 떨어지는 꽃잎 잡으면 소원 이뤄지는 거 아니냐?"

"그럴 리가."

"싸가지 없는 놈."

신희의 칼 같은 대답에 현수가 툴툴거렸다.

"내가 너 보러 여기까지 와 줬는데, 인마. 다정다감하게 얘기 좀 해 줘. 너랑 놀고 있는데도 외로워."

"누가 와 달랬냐."

자기가 심심하니까 놀아 달라고 와 놓고, 이제는 안 놀아 준다고 징징거린다. 신희가 저렇게 냉정하게 대답할 줄 알았으면서도 현수가 짜증을 냈다.

"아오, 짜증 나. 이러니까 네놈이 친구가 없지. 내가 놀아 주는 걸 감사히 여기면서 나 있는 방향으로 매일 절해."

그 말에 신희가 감탄하며 말했다.

"대단하다. 형은 어떻게 아침부터 그렇게 말이 많냐."

"말을 말자, 말을 마."

둘은 대학을 다니는 내내 절친한 관계였다. 말은 저렇게 무뚝뚝하게 해도, 여기서 하루 묵은 현수를 위해 버스를 같이 기다려 주는 녀석이다. 저렇게 은근히 따듯한 구석이 있으니 신희의 쌀쌀맞은 태도에도 불구하고 그에게 반해 쫓아다니는 여자애들이 많았었다. 자신과 달리……

커피 위에 떠 있는 벚꽃 잎이 마음에 들었는지 가만히 그 움직임을 구경하던 신희가 현수에게 물었다.

"형. 병원 싫어하는 애들 있잖아."

"응."

"그런 애들 병원 오게 하려면 어떻게 해?"

신희가 진지하게 묻자 현수가 어깨를 으쓱이더니 대답했다.

"너 사탕 단지 있잖아. 사탕 준다고 해."

"아, 사탕. 그러게."

신희가 고개를 끄덕였다. 그러더니 벚꽃이 떠 있는 커피를 마신다. 그 모습이 마치 커피 광고 같아서 현수는 괜히 열이 받았다. 그 꼬마 애가 여자애면 아무것도 안 사 줘도 그냥 널 보러 올 것 같은데……. 현수가 삐죽거리다 물었다.

"복무 끝나면 바로 서울에 취직할 거지?"

"아니."

"대학 돌아가게? 너희 아버님 계셔서 싫다며?"

"……안 가."

"그럼, 의사 그만두게?"

'이신희'라는 인간의 행동 범위가 얼마나 좁았던지, 현수의 입에서 바로 그만두겠냐는 말이 나온다.

표정 변화 하나 없던 신희가 약간 민망한 표정을 지으며 말했다.

"기태진 선생님 지진 구호팀에 지원할 거야. 후발대."

"뭐래, 이 미친놈이."

현수가 농담이라고 생각했는지 폭소했다. 신희가 주머니에 넣은 한 손을 더욱 푹 찔러 넣으며 말했다.

"진짜야."

그의 대답에 현수의 웃음기가 천천히 가셨다. 그가 여전히 믿지 못하겠다는 표정으로 말했다.

"인마. 그 팀 A국가 가잖아. 거기 적도 근처거든?"

"알아."

"애초에 너같이 예민한 놈이 지진 구호를 어떻게 해? 거기 물

모자라서 매일 씻을 수도 없어."

"나아서 갈 거야."

"야!"

신희의 말이 진심이라는 걸 깨달은 현수가 언성을 높였다.

"네놈이 거길 어떻게 가! 너같이 결벽증 심한 놈이!"

4주 훈련 중에 정신까지 잃었다고 들었다. 남이 주는 음식을 먹지 못해 밥을 거의 먹지 못했으니 그럴 만했다. 저렇게 병적인 놈이 무슨 지진 구호팀. 현수가 걱정이 되어 화를 내는데도 신희는 담담했다.

"말했잖아. 나아서 가겠다고."

"이게 진짜 미쳤나."

명문 의과대학에 조기 입학하던 열아홉 살의 천재 녀석이 어느새 서른두 살이 되었다. 그 동안 봐 온 신희의 무표정은 늘 차가웠다. 하지만 그와 늘 붙어 다니던 현수는 신희의 가슴속에 의사로서 누구보다 투철한 직업 정신과 타는 듯한 열의가 있는 걸 알았다. 그러니 지금 신희가 하는 말이 진심이라는 것도, 현수는 바로 알 수 있었다. 신희가 때마침 정류장으로 다가오는 버스를 향해 턱짓했다.

"버스 왔다. 가."

"아오, 진짜."

현수가 별수 없이 버스를 탔다.

정부에서 신희와 현수의 모교 대학 병원에 요청하여 A국가 해안에서 있었던 지진 현장에 의료진을 파견하기로 했다. 선발대가 얼마 전 출발해 6개월, 이제 곧 후발대를 선발해 6개월을 지낼 예정이었다. 그리고 그 후발대를 모으는 일은 다수의 해외 의료봉사를 했던 소아외과 전문의 기태진이 맡았다.

수많은 의사들의 롤모델인 태진이 꾸리는 팀에 들어간다는 것은 젊은 의사들에겐 좋은 배움의 기회가 될 것이다. 물론 본인의 마음에도 큰 자랑이 될 것이고.

그러나 그 기회를 잡고 싶어 하는 것이 이신희라면 이야기가 달랐다. 학부 시절 내내 무조건 혼자 도시락을 먹고, 쉴 때에도 남들과 어울리지 않던 괴짜가 무슨 수로 지진 현장에 가겠다는 건가.

저 잘생긴 놈이 도대체 어쩌다 대인기피가 생겨 가지고. 그 정도로 사람과 어울리지 않는 놈이 지진 구호는 어떻게 하겠다는 건지. 이신희는 병실 밖에서는 환자가 인사를 해도 못 들은 척할 녀석이었다.

그래도 환자한테 사탕 사 줄 생각을 하는 걸 보니 학부 때보다는 많이 나아진 것 같기도 하지만…….

버스에 탄 현수의 걱정이 끝나지 않았다.

정작 그렇게 현수에게 폭탄 발언을 한 신희는 그가 차에 타는 것도 안 보고 커피를 마셨다. 그러다가 다시 벚꽃을 보며 중얼거렸다.

"소원이라."

지금 그에게 소원은 그것이었다. 태진이 꾸리는 팀에 들어가는 것. 진짜로 빌어 볼까, 생각하는데 바람이 바다에서 그가 있는 방향으로 불었다.

문득 자전거를 타고 지나가던 정아가 떠올랐다. 그가 다시 벚
꽃을 보며 소원을 말했다.

"보건지소 좀 와라. 정아야."

어릴 때도 그렇지만 지금도 참 제멋대로인 여자애다. 혼자만,
14년 만에 만난 그 애가 놀랍고 반가워 안달이 난 기분이다. 정아
는 그다지 반갑지도 않은 것 같았는데.

이 길을 따라 벚꽃이 쭉 피면 아름답겠다는 생각을 하며 보건
지소 방향으로 몸을 돌리는데 그의 앞에 택시 한 대가 섰다. 거기
서 내린 여자가 신희를 발견하고 그에게 달려왔다.

"오빠."

그 목소리에 후배를 발견한 신희가 깊게 한숨을 쉬었다.

　　　　　　·　　·　　·

보건지소에 다녀온 다음 날, 정아가 손으로 제 이마를 만져 보니
열이 나지 않았다. 그러니 굳이 다시 갈 이유가 없다고 생각했다.

내 첫사랑이 그렇게 괴팍한 남자라는 것을 차마 인정할 수가
없어서, 보건지소에 가는 것이 싫었다.

14년 전에는, 세상에 이렇게 다정한 남자도 있구나. 그렇게 생
각했었는데, 다시 만난 신희에게서는 그런 다정함이 전혀 느껴지
지 않았다. 차라리 그를 다시 만났던 것을 기억에서 지워 버리고,
예쁜 추억만 고스란히 간직하고 싶었다.

내 첫사랑이 어떤 어른이 되었을까 자주 상상했었다. 외모만큼은 상상하던 것보다 훨씬 훌륭했지만 그걸 감안해도 질색하게 될 만큼 이상한 어른이 되어 있었다.

이른 아침, 요즘 무척 한가한 태진이 보육원 마당을 쓸고 있었다. 그녀가 출근하는 정아를 발견하고 말을 걸었다.

"정아야. 너 월요일에 보건지소 갔었지? 그 의사 어땠어?"

"이상한 사람이에요."

저 애가 저렇게 싫은 티를 내는 것도 참 오랜만에 본다. 정아의 반응이, 태진은 그저 신기할 뿐이었다. 정아가 투덜거렸다.

"자긴 원래 남이 주는 거 안 먹는대요. 아니, 그런 게 어디 있어요?"

태진이 고개를 기우뚱하고 물었다.

"공중보건의였지? 남자."

"네? 네."

평소에 젊은 남자를 보면 무의식적으로 피하던 정아가 웬일인가. 태진이 신기해하는 사이 정아가 분한 표정으로 말을 이었다.

"진짜 못됐죠? 이래서 제가 연애를 안 한다니까요. 저런 놈 만날까 봐."

"어, 그래. 너 말 잘했다. 그 연애 말이다."

태진이 옆구리에 두 손을 얹고 무서운 표정을 짓자 정아가 움찔했다. 말실수했다. 정아의 예상대로 태진의 잔소리가 시작되었다.

"너 정말 연애 안 할 거니? 응? 진짜 안 해? 애초에 젊은 애가 왜 이 먼 곳까지 나를 따라와! 너 뭐 평생 나랑 살기라도 할 거니?"

"태진 쌤만 안 쫓아내시면 같이 살 건데요?"

"어우, 내가 싫거든?"

정아는 태진을 부모처럼 따랐기에 그녀를 따라 이 바닷가에 와서 취업을 했다. 그러면서도 정작 고향에 계신 부모님은 십 년째 찾아뵙지 않았다. 가끔 부모님이 연락하시니 망정이지 놔두면 가족과 연을 끊고 살지도 몰랐다.

"저 진짜 연애 안 한다니까요."

"연애를 왜 안 해?"

"으으. 갑자기 남자에 대한 나쁜 기억이이……."

정아가 말하며 손을 이마에 올리고 비틀거리는 시늉을 하자 태진의 얼굴이 순간 창백해진다. 자신의 농담이 농담으로 받아들여지지 않은 걸 깨달은 정아가 서둘러 양손을 흔들며 변명했다.

"첫사랑이요, 첫사랑! 갑자기 첫사랑이던 오빠에 대한 나쁜 기억이 떠올라서!"

그녀의 말에 그제야 안도한 태진이 검지로 톡 정아의 이마를 때렸다.

"오버하긴. 그 병약한 도시 소년 말하는 거지? 거기 나쁜 기억이 어디 있어?"

요약하자면 정아의 첫사랑은 그랬다. 창가에 앉아 늘 책을 읽던 병약한 도시 소년. 가끔 정아는 그가 현실에 존재하긴 했을까 싶었다. 어둡고 고통스러웠던 어린 시절이 만들어 낸 환상은 아니었을지 가끔 의심까지 했었다.

그 남자가 실제로 존재하긴 했다. 많이 미화된 기억이라 그렇지. 정아가 머뭇거리더니, 새침하게 입을 열었다.

"그 오빠가 실존하더라고요."

"실존?"

태진이 실존이란 말에 의아해한다. 정아가 말을 이었다.

"그 보건지소 의사 말이에요. 그 남자가 제 첫사랑이더라고요.
이신희."

"뭐어?"

태진의 입이 딱 벌어졌다.

"그, 그 보건지소 의사가 그 남자애라고?"

"……네."

그 남자를 만난 이후 계속 잠을 설친 정아는 어느 정도 담담해
졌는데, 이번엔 태진이 너무 놀라 호들갑을 떨었다.

"어떻게 이렇게 다시 만나? 보통 인연이 아니네!"

"그, 그럴 수도 있죠!"

"어때? 여전히 두근거리고 그래? 어땠어?"

"퇴근하면 말해 드릴게요! 저 진짜 늦어요!"

정아가 그렇게 말하고 도망치듯 문학관으로 달려갔다. 태진은
재미있어 죽겠는지 그녀에게 "꼭 얘기해!" 하고 소리쳤다.

정아가 빠르게 문학관이 있는 방향인 언덕으로 달려 올라갔다.
며칠간 겨우 마음을 달래서 잊어버렸더니 또 그 남자가 생각나고
말았다.

정아가 어릴 때, 공장에서 일하다 다친 아버지를 대신해 청소
용역 업체에 들어간 어머니는 매일 늦은 시간에 집에 들어왔다. 덕

분에 집안일은 온전히 정아의 몫이 되었다. 큰오빠는 곧 취업을 했지만 두 살 차이 나는 작은오빠는 한창 사춘기를 겪고 있었다.

하필 키도 백팔십이 넘는 작은오빠에게 수시로 맞았다. 그때 정아는 정말 바닥까지 무너져 있었다. 그러다 처음 신희를 만났을 때, 그녀는 '세상에 하나뿐인 좋은 것'을 그제야 발견한 기분이 들었다.

그때 신희는 늘 창가에 앉아 책을 읽고 있어서, 정아는 그 앞을 지나갈 때마다 안을 기웃거렸다. 가끔 신희가 밖에서 산책이라도 하고 있으면 자전거에서 내려 그의 뒤를 졸졸 따라다녔을 정도로 그를 좋아했다.

그런데 지금은 그를 만나면 만날수록 실망만 할 것 같았다. 어떤 식으로든 이 소중한 기억을 훼손하고 싶지 않았다. 이 추억은 그녀에게 생명을 연장해 주는 산소호흡기와 같았다.

동네 할머니들에게 여쭤 보니 신희의 공중보건의 복무가 곧 끝난다고 들었다 하셨다. 정아는 웬만해선 신희를 만날 일이 없을 거라고 생각했다. 그는 정말 보건지소 숙소에만 처박혀 있었으니까. 어릴 때나 지금이나 그는 외출을 별로 좋아하지 않는 모양이다. 하긴 사람은 쉽게 변하지 않지.

그래서 내심 안심했었는데. 만나기 싫은 사람은 꼭! 또다시 마주치는 법이 이 세상에 있었다. 화장을 안 하고 나가면 꼭 아는 사람을 만나게 되는 세상의 법칙이.

요즘 들어 입맛이 없었다. 그래서 밥 대신 커피나 한잔 마실까 하여 점심시간에 밖으로 나갔다. 그런데 마을 초입에 있는 나무 그늘 아래에 하필 신희가 있었다.

하얀 가운 주머니에 손을 넣은 그는 앞에 서 있는 여자의 말을 가만히 듣고 있었다. 그러다 신희가 말했다.

"하루 종일 여기 있다 해도 아무것도 변하지 않아."

"오빠, 정말 너무한다……."

분위기를 보아하니 신희가 아무래도 저 여자의 고백을 거절한 모양이다.

여자가 울기 시작했지만 신희는 위로의 말이 없었다. 저렇게 예쁜 여자도 차이는구나. 각박한 세상.

정아가 멀찌감치 서서 신희를 바라보았다. 잘생기긴 쓸데없이 잘생겨 가지고 비율도 좋다. 하얀 얼굴에 나른해 보이는 눈매가 섹시하다는 인상을 주었다. 그가 마르고 긴 손가락으로 가볍게 자신의 머리칼을 쓸었다.

한참 뒤에 신희가 입을 열었다. 어쩐지 그의 말이 궁금해져 정아가 살짝 그들이 있는 곳으로 방향을 틀었다. 그의 낮고 무덤덤한 목소리가 들렸다.

"내가 어떻게 연애를 해. 넌 사귀는 남자랑 데이트다운 데이트도 못 하면서 살고 싶어? 나는 식당도 카페도 못 들어가. 네가 해주는 음식도 못 먹고."

"내가 괜찮다고 했잖아……."

"며칠도 안 걸려. 안 괜찮다는 걸 알기까지. 키스도 마찬가지야."

그가 불편한지 표정을 굳히고 말을 이었다.

"키스하고 불쾌한 표정을 짓는 남자랑 사귈 수 있겠냐."

연애. 못 하는 구나. 내 첫사랑은.

이러다 들킬까 봐 정아가 걸음을 옮겨 그곳에서 멀어지려는 찰나 신희의 말이 들렸다.

"무엇보다 내가 너를 좋아하질 않아. 그러니까 그만하고 이제 집에 가라. 버스 정류장까지 데려다줄게."

정아가 혀를 찼다. 고백하러 온 여자한테 저렇게 차갑다니. 진짜 남들이 자기 미워하는 건 조금도 신경 안 쓰는 인간이다.

정아는 커피를 사기 위해 빠르게 걸음을 옮겼다.

'나는 식당도 카페도 못 들어가. 네가 해 주는 음식도 못 먹고.'

그녀가 잠깐 걸음을 멈췄다. 남이 해 준 음식은 먹지 않는다고 했다. 선택적인 것이 아니라, 못 먹는 것인 모양이다.

그 말을 들으니 어쩌면 영순 할머니가 준 음식도 싫어서 버린 것이 아니라, 먹지 못해서 버린 걸지도 모르겠다는 생각이 들었다. 그는 덤덤하게 하기 힘든 말을 덤덤하게 하고 있었다.

정아는 빨리 그의 목소리를 잊어버리려 애썼다. 왜 이렇게 그 목소리가 안쓰러운지 모를 일이었다.

문학관과 걸어서 10분 정도 떨어진 곳에 떡갈비집이 하나 있었다. 그 집에 사는 봉단 할머니는 도대체 무슨 수를 쓰는 건지 원두커피를 아주 기가 막히게 내렸다. 가끔 할머니넨 떡갈비보다 원두커피가 더 맛있는 게 아닌가 싶은 생각이 들 정도로…….

떡갈비집에는 봉단 할머니의 아들이 써 준 메뉴가 붙어 있었다. '떡갈비', '블랙커피' 딱 두 가지뿐이지만.

봉단이 정아에게 물었다.

"의사 양반은 만나 봤어?"

"네? 네……."

정아가 당혹스러운 표정으로, 괜히 변명하듯이 말했다.

"원래 사람이 좀, 특이한가 봐요."

"안 그래도 양길이가 벼르고 있어. 하루 찾아가서 한마디 해 주겠다고."

무섭기로 동네방네 소문이 난 그 양길 할머니가! 정아가 움찔했다. 어느 날 양길 할머니가 갑자기 의사의 멱살을 잡는 날이 올지도 모르겠다. 그렇게 생각하는데 봉단이 슬쩍 말을 건넸다.

"그래서 아가씨 눈엔 어때? 의사 양반."

"네, 네에? 어, 어떻긴요."

아까 그 남자에게 사랑을 고백하던, 그 너무도 예쁜 여자를 떠올린 정아가 한숨을 푹 쉬었다. 애초에 그 남자 눈에 내가 차기나 하겠냐고요, 할머니……, 그렇게 예쁜 여자도 차이는 마당에.

정아는 어떻게 해야 할머니들을 실망시키지 않고 그 보건지소 의사와 잘될 가능성이 없다는 이야기를 해 드릴 수 있을까 고민하며 떡갈비집을 나섰다.

테이크아웃 한 커피 한 모금을 마시고 다시 걸으려는데 신희가 여전히 그늘 아래에 서 있다. 혼자서. 왜 아직도 저기 서 있는 걸까. 여자도 이미 떠난 것 같은데. 정아가 난감해하며 모른 척 지나가려다가 푹 한숨을 쉬었다. 하여튼 이놈의 오지랖…….

그녀가 신희에게 걸음을 옮겼다. 가까이 다가가면 다가갈수록 그와의 키 차이가 더욱 실감 났다. 아, 키 큰 남자는 싫은데.

"오빠."

정아가 부르자 입을 다물고 있던 그가 정아를 보고 놀란 표정을 지었다. 그러더니 곧 서운함을 감추지 못하고 물었다.

"약속한 날 왜 안 왔어?"

"괜찮다니까요. 저 아프지도 않아요."

"오늘 문학관 끝나면 보건지소로 와. 안 오면 내가 찾아간다, 문학관으로."

대화를 하니, 혼자 있을 때보다 기분이 나아졌는지. 신희가 짓궂게 말하자 정아가 울상이 되어 말했다.

"진짜 못됐어. 무슨 의사가 협박을 해요?"

울상을 한 정아의 큰 눈에 신희는 기분이 이상해졌다.

그는 사람과 닿는 것을 경계했다. 방에서 아예 나오지 않았던 어린 시절보다는 많이 완화되었지만, 갑자기 다가오는 접촉에 대한 두려움은 여전했다. 조금 전에도, 대학 후배인 그녀가 이 바닷가 마을까지 와서 고백을 했지만 받아 줄 수 없었다. 그녀가 상처 입을 것을 알면서도 솔직하게 말해야 했다.

그는 잊힌다는 것이 좋은 일이라고 생각했다. 누군가의 기억에 남고 싶지 않았다.

그런데 유난히, 정아에게는 기억에 남고 싶다. 한 번 더 만나고 싶었다. 그리웠다.

그에겐 그녀가 소중한 기억인데, 정아가 다시 찾아오지 않으니 서운한 기분이 들었다. 나를 잊지 않았으면 좋겠다고 생각했었는데.

"꼭 와. 아무튼."

"와……. 괴짜. 막무가내."

"맘대로 불러도 되니까 오기만 해."

신희가 말하고 돌아서는데, 정아의 연한 갈색을 띤 커다란 눈이 그의 뒷모습을 물끄러미 바라본다. 그때 신희가 그녀를 돌아보고 말했다.

"있잖아, 난 날 보면서 질색하는 사람을 하도 많이 봐서 알거든. 미워하는 표정. 근데 넌 내가 미운 게 아니라, 무서운 것 같다."

정아가 아무 말도 하지 않자 신희가 팔짱을 끼더니, 그녀에게 심각한 목소리로 물었다.

"그래서 묻는 건데, 혹시."

"호, 혹시 왜요?"

작은오빠와의 나쁜 기억 때문에 남자가 무서웠다. 자신도 모르게 그에게 두려워하는 모습을 보였나 싶어 정아가 당혹스러워하는데 신희가 물었다.

"너 병원이 무서워? 아니면 주사나. 약이 너무 써서 먹기 싫다든지."

"네에? 그야…… 다들 병원 무서워하잖아요."

"네가 어린애야?"

그가 심각한 표정으로 묻는데, 정아는 어쩐지 웃음이 나왔다. 자길 미워하는 사람이 하도 많아서, 미워하는 표정을 알아볼 수 있다니. 어딘가 불쌍하면서도, 그 말을 하고 있는 신희의 표정이 너무 진지한 것이 웃겼다.

그녀는 평소에 타인에게 미움받는 것을 지나칠 정도로 두려워했다. 그런데 이 의사는 미움받는 것에 익숙해 보이니까. 그러니까 어쩐지 안심이 됐다. 이 남자에겐 조금 칭얼거려도 괜찮을 것만 같았다. 그래도 그는, 나를 미워하지 않을 것만 같아서.

게다가 저 결벽증이 심한 남자는 정아와 몸이 닿는 것도 원치 않는다. 키스를 하면 불쾌하다고 했으니까. 정아가 가지고 있는 벽이, 왠지 저 남자에게만큼은 모퉁이가 조금 허물어져 있었다. 다른 남자는 무서운데, 그는 괜찮을 것 같았다. 그래서 그녀가 그 커다란 눈으로 맑게 웃었다.

"진짜 괴짜네요."

눈이 크면 겁이 많다던데, 하고 신희는 생각했다. 그래서 그녀가 이토록 불안해 보이는 걸까.

그래도 지금의 웃음은 벚꽃을 건드리며 부는 바람처럼 부드러워 신희의 마음이 놓였다.

보건지소와 문학관이 있는 방향으로 둘이 걸음을 옮겼다. 걸음 속도만큼은 잘 맞았다. 어쩌면 신희가 자기 걸음 속도에 맞춰 주고 있기 때문일지도 모르겠다고, 정아는 생각했다.

기분 좋은 해풍은 한낮의 햇살을 머금고 있었다. 각각 보건지소와 문학관으로 갈라지는 길에 도착하자 그녀가 장난기 어린 목소리로 물었다.

"떡갈비집 할머니네 커피가 기가 막히거든요? 보건지소 갈 때

사 갈까요?"

"남이 주는 거 못 먹는다니까……."

무심코 대답하던 신희가 표정을 찡그리고 정아를 보았다.

"근데 떡갈비집에서 웬 커피?"

"아. 맞다. 못 마시지. 그럼 할 수 없고요."

"잠깐만, 떡갈비집에서 커피를 왜 팔아?"

신희가 황당해하며 되묻는데 정아가 까르륵 아이처럼 웃기만 하고 문학관 방향으로 향한다. 궁금해 죽겠을 거다, 의사 쌤.

그녀가 빨간 벽돌로 지어진 문학관으로 걸어 들어갔다. 신희는 정아가 사라질 때까지 뒷모습을 바라보았다. 그리고 그의 진료실 단지에 있던 사탕을 현수가 거의 다 먹어 치운 것이 떠올라 앞에 있는 슈퍼로 향했다. 슈퍼에서 딸기 맛 사탕 한 봉지를 샀다. 그가 자신이 산 사탕 봉지를 확인하며 뒤늦게 한숨을 쉬었다.

"정아가 애도 아닌데."

성인 여자한테 사탕 줄 테니까 보건지소에 오라고 하면 퍽이나 오겠다. 이러니 자꾸 주변에서 사회성 없다고 놀리는 것이 아닌가.

보건지소로 돌아온 신희는 진료실 데스크 위 단지에 사탕을 담으며 한동안 자신의 사회성을 탓했다.

2
나쁜 기억

태진을 처음 만난 것은 정아가 막 열다섯 살이 되던 겨울. 신희를 만나기 얼마 전이었다. 그 무렵 태진은 국립 병원에 근무하다가 다른 지역으로 의료봉사를 나가곤 했었다. 그때 태진이 자신의 앞에 앉은 정아에게 물었다.

"오빠랑 놀다가 다쳤다고?"

"네."

유난히 마른 중학생이 무심하게 대답하며 소매를 내렸다. 친오빠니까. 남매들은 싸울 수도 있으니까, 주변 사람들 역시 정아에게 그리 관심을 보이지 않았다. 태진은 소아과에서 일하다 보니참 별의별, 속이 뒤집어질 정도로 화나는 증상의 아이들을 보았었다. 그녀가 명백히 구타의 흔적이 남은 정아의 두 손을 잡았다.

"학교는 언제부터 안 갔어?"

"세 달 정도……."

"그렇구나."

태진은 울컥하는 마음을 참고 차가운 아이의 손을 누르며 마사지를 해 주었다. 열다섯 살의 여자아이니 몸은 다 자랐다. 정아는 별것 아니라는 듯한 표정이었다. 세상에 나 혼자 얻어맞는 것도 아니고, 누가 안다고 달리 도와줄 사람도 없었다. 작은오빠가 죽일 것처럼 때린다 하여도 기절한 후에도 이성을 잃고 때릴 만큼 동생을 미워하진 않는다. 다만 그 순간 울컥하는 화를 참지 못하는 것뿐.

태진은 그날로 정아의 부모님을 찾아갔다. 그리고 사정이 어려우면 잠시라도 정아를 위탁하시라고 설득했다. 아이의 몸 상태가 얼마나 심각한지에 대해서도 적극적으로 설명했다. 한참을 망설이던 정아의 어머니가 말했다.

"제 동생이…… 영국인과 결혼해서 지금은 호주에 살고 있어요. 그 집에 아이가 없으니까…… 그 애가 저는 싫어하지만 조카까지 싫어할 애는 아니에요."

"그럼 그 동생분께 잠시 정아를 맡기시는 게 어떠세요? 성인이 될 때까지."

태진이 묻는데 옆에서 듣고 있던 정아의 아버지가 술에 취해 삿대질했다.

"부모가 멀쩡히 있는데 내 딸을 어디다 맡겨?"

그 말을 들은 정아의 어머니가 그를 붙잡고 지친 목소리로 말했다.

"잠깐이라잖아. 우리도 정아 키울 힘이 없는데 잠깐이라도 보내면 좋지."

"너 미쳤어? 어디 팔아먹을 게 없어서 외국에 딸을 팔아먹어!"

"그게 왜 팔아먹는 거야? 왜 항상 내 동생한테 그따위로 말해? 외국인이랑 결혼한 게 죄야?"

정아의 어머니가 차츰 감정이 북받쳐 악을 쓰기 시작했다.

"누군 좋아서 보내? 정아 학교도 못 보내는 주제에 왜 끼고 살려고 들어! 내 딸은 니 자식 아니야? 자식 아니냐고!"

정아의 어머니가 오열하며 소리쳤다. 놀란 정아가 엄마에게 달려가 그녀를 위로하기 위해 품에 폭 안겼다.

정아는 지금까지 엄마가 그렇게 악을 쓰는 것을 본 적이 없었다. 평생 아빠가 소리를 지르면 입을 다물고 있었기에 그냥, 엄마는 그런 사람인 줄 알았었다.

생전 조용하던 사람이 악을 쓰자 정아의 아버지가 씩씩거렸다. 그러더니 대상을 바꾸어 태진에게 욕을 하며 주먹까지 들려 했다. 한 번으로 말이 통할 분위기가 아니었다.

다음 날도, 그다음 날도 태진은 정아의 집에 찾아갔다. 그사이 정아의 어머니는 호주에 살고 있는 여동생에게 혹시 조카를 맡아 줄 수 있냐고 연락을 했다.

정아가 첫사랑을 시작한 것은 그 소란 속에서였다. 그즈음, 정아는 매일 바닷가를 따라 자전거를 타고 시장에 가서 식재료를 사 집으로 돌아왔다. 그러다 바닷가와 아주 가까운 모퉁이 집에서 그를 발견했다.

그 집에 살던 가족이 어디론가 이사를 가고, 한동안 쿵쾅거리며 내부 인테리어 공사를 했다. 그리고 공사가 끝나자 그 소년이 살게 되었다.

처음엔 정아가 아무리 기웃거려도 못 본 척하며 책만 읽더니 어느 날부터는 창문을 열어 놓기 시작했고, 정아가 말을 걸면 대답도 했다.

그 무렵 정아는 남자만 보면 움찔거리며 피해 다녔는데, 그 소년은 괜찮게 느껴졌다. 하얗고 꼼짝도 안 하는 것이 꼭 인형 같아 위협적으로 느껴지지 않았기 때문이었다.

"오빠는 왜 밖에 안 나와?"

어느 날 창문 밖에서 정아가 묻자 한마디도 대꾸 안 해 줄 것처럼 무표정하던 소년이 대답했다.

"나가기 싫어서."

"같이 축구해 줄까? 나 축구 좋아하는데."

"나 운동 못 해."

소년이 무안한지 웃었다.

"아마 너한테도 질걸."

"내가 져 줄게."

"져 준다니까 더 싫다."

그가 장난스럽게 말했다.

신희는 정아가 축구, 수영, 심지어는 소꿉놀이까지 제안하며 나오라고 졸라도 나오지 않았다. 그러다 며칠 뒤 밤, 그는 제 발로 정아가 있는 곳까지 달려 나왔다. 정아가 울며 정처 없이 걷고 있었기 때문이었다.

작은오빠는 날이 갈수록 화를 참지 못했다. 부모님과 큰오빠에게 화가 나면 정아에게 화풀이를 했는데, 그날은 머리에서 띵 소리가 날 정도로 얻어맞았다.

도저히 도움을 구할 곳이 없어 울며 도망을 나왔다. 해가 져 어두워지는데 집에 가는 것이 두려워서, 울며 바닷가를 걷고 있을 때였다.

"야."

부르는 소리가 들려서 뒤를 돌아보자 다급하게 달려온 신희가 있었다. 그가 놀란 표정으로 정아에게 물었다.

"울어? 왜 울어?"

왜 우냐고 물어봐 주는 게, 정아는 무척 서러웠다. 그가 정아와 눈높이를 맞추기 위해 두 무릎에 손을 올리고 허리를 숙였다.

집 밖으로 나온 그가 생각보다 키가 커서 잠깐 긴장했었는데, 신희가 몸을 숙여 주자 긴장이 사르륵 풀리는 기분이었다.

정아는 집에서 도망쳐 여기까지 오는 동안, 이 세상에 자신의 편이 하나도 없는 것처럼 느껴졌다. 집에 돌아가는 것이 너무 무서워서 그녀는 계속 울었다. 그러다 신희가 걱정해 주니 조금 마음이 놓였다.

"넘어졌어."

정아가 울다가 겨우 말하자 쩔쩔매던 신희가 조심스럽게 물었다.

"같이 병원 가 줄까?"

"아니."

그녀가 고개를 저었다. 반복적으로 맞은 오른쪽 귀가 잘 들리지 않았는데, 그래도 병원엔 가기 싫었다. 신희가 난감한 표정을 지었다. 어릴 때에는 세 살 차이가 어마어마하게 느껴졌다. 열여덟의 소년에게 열다섯의 소녀는 말도 안 되게 어린아이로 느껴졌다. 신희가 달래 줄 방법을 찾다가 물었다.

"너 축구 좋아한다고 했지?"

그가 물었다. 그는 목소리마저 나직해 듣기 좋았다. 정아가 그 와중에 고개를 끄덕거리자 신희가 물었다.

"하나 줄까? 축구공."

"축구공?"

"응. 잠깐만."

소년이 집 안으로 들어가더니 깨끗한 새 축구공 하나를 들고 나왔다. 소년이 공을 정아에게 던져 주었다. 정아는 공을 던지는 소년의 손도 참 예쁘다는 생각을 하다가, 하마터면 공을 받지 못할 뻔했다.

"가져."

정아는 울던 것도 잊고 눈이 휘둥그레졌다. 오빠 둘이 다 축구를 좋아하다 보니 정아도 저절로 축구를 좋아하게 되었다. 정아가 공을 꼭 끌어안고 금방 졸래졸래 소년을 따라갔다.

"정말 줄 거야?"

"응."

그가 주머니에 손을 넣더니 말했다.

"그러니까 그만 울어."

그렇게 말하는 소년이 왠지 어른 같았다. 하기야 열여덟이니 다 크긴 했지. 소년이 바다 쪽으로 시선을 돌리고 중얼거렸다.

"내가 너 때문에 여기까지 달려왔는데."

신희가 학교를 제외하고는 아예 밖으로 나오지 않는다는 걸, 그때 정아는 몰라서. 그저 그가 자길 안 보고 바다를 보는 걸 서운해했다. 그래서 신희의 시선을 따라 쭉 바다 쪽으로 걸었다. 그러자 신희가 급하게 따라왔다.

"그만 가."

"왜?"

나 수영 잘하는데. 정아가 생각하며 의아해하자 신희가 말했다.

"나 바다에 못 들어가."

"못 들어가?"

아까 울고 있는 정아를 발견했을 때, 신희는 도저히 방에 있을 수가 없었다. 뭔가를 생각할 겨를도 없이 정아가 있는 곳까지 달려 나왔다. 그렇게 울던 그 애가 바다로 향하는 것이, 신희는 불안했다. 그가 정아를 가만히 바라보며 어른스럽게 말했다.

"응. 그래서 네가 위험해지면 구해 줄 수가 없어. 그러니까 그만 가."

정아는 어쩐지 그의 말이 좀 부끄럽게 느껴져서 얼굴을 붉혔다. 머릿속이 소년에 대한 생각으로 가득 차 아팠던 것을 잊어버릴 정도였다.

구하지 못할까 봐 바다에 가까이 가지 말라고 하는 다정한 소년에게. 소녀는 사랑에 **빠졌다**. 아니, 어쩌면 신희를 처음 보던 날부터. 정아는 첫사랑을 시작했다.

보건지소에서 보내는 신희의 일과는 단순했다. 근무가 끝나면 바로 숙소로 돌아와, 점심보다는 나은 저녁을 만들어 먹었다. 물에 씻고 또 씻은 신선한 채소로 샐러드를 만들고 가끔 내키면 고기를 굽거나 파스타를 만들기도 했다. 식사 시간은 언제나 10분을 넘지 않았다. 공중보건의 생활에 적응했으니 좀 천천히 먹어 볼까 생각도 했지만 레지던트 때 급하게 먹던 습관이 박혀 사라지지 않았다.

설거지를 끝내고 책을 한 권 꺼내 책상 앞에 앉아 공부를 시작하는데 현수에게서 전화가 걸려 왔다. 신희가 의아해하며 전화를 받고, 한마디 꺼내기도 전에 현수가 빠르게 물었다.

— 야! 너 기태진 선생님 찾아뵀냐? 직접 이력서 드릴 거지?

"무슨 소리야?"

— 무슨 소리긴. 선생님 너 있는 보건지소 근처로 가셨잖아.

"뭐, 뭐라고?"

평소 평정심의 왕이던 신희가 큰 소리를 내자 현수가 움찔하며 말했다.

— 기태진 선생님이 너희 동네 보육원에 계신다고. 진짜 몰랐냐? 벌써 가신 지 몇 달 됐는데?

"당연하지! 그걸 왜 이제 말해!"

— 넌 당연히 알 줄 알았지! 그러니까 인맥 좀 쌓으라고. 인맥.

신희가 기태진을 얼마나 존경하는지는 그와 같이 공부해 온 사람이라면 누구나 알았다. 존경하는 사람을 물으면 반드시 그녀였고 신희의 소망은 장차 태진 같은 의사가 되는 것이었다. 그녀가 한국으로 돌아왔다는 소문은 들었지만 같은 지역에 있는 줄은 꿈에도 몰랐다.

현수가 혀를 찼다.

— 그렇게 좋냐? 내가 십 년 만에 너 흥분하는 거 처음 본다.

"당연하지. 내 우상인데."

— 하여튼 넌 참 한결같은 놈이야. 한결같이 괴상해. 얼굴만 보고 너한테 빠져 있는 여자들이 불쌍하다.

"나는 형의 얼굴이 불쌍하다."

— 죽는다, 이신희?

현수는 험하게 말했지만, 지금 신희가 한 장난도 아주 기분 좋을 때가 아니면 못 들을 것이기에 그다지 화가 나진 않았다.

— 어우, 내가 이런 놈이 걱정돼서 지진 구호팀에 이력서를 넣으려 하다니.

"나 때문이 아니고, 형도 가고 싶은 거잖아."

— 야. 좀 넙죽 고맙다고 해 주면 안 되냐?

신희는 못 하는 것이 많았다. 같이 술집에도 못 가 주고, 식당도 못 간다. 그래도 현수는 늘 신희의 곁에 있었다. 신희가 슬쩍 웃었다.

자신이 이런 사람이더라도, 익숙해질 정도로 사람들의 미움을 받을 때에도 누군가는 나를 사랑해 줄 것이라. 신희는 어렴풋이 그런 믿음이 있었다.

그가 늘 집 안에 처박혀 있을 때에도 그랬다. 한 여자아이가 그를 발견해 주었다. 매일 자전거를 끌고 지나가며 신희의 얼굴을 살피는 소녀가 궁금해 늘 닫아 두던 창문을 열었다.

울고 있는 그 여자아이를 지켜 주고 싶어서, 신희는 문을 열고 밖으로 달려 나갔다. 그럴 용기가 생겼다. 우주에 혼자 버려졌던 것 같은 소년의 외로움은 소녀가 사랑해 줌으로써 끝이 났다. 얼마 후 그 소녀가 말없이 그의 눈앞에서 사라졌을 때에는 무척 괴로웠지만.

전화를 끊고 진료실로 내려갔다. 점심시간이 막 끝나자 진료실 문이 열리고 정아가 들어왔다.

"안녕하세요."

안으로 들어온 정아가 의자에 앉자 신희가 물었다.

"약은 꼬박꼬박 먹었어?"

"먹었어요."

그에게 물어보고 싶은 것들을 참느라 눈동자를 이리저리 굴리던 정아가 결국 못 견디고 물었다.

"저 뭐 물어봐도 돼요?"

"뭔데?"

"오빠는 남이 주는 음식만 못 먹어요? 아니면 뭐…… 사람이 무섭다든지?"

"진료실 밖이고, 맨손이면 스킨십도 잘 못 하지. 예전에도 그랬
잖아."

"아……."

신희가 숨김없이 말해 주자 정아가 더욱 자세히 물었다.

"왜 그렇게 됐어요?"

"그건 말할 필요가 없을 것 같은데."

이유는 말하기 싫은가 보다. 정아도 딱히 캐묻지 않았다. 사람
은 저마다 한두 가지쯤은 말하기 싫은 일이 있다는 것을 그녀는
잘 알고 있었다.

금방 진료가 끝나 정아가 뭘 해야 하는지 몰라 의자에 앉아만
있는데 신희가 물었다.

"뭐 해?"

"네?"

"안 나가? 끝났는데."

으이구. 저 사교성 없는 의사 양반. 정아가 입술을 삐죽거리며
자리에서 일어서자 신희가 옆에 있던 사탕을 한 움큼 집더니 쏙
정아에게 내밀었다.

"이거 가져가."

"와. 사탕."

정아가 손을 덥석 내밀자 스킨십이 익숙하지 않은 신희가 표정
을 찌푸리며 뒤로 확 물러났다. 사람과 닿는 걸 저렇게까지 싫어
하는 사람은 처음 봤다. 사탕은 만져도 괜찮고 사람은 싫다니, 저
매정한 인간…….

정아는 신희가 책상에 내려놓은 사탕을 집어 들었다. 그러더니 신희에게 물었다.

"이거 그거죠? 치과에서 애기들이 치료 다 받고 나면 잘했다고 사탕 주는 거."

"……"

대답이 없는 걸 보니. 진짜로 치료 잘 받았다고 칭찬해 주는 건 가 보다.

정아가 리본 모양으로 양쪽 끝을 돌돌 꼬아 놓은 사탕 껍질을 벗겨 입에 넣었다. 확 퍼지는 딸기 향이 왠지 웃겨서 쿡쿡 웃었다. 그러자 신희가 표정을 찌푸렸다.

"왜 웃어?"

"하여튼 완전 괴짜예요. 나이도 세 살 차이밖에 안 나는데 왜 이렇게 애 취급이에요?"

정아는 그렇게 말하며 신희가 한 움큼 꺼내 준 사탕을 두 손 위에 올려놓고 눈웃음을 지었다. 고작 사탕에 저렇게 즐거워하니 신희는 약간 기분이 이상했다. 좀 민망하면서도, 싫지 않았다.

그가 헛기침을 하고 말했다.

"너를 어릴 때 본 기억이 있어서 그런가."

"하긴. 그땐 제가 많이 어렸죠."

"빨리 낫고 싶으면 푹 쉬어. 가급적."

"이 사탕, 원래 어른들도 줘요? 아니면 저만 주는 거예요?"

정아가 책상을 두 손으로 집고 몸을 가까이 해 묻자 신희가 의 자 뒤로 확 몸을 피했다. 그녀의 입 안에서 딸기 맛 사탕이 보였다가 사라졌다. 혀로 사탕을 이리저리 옮기는 모양이다. 애도 아니고. 신희가 한숨을 쉬고 중얼거렸다.

"너 병원 가기 싫다고 징징거리는 게 딱 애 같아서 준 거다. 그러니까 그만 좀 웃지?"

신희는 어려서부터 말로 하는 것보다는 뭔가 물질적인 것을 선물해 마음을 표현하는 것이 편했다. 미안함도 고마움도. 그래서 사탕을 주라는 현수의 말이 그럴듯하게 들려 집어 줬을 뿐인데, 저렇게 비웃을 수가 있나. 뭐. 비웃는다기엔 웃는 게 참 예뻤지만.

신희가 턱을 괴고 딴 데로 시선을 돌렸다. 그가 모니터로 시선을 옮기자 정아가 "고마워요." 하고 인사를 하고 진료실을 나갔다.

신희는 한동안 업무에 집중할 수가 없었다. 그녀의 입 안에 있던 딸기 향이 진료실에서 사라지지 않는데, 그게 어지러울 정도로 달콤했다.

"무슨 사탕을 그렇게 야하게 먹어."

그가 짜증을 내며 중얼거렸다.

◾ ▪ ◾

정아는 집에 들어가기 전에 잠깐 보육원으로 들어갔다. 막 자원봉사자들과 저녁 준비를 하던 태진이 물었다.

"정아야. 저녁 먹었어? 지금부터 먹을 건데."

"저도 주세요!"

정아가 신나서 말했다.

저녁을 먼저 배부르게 얻어먹고 난 정아는 익숙하게 청소기를 꺼내 왔다. 그녀가 아이들이 뛰어노느라 엉망진창이 된 바닥을 청소하며 태진에게 물었다.

"지진 구호 곧 가시겠네요?"

"응. 가서 지원이 끊이지 않는 한 반년은 있을 거야."

"그렇구나…… 저 선생님 보고 싶어서 어떡해요."

정아가 우는 시늉을 하자 태진이 장난스럽게 대답했다.

"내가 없어야 네가 외로워서 연애를 하지. 아무래도 안 되겠어."

"어우, 또 잔소리하신다."

"A국가 가는 후배들 중에 귀여운 애 있으면 우리 정아 소개시켜 줘야겠다."

"에이. 선생님도…… 참고로 전 진짜로 귀여운 스타일이 좋아요. 뺨이랑 배에 살이 좀 있고."

정아가 진지한 표정으로 말하자 태진이 웃음이 터져서 아이처럼 웃었다. 태진은 한국에 돌아온 이후 그녀가 지금까지 해외 봉사에서 해 온 일들, 앞으로 어떤 도움이 필요한지에 대하여 강연을 하기 위해 전국을 돌아다녔다.

정아는 중학생 때 보았던 태진을 떠올렸다. 집안 사정이 좋지 않으면 위탁할 곳을 찾아보라며 정아의 부모님을 설득하던 그녀를.

태진을 통해서 정아는 잠시 이모네 집에 위탁되었다. 태진의 노력이 아니었다면 정아는 중학교를 제대로 다니지 못했을지도 모른다. 그 일을 계기로 태진은 정아의 꿈이 되었다. 정아는 늘 그녀 같은 사람이 되고 싶었다. 좋은 사람이 되는 것을 꿈꿔 왔다.

물론 그녀처럼 의사가 되기엔 이과가 너무 안 맞았지만…… 특히 물리는 정말 끔찍한 과목이었다. 태진이 짓궂게 물었다.

"근데 그 보건지소 선생은 어때?"

"네?"

"첫사랑이라고……"

그때 보육원 초인종이 울려 태진의 말을 끊었다.

"아. 제가 가 볼게요."

정아가 문 쪽으로 달려갔다. 그리고 문을 연 그녀의 눈이 동그래졌다.

그곳엔 신희가 서 있었다. 정아를 발견한 그 역시 황당하다는 표정을 지었다.

"너 왜 여기 있어?"

"그러는 오빠는 왜 여기 있어요?"

양반은 못 되나 보다, 이 남자. 어떻게 딱 자기 얘기 나오자마자 나타났는지. 신희가 대답했다.

"여기 기태진 선생님이 계시다고 들어서."

"안에 계시긴 하는데……"

정아가 고개를 기우뚱하더니 따라오라고 앞장섰다. 보육원 안에서 태진을 발견한 신희의 얼굴에 놀라울 정도로 화색이 돌았다. 그가 침착하게 태진에게 말했다.

"기태진 선생님. 마취통증의학과 전문의인 이신희라고 합니다. 지금은 보건지소에서 공중보건의로 복무하고 있습니다."

"아. 안녕하세요."

"존경합니다. 선생님."

그 모습에 정아가 속으로 감탄했다. 우리 선생님이 저런 사람이었구나. 저 목석같은 남자 입에서 '존경'이라는 말이 나오다니.

"정아한테 얘기 들었어요. 이신희 선생님."

"아. 그렇군요."

"반가워요."

태진이 웃으며 먼저 악수를 청하는데, 신희의 얼굴이 굳는다. 그가 악수를 받아 주지 않자 태진이 의아한 표정을 지었다. 신희가 서둘러 이력서를 꺼내 태진이 내민 손에 대신 그것을 건넸다.

"선생님. 이번에 A국가에 갈 지진 구호팀을 꾸리고 계신다고 들었습니다."

적지 않은 의사들이 자그마치 반년간 A국가에서 구호 활동을 하고자 이력서를 내고 있었다. 태진이 고개를 끄덕였다.

"그래요. 맞아."

"복무는 출발하기 전에 끝납니다. 아직 경력은 부족하지만 선생님 팀에 꼭 들어가고 싶습니다."

"그렇군요. 그런데, 결벽증이 있나요?"

태진이 이력서를 읽으며 담담하게 물었다. 정아에게 그가 할머니가 가져다준 반찬을 버리더라는 이야기를 들어 결벽증이 있나 생각했는데, 그 예측은 신희가 악수를 받아 주지 않은 것으로 확실해졌다.

신희가 당황해 대답을 하지 못했다. 그러다 태진이 다시 자신을 보자 그제야 입을 열었다.

"낯을 좀 가리지만 나아지고 있습니다. 선생님께 폐를 끼칠 일은 절대로 없을 겁니다."

그가 단호하게 대답하는데, 옆에 있던 정아가 눈을 동그랗게 뜨고 말했다.

"낯가리는 정도가 아니잖아요."

그녀가 말하자 신희가 멈칫했다. 정아가 팔짱을 끼고 말을 이었다.

"다른 사람이 해 주는 음식도 못 먹고, 심지어 악수도 못 하잖아요?"

"……친해지면 해."

"친해지면요? 그렇게 까다로운 사람이 지진 현장에 가면. 도움이 될 거라고 생각해요?"

"……."

"사람들이 의사 뒤치다꺼리하다 말겠네."

그의 표정을 보니 정아의 말이 조금도 틀리지 않은 모양이었다. 한참 후 신희가 무거운 목소리로 대답했다.

"많이 나아진 거다. 이거."

"이게요?"

"응."

신희가 고개를 끄덕였다. 그러자 정아가 손을 내밀었다.

"그럼 악수해요."

"……."

"잡아요. 나 정도면 잘 아는 사람 아니에요?"

정아가 손을 내미는데 신희의 표정이 굳었다. 그렇게 존경하는 태진과도, 오랜만에 재회한 정아와도, 선뜻 손을 잡을 수가 없었다. 정아가 물었다.

"악수도 쉽게 못 하면서 왜 A국가를 가려고 해요?"

"……."

"혹시 극한의 상황에 가면 어떻게든 되겠지. 그렇게 생각해요?"

정아의 질문이 정곡을 찌른 듯 신희가 입을 꽉 다문다. 둘의 분위기가 험악해지는데, 태진이 의미를 알 수 없는 미소를 지었다.

"어머나, 정아랑 아는 사이라더니! 둘이 엄청 친한가 보네."

태진의 갑작스러운 호들갑에 신희도 정아도 당황해서 동시에 "예?" 하고 되물었다. 누가 봐도 친하게 지내고 있는 장면은 아닌데 무슨 소릴 하는 건지. 둘이 당황하거나 말거나, 태진이 흐뭇한 표정을 지으며 말했다.

"이력서 우리 정아 편으로 다시 보내세요. 이신희 선생님."

"예? 그, 그게……."

"나아지고 있다고 했잖아요? 악수 정도는 할 수 있는 게 좋겠어요. 그러니까 정아야. 이신희 선생님이 악수를 할 수 있을 정도로 나아지면 이력서를 받아다 줘."

신희도 난감해했지만 정아 역시 황당하다는 듯이 말했다.

"태진 쌤! 제가 왜 그래야 돼요?"

"정아가 이신희 선생님 증상을 잘 아는 것 같아서. 아니야?"

"저도 이 오빠 못 보고 지낸 지 14년이나 되었어요!"

"자자. 여러분. 이러고 있을 시간에 나가서 악수하는 연습이나 합시다. 연습."

태진이 장난기 가득한 얼굴로 둘을 보육원에서 쫓아냈다. 얼떨결에 밖으로 나온 두 사람은 한동안 멍하니 서 있었다.

그러다 먼저 정신을 차린 신희가 표정을 찌푸리며 말했다.

"무슨 짓이야? 왜 끼어든 거야?"

"그럼 어떡해요? 누가 봐도 거짓말인데."

정아가 억울하다는 듯이 대꾸했다. 하긴 거짓말이긴 하지. 신희는 솔직히, 자신의 잘못을 인정했다. 오히려 이렇게 되고 나니 정아가 있어서 다행이라는 생각이 들었다. 이대로 거짓말을 해서 A국가에 따라간들 자신이 도움이 될 것 같지도 않으니까.

신희가 하, 깊게 한숨을 쉬고 손을 들어 얼굴을 감싸려는데 정아가 움찔했다. 신희가 느리게 정아가 있는 쪽으로 시선을 옮겼다. 정아는 눈을 꼭 감고 고개를 돌리고 있었다. 그녀의 두 팔이 본능적으로 자기 얼굴을 감싸고 있었다.

마치 신희가 때릴 것이라 예상한 것처럼.

"……뭐 해?"

신희가 바닥에 잠길 정도로 낮은 목소리로 묻자 정아가 눈을 떴다.

"아……."

그녀가 잠시 눈을 굴려 신희의 상태를 살폈다. 너무 황당해서 무슨 표정을 지어야 하는지도 모르겠다는 얼굴이다. 정아가 장난스럽게 대답했다.

"너무 화나서 때리는 거 아닌가 했어요."

"……."

"에이. 표정이 왜 그래요. 농담이에요."

정아가 살짝 웃었다. 그녀의 밝은 목소리에도 신희의 입매는 더욱 단단히 다물리는 것이 보였다. 그녀는 어릴 때도 종종 신희가 어쩌다 다쳤냐고 물어보면, '넘어졌다'든지, '오빠랑 장난쳤다'라는 말로 대충 얼버무렸었다. 그녀가 말하기 싫어하니 그는 더 묻지 않았지만 걱정스러운 표정까지 감추지는 못했었다.

"진짜 농담이라니까."

정아가 다시 한 번 말하며 이번에는 밝게 웃었다. 그녀는 아마도 자신이 좋은 사람은 되지 못할 것이라고 생각했다. 태진 같은 사람은 절대 못 될 것이라고.

의사가 아니어서가 아니라, 물리를 못해서가 아니라. 눈에 남아 있는 폭력의 잔상들이. 결국은, 언젠가는 나를 나쁜 사람으로 만들고 말 것이라고. 정아는 언제나 생각했다.

신희가 저런 표정을 짓게 만든 것이 미안했다. 그는 아마도 그런 사람이 아닐 텐데. 나쁜 것은 내 안에 있는 열등감과 폭력에 대한 잔상일 텐데.

여전히 키가 큰 젊은 남자들이 싫다. 작은오빠도 키가 무척 크니까. 정말로 싫었다. 그러다 이제는 첫사랑에게도 겁이 나는 것이다. 자신에게 선의로 대하는 신희에게도 겁을 내는 자신이, 속이 쓰리도록 밉다. 착한 척하려고 애쓰는 것이 들킬까 봐 두렵다.

신희가 한숨을 쉬더니 나지막이 말했다.

"아무리 화가 나도. 그런 일은 없어."

"농담이라니까요."

"절대로."

그가 단호하게 말했다.

"절대로 그런 일은 생기지 않아. 무슨 일이 있어도."

"⋯⋯."

"네가 나를 죽일 정도로 목을 졸라도. 그래도 나는 도망을 치지, 너를 건드리지는 않을 거야."

몇 번이고 농담이라 말하는데도. 그의 화난 표정은 풀리지 않았다. 아까 이력서를 거절당할 때와는 비교도 안 될 정도로 화난 얼굴이었다.

어떻게 나를 그런 놈으로 보냐는 듯한 얼굴로 저렇게 단호하게 말한다. 태어나서. 어쩌면 정아의 인생에서 처음일지도 모르겠다. 누군가에게 이렇게 마음 놓고 쏘아붙여 본 것은. 그냥 어쩐지 이 남자에겐 그게 가능했다. 울고 있던 그녀에게 달려왔던 유일한 내 편. 다정하게 걱정해 준 그 소년이니까.

정아가 자기도 모르게 소리 내어 웃었다. 이번엔 정말로 웃음이 나왔다.

"도망을 친다고요?"

"그니까, 예를 들면 말이야."

"무슨 예시가 그래요."

신희의 등 뒤로 보이는 까만 밤하늘에서 무수한 별빛이 쏟아졌고 그는 그 배경과 잘 어울리는 잘생긴 얼굴로 어울리지 않게 화난 표정을 짓고 있었다. 그러다 정아가 즐겁게 웃자 슬쩍 인상을 푼다.

정아는 태어나서, 이렇게 안심되는 화난 얼굴은 처음이었다. 화난 얼굴이 안심되다니. 역시 이 남자는 괴짜다.

3
위로하는 방법 1

"전 여기 옥탑방에 살아요."

정아가 건물 옥외 계단을 가리켰다. 말하면서도 아쉬운 마음이 들었다. 그와 함께 있는 것은 생각보다 즐거웠다. 주머니에 손을 넣은 신희가 말했다.

"집에 데려다주려고 했는데. 집이 코앞이네."

보건지소 왔다고 사탕을 챙겨 주질 않나, 정아 때문에 이력서를 못 냈는데도 집에 데려다주려 했다는 말이 나오다니. 저 남자는 여자를 꼬시면서도 자각이 없을 거다. 아마.

그와 있다 보면 문뜩문뜩, 온몸을 설탕에 담근 것처럼 달콤하던 첫사랑이 떠오른다.

"저 들어갈게요."

정아가 말하고 옥외 계단으로 향했다. 신희가 계단을 오르는 정아에게 물었다.

"아. 그런데 있잖아."

그러자 계단 중간쯤에서 정아가 몸을 난간 밖으로 숙이고 대답했다.

"왜요?"

"너 강씨잖아."

"그렇죠?"

"별명이 강정이었겠네."

"가, 갑자기 무슨 소릴 하는 거예요?"

발끈하는 정아의 머리칼이 기분 좋게 바람에 날렸다. 신희가 계단 가까이로 걸어가 그녀를 올려다보며 말했다.

"갑자기 깨강정 먹고 싶다."

그러더니 씨익 웃는 것이 아닌가. 어이가 없네. 그 쌀쌀맞던 인간이 고작 이름 가지고 놀리면서 웃는다. 정아가 그를 흘기며 말했다.

"놀리지 말라니까요? 그리고 왜 하필 깨강정이에요? 다른 강정도 많은데."

"너 얼굴이 약간 깨강정처럼 생겨서."

"깨강정처럼 생긴 게 어디 있어요!"

신희는 발끈하는 정아가 귀엽기도 하고, 조금 아까 화낸 것이 미안하기도 해서 평소보다 큰 소리를 내어 웃었다. 그리고 여전히 웃음기가 남은 눈으로 정아에게 물었다.

"문학관 언제 쉬어?"

"월요일 빼고 다 열어요. 일요일은 격주로 쉬고."

"이번 주 일요일은?"

"출근해요. 저 혼자 있어요."

"그럼 이번 주 일요일에 갈게. 이력서 들고."

"올 거예요?"

"갈 거야. 지금부터 네가 내 주치의가 되는 거야. 책임감을 가져."

그가 진지하게 말하자 정아가 맑게 웃었다.

"완전 돌팔이한테 걸리셨네요."

"내 말이 그 말이다."

신희는 영 숙소로 가기 싫어서, 정아가 이제 좀 가라고 짜증 낼 때까지 버텨 볼까 하는 생각이 들었다. 그래도 너무 늦은 시간까지 그녀를 붙잡아 둘 수는 없었다. 그녀가 더, 겁을 먹게 하기도 싫었다. 신희가 먼저 인사했다.

"잘 들어가. 일요일에 보자."

"네. 저 들어갈게요."

정아가 말하고 손을 흔들었다. 그리고 계단을 올라가 옥탑방 안으로 들어갔다. 오늘따라 파도 소리가 큰가 보다. 유난히도, 심장이 같이 출렁이도록 큰 소리가 나고 있나 보다.

일요일, 문학관에는 종일 사람이 없었다. 신희가 일요일에 오겠다고 했는데 진짜 오려나…….

그렇게 생각하던 정아가 문득 울리는 전화를 받았다. 큰오빠였다.

— 정아야, 너 어디야?

"나? 일하는데?"

정아가 고개를 기우뚱하며 대답했다. 올해로 서른다섯인 그는 아버지처럼 조선소에 들어가 일을 하고 있었다. 그가 말했다.

— 집 좀 와라. 조카 얼굴 봐서라도.

"소미를 나한테 보내는 건 어때! 내가 돌봐 줄게. 응? 응응?"

— 애를 어떻게 혼자 보내냐?

"뭘. 난 혼자 호주도 갔는데."

— 이 자식 또 그 얘기하기는…… 용돈 줘?

"됐거든요."

작은오빠인 정호에게 맞고 있을 때면 가끔, 큰오빠가 시끄럽다며 정아 탓을 했었다. 결국 모든 질책은 약자에게 향하기 마련이었다.

정아는 호주에서 돌아오자마자 대학에 입학해 서울로 도망쳤는데, 그때 첫 기숙사비를 큰오빠가 전부 내 주었다.

완전히 용서했다든지, 이제는 밉지 않다면 거짓말이다. 정아는 아직도 큰오빠가 미웠다. 그리고 큰오빠도 정아가 자신을 미워하는 걸 알았다. 그래도 그는 늘 안부 전화를 했다. 십 년째 집에 오지 않는 동생에게, 가끔씩 빙빙 돌려 보고 싶다는 말도 했다.

— 정호는 만난 적 없지?

"번호도 몰라."

— 요즘 일이 많아서 많이 힘들어하던데.

"힘들어하든지……."

정호는 대학을 졸업하고 정아가 사는 곳에서 조금 떨어진 곳에 취직을 했다. 정아는 그가 어떻게 지내는지 알고 싶지 않았고, 알 필요도 없다고 생각했다. 정아가 딱 잘라 말하자 큰오빠가 말했다.

— 아무튼 집에 좀 와, 인마.

"나중에 갈게."

— 용돈 필요하면 말하고.

"소미나 잘 키워."

정아가 웃으며 전화를 끊었다. 자식도 있는 사람이 용돈 같은 소리 한다. 빈말이라는 건 알지만 싫지 않았다.

그리고 다시 일을 하려는데 잠시 후 전화가 또 울렸다. 확인해 보니 모르는 번호였다. 정아가 의아해하며 전화를 받으니 익숙한 목소리가 들렸다.

— 강정아.

"……작은오빠?"

— 형이 번호 알려 줘서 전화했어.

정호였다. 정아의 표정이 딱딱하게 굳었다.

"무슨 일이야?"

그의 목소리를 듣는 것만으로도 긴장이 됐다. 횡단보도를 반쯤 건넜는데 갑자기 빨간불이 켜진 것 같았다. 정호가 장난스럽게 말했다.

— 야, 너 결혼 안 하냐? 더 값 떨어지기 전에 해야 쓸 만한 놈 잡지.

"왜 전화했냐니까."

진짜 싫은 건. 그는 정아가 왜 자신을 이토록 피하는지 모른다는 사실이었다. 정아가 싫은 내색을 감추지 못하며 말하자 정호가 대답했다.

— 내 여자 친구랑 밥 한번 먹자.

"뭐?"

— 여동생이랑 가까이 사는데 왜 한 번도 연락 안 하냐고 궁금해하더라. 한번 나와. 오빠가 밥 사 줄게.

싫다는 말이 나오지 않았다. 그냥 한마디만 하면 되는데. 그에게 싫다고 말한 이후에 일어났었던 어릴 때의 기억들이 정아의 입을 다물리게 했다. 싫다는 말은 계속, 속으로 삼켜졌다.

"나…… 요즘에 일이 좀 많아서."

— 언제 한가해져?

"나중에 내가 연락할게."

정아가 얼버무렸다. 다행히도 정호는 더 재촉하지 않고 전화를 끊었다.

그녀의 손이 바들바들 떨렸다. 아무도 없는 이 문학관이 갑자기 고향 집처럼 느껴졌다. 나쁜 기억은 이상하게도, 좋은 기억보다 선명하게 남았다.

늘 이렇게 커다란 미움을 가지고 사는 사람도 좋은 사람이 될 수 있을까. 의구심이 든다. 적어도 태진처럼 그렇게 순수하게, 좋은 사람이 되기는 힘들 것 같았다.

미움받고 싶지 않아서 웃고 미움받고 싶지 않아서 좋은 사람 행세를 하고 있는 자신이, 가끔은 끔찍하게 혐오스러웠다.

나쁜 기억에서 헤어 나오려 애쓰는데 멀리서 목소리가 들렸다.

"정아야."

아주 멀리서. 목소리가 들려 고개를 들어 보니 앞에 신희가 서 있었다.

"어디 아파?"

바로 목소리가 나오지 않아 고개만 저었다. 그리고 그저 가만히 신희를 바라보았다.

"강정아?"

그의 품에 안길 수 있었으면 좋겠다는 생각을 했다. 지금 너무 무서우니까, 옆에 있어 주면 안 되겠느냐고 조르고 싶었다. 이 끔찍한 기억에서 벗어날 수 있도록.

그는 생각보다 다정한 사람인데, 정아를 위로해 줄 수는 없다. 그는 어쩌면 나의 세상에 아무런 도움이 되지 않을지도 모르겠다고, 정아는 생각했다.

"위로해 주세요."

위로하는 방법을 알아도, 할 수 없을 남자에게 정아가 말했다.

"저 좀 위로해 주세요."

갑자기 사라졌던 첫사랑이 갑자기 눈앞에 나타났다. 세상에서 제일 다정한 줄 알았던 그 남자는, 자신의 추억이 잘못된 것이 아닐까 싶을 정도로 차가운 얼음벽을 세운다. 그 사실이 이렇게 추울 수 없었다.

신희는 가만히 정아를 바라보고 있었다. 아까부터 계속 그녀를 불렀는데 듣지 못했다. 그리고 하얗게 질린 얼굴로 입을 열더니 하는 갑작스러운 말.

그가 정아가 앉아 있는 의자로 천천히 걸어갔다. 그리고 그 의자 앞에 무릎을 꿇고 정아의 의자 양 손잡이를 잡았다.

등을 토닥여 주거나, 손을 감싸 주지는 않지만. 아이를 달래듯이 다정한 목소리와 눈빛으로, 그가 말을 걸어왔다.

"말해. 하지 않아도 좋고."

정아가 입술을 하얘지도록 물었다. 이상한 사람. 정말. 말도 못하게 이상한 사람. 정아가 울어야 할지, 웃어야 할지 모르겠다는 듯한 표정으로 말했다.

"그게 무슨 위로예요?"

그는 종종 이상한 방법으로 정아의 감정들을 속 깊은 곳에서부터 건져 올린다. 그녀가 자기도 모르게 천천히 웃었다. 그러자 신희도 따라 웃는다.

"위로해 달라며. 이유를 말하고 싶으면 하는데, 하기 싫을 수도 있잖아."

나름 심각하게 생각하고 낸 결론이긴 한 모양이다. 말해도 좋고, 말하지 않아도 좋다. 울어도 좋고, 울지 않아도 좋다. 아마 정아는 누가 위로해 달라고 말하면 같이 화내고 욕해 주고 진탕 술을 마시다 울어 주는 사람일 것이고, 신희는 왜 위로가 필요한지 말하든 말하지 않든 곁에 끝까지 있어 주는 사람일 것이다. 방식에 상관없이, 정아는 그의 위로에 웃음이 나왔다.

"놀랐잖아."

그가 혼잣말처럼 중얼거린다. 담담한 척 달래 놓고, 내심 무척 걱정했던 모양이다. 정아는 기분이 영 이상했다. 정호의 목소리에 무서워 움츠렸던 심장이 봄바람이라도 스친 것처럼 간지러웠다. 신희가 문학관을 둘러보며 말했다.

"네 시에 퇴근해?"

그는 더 이상 이유를 묻지 않았다. 정아의 기분에 대해서도 묻지 않았다. 그녀가 안도하며 고개를 끄덕였다.

"네. 주말엔 네 시예요."

"근데 갈 준비 안 하고 뭐 해? 네 시 다 되어 가는데."

"으응. 손님 오거든요."

정아가 핸드폰 액정에 얼굴을 비춰 보았다. 아직 좀 질려 있는 것 같기도 하고. 그녀가 창백해진 입술에 립글로스를 조금 발랐다. 신희가 미간을 좁히며 그녀를 보았다.

"남자 친구라도 와?"

그의 질문에 정아가 새침한 표정을 지었다.

"왜요. 난 남자 친구 있으면 안 되나?"

"누가 뭐라고 했나."

서로 괜히 툴툴거리는 사이 문학관 자동문이 열렸다. 그러더니 떡갈비집 봉단 할머니가 편지지 하나를 들고 들어온다. 그녀의 등장에 신희는 살짝 민망한 표정을 짓고, 정아는 밝게 웃었다.

"할머니. 오셨어요?"

"이거 미안해서 어쩌나."

"에이. 괜찮아요."

정아가 웃으며 할머니에게 의자를 드리고 자기는 서서 펜을 들고 말했다.

"말씀하세요."

"으응, 홍삼 잘 먹었다. 추석에 보자."

봉단의 말을 열심히 적고 뒷말을 기다렸다. 그런데 더 이상 말이 없자 정아가 물었다.

"편지 이게 끝이에요?"

"그거면 되지 뭘, 바쁜 아가씨를 고생시켜."

"저 하나도 안 바빠요!"

"무슨. 의사 양반 저기서 기다리는구만."

"아."

정아가 호기심 가득한 할머니의 눈빛에 얼른 대답했다.

"할머니. 저 의사 쌤 좀 혼내 주세요. 얼마나 못됐는지……."

신희가 표정을 찌푸리고 정아의 말을 끊었다.

"또 못됐다 그러네. 차라리 괴짜라고 해. 그게 낫다."

"못된 거 맞잖아요. 깨강정처럼 생긴 게 뭐예요? 깨강정이."

정아가 신희를 흘기는데 옆에 있던 봉단이 호호 웃는다. 왜 웃으시지? 정아가 당황해하는데 봉단이 신희에게 말했다.

"좋을 때지."

"……예?"

이번엔 신희도 약간 당황한 표정을 짓는다. 봉단은 이미 신희와 정아의 의견에는 관심이 없어 보였다. 그녀가 말했다.

"난 또 둘이 만나고도 영 마음에 안 들어 하는 줄 알았더니. 의사 양반이 여기까지 따라온 걸 보니까 아주 푹 빠졌네. 원, 청춘 남녀 사이에 일을 알 수가 있어야지."

분위기가 이상하게 흐른다. 정아가 얼굴이 새빨개져서 말했다.

"그, 그런 거 아니에요!"

정아는 아니라고 온몸으로 부정했지만 이미 봉단은 확신을 하고 있었다. 신희는 뭐라 말해야 하는지 순발력이 없어 머뭇거리고 있을 뿐이었다. 봉단 할머니가 가게를 비워 놔 바쁘다고 하시는 바람에 오해를 풀지 못한 상태로 편지 겉봉에 주소만 써 돌려 드렸다. 봉단이 떠나고 정아가 난감한 표정을 지었다. 그녀가 괜히 할머니들 탓을 했다.

"왜 할머니들은 이렇게 자꾸 우리 보고 사귀래요? 괜히."

"이 동네에 젊은 사람이 별로 없어서 그러신다잖아."

신희가 대수롭지 않게 말했다. 그러자 정아가 뿌루퉁해서 말을 이었다.

"저보고 젊은 애가 왜 이렇게 오지랖 넓냐고. 저 같은 애는 오빠처럼 무뚝뚝한 남자가 딱이래요. 그래서들 그러시나 봐요."

"그렇구나."

대답하는 목소리에 별로 성의가 없다. 정아가 그를 흘기며 물었다.

"신경 안 쓰여요?"

그러자 그가 팔짱을 낀 상태로 무심하게 되묻는다.

"신경 쓸 건 뭔데? 너 같은 어린애랑."

"저 내년이면 서른입니다, 이신희 선생님?"

자꾸. 신희는 중학생이던 그 까무잡잡한 여자애가 떠올랐다. 지금 앞에 서 있는 정아는 걱정스러울 정도로 하얀 얼굴에 긴 머리칼도 요령 있게 묶어 여성스러움이 가득했다.

자꾸만 그 어린애가 겹쳐 보이는 것이다. 뒤를 졸졸 따라오다가, 신희가 놀라게 하면 가뜩이나 큰 눈을 더 크게 뜨던 그 여자애가.

거기까지 생각이 미친 신희가 얼굴에 열이 나서 고개를 휙 돌렸다. 정말 자신이 왜 이러는지. 신희는 스스로가 낯설어 미칠 지경이었다.

왜 자꾸 그녀를 만질 수 있을 것만 같은 기분이 드는지. 그녀가 엉엉 울면 팔로 안을 수 있을지도 모르겠다는 생각이 자꾸만 든다. 그 애가. 자신에게 왜 이렇게까지 특별하게 느껴지는 건지.

세상 사람들이 다 나를 잊어도 정아의 머릿속에는 자신이 있었으면 좋겠다고. 그는 거듭 생각했었으니까. 신희가 재촉했다.

"우선 나가자. 문학관 닫아야지."

"아. 있잖아요, 지난번에."

정아가 문학관 일을 마무리하고 가방을 챙겨 들었다. 그녀가 앞장서 문학관을 나간다. 신희가 그녀를 따라가며 물었다.

"지난번에 뭐?"

그러자 정아가 그를 올려다보며 말했다.

"저번에 봤어요. 오빠한테 고백하는 여자분."

"아. 내 후배."

"으응."

"별거 아니야."

그렇게 절절하게 고백했는데 없는 사람 취급이라니. 그렇게 예쁜 여자도 차이니 나랑은 절대로 이어질 일이 없겠구나 싶어졌다.

그렇게 생각하려니 좀, 정아의 가슴이 욱신거렸다. 아까 자신을 달래 주던 신희의 행동 역시, 자신이 특별해서가 아니라 남들에게도 똑같이 해 줄 것이라 생각하니까.

잘되어 가는 거 아니냐는 봉단 할머니의 질문에 신경 쓰는 것도 자신뿐이다. 정아가 굳은 얼굴로 더 말이 없다. 그녀가 빠른 걸음으로 앞서 나가자 신희가 무심코 붙잡으려다 표정을 찡그렸다. 사회성 없는 자신이 왜 정아의 기분만 이렇게 잘 파악해서 쩔쩔매고 있는지. 요즘 들어 자기 자신의 행동이 이해가 잘 가지 않는다.

"왜 또 삐졌는데?"

"삐지긴 누가 삐져요?"

"할머님들이 문학관 아가씨 착하다고 했다니까."

할머니들이 분명히 그랬다. 문학관에 착하고 예쁜 아가씨가 있으니 가서 말이라도 걸어 보라고. 그렇게 괜찮은 사람이라면서. 화내는 거 한 번 못 봤다고. 그게 정아인 줄 알았으면 당장 달려갔을 텐데.

"왜 나한테만 신경질이냐?"

신희가 투덜거리자 정아가 멈칫하며 신희를 돌아보았다.

"……티 나요?"

그러고는 입술을 동그랗게 모으고 좀 귀여운 표정을 지었다. 신희는 그 표정이 귀여워 표정이 풀리려다가 얼른 다시 굳혔다. 이 아가씨가 어디서 애교로 넘어가려고 들어.

그보다 저 입술 좀 어떻게 해야겠다. 정신이 혼미해지네…… 신희가 정신을 붙잡고 말했다.

"엄청 티 나."

"으음…… 영순 할머니한테 반찬 버린 거 죄송하다고 사과하면 안 미워할 텐데. 못됐다고 절대 안 할게요."

정아가 괜히 영순 할머니 핑계를 댔다. 신희는 그 속을 뻔히 알았지만 모른 척 넘어가 주었다.

"좋아. 자리 좀 마련해 봐. 그럼."

"진짜요? 그럼 영순 할머니한테 물어볼게요."

"그래."

신희가 고개를 끄덕였다. 기분이 좀 풀린 그가 물었다.

"근데 있잖아. 항상 그렇게 편지 대신 써 드려?"

"으음. 네. 요즘은 글씨 알려 드리려고 이것도 제가 만들었어요."

정아가 물어보길 기다렸다는 듯이 가방에서 프린트물 하나를 꺼냈다. 한글 자음을 따라 쓰도록 칸이 그려져 있었다. 취미로 디자인 프로그램 사용법을 배워 둔 터라 그 재주를 아주 요긴하게 쓴다.

"근데 제가 너무 급했나 봐요. 아직 연필 쥐는 법도 모르시더라고요. 그래서 먼저 연필 쥐는 법부터 알려 드리려고요."

"좀, 번거롭지 않나."

신희가 찌푸린 표정으로 물었다. 어쩐지 할머니들이 화내는 거 한 번 못 봤다고 해서, 문학관에서 화낼 일이 뭐가 있나 생각했었는데. 항상 저렇게 번거로운 부탁들을 도맡고 있나 보다. 그러자 정아가 무척 즐거운 표정으로 말했다.

"있잖아요, 이 문학관이 이재하 시인 생가거든요? 시인이 살아 계실 때. 동네 사람들이 툭하면 여기 찾아와서 이것저것 물어보고 그랬대요. 동네에 대학 나온 사람이 이재하 시인밖에 없어서, 정말 별의별 걸 다 물어봤다나 봐요."

"응."

"그럼 그분은 밤을 새서라도 답을 찾아 주셨대요. 며칠이 걸려서라도. 꼭 알려 주시더래요."

"……."

"저도 그런 사람이 되고 싶어요. 으음, 능력이 된다면 한글교실 같은 걸 할 수 있으면 좋겠어요. 문학관은 꽤 한가한 편이니까."

"관장님한테 여쭤 보는 게 어때?"

"에이. 제가 무슨."

정아가 손사래를 치자 신희가 그녀의 앞으로 걸어가 섰다. 그가 물었다.

"네가 왜?"

"네?"

"네가 무슨이라며. 네가 왜?"

신희가 물었다. 정아가 신희의 눈을 보지 않고 대답했다.

"그렇게까지 좋은 사람은 아니라서."

"……."

"내가 이재하 시인처럼, 동네 하나 있는 고학력자도 아니잖아요."

그녀가 장난처럼 말했다. 사실은 자신이 없었다. 그렇게 좋은 사람이 될 자신이 없다. 곧 침묵이 흘렀다. 햇빛이 조금씩 잦아드는 오후의 시간. 가만히 걷고 있는 것만으로도 데이트다워지는, 그런 시간이었다.

나만 떨리는 걸까.

정아가 흘깃 신희를 보며 생각했다. 작은오빠에 의한 공포에서 벗어나서 신희의 위로로 다시 몸에 온기가 돈다. 봉단 할머니가 잘되어 가는 거냐고 물어보니까. 혹시나, 혹시나 싶은 생각이 든다. 나만 그런가. 정아가 다시 앞의 바닥을 보고 말했다.

"나는 신경 쓰여요."

그녀의 말에 신희가 정아를 보았다. 그녀가 말을 이었다.

"할머니들이 오빠랑 저랑 엮어 주려고 하는 거 신경 쓰인다고요. 그리고 오빠를 좋아하는 여자가 여기까지 찾아와서 고백했는데 어떻게 별일 아니에요?"

"……."

"너무해. 여자 마음을 하나도 몰라."

괜히. 그의 냉정함이 얄밉다. 중학생 때처럼. 자신이 토라지면, 그는 아이를 달래듯이 달래고. 태양은 노을이 되도록 저 멀리 가 버리고, 그런데도 첫사랑은 커지기만 하던 그때처럼.

"그게 왜 신경이 쓰이지."

그의 말에 바닥만 보던 정아가 고개를 들었다. 신희가 자신을 보고 있었다. 그가 멈춰 서더니 손바닥을 내밀었다.

"너 여기 손 올려 봐."

"네?"

"치료."

한 손은 주머니에, 다른 한 손은 그녀 앞에. 정아가 그의 손과 얼굴을 번갈아 보았다. 그리고 아주 조심스럽게 제 손을 앞으로 내밀었다. 닿을락 말락. 온기가 느껴질 정도로 가까워졌을 때 정아가 주먹을 쥐고 물었다.

"괜찮……."

신희가 손을 뻗어 그녀의 손을 움켜쥐었다가, 놓았다. 그 짧았던 스킨십에 정아는 온몸에 있던 모든 감정이며, 자신의 생명 전부가 반응하는 기분이었다. 신희가 자신의 손을 가만히 보았다. 더럽고, 끔찍하게 느껴지는지 아주 오랫동안 생각했다.

그가 중얼거렸다.

"오해하시라고 해."

"……."

"나는 하나도 신경 안 쓰여."

어느 쪽이었지. 정아가 다시 돌아서 앞장서는 신희의 뒷모습을 보며 생각했다. 스킨십에 약한 쪽이 어느 쪽이었더라. 왜 고작, 손 한 번 잡은 것으로 자신의 머릿속이 이렇게 복잡해질까…….

그리고 한 주가 지나도록 둘은 연락한 적이 없었다. 정아는 이런 식의 치료라면 심장에 병이 날지도 모르겠다고 생각했다. 왜 신경이 안 쓰인다고 말했을까. 몰랐는데 손잡는 게 치료라면 다음 단계……

정아가 퍼뜩 정신을 차리고 두 손으로 제 뺨을 짝짝 때렸다.

"무슨 생각 하니, 강정아. 정신 차려."

자신이 이렇게 음흉한 사람인 줄 몰랐다. 그와 있으면 첫사랑의 모든 감정들이 조금씩 깨어나는 기분이다. 토요일, 때마침 영순 할머니가 문학관에 오셨기에 신희가 뵙고 싶어 한다고 붙잡고 늘어졌다. 정아가 거듭 괜찮다고 거절하는 영순 할머니를 동네 초입, 큰 나무 아래로 모시고 갔다.

"의사 쌤이 꼭 죄송하다고 말씀드린대요."

"아유 죄송하긴……"

영순은 중얼거리면서도 정아가 꼭 쥐고 있는 손을 놓지 않았다. 나무 아래 평상에 도착하자 정아의 연락을 받고 달려와서 기다리던 신희가 일어서서 얼른 허리를 푹 숙여 사과했다.

"정말 죄송했습니다."

"음식이 입에 안 맞았나 보지."

영순이 난처한 표정으로 대답하는데, 신희가 머리를 긁적이더니 말했다.

"그게 아니라요…… 아 일단 앉으시죠."

영순의 뒤에 서 있던 정아도 고개를 기우뚱했다. 영순이 평상에 앉자 신희가 좀 민망한 표정으로 말했다.

"할머니. 혹시 25년 전에 방영한 '해동네 달동네' 라는 드라마 아세요?"

"알지, 그럼!"

영순이 반가운지 손뼉을 쳤다. '해동네 달동네' 는 오래전 드라마인데도 기억에 생생하게 남을 만큼 크게 흥행했던 주말 연속극으로 이 년에 걸쳐 방영한 드라마였다. 신희가 말을 이었다.

"거기에 왜, 홍이라고. 쌍둥이 중에 달동네 가족 아들 있잖아요."

"홍이! 홍이 알지…… 이제 의사 양반만큼 컸을라나?"

쌍둥이 중 하나는 부촌에서, 하나는 달동네에서 가족을 이루고 살아가는 내용이었다. 영순이 유심히 신희의 얼굴을 살피자 그가 유쾌하게 웃으며 손가락으로 제 얼굴을 가리켰다.

"제가 홍이예요. 할머니."

"의, 의사 양반이 홍이야?"

영순이 놀라며 되묻자 신희가 쑥스럽게 웃으며 고개를 끄덕였다.

"네. 별로 안 변했죠?"

"아이고. 홍이가 이렇게 컸어?"

"그때 저 진짜 인기 많았잖아요. 정말 저 모르는 사람이 없을 정도로."

"그럼! 그랬지. 그랬고말고. 홍이 모르는 사람이 없었지."

유난히 귀엽던 아역 배우 홍이. 달동네에 사는 부부의 슬픔을 애교로 사르륵 녹이던 그 꼬마 애가 어느새 영순이 고개를 한참 들고 봐야 할 정도로 자랐다. 신희가 헛기침을 한 번 하고 말했다.

"사람들이 다 저만 보면 예쁘다고 만지고, 뽀뽀하고, 먹을 걸 주고 그랬는데. 그러다 어떤 아주머니가 주신 음료수에 농약이 들어 있어서…… 한 모금 마시자마자 눈이 뒤집혀서 기절을 한 거예요. 그 후로 꽤 오랫동안 병원에 있었어요."

신희의 솔직한 말에 정아도 영순도 말이 없었다. 그저 멍하니 그의 말을 듣고 있을 뿐. 신희가 말을 이었다.

"드라마에선 가난한 집에서도 밝게 자라는 애였는데 실제로는 아니어서 화가 나셨다고 하더라고요."

신희는 그때 그 순간을 기억했다. 아이에게 다가왔던 아주머니가 유난히 지치고, 슬퍼 보여서. 위로해 주고 싶었다. 드라마에서 그랬던 것처럼 애교를 부리면 좀 힘이 나지 않을까 했다.

나중에 들어 보니 그녀는 신희가 대학 병원 교수와 여배우의 아들이라는 걸 알았을 때, 아이가 사는 거대한 집을 보았을 때부터 심각한 우울증을 겪었다고 했다. 홍이를 보며 느낀 모든 희망이 단숨에 무너진 기분이었다고.

그녀가 슬퍼 보여서, 건네주는 음료수를 거절하지 않고 맛있게 마셔 보였다. 거기에 지금은 판매 금지가 된 무색무취의 농약이 들어 있었다고 한다. 그 순간 느꼈던 고통보다, 그 이후 긴 시간 동안 느껴야 했던 고통이 더욱 끔찍했다. 다른 사람이 건네는 음식을 삼키면 그때 느낀 그 고통이 그대로 느껴졌다. 신희가 떠올리기 힘든지 심호흡을 하고 영순에게 웃어 보였다.

"그때 이후로 저 다른 사람이 주는 음식은 아예 못 먹어요. 할머니."

"세상에……."

"죄송해요. 그래도 나아지고 있으니까요. 나중에 맛있는 거 해 주시면 꼭 먹을게요."

"그럼. 해 주지. 해 줘야지."

고개를 열심히 끄덕이는 영순의 눈에 금방 눈물이 그렁그렁했다. 신희가 고개를 조금 기울이며 애교 부리듯이 웃었다. 그렇게 웃으니 그의 얼굴 속에서 사랑스럽던 홍이의 모습이 언뜻 보였다.

"울지 마세요. 그럼 제가 뭐가 돼요. 할머니 속 썩이고 울리고."

"얼마나 고생을 했어……."

"한참 전 얘긴데요, 뭐. 아. 얘가 와서 하도 뭐라고 해서. 할머니 우실 줄 알았으면 얘기 안 했죠."

하여튼 이게 다 강정아 때문이다. 괜히 와서 따지고 삐져 가지고. 생전 안 하던 얘기를 꺼내 놓고 있다니.

그래도 할머니에게 사정을 이야기하고 나니까 속이 좀 후련했다. 신희가 왜 그렇게 대인기피증세를 보이는지 알게 된 정아는 뭐라고 위로의 말을 해야 하나 생각했다.

어릴 때도 신희는 방에서 잘 나오지 않았다. 항상 집 안에서 책을 읽고 있었다. 그가 해변을 걸었던 건 그나마 얼마 후의 일이었다.

'너 귀여워서.'

자전거 앞에 달린 바구니에 책을 넣어 주며 신희가 했던 말은 평생, 또렷하게 정아의 기억에 남아 있었다. 떠올리려면 얼마든지 그때의 날씨와 장소 그리고 고등학생이던 신희의 얼굴, 그의 목소리를 떠올릴 수 있다. 기억력이 아주 좋은 편도 아닌데 그때 기억만큼은 유난히 잊지 않는다.

"할머니. 키 큰 사람은 싱겁다잖아요. 이 오빠도 키만 멀대같이 크니까 얼마나 싱겁겠어요. 할머니가 이해해 주세요."

정아가 괜히 시비를 걸자 영순은 웃고 신희는 미간을 좁혀 그녀를 본다. 그가 말했다.

"쬐끄만 게."

"뭐예요?"

신희의 대꾸에 정아가 입술을 뿌루퉁하게 내밀었다. 둘이 티격태격 다투는 것을 보던 영순이 기대감 가득한 눈으로 물었다.

"그거 봐. 의사 양반. 내 말대로 둘이 만나 보니까 아주 괜찮지?"

"할머니!"

정아가 당황하며 말했다. 신희는 어깨를 으쓱이더니 태연하게 대답했다.

"하나도 안 괜찮습니다. 저한테 얼마나 못되게 구는데요."

"그으래?"

"네. 예쁘다는 말 빼곤 다 거짓말이던데요."

신희가 솔직하게 툴툴거리자 할머니가 소리 내어 웃으신다. 아주 간만에 재밌는 일을 봤다는 듯이.

신희는 자기가 한 말에 왜 저렇게 웃으시는지 몰라서 고개만 기우뚱거리고. 신희의 이야기에 눈물이 고였던 정아는 예쁘단 말에 얼굴이 빨개져서 그를 흘겼다.

"장난치지 말아요!"

"뭐가?"

"어우, 말을 말아야지. 괴짜. 진짜."

"아니 갑자기 왜……."

자기가 생각한 것을 말한 것뿐이던 신희는 영문을 몰라 난감해하고. 정아만 더워서 손부채질을 했다.

4
산책

영순 할머니가 먼저 자리를 떠나 그늘 아래는 둘만 남았다. 정아가 핸드폰으로 시간을 확인했다. 이제 겨우 다섯 시다.

원래 정아는 집순이라 돌아다니는 걸 즐기지 않았지만, 저녁 해가 길어지는 요즈음은 특히 봄바람이 마음까지 간질이는 지금은 집에 가는 것이 무척 아깝게 느껴졌다. 때마침 앞에는 웬만한 여자들의 이상형을 씹어 먹을 만큼 잘생긴 첫사랑까지 있다. 역시나 집에 돌아가기에는 아쉬운 순간이다.

힘든 기억을 꺼내 놓은 그를 달래 주고 싶기도 했다. 정아가 그를 불렀다.

"오빠, 우리……."

그러나 곧 말끝을 흐렸다. 무심코 같이 밥을 먹거나, 카페를 갈까 물어보려다가 그에겐 힘든 일인 것을 알았기 때문이었다. 정아가 머뭇거리자 신희가 말했다.

"산책하자."

"네?"

정아가 되물었다. 그러자 신희가 손목시계를 확인하고 말했다.

"밥이라도 사 주고 싶은데, 내가 식당에 들어가도 너 먹는 거 구경만 할 테니까."

"으응."

"대신 여기 근처에 생태 공원 있잖아. 한 바퀴 돌자. 날씨도 좋은데."

"아…… 그럴까요?"

그도 그랬나 보다. 이렇게 좋은 오후. 혼자 있기에는 쓸쓸할 만도 하지. 산책이라. 정아가 웃으며 생태 공원이 있는 방향으로 앞장섰다. 생태 공원까지 걸어서 20분 정도 걸리고 한 바퀴 도는데 1시간이 걸린다. 적당히 산책하고 돌아오기 딱 좋은 코스였다.

정아는 신희의 걸음이 느린 건지, 아니면 그가 맞춰 주는 건지가 오늘도 의문이었다. 그녀가 바다를 물들이는 노을을 충분히 구경하면서 걷는 속도와 딱 맞았다.

둘은 공원에 도착했다. 풀과 담수의 기분 좋은 냄새가 정아의 마음을 풀어 놓았다. 정아가 핸드폰을 꺼냈다.

"검색하면 나와요? 아역 배우면."

"별로 안 나올 거야. 아버지가 나에 대한 내용은 아예 기사로 못 올리게 막으셨거든. 너무 놀라셔 가지고. 뭐, 아역 배우에 대해서 그렇게 관심이 있지도 않고 오래된 드라마라 자료도 별로 없어."

"아……."

인터넷을 검색해 보니 아역 배우일 때 사진만 몇 장 남아 있었다. 정말 깜짝 놀랄 정도로 예뻤다. 정아가 감탄하며 신희에게 물었다.

"이 꼬마 어디 갔어요?"

"여기 있잖아."

신희가 진지하게 대답하자 정아가 웃음을 터트렸다. 그 예쁜 애가 왜 저렇게 컸을까. 이 사진 몇 장만으로도 그가 행복하게 큰, 애교 가득한 아이였다는 것이 느껴졌다.

정아가 일부러 밝게 웃는데, 그게 비웃음이라고 생각했는지 신희가 투덜거렸다.

"할머님께 사과하면 못되게 안 굴기로 했잖아."

"이게 뭐가 못되게 구는 거예요? 그럼 잘해 주려면 아 예쁘다 하고 쓰다듬어 주고 그래야 해요?"

"응. 그렇게 해 주라."

"도망갈 거면서."

정아가 웃자 신희도 미소를 지었다. 그가 말했다.

"병원에서 나오고 바로는. 그 정도는 아니었어."

"그래요?"

"응. 처음에는 병원에서 주는 밥도 잘 먹고. 좀 놀라서 어른들이 오면 무서워하긴 했지만 만지지 못하게 할 정도는 아니었어."

둘이 걷는 길의 오른쪽은 언덕이 있고 왼쪽에는 비탈길이 있었다. 그 비탈을 10m 정도 내려가면 강이 있다. 신희가 말을 이었다.

"그런데 부모님의 충격이 더 컸던 거야. 그래서 다른 사람이 주는 건 절대 먹지 말라고 매일, 수도 없이 말씀하셨어. 정말 매일매일 누가 나 만지기만 하면 손수건으로 피부가 벗겨질 정도로 **빡빡** 닦으시는 거야. 강박증이 생기신 거지. 그때 너무 놀라서."

"……."

"그러다 보니까."

그가 멀리 있던 밤이 천천히 가까워지는 하늘을 바라보며 말했다.

"내가 어느 날부터인가 부모님 손까지 쳐 내게 되더라."

"……."

"부모님의 손도 위험하고 더럽게 느껴지기 시작한 거지."

남이 주는 음식을 먹으면 안 돼. 누구도 너를 만지게 하면 안 돼. 남을 믿으면 안 돼. 신희야.

소년의 관념은 그렇게 고정되었다. 그가 말을 이었다.

"그래도 지금은 정말 많이 나아졌어. 이젠 그냥 더럽게 재수 없는 놈 정도지?"

신희는 웃으라고 한 말인데 정아는 웃지 못했다. 그녀의 어두운 표정에 신희가 서둘러 말을 이었다.

"의사가 된 건 아버지 때문이었어. 내 모교 의대 교수셨고."

"아……."

"내가 거길 들어갈 만큼 공부도 잘했거든."

그가 말하자 이제야 정아가 반응하며 좀 웃는다. 신희가 말을 이었다.

"내가 이상한 짓을 해도 아버지가 무서워서 나에게 함부로 못
할 거라고 생각했나 봐. 실제로도 선배들이 내 동기들은 웬만하면
잘 안 건드렸어. 아무래도 내가 불편했던 거지. 그러니까. 나는
사람을 살리고 싶다거나, 그런 좋은 마음 때문이 아니라. 그냥 아
버지의 보호막 안으로 들어간 거야. 그리고 사람을 만나지 않는
마취과를 선택하고."

"그런 이유로 의사가 된 거면. 왜 태진 쌤을 따라가려고 해
요?"

"대학 다니다가 기태진 선생님 다큐멘터리를 봤거든."

태진의 이야기가 나오자 신희의 표정이 밝아졌다. 어두워진 후
에야 별이 빛나기 시작하듯이. 그 역시 기억을 바닥까지 더듬어
갔을 때, 문득 아이 같은 설렘을 빛내기 시작했다.

"세상에 나랑 정반대인 사람이 있는 거야. 절단된 상처에서 진
물이 뚝뚝 떨어진 아이도 맨손으로 끌어안는 사람이. 세상에 있더
라. 나에게 절대로 불가능한 일이 가능한, 말하자면 히어로 같은
거였어. 기태진 선생님이."

어린 소년이 슈퍼맨에 대해 이야기하듯이. 신희의 그 무덤덤하
던 눈에 순진무구한 빛이 반짝였다. 그가 그런 눈으로 정아를 바
라보며 말했다.

"나도 그런 좋은 사람이 되고 싶다는. 그런 아이 같은 생각을
했어. 그래서 A국가에 가고 싶었던 거야."

신희의 그 눈빛이 정아의 시선을 사로잡았다.

정아도 같았다. 태진 같은 사람이 되고 싶었다. 그런데 나만, 과거에 붙잡혀서 벗어나지 못하고 있는 건가?

정아는 이상하게도 질투가 났다. 자신도 저런 눈빛을 가지고 싶었다. 순진무구한 눈빛을. 그도 자신만큼이나 아프고 외로웠을 텐데. 왜 저 남자만 저렇게 아무렇지도 않게 좋은 사람이 되기를 꿈꾸는 걸까. 나만 나쁜 걸까.

그런 정아의 생각을 깨고 아이 울음소리가 들렸다. 둘이 소리 나는 쪽을 보니 일곱 살 정도 된 여자아이가 타고 있는 자전거를 멈추지 못해 비틀거리고 있었다.

한쪽은 난간 없는 비탈이었다. 아이가 울먹울먹하며 오는 것을 본 신희가 서둘러 자전거를 붙잡았다. 자전거도 작고, 속도도 그리 빠르지 않아 다행히 둘 다 다치지 않고 자전거가 멈췄다.

자전거가 멈추자 다급하게 달려오던 아이 엄마가 안심해서 인사했다.

"감사합니다! 아영아. 감사합니다. 해야지."

그러자 겁을 먹었던 아이가 안심해서 울먹거리며 자전거에서 내려 꾸벅 인사를 한다. 신희가 미소를 지었다.

"조심해서 타. 다치지 않게."

아이가 고개를 끄덕였다. 그러더니 쪼르르 엄마에게 달려가 가방을 뒤적거렸다. 그리고 사탕 한 움큼을 꺼내 신희에게 불쑥 내밀었다.

"사탕 줄게요."

"응?"

그러자 신희가 제자리에서 꼼짝을 못 한다. 아이가 말간 눈으로 의아해하더니 손을 더욱 내밀었다. 신희가 난감해하고, 사탕을 받아 주지 않자 아이도 아이 엄마도 당황한 표정을 짓는다.

옆에서 보고 있던 정아가 대신 손을 내밀었다.

"나한테 줄래? 이 아저씨는 이가 왕창 썩어서 사탕 못 먹거든."

"이 썩었어요?"

"응. 싹 다 썩었어. 저거 이 다 가짜야."

"으으."

"그러니까 사탕 먹으면 꼭 양치질해야 된다? 안 하면 이 아저씨처럼 돼."

"네!"

아이가 늠름하게 인사하더니 다시 자전거를 끌고 엄마와 갈 길을 갔다. 아이의 한 움큼, 사탕 세 개를 쥔 정아가 신희를 보았다. 그의 표정이 어두웠다.

그 모습을 보고 있던 정아가 아이에게 받은 사탕 중 하나를 까서 입에 넣었다.

"레몬 맛인 줄 알았더니 파인애플이네요."

그녀가 우물거리며 말하자 신희가 말없이 고개를 끄덕였다. 정아가 사탕 하나를 더 까서 신희에게 내밀었다.

"제가 먹어 봤잖아요. 괜찮아요."

"안 괜찮아."

"먹어요."

정아가 내미는 손을 신희가 발작적으로 뿌리쳤다.

"안 먹는다고 하잖아."

"제가 태진 쌤한테 이력서 전해 주기로 했잖아요. A국가 가야죠?"

"……."

"가요. 갈 수 있어요."

그가 그렇게 자괴감 가득한 표정을 하지 않았으면 좋겠다. 나는 될 수 없는 좋은 사람이. 당신은 될 수 있었으면. 정아는 그렇게 생각했다.

그래서 다시 신희에게 손을 뻗었다. 신희가 괴로운 표정으로 다시 정아를 피했다. 그런데 발을 헛디딘 정아가 "어어?" 하고 당황하더니 비탈길 쪽으로 넘어지고 말았다.

정아는 신희를 붙잡으려 손을 뻗었지만 그가 당황해 더욱 물러서는 바람에 잡지 못했다. 신희 역시 뒤늦게 손을 뻗어 봤지만 그녀를 만질 수가 없었다.

신희의 호흡은 거칠어지고 풀밭에 넘어진 정아는 흙투성이였다.

엉망진창도 이런 엉망이 없었다. 신희는 정아를 일으켜 줄 생각조차 못 하고 한동안 이 상황을 파악하려 애썼다.

신희의 손이 떨렸다. 그가 넋이 나가서 정아에게 다가갔다. 구급차를 부르려고 떨리는 손으로 핸드폰을 꺼내는데 정아가 눈을 떴다.

"풀 냄새 좋네요."

그녀가 말하자 신희가 행동을 멈췄다.

"그 상황에서 풀 냄새가 좋다는 말이 나와?"

신희가 굳은 얼굴로 말했다. 바닷바람이 두 사람을 훑고 지나
갔다.

"진짜 좋아요."

"……미안해. 못 잡아 줘서."

신희가 사과하는데 정아가 웃었다.

"괜찮아요. 별로 아프지도 않고."

"……"

"내가 먼저…… 게다가 제가 발을 헛디뎠잖아요."

"안 괜찮아."

신희가 입고 있던 카디건을 벗고 정아에게 내밀었다.

"이거 걸쳐."

"더러워지는데."

"가져. 그럼."

정아가 신희가 잡은 카디건을 붙잡는데 그가 카디건을 붙잡은
손을 놓지 않았다. 그리고 그대로 힘을 주어 정아를 일으킨다.

그녀가 일어난 후에야 신희가 카디건을 놓았다. 정아가 그것을
몸에 걸쳤다. 짙은 밤색 카디건을 입으니 따뜻하고, 동시에 너무
커서 무거웠다.

신희의 호흡이 거칠어져 있었다. 사람과 사람이 닿는 일이 이
렇게 어려운 일이었다니.

그때 정아의 갈색 머리칼을 한 갈래로 묶고 있던 끈이 툭 끊어

졌다. 그리고 흙이 후드득 떨어졌다. 그녀가 대수롭지 않게 머리 칼을 양손으로 탈탈 털었다.

신희는 자신의 옷이 우스울 정도로 큰 정아를 보며, 내가 이런 여자 하나를 붙잡지 못해 다치게 했구나 생각했다. 뺨은 통통한데 기울인 목을 보니 가냘프기 짝이 없다.

그녀가 씩씩하게 말했다

"돌아갈까요?"

"심리 치료 받아 봐."

"네? 갑자기 무슨 소리예요."

"난 꾸준히 받거든."

상처가 났을 것이다. 그녀의 어딘가에. 신희는 자신이 어린아이라, 이 자리에서 넋을 놓고 울었으면 좋겠다고 생각했다. 속이 답답하고, 어두웠다. 노을은 어느새 저물어 세상에 남은 빛이 얼마 없었다.

정아를 붙잡지 못한 자신은 싫고, 자신의 앞에서 웃고 있는 그녀는 미웠다.

그가 화를 짓누르며 말했다.

"나는 내가 이상한 걸 알기라도 하지. 넌 모르는 것 같네. 네가 훨씬 심각해. 지금 네 꼴 좀 봐. 세상에 그게 어떻게 괜찮아? 그게 괜찮은 사람이 세상에 어디 있어? 화내는 법 몰라? 소리 지를 줄 몰라?"

신희가 화난 목소리로 묻자 정아가 움찔하더니 눈을 깜빡거렸다.

"내가 괜찮다잖아요?"

정아가 대답했다. 왜 그런 걸로 화를 내. 내가 괜찮다는데. 그게 왜 화를 낼 일인지.

"강정아."

"네?"

화가 많이 났는지, 신희가 그녀를 싸늘하게 노려보며 물었다.

"전에는 왜 그랬어? 내가 손 들 때 왜 피했어? 왜 나를 보면 겁먹은 눈을 해?"

"……."

"어릴 때에는? 그때는."

"그때 왜요?"

정아가 날카롭게 되물었다. 그리고 신희는 꺼내기 힘든 말을 꺼내는 사람처럼 침을 삼켰다. 그러나 그 역시 이성적이지 못할 정도로 화가 나 냉정한 말투로 물었다.

"그때는 왜 그렇게 자주 넘어졌어?"

"……."

"어떻게 넘어지면 그렇게 다쳐?"

정아가 울면서 걸어가고 있던 날. 신희가 놀라서 달려 나왔을 때 정아의 한쪽 뺨이 새빨갰다. 그 이후에도 멍이 든 것을 보고 놀라서 물어보면 맨날 넘어졌단다. 오빠랑 놀다 다쳤단다. 별거 아니라고 했다. 그게 별거 아닐 수가 있나. 어떻게.

다 큰 여자애 상처를 자세히 볼 수도 없으니 속이 답답했었다. 아무것도 못 하는, 약해 빠지고 겁 많은 자신이 미웠다. 지긋지긋

했다. 신희가 이를 악물고 물었다.

"그런데도 너에게 아무런 문제도 없다고?"

정아는 그가 너무나 이상해서. 정말 머리가 어떻게 된 남자는 아닌가 싶었다. 본인이 괜찮다고 하면 그걸로 된 것 아닌가. 내가 아프지 않다고 하면, 그런 줄 알아야 하는 것 아닌가?

내가 웃고. 내가 미움받기 싫다는데. 사람들도 다, 남매끼리 그 정도 다투는 건 아무 일도 아니라는데.

자기가 뭔데 쓸데없는 걱정을 하고. 내가 이토록 웃어도 어두운 내 속을 읽어 내고야 마는지.

그렇게 많이 시간이 지났는데 왜. 자신의 상처를 기억하는지 모르겠다. 화가 났다. 잊고 싶은 기억을 알고 있는 남자를 만나자 그를 밀쳐 버리고 싶었다. 신희가 미웠다.

정아는 갑자기 울 것 같은 기분이 들었다. 잘 안 울었었는데. 그가 자꾸만 자신을 건드린다. 그녀가 돌아섰다.

"저 갈게요."

"정아야."

"따라오지 말아요."

그리고 도망치듯이 달려갔다. 그대로 신희를 보고 싶지 않아 택시를 타고 집으로 혼자 와 버렸다. 데려다주겠다며 그녀를 잡으려 애쓰는 신희를 알면서도 모른 척했다. 그럴 이유가 없다고 생각했다.

택시에서 내려 집이 보이자 캄캄하던 머릿속에 그제야 정신이 좀 돌아왔다. 옥외 계단으로 올라가 옥상에 놓인 평상에 드러누웠다. 찝찝해서 목욕부터 하고 싶기도 하고, 잠깐 하늘에 별을 보고 있고 싶기도 했다.

그 남자의 카디건은 따듯했다. 이대로 여기에서 잠들 수 있을 것만 같았다.

아이가 내미는 사탕을 쓸쓸하게 보고 있던 그의 표정이 머리에서 사라지지 않았다. 마치 충격적인 영화 속 한 장면처럼. 어땠을까. 영순 할머니가 만든 음식을 버릴 때의 그 남자는. 딱, 그런 표정이었겠지. 자기 스스로가 미워서 어쩔 줄 모르겠다는 듯한 얼굴을 하고 있었겠지.

정아가 고개를 마구 흔들고 괜히 툴툴거렸다.

"연애도 못 하겠네. 손잡기도 싫어하는 남자와 어떻게 연애를 해."

혹시나 좋아하는 여자가 생겨도. 좋아한다 말을 할 수나 있을까. 아니. 애초에 저렇게 사람과 멀찍이 떨어져서, 좋아하는 마음이나 들까.

'나는 식당도 카페도 못 들어가. 네가 해 주는 음식도 못 먹고.'

한 번 더 신희가 했던 말을 떠올렸다. 그날은. 그까짓 거 뭐 사랑한다면 큰 문제가 되지 않을 거라고 생각했다. 그런데 지금 생각해 보니 그렇지 않다. 그토록 작게 느껴지는 일이 결국은 큰 문제였다.

유령이 된 기분일 것이라고 생각했다. 사람들이 바로 앞에 보이는데, 나의 손은 닿지 않는다.

정아가 상체를 일으켰다. 자신을 붙잡지 못해서, 몇 번이고 이름만 부르던 그가 떠올랐다. 갑자기 무척 가슴이 아팠다. 그때 그의 표정은 어땠을까.

"인사라도 할 걸 그랬나……."

정아가 중얼거리며 집 안으로 들어갔다. 그날, 밤새도록 꿈을 꿨다. 태진의 도움으로 이모 집에 맡겨졌던 기억. 필사적으로 낯선 환경에 적응하려 애쓰던 어린 자신이. 무조건 웃고, 무조건 긍정하던 중학생의 여자아이가.

어수선한 꿈에 잠깐 눈을 떴던 정아가 뒤척였다. 생각해 보면 자신에게는 사춘기가 없었다.

지금에 와서, 사춘기가 온 걸까. 못다 한 첫사랑과 함께.

정아는 다시 잠이 들기 위해 애썼다. 그러다 다시 눈을 떴을 때, 이미 해가 밝아 오고 있었다. 그녀가 피곤한 몸을 일으키다 팔에 멍이 든 것을 깨달았다.

오랜만에 본 상처다. 상처를 보면 폭력이 떠올랐다. 참 이상하지. 그때를 생각하면 화가 나야 하는데, 그것보다도 먼저 부끄러움이 느껴진다. 아무것도 하지 못했던 스스로에 대한 자괴감.

이상하게도 그 기억이 정아의 자존감을 갉아먹었다. 내가 잘못한 건 없다, 그렇게 반복해서 생각하는데도.

기억을 애써 지우고 나갈 준비를 했다. 이번 일요일은 쉬니까, 보육원 일을 도와줄 생각이었다. 머리끈을 찾아 서랍을 여는데 벨이 울렸다. 정아가 의아해하며 옥상으로 나가니 옥외 계단 아래에 신희가 서 있었다. 정아가 당황하며 계단을 내려와 밖으로 나왔다. 그러자 신희가 정아에게 가까이 다가왔다.

오늘따라 웬일로 이렇게 가까이 올까.

늘 멀찍이 떨어져 있다 가까워지니 눈높이가 안 맞는지, 신희가 허리를 좀 숙였다. 정아 역시 평소보다 고개를 들고 그를 올려다보았다.

"무슨 일이에요?"

"밤새 생각해 봤는데 너무 열이 받아서."

"……네?"

"아무리 생각해 봐도 열이 받잖아."

그의 말에 정아가 아까부터 이상하다고 생각했던 걸 조심스럽게 물었다.

"그보다 괜찮아요?"

"뭐가?"

"우리 너무 가깝지 않아요?"

둘의 거리가 아주. 닿을 듯이 가까웠다. 신희는 그걸 깨달았는지 좀 당혹스러운 표정을 지었다. 그리고 괜히 큰소리쳤다.

"너무 열 받아서 가까운 것도 잊어버렸잖아."

"갑자기 뭐가…… 아침부터 왜 이래요?"

"툭하면 토라지고. 어제는 왜? 뭐가 그렇게 열 받아서 집에 가 버린 건데?"

"그냥…… 오빠가 나보다 훨씬 이상하잖아요. 그런데 나보고 치료받으라니까 뭔가 열 받아서…….”

“이거 봐. 할머님들이 다 너한테 속고 있다니까. 이렇게 금방 화내는 여자가 뭐가 착하고 상냥해?”

자기가 분명히 그랬으면서. 미움받는 거 익숙해서. 괜찮다고 그랬으면서. 신희의 말에 덜컥 겁이 났다. 그녀가 확인받고 싶은 마음에 다급하게 말했다.

“미움받는 거 전혀 상관없다면서요. 자기 입으로 말했잖아요.”

“상관있어.”

“네?”

“엄청나게. 진짜 열 받을 정도로 상관있어.”

정아가 멈칫했다. 그리고 당황한 빛을 띠고 있는 눈을 서너 번 급하게 깜빡였다. 뭐라고 대답해야 하지? 머리가 하얗다…….

“알았……어요.”

정아가 확신 없는 목소리로 대답했다. 아. 내가 왜 이러지. 눈물이 나올 것 같다. 그에게 미움받는 것이. 어떻게 이렇게까지 싫을 수가 있는지 모르겠다.

왜 이 남자에게만 자꾸, 속이 드러나고 못된 구석을 보이게 되는 건지. 첫사랑은 이미 14년 전에 끝났다고 생각했는데. 그 사실이 왜 이렇게 싫은지.

정아가 눈물을 참으려고 아랫입술을 물고 고개를 떨궜다. 그러자 신희가 한숨을 쉬고 물었다.

“왜 그런 표정이야?”

“내가…… 미워졌겠네요?”

"뭐?"

"내가 자꾸 못되게 굴어서……."

미움받기 싫다. 무서워서, 정말 죽을지도 모르겠다. 특히 이 남자에게는 더더욱. 결국 정아의 눈에서 툭 눈물이 떨어졌다. 그러자 신희가 깊게 한숨을 쉬었다.

"왜 울어."

"……."

"또 내가 겁줬어?"

이러니까 자꾸 그가 어린애 같다고 놀리지. 애도 아닌데, 달래주는 그의 목소리가 왜 이렇게 좋은지 모르겠다. 정아는 그렇게 생각하면서도 자꾸 눈물이 나서 말없이 고개만 저었다. 그러자 신희가 정아의 푹 숙인 얼굴이 보일 때까지 더욱 몸을 낮췄다.

"내가 언제 네가 밉대?"

그의 말에 정아가 살며시 고개를 들었다. 그러자 주머니에 손을 찔러 넣은 신희가 위로가 조금도 담기지 않은, 심술궂은 목소리로 말했다.

"그게 아니라 나한테도 웃어 달라고. 나한테도 잘해 줘."

정아의 물기 어린 눈이 신희의 눈과 마주쳤다. 그가 무뚝뚝한 얼굴로 말을 이었다.

"나 너한테 미움받기 싫어. 서운해."

"……."

"너한텐 안 돼."

미움받는 것에 익숙하다면서. 그런 거 신경 안 쓴다면서. 왜 갑자기 그런 말을 해. 꼭 내가 특별하기라도 한 것처럼…….

"다른 사람한테는 말할 수 있거든. 같이 밥 먹고, 같이 커피 마시러 갈 수 없으니까 만나지 말자고. 근데 너한테는 싫어."

"……."

"산책이라도 가자고 할 거야. 아니면 너 밥 먹는 거 하루 종일 구경하는 것도 괜찮아."

그의 말에 마음이 조금씩 풀렸다. 정아가 두 손등으로 눈을 꾹 눌러 눈물을 닦아 내고 말했다.

"산책 엄청 좋아하네. 이 아저씨."

정아의 장난스러운 대답에 신희가 그제야 웃었다. 그리고 툴툴대듯이 말했다.

"괴짜라 그런가 보지 뭐."

정아가 자기도 모르게 작게 웃었다. 그는 정말 이상한 사람이다. 그 이상한 사람에게, 왜 이렇게 심장이 두근거릴까. 그녀를 웃게 하고서야 마음이 완전히 놓인 신희가 턱짓했다.

"어제 넘어져서 멍들었지? 약 발라. 지금 사러 가자."

"저 약 바르는 거 싫어요. 따갑단 말이에요."

"아니, 무슨 어린애도 아니고. 사탕 사 줄까? 그럼 갈래?"

"어린애 아니라니까요…… 딸기 맛으로 사 주세요."

"딸기 맛 괜찮아?"

신희가 되묻자 정아가 웃음을 터트리더니 고개를 끄덕였다. 보건지소 옆으로 큰 약국이 붙어 있었다. 둘의 걸음이 약국으로 향했다.

정아가 기억을 더듬었다. 졸졸 따라다니던 그 첫사랑도 언제나 중학생 소녀의 걸음걸이에 딱 맞게 걷곤 했다. 오늘도 그렇다. 정아는 이제 확신했다. 기분 탓이 아니라 그는 정말로 언제나, 정아의 걸음에 맞추어 천천히 걷는다. 어릴 때도, 그때보다 더 키가 자란 지금도.

오늘 아침이 따듯한 모양이었다. 어제보다 더 많은 벚꽃이 피어 있고, 늘 멀찍이 떨어져 있던 신희에게서 온기가 느껴졌다. 마치 그와의 거리가 조금, 가까워지기라도 한 것처럼.

5

위로하는 방법 2

지역 주민과 함께하는 이재하 시 낭송 대회가 시작되었다. 정
아가 일하기 시작한 이후 큰 행사는 두 번째였는데, 지난번 행사
는 '제 3회 이재하 문학상'의 시상식이었다. 학생부와 일반부로
나뉘어 시상을 했는데, 행사 규모는 그쪽이 더 컸지만 준비할 것
은 시 낭송 대회가 훨씬 많았다.

정아의 간절한 바람이 먹혔는지 비 예보가 있었음에도 날이 꽤
맑았다. 저녁 일곱 시가 조금 넘어 문학관 앞마당에서 시 낭송 대
회가 시작되었다.

이재하 시인의 장녀인 관장이 개회사를 하는 동안 가장 많은
플래시가 터졌다. 그리고 곧 지역 주민들이 한 명씩 시 낭송을 시
작했다.

앞마당에 걸린 커다란 스크린에 소하와 정아가 밤새워 편집한

자연 영상을 배경으로 시인의 바다를 닮은 시가 낭송되었다. 무사히 시 낭송이 시작되고서야 정아가 안도해 뒤로 물러났는데, 문학관 입구에 신희가 서 있었다. 정아가 반가워하며 그에게 달려갔다.

"진짜 왔네요?"

"오랜만에 문화생활 좀 하려고."

그의 말에 정아가 즐겁게 웃는다. 신희가 낭송 중인 시를 듣더니 반가워하며 말했다.

"이 시, 나 수능 때 나왔는데."

그러자 정아가 고개를 끄덕였다.

"네. 저도 모의고사 때 풀었어요."

"그거 좀 기분 이상하네……."

"왜 이상해요?"

"그냥 뭔가. 네가 나보다 어린 게 실감이 나서."

"뭐 몇 살이나 차이 난다고……."

"그래도. 우리가 처음 만났을 땐 네가 정말 어린애였는데."

신희가 정아를 가만히 바라보며, 마치 혼잣말하듯 중얼거렸다.

"지금은 어른이 되었으니까. 별로 나이 차이를 실감할 일이 없거든."

어른이 되었다는 말이 좀, 부끄러웠다. 정아가 괜히 영상이 흐르고 있는 스크린을 보며 말을 돌렸다.

"교과서에 실려서가 아니고, 이 시 정말 좋지 않아요?"

"응. 좋다."

나무 냄새가 나는 마당에서 열심히 만든 영상, 사람을 좋아하는 시인이 쓴 시. 좀 지겨울지 몰라도 기분 좋은 밤이었다.

거의 마지막에 가까워지자 사람들의 집중력이 떨어지기 시작했다. 그때 머리를 한 갈래로 깜찍하게 묶은 여자아이가 마이크 앞에 섰다.

"안녕하세요. 새봄 초등학교 이 학년 삼 반 장하연입니다."

똘똘하게 말하고 꾸벅 고개를 숙이자 지루한 참이던 사람들이 귀여워 어쩔 줄 모르며 박수를 친다. 안 그래도 정아는 시 낭송 대회 접수를 받은 후 이 아홉 살 아이의 등장을 기다리고 있었다.

"귀여워……."

정아가 아이에게서 눈을 못 떼며 말했다. 신희의 시선은 오히려 정아를 향했다. 아이가 또박또박 말을 이었다.

"우리 학교 복도에 이재하 시인님의 동시가 걸려 있어서. 그 동시가 좋아서 낭송하려고 나왔어요."

어른들의 엄숙한 시 낭송 중간에 나타난 아이의 맑은 목소리에 문학관 사람들은 곤란해졌다. 진지한 아이를 놀릴 수 없어 웃음을 참느라 두 주먹을 쥐고 부들부들 떤다. 다들 진지하게 들어 주려 입을 꾹 다물고 눈을 부릅떴지만, 결국은 미소로 가득해진다.

눈을 못 떼고 낭송을 듣던 정아가 뭔가 생각났는지 신희에게 말했다.

"저 상품 좀 사 올게요."

"무슨 상품?"

"오늘 우승 상품 밤양갱이랑 건어물 같은 건데. 너무 어른들 위주의 선물이잖아요."

"같이 가자."

정아가 고개를 끄덕였다. 둘은 문학관에서 150m 정도 떨어진 문방구까지 걸어갔다. 주인 할머니가 드라마를 보고 계셨다. 좁고 물건으로 가득한 문방구에 서니 둘의 몸이 가까워진다. 몸이 닿을 것 같자 정아가 살짝 신희를 보았다. 신희는 허리를 숙이고 자기 키보다 한참 낮은 진열대에 있는 팽이를 들여다보고 있었다.

"이것 봐. 팽이에서 불 들어온대."

신기한지 문구를 마저 다 읽어 보고 있는 그가 어쩐지 귀여웠다. 신희가 팽이를 가리키며 물었다.

"이거 사 줄까? 좋아할 것 같아."

"오빠가 가지고 싶은 거 말고요."

저 남자가 나보다 수능을 먼저 봤다니. 좀 어이없긴 하다. 반짝이는 팽이나 신기해하는 남자가.

정아가 프린세스 문구 세트를 집어 들었다. 그리고 팽이도 집자 신희가 물었다.

"나 사 주게?"

"혹시 그 애가 이게 가지고 싶을 수도 있잖아요."

"문구 세트가 좋다고 하면 나 줄 거지?"

"도대체 이걸 뭐에 쓰려고⋯⋯."

정아가 잔소리하려다 체력 낭비 같아 그만두고 계산을 했다. 봉투에 짐을 넣고 얼른 문학관으로 돌아가 보니 아슬아슬하게 마지막 지원자가 시를 낭송하고 있었다.

시 낭송 대회가 끝나고 심사를 하는 동안 소소하게 다과회가 있었다. 심사가 끝나고 우승자가 발표되었는데, 우승은 실력이 아닌 귀여움으로 결정되고 말았다.

우승 상품은 시인이 생전에 좋아하셨다던 고급 밤양갱 세트였다. 정아가 우승자인 아이에게 물었다.

"하연아. 아까 먹은 밤양갱이랑 이 문구 세트랑."

쪼그린 정아가 부스럭부스럭 팽이를 꺼내다가 잠깐 신희를 살폈다. 내 첫사랑. 커서도 잘생긴 저 남자는 지금 불 들어오는 팽이에서 눈을 못 떼고 있다. 정아가 야박하게 팽이마저 꺼냈다.

"이 팽이 중에서 어느 게 제일 가지고 싶어?"

정아가 묻자 아이가 열심히 고민한다. 밤양갱은 너무 어른의 맛이었는지 아예 관심이 없고 문구 세트와 팽이를 번갈아 보았다. 아이의 눈빛에 따라 신희의 표정이 변한다. 아이가 결국 문구 세트를 골랐다.

"여기다 동시 쓸래요."

"그럴래? 우와. 하연이 동시 작가님이구나."

정아가 감탄하자 아이가 부끄러운지 배시시 웃고 문구 세트를 꼭 끌어안는다. 아이가 인사를 꾸벅하고 달려가자 정아가 한숨을 쉬고 신희에게 팽이를 건넸다.

"자요."

"지금 돌려 보면 안 돼?"

"안 돼요. 집에 가서."

잔소리가 별로 상관없는지, 신희는 건네받은 팽이에 신나서 배터리를 넣는다.

우승 상품은 준우승자에게 돌아갔으니 모두가 행복한 시 낭송 대회가 아닐 수 없었다. 아이 하나가 모든 어른들을 즐겁게 했다. 신희가 정아를 보며 눈웃음 지었다.

　"고마워."

　엄청 기쁜 것 같다. 처음엔 황당해하던 정아가 웃음을 터트렸다. 신희는 팽이를 받은 대신 모두가 떠난 문학관 뒷정리를 도왔다. 내일 아침에 소하와 해도 되지만, 비가 올까 봐 걱정되어 미리 정리하려던 차였다. 마당에 의자들을 전부 옮기고 스크린까지 안에 들여놓았다. 신희가 의자를 몇 개씩 옮길 때 정아는 의자 하나도 끙끙거리며 옮겼으니 일한 양으로 치면 비교가 되지 않았다. 정아가 고마운 마음에 괜히 신희에게 장난을 쳤다.

　"와, 팽이 사 주길 잘했네."

　"날 이렇게 부려 먹다니."

　"그니까 내가 먼저 가랬잖아요."

　"너 같으면 갈 수 있겠나?"

　신희가 핀잔하더니 마당 한가운데 섰다.

　"시 외워 봐."

　"네에?"

　"너 아까 그 꼬맹이가 낭송한 시 따라 외웠잖아. 해 봐."

　"갑자기 무슨……"

　"너도 목소리 예쁘니까. 낭송해 봐. 듣고 싶다."

　정아가 당황해 입술을 꾹 물었다. 그녀가 난감함을 표정으로 표현해도 신희는 물러날 기미 없이 물끄러미 그녀만 바라보고 있다. 정아가 말했다.

"아까 들었잖아요."

"사실 못 들었어."

"네?"

"너 입 움직이는 게 신기해서 구경하느라고."

"그게 뭐가 신기해요?"

"몰라. 그냥 신기해서 눈을 못 뗐어."

입술에서 눈을 못 뗐단 이야기를 저렇게 태연하게. 정아가 그를 한번 흘기고, 부끄러워하며 말했다.

"정확히는 동시예요. 이재하 시인이 손녀를 보고 지은 동시요."

시는 알아듣기 쉬운 내용이었다. 바다 사람인 할머니는 그리오래 살지 못했다. 손녀가 태어나서 초등학교 입학하는 것도 보지못하고 이재하 시인은 죽었다.

죽기 전에 시인은 손녀에게, 할머니는 바다가 될 거라고 말하고 싶었다. 네가 어른이 될 때까지, 나는 너의 바다가 되어 줄 거란다. 네가 어른이 되기까지 바다만큼 많은 사랑이 필요했듯이, 너도 어른이 되면 그토록 많은 사랑을 아이들에게 나누어 주렴.

처음에는 쭈뼛거리던 정아가 마지막 줄을 읽을 즈음에는 천천히 눈을 감고 뒷부분을 외웠다. 잠시 후 눈을 뜬 정아가 놀라 한 걸음물러섰다. 바로 앞에 신희의 얼굴이 보여 간 떨어지는 줄 알았다.

"돼, 됐죠?"

늦은 밤. 빈 문학관에 남자와 단둘. 해가 완전히 진 어두운 밤. 그게 무섭기는커녕, 심장이 이러다 멎을 것처럼 뛴다. 정아가 당황해서 눈을 깜빡거리는데, 신희가 군침을 삼켜 목젖이 움직였다. 그가 빠르게 돌아섰다.

"데려다줄게. 집에 가자."

"아, 아뇨. 뭐 그렇게 늦지도 않았는데."

어차피 내려가는 길이 하나라 같이 내려가야 하는데, 긴장한 정아가 괜한 변명을 했다.

"해 지면 늦은 거야. 가자."

그리고 신희 역시 아무렇게나 말하고 있었다. 문학관을 나오니 새카만 밤에 가로등 불도 희미했다. 신희가 표정을 찌푸렸다.

"길이 너무 어두운 거 아냐?"

"그렇죠? 겨울에는 해가 빨리 져서 좀 무서웠어요."

"거봐. 데려다줘야겠다, 역시."

그가 걱정하자 정아가 장난스럽게 대답했다.

"왜 이래요? 설레게."

"보통은 내 얼굴만 봐도 설레야 하는 건데. 반응이 느리네."

"으으. 잘난 척하지 말아요."

하여튼 자기 잘생긴 건 참 잘도 안다니까.

밤에 혼자 걸어가는 게 무서웠는데, 그가 같이 있으니 마음이 놓였다. 집이 가까워 오자 신희가 말했다.

"기억에 남는 밤이네."

그의 말에 정아가 말없이 고개를 끄덕거렸다. 그리고 살짝 웃는다.

정아를 데려다주고 집으로 돌아와 잠을 청하는데, 쉽게 잠이 오지 않았다. 자꾸 눈을 감고 천천히 시를 외우던 그녀가 떠올랐다. 반짝거리며 움직이던 그 입술에 허기가 졌다.

"아, 더워."

신희가 신경질을 내며 침대에서 일어섰다. 아직 여름도 안 왔는데 도대체 왜 이렇게 더운지.

"걔는 뭐 그렇게 자라질 않냐."

신희가 투덜거렸다. 열여덟 살에 본 열다섯 중학생 여자애는 순진하고 해맑은 얼굴로 졸졸 오빠, 오빠 하며 따라와서 어미 닭이 된 것 같은 기분……이었다.

그런데 지금 이 기분은 뭔가. 왜 그녀를 떠올리면 한여름 더위를 삼킨 것처럼 더울까.

그가 바닥에 내려와서 슬리퍼를 신었다. 먼지 하나 없이 깨끗한 숙소 안으로 파도 소리가 잔잔하게 들렸다. 저 소리 없으면 이제 잠이 안 올 것 같은데 공중보건의 복무가 끝나면 어쩌나 싶다.

정아가 처음 말을 걸었던 날을 기억한다. 그는 여느 때와 다름없는 무표정으로 책을 읽고 있었다. 창문으로 들어오는 햇살은 질 좋은 종이 위에 인쇄된 글씨들을 더욱 돋보이게 했다.

그때 열다섯의 소녀는 매일 그의 집 앞을 지나갔는데, 늘 무슨 쇼윈도에 진열된 인형이라도 된 듯이 자신을 그리 여겼다.

생일에 부모님께 꼭 사 달라고 해야지, 이렇게 결심이라도 한 것처럼 창가에서 매일 작은 머리를 기웃거렸다. 그 애가 올 때에는 언제나 자전거 종소리가 났다. 자신의 관심을 끌고 싶어서 일부러 그런다는 것을 신희는 알고 있었다.

그러다가 어느 날. 창문을 두드리는 소리가 들렸다.

"오빠."

신희가 고개를 들어 창문을 보니, 작년 봄에 초등학교를 졸업한 여자애, 바닷가에서 온종일 놀아서인지 새카맣게 탄 정아가 창문을 두드리고 있었다. 맨날 흘깃흘깃 소년의 얼굴을 구경하며 지나가더니 그날 처음으로 용기 내어 말을 걸었다.

신희는 책을 내려놓았다. 학교에서 친구들과 잘 어울리지 못하면서 학교에 나가는 것을 점점 더 버거워했다. 심각한 대인기피증세까지 보였다. 그래서 그의 부모님이 괴로워하는 아들을 학생이 거의 없는 바닷가의 어느 고등학교로 보냈다.

창문을 열어 볼까. 신희는 진심으로 고민했다. 정아가 창틀에 딱 붙어서 종알거렸다.

"맨날 책만 읽네."

창문을 닫으면 자전거의 종소리도, 파도 소리도 잘 들리지 않았다. 그 애의 목소리도 뿌옇게 들렸다.

"집에만 있으니까 그렇게 하얗지."

그래서 창문을 열었다. 그가 스스로의 행동에 놀라 당혹스러운 표정을 지었다. 자기 손으로 그토록 오랫동안 닫혀 있던 창문을 열었다는 사실이 놀라웠던지. 정아는 더 놀라서 가뜩이나 큰 눈을 동그랗게 뜨고 소년을 보고 있었다.

신희가 창문 밖으로 몸을 내밀었다. 그러더니 소녀의 눈을 바라보며 무뚝뚝한 목소리로 말했다.

"네 목소리가 잘 안 들려서."

그리고 그가 처음으로 미소를 짓자 정아의 얼굴이 빨개졌다. 그러더니 고 작은 발로 다다다다 뛰어서 자전거를 타고 얼른 도망쳐 버렸다. 소녀가 자신 때문에 심장이 콩닥거려 도망친 걸 아는지 모르는지. 그는 모처럼 창가에 서서 즐겁게 웃었다.

오늘 날씨가 이렇게 좋았구나. 신희는 그제야 봄이 온 것을 알았다. 그녀가 있어서 창문을 열고, 의대에 가겠다는 결심을 했다. 그제야. 나도 뭔가를 해야겠다는 생각을 했다. 저 신기한 듯 자신을 구경하는 여자아이에게, 근사한 오빠로 보이고 싶어졌다.

신희는 그날의 기억을 떠올리며 냉장고 문을 열고 앞에 멍하니 서 있었다. 시원한 바람으로 화끈거리는 열을 식혔다.

사는 것에 무심했다. 별생각 없이 살았다. 남과 얽히는 것이 극도로 싫었는데, 왜 자꾸 옆에 정아가 잠들어 있었으면 좋겠다는 생각이 드는지.

혹시나 잠결에 뒤척이거나, 나쁜 꿈을 꾸면 꼭 안고 머리를 다독다독해 주고 싶다. 그녀만큼은 자신이 평화롭게, 행복하게 만들어 주고 싶었다.

서른둘에 웬 짝사랑. 신희가 물을 한 컵 마시고 손부채질을 했다. 지금 이 나이가 썸 타듯이 알콩달콩하며 이게 사랑인가 아닌가 망설일 나이인가.

이십 대 때 해야 할 일을 하나도 못 했다. 마취과 의사들은 보통 밥을 급하게 먹으니까, 레지던트 4년 동안은 남과 밥 먹는 일로 신경 쓸 일이 별로 없었다. 수술방 스케줄을 잡거나 아침 회의에 경과보고도, 마취동의서를 받기 위해 환자와 접촉할 일도 줄었다. 심지어는 기계가 좋아지면서 외과의사와 대화할 일도 줄어들었단다.

그렇다고는 해도 환자와 닿는 것을 극도로 경계하는 기색을 숨길 수는 없었다. 다른 의사들은 늘 그를 미운 오리 새끼 보듯 했다. 뭐, 사실 남의 집에 뚝 떨어진 오리 맞지. 아버지가 저명한 교수 아닌가. 저렇게 괴짜같이 구는데도 아버지의 보호 안에 있다는 것은 얄미울 만한 일이다.

늘 남들에게 미움받는 역할을 도맡았다. 차차 공공의 적이 있으면 나머지는 똘똘 뭉치는 법이라는 걸 알게 되었다. 그가 없으면, 나머지 모두는 화기애애했다. 그것도 괜찮다. 누가 날 미워하든 상관없고, 남과 살이 닿을 일만 없으면 됐었는데.

정아는 자꾸만. 그 여자애는 자꾸만 안아 주고 싶고, 쓰다듬어 주고 싶고.

할 수만 있다면. 그 작은 몸속에 슬픈 기억이 있어 아프다면 외과의가 그러하듯 그 부분을 잘라 내 주고 싶은 것이다.

신희는 누웠다가 자꾸 그녀가 생각나 자리에서 일어났다. 그리고 창밖의 바다를 보며 속을 식히려니까 또 그녀가 생각난다.

"서른도 넘은 놈이 뭐하는 짓이야."

감정은 생길 수도 있다. 관계는? 생길 수 없다.

서른둘이 되도록 키스 한 번 못 했다. 그러니 다음 라운드는 꿈도 못 꿨다. 좋다는 여자들은 많았지만 연애를 해도 불편하게 손 잡는 정도에서 그쳤다. 언제나 그랬다.

그런데 문학관에서는 그녀가 허락해 주기만 한다면. 이 밤이 전부 지나갈 정도로 입 맞추고 싶다는 생각을 했다.

지난 아침에도, 왜 날 공원에 두고 혼자 가 버렸냐고 정아에게 따지러 갔더니. 늘 묶고 있던 머리칼을 어깨 아래로 늘어뜨리고 있는 것이 아닌가. 그게 야했다.

신희에게 인간은 위험했고, 위험한 존재는 야하지 않다. 그런 데 강정아는 아니었다. 위험하게도, 그녀는 야했다.

"너 때문에 덥다."

그가 중얼거렸다. 정말이다. 너 때문에 더워, 정아야. 난 원래 추위도 더위도 잘 안 타거든. 세상 변하는 것에, 계절 변하는 것 에도 무심했었거든.

그런데 널 생각하면 더워. 열이 나.

사춘기가 막 끝난 기분. 이제, 정말로 사랑을 할 수 있는 때가 온 기분이었다.

다시 익숙한 날들이 지나갔다. 문학관에 도착한 정아는 오늘도 익숙한 반복을 시작했다. 수동으로 바꿔 놓았던 자동문 버튼을 켜 고, 관람객의 지문이 남은 전시장 유리들을 깨끗하게 닦았다.

조용한 하루였다. 정아는 이곳에서 평생 일할 수 있으면 좋겠다고 생각했다. 비록 돈은 얼마 못 받지만 찾는 사람이 드물어 여유롭고, 책도 마음껏 읽을 수 있다. 그리고 무엇보다 별도 마음껏 볼 수 있다. 그녀는 이 고요함이 행복했다. 그런데 오늘은 행복을 느낄 틈도 없이 멍하니 있다 보니 하루가 지나갔다.

토요일 오후, 퇴근하기 위해 정산을 하던 정아에게 사무실에 있던 직원 소하가 커피를 들고 다가왔다. 퇴근하기 전에 정아와 수다를 떨고 싶은 모양이었다.

귀염성 있는 얼굴을 한 소하가 인포메이션 데스크에 팔꿈치와 커피를 올려놓고 물었다.

"너 요즘 썸 타?"

"어? 아니이. 왜?"

뜨끔한 정아가 괜히 정색하자 소하가 대답했다.

"요즘 주말만 되면 신경 써서 화장을 하질 않나. 요즘 덥다고 묶고 다니더니 머리는 왜 풀고 나왔어?"

소하가 콕 집어 지적하자 정아가 당황해 눈동자를 굴렸다.

"머리끈이 다 없어졌어. 어우, 그놈의 머리끈은 왜 사고 또 사도 없어질까?"

"하긴. 진짜 왜 맨날 없어진대. 그러다가 방 청소 하면 구석에서 열 개는 나온다니까."

소하는 맞장구쳤지만 눈치 빠른 그녀가 말 돌리는 걸 모를 리가 없다. 소하가 문 쪽으로 고개를 돌리더니 말했다.

"남자 친구가 데리러 온대. 데이트할 거야, 나는."

"윽. 자랑하는 거야?"

"어. 완전. 부럽지? 부러우면 너도 그 의사 쌤이랑."

소하가 말하더니 음흉한 표정을 짓는다. 정아가 경악했다.

"그, 그 오빠가 뭐?"

"아니 너 같은 철벽도 첫사랑이 있구나, 싶어서."

평소 연애 얘기라면 사족을 못 쓰는 소하가 눈을 빛냈다. 그녀에게 오랜만에 첫사랑과 만난 정아의 일은 심심하던 일상의 활력소였다. 입술을 꾹꾹 물며 망설이던 정아가 조심스럽게 말했다.

"그 오빠는 연애를 할 수 있는 성격이 아냐."

"하긴. 지금까지 들은 바로는 혼자 사셔야겠더라."

소하가 혀를 찼다. 그러나 곧 몸을 정아에게 바짝 기울이며 말했다.

"그렇긴 한데."

"어?"

"나 있는 빌라랑 보건지소가 가깝잖아."

보건지소 건물과 조금 떨어진 곳에 약국이 있고, 그 뒤에 빌라 하나가 있었다. 소하는 거기 살고 있었다. 그녀가 말을 이었다.

"그 의사 쌤 말도 안 되게 잘생겨서 눈에 안 띌 수가 없잖아."

"뭐…… 좀. 그렇지."

누가 봐도 잘생겼구나. 나만 그를 보면 콩닥거리는 게 아니라니 다행이긴 한데, 동시에 좀 씁쓸하기도 했다. 정아가 시무룩해지려는데 소하가 능글맞게 웃으며 정아의 팔을 콕콕 찔렀다.

"요즘 너네 오빠 밤에 가끔 나와서 한숨 쉬시더라?"

"누, 누가 우리 오빠야?"

"그 생전 밖에 안 나오던 양반이 말이야. 왜 잠이 안 오신대?"

장난기라면 정아도 소하 못지않은데. 오늘따라 얼굴이 새빨개져서 대답을 못 한다. 소하가 짓궂게 물었다.

"둘이 같이 산책도 했다며. 가서 무슨 얘기 했어?"

소하는 둘이 나누었던 대화 한 마디까지 전부 캐묻고 싶은 모양이었다. 이 바닷가에 온 이후 이렇게 재미있는 일은 처음인 것 같은 얼굴이었다. 한참 말을 못 하던 정아가 기어 들어가는 목소리로 말했다.

"그냥 산책하고. 어릴 때 얘기도 좀 하고……."

"데이트네."

"근데 그 오빠가 연애를 할 성격은 못 되잖아."

"그럴 성격도 못 되는 사람이 문학관 뒷정리 도와주지, 산책하자고 하지. 어떻게 이것보다 더 열심히 하냐? 어우, 이 둔탱이."

"아니거든? 그런…… 연애 분위기가 없다니까."

"그럼 물어봐."

"뭐를?"

소하가 그 귀여운 얼굴로 어떻게 하면 저렇게 음흉해 보이나 싶은 표정을 지었다.

"오빠 밤에 무슨 생각 하느라 잠을 못 자요? 내 생각 해요?"

"어우, 이게 아주."

정아가 빨개진 얼굴로 소하의 뺨을 꼬집으려 하자 그녀가 휙 뒤로 도망치더니 까르륵 웃었다.

"남친 왔다. 내일 더 자세히 얘기해 줘. 알겠지?"

"할 게 있어야 하지!"

"아, 만들어서라도 해 달라고!"

소하가 더 얘기하지 못하는 걸 아쉬워하며 남자 친구가 있는 밖으로 달려 나가고, 정아가 정산 마무리를 이어 갔다.

그러다 혹시 그가 오지 않을까 문밖을 살피는데, 양반은 못 되는지 때마침 자동문 너머로 신희가 서 있는 게 보였다. 그제야 정아는 새벽같이 일어나 꼼꼼하게 화장을 하고 나온 것이 부끄러워지기 시작했다. 약속도 안 했는데, 혹시나 오늘 휴무인 신희가 찾아올까 싶어서.

"무슨 일이에요?"

정아가 공연히 새침하게 묻자 신희가 탁, 상자를 데스크 위에 올려놓았다.

정아가 고개를 기우뚱하며 물었다.

"뭐예요?"

"지난번에 머리끈 끊어졌잖아. 비탈길에서 넘어질 때."

상자를 열어 보니 그의 무뚝뚝한 말과는 달리 귀여운 모양을 한 머리끈이 들어 있었다. 누가 봐도 아동용인 캐릭터 머리끈. 그것도 플라스틱 토끼다.

정아는 안 웃으려고 입술을 꼭 물었지만 결국 웃음이 터지고 말았다.

"이게 뭐예요. 정말 제가 어린앤 줄 알아요?"

"……맘에 안 들어?"

어라. 시무룩해진다. 정아가 당황해서 얼른 머리끈을 꺼냈다.

"아뇨. 맘에 들어요! 와, 예쁘다."

뭐지? 이거 진심으로 자기가 고른 건가?

정아가 서둘러 머리를 묶자 그제야 신희가 만족한 표정이다. 정말 자기가 고른 모양이다. 자기 눈에 예뻐서 사 온 게 이런 토끼 머리끈. 평생 여자 선물 안 사 봤구나, 저 사람……. 얼굴이 아깝다, 정말.

신희가 선물한 끈으로 머리를 잘 정리해 묶고 난 정아가 물었다.

"근데 머리끈 주러 여기까지 왔어요?"

"휴가라 할 일이 없어."

신희의 짙은 갈색, 곧 잘라야 할 길이의 머리칼로 햇빛이 부서졌다. 반짝거린다. 창백하게 하얀 얼굴은 건조해 보이면서도 잡티하나 없었다. 저 얼굴로 휴가에 할 일이 없다니.

정아는 난감해졌다. 저 사회성 없는 남자를 어쩐다. 놀아 줘야하나? 신희의 표정을 커다란 눈으로 살피던 정아가 조심스레 물었다.

"놀아…… 줄까요?"

신희는 '응.' 하고 곧장 대답하려다, 너무 한가해 보이려나 싶은 생각이 들었다. 게다가 놀아 주다니. 데이트도 아니고 놀아? 정아가 자신을 연애 대상에서 배제해 버린 건가 싶어 어쩐지 열이 받았다.

"내가 어린애야?"

"할 일 없다면서요. 어차피 연애도 못 하면서."

연애할 것도 아니면서 같이 산책하자든지, 머리끈을 사다 준다든지, 자길 미워하지 말라고 말하는 신희가 얄미웠다. 그래서 대답했더니 그가 표정을 조금 구기며 대답했다.

　"나 좋다는 여자 많다. 걱정 안 해도."

　"으으…… 여자들이 자기 좋아하는 게 당연한 줄 아나 봐요?"

　"흔한 일인데."

　"허. 기가 막혀. 손도 못 잡으면서."

　"손은 잡을 수 있어. 아주 친해져서 무해하다는 걸 알면. 내가 먼저 잡지는 않지만."

　"그게 뭐예요. 무해하다는 걸 알기까지는 완전 적대하잖아요. 사람을 그렇게 싫어하면서."

　정아가 톡 쏘며 말하고 살짝 후회했다. 신희도 그게 좋아서 그러는 것도 아닌데 너무 못되게 말했다. 자기 인기 많다고 태연하게 하는 말이 다 사실이란 게 좀 속상해서 저도 모르게.

　정아가 눈치를 살피는데, 신희가 약간 가라앉은 목소리로 말했다.

　"사람을 싫어하는 건 아니야."

　"……"

　"사랑도 하고, 외로워도 해."

　내가 왜 이렇게 못되게 말했지. 정아가 입을 꾹 다물었다.

　한참 동안 묘한 침묵이 흘렀다. 잠시 후 신희가 말했다.

　"이상하네."

　"뭐가요?"

"자꾸 안 해도 될 것 같은 소리를 하게 돼서."

그가 휴 한숨을 쉬었다.

"너 때문에 그러는 거 아냐."

"제가 뭘……."

"네가 자꾸 열 받게 하니까. 안 해도 되는 소리를 하게 되잖아."

"그럴 수도 있죠."

"있긴 뭐가 있어. 너는 정작 자기 속에 있는 말 하나도 안 하는데. 그러는 너는 어때?"

너 때문에 한숨도 못 잤는데. 며칠 밤을 새벽에 깨서, 이 더위를 식히려고 산책을 했는데. 이 여자는 자신을 연애는 절대 못 할 사람으로 여기나 보다. 갑자기 열이 확 받았다. 원래 자신은 무심하기 짝이 없는 사람이었는데, 왜 이 애한테만 일희일비인지.

"너는 손도 잡을 수 있고, 모든 사람한테 친절하니까. 그래서 연애가 잘돼?"

"……네에?"

"너는 그래서 진짜로. 미치도록, 죽도록 사랑을 하고 그러냐고."

"……."

"그렇게 나보다 나아?"

미치도록, 죽도록. 사랑을 했던 적이…… 없다. 정아가 입을 다물었다. 솔직히 남자가 좀. 무서웠다. 웃으며 대하면서도 항상 벽이 있었다. 그것도 창문이 없는 벽.

정아는 가끔씩, 좁은 방에 혼자 웅크려 있는 것 같은 기분을 느꼈다. 창문도 빛도 없는 좁고 어두운 사각형의 방에 숨어 있는 기분. 누구에게도 자신을 드러내지 못했다.

그런데 요즘은 자꾸 저 남자가 그 벽을 두드리는 기분이다. 그래서 그게 참, 이상하게 간지러웠다.

정아가 변명하듯이 말했다.

"안 그래도 소개팅 해 달라고 친구들한테 부탁하려 그랬는데……."

너무 변명같이 들리려나. 정아가 말끝을 흐렸다. 그러자 신희가 정색하며 말했다.

"소개팅은 시간 낭비 아닌가."

"사람이 왜 이렇게 부정적이에요? 좋은 사람 만날 수도 있지."

"소개팅에 그런 사람 안 나와. 그러니까 하지 말고 주변에 있는 사람 중에 골라."

정말 부정왕이네. 남이야 소개팅을 하든 말든……

굳은 표정으로 소개팅을 하지 말라는 신희의 태도는 황당할 정도로 단호했다. 정아가 소개팅에 대해 뭐라 더 말하려는데 신희가 말을 돌렸다.

"끝나면 같이 기태진 선생님 뵈러 가자."

"그게 목적이었어요? 어쩐지 알짱거린다 했네."

"삼십 대 남자에게 '알짱'이라는 말이 어울린다고 생각해?"

"그냥 넘어가시죠?"

미운 정도 정이라고 자꾸 티격태격하다 보니 많이 밉지도 않다, 이제. 정아가 말했다.

"저 정산 30분 정도 걸려요."

"나가서 한 바퀴 돌고 올게."

"……할 일 진짜 없나 보네."

"그으래, 없다. 괴짜라 사람들이 피한다."

신희가 입술을 내밀고 툴툴거리는데 그게 좀 귀여웠다. 그래서 정아가 웃음을 못 참고 풉 웃었더니 신희가 더더욱 부어서 말했다.

"너 내가 '괴짜'라는 말만 하면 웃는 거 알아?"

"괴짜가 자기 입으로 괴짜라고 하니까 웃기잖아요."

"개그 코드가 이상하네."

"제가 이상하다고요? 와. 깨강정에서 웃던 사람 어디 갔나."

신희는 이렇게 투덜대고 있는 자신이 신기했다. 아주 기분이 좋을 때가 아니면 말도 거의 없던 자신이, 정아와 있을 땐 자꾸 장난을 치게 된다. 하고 싶은 말이 많아지고. 어쩌다 정아를 한 번 웃기기라도 하면, 너무 신나서 자꾸자꾸 더 많이 말을 걸게 됐다.

그렇게 장난을 치고 있는데 정아의 핸드폰이 울렸다. '작은오빠'로 저장된 번호였다.

순식간이었다. 정아는 지금까지 장난을 치던 것이 먼 과거의 일이 된 것처럼, 표정이 일순간에 굳었다.

정호는 정아가 전화를 받지 않자 문자를 남겼다. 그 문자를 본 정아의 얼굴이 하얘졌다. 정호가 지금 문학관에 오고 있다는 내용이었다.

신희가 헛기침을 해서 멍해진 정아를 깨우며 말했다.

"나 산책 갔다 올게."

"……."

"정아야."

"빨리…… 올 수 있어요?"

"얼마나 빨리?"

"잘 모르겠는데…… 그냥 최대한 빨리……."

정아가 횡설수설했다. 물끄러미 그 모습을 보던 신희가 말했다.

"됐어. 체력이 약해서 산책도 힘들겠네."

"……정말요?"

신희가 정아의 옆에 있는 여분 의자에 털썩 앉았다. 정아는 춥지도 않은데 손을 떨고 있었다. 신희가 심각한 표정으로 정아를 보았다.

잠시 시간이 지나고 자동문이 열리더니 짙게 피부가 탄 건장하고 잘생긴 남자가 들어왔다.

"어. 강정아. 오랜만이네."

그 남자, 정호가 하얀 이를 드러내며 씨익 웃었다. 그러자 정아가 어색하게 웃었다.

"응."

"오빠가 여기까지 찾아와야겠냐? 얼마나 연락이 안 되면 직장까지 찾아와."

"그러게."

"좋은 곳에서 일하네."

"그렇지…… 무슨 일이야?"

정아가 묻자 정호가 본론을 꺼내 놓았다.

"이 근처 지나가다 들렀다. 저녁 전이지? 밥 먹자."

"어? 아……."

정호는 태연했다. 그는 정아가 왜 '그 정도의 일'로 자신을 피하는지 이해하지 못했다. 오히려 여동생이 자꾸 자신을 피하니까 섭섭하기까지 했다. 자신의 체격이, 위협이, 폭력이, 어린 정아에게 얼마나 큰 두려움이었는지를 몰랐다. 당황하던 정아가 신희를 가리켰다.

"나…… 선약 있어. 미안."

정아는 일단 거짓말을 해 놓고 신희 얼굴을 쳐다보지도 못했다.

유쾌하게 말하던 정호가 의자에서 일어서는 신희를 발견했다. 정호가 정아와 똑같이 닮은 커다란 눈으로 씨익 웃었다.

"누구셔?"

"응? 그냥…… 아는 사람."

"아. 아는 사람?"

말하더니 정호가 다 알겠다는 듯이 킥킥 웃는다. 생전 남자 친구가 없어 친구라도 소개시켜 줄까 했더니만. 정호가 신희에게 악수를 청했다.

"정아 오빠예요. 강정호입니다."

"죄송합니다. 제가 결벽증이 있어서."

신희가 낮고, 전혀 죄송하지 않은 목소리로 두 주머니에 손을 찔러 넣고 말했다.

"이신희입니다."

정아가 깜짝 놀라 신희를 보았다. 사회성 없는 건 알았지만 저 정도일 줄이야. 정호도 큰 키였지만 신희는 그보다 더 컸다. 그가 정호를 거만한 눈으로 내려다보고 있었다.

그러자 정호가 확 표정을 찌푸렸다.

"저한테 잘 보이셔야죠."

"제가요? 왜죠?"

"제 여동생이랑 잘해 보려는 거 아닙니까?"

"아뇨. 전혀요."

정호는 신희의 뻔뻔함이 황당할 지경이었다. 그것은 정아 역시 마찬가지였다. 나랑 잘해 볼 마음이 없으니까 저런 무례함이 나오는 건가 싶어 서운할 지경이었다.

정호가 더욱 굳은 얼굴로 물었다.

"그럼 여기 왜 계십니까?"

"의삽니다."

신희가 짧게 말했다. 아까부터 떨고 있는 정아와 그런 떨림이 당연하다는 듯이 대하는 정호가 거슬렸다. 신희가 말을 이었다.

"정아가 얼마 전에 팔을 다쳤는데. 하도 안 쉬고 돌아다니셔서 확인차 나왔습니다."

"팔이요? 강정아. 너 다쳤어?"

정호가 묻자 정아가 굳은 입매로 웃으며 말했다.

"응. 넘어졌었어."

그러자 정호가 한숨을 쉬었다.

"그런 것도 가족한테 말 안 하냐."

"가벼운 사고였어. 멍만 조금 든 거야."

그녀가 변명하며 팔꿈치를 들어 보였다. 흰 블라우스 소매 아래로 파란 멍이 보였다. 정호가 혀를 찼다.

"하여튼 넌 왜 이렇게 가족 생각을 안 하냐. 예전에 혼자 휙 집 나갈 때부터 그랬지만."

정호가 툴툴거렸다.

"오늘은 선약이 있다니까 그냥 간다."

"아…… 응."

"다음번엔 빼지 마."

정호가 나가면서 신희를 쓱 위아래로 훑어보았다. 잘해 보려는 게 아니긴 무슨.

저렇게까지 자신을 경계하는 남자가 정아를 안 좋아하면 그게 이상하다고, 정호는 생각했다.

신희가 정호를 누구라고 생각하는지는 알 수 없었다. 하지만 문학관에 들어서서 마주친 신희의 눈빛은 세상에 무서울 것 없던 정호마저 오싹하게 했다. 네가 뭔데 감히, 정아에게 말을 거냐는 듯한 눈이. 정호가 문학관을 나가는 순간까지 이어졌다. 정호가 밖으로 나가고 자동문이 닫혔다.

그제야 정아가 의자에 털썩 앉아 등허리를 구부리고 고개를 떨궜다. 그 모습이 마치 끈이 떨어진 마리오네트 인형 같았다.

"정아야?"

신희가 불러도 그녀는 대답이 없었다.

아버지는 아팠고, 어머니는 바빴다. 그래서 정호는 언제나 화가 나 있었다. 어릴 때는 체격이 크게 차이 나지 않아서, 이불로 덮어 놓고 때렸는데 그가 고등학교에 들어갔을 때에는 체격 차이가 많이 나게 되어 그럴 필요가 없었다. 그때의 아픔은 기억나지 않는데, 그 순간 정호의 눈은 생생하게 기억이 났다.

"정아야."

"……."

신희가 굳은 얼굴로 정아를 다시 한 번 불렀다. 얼굴을 제대로 확인하고 싶은데 푹 떨군 고개를 들지 않았다. 하얀 목과 귀에 핏기가 하나도 없었다.

"고개 좀 들어 봐. 얼굴 보게."

"……."

"강정아. 정신 차려."

그의 목소리가 들리지 않는지 정아가 움직이지 않는다. 정아의 가녀린 어깨가 조금씩 떨리기 시작했다.

신희는 조금도 손쓸 수 없는 자신이 그렇게 싫을 수가 없었다. 이름을 부르는 것밖에 할 수 없는데, 이름을 부르는 것만으로는 아무것도 일어나지 않았다.

의사니까. 얼굴을 확인하자. 체온을 확인하자.

신희가 심호흡했다. 그리고 천천히 손을 뻗었다.

여기는 무균실이라고, 자신을 세뇌했다. 단지 나와 그녀만이 존재하는 곳. 그러니까 장갑을 끼울 필요 없이.

그냥 그녀의 **뺨**을 감싸 고개를 들게 하자. 의사니까. 그러니까 손을 뻗어 보자.

신희는 다짐하고 또 다짐했다.

고개를 떨구고 있던 정아가 그제야 자신의 머리맡에서 떨리는 손을 느꼈다. 고개를 조금 들자 신희의 하얗고 긴 손이 보였다. 정아의 시선이 멍하니 신희의 얼굴로 옮겨 갔다.

뭘 하려는 걸까. 이 남자.

"아파 보여서."

신희가 혼잣말을 중얼거렸다. 자신이 붙잡지 못해서 그녀가 다쳤다. 흙투성이가 되어 풀밭에 쓰러져 있던 정아를 떠올렸다.

미칠 것 같았다. 거기 넘어져 있는 것이 나였으면 좋겠다고 생각했다. 더 이상은 그녀가 아프지 않았으면 좋겠다고, 간절히, 간절히 바랐다.

이번에는 그렇게 둘 수 없었다. 앞으로 다시는. 그럴 수 없었다.

그의 두 손이 천천히 정아의 **뺨**에 닿았다. 몇 년 만이더라. 이십 년도 넘었다. 그가 먼저 손을 뻗어 다른 사람에게 닿은 것은. 순식간에 신희의 세상이 뒤집혔다. 할 수 없던 것들이, 조금씩 가능해진다. 그녀로 인하여.

식당이나 카페에 갈 수 없어 연애를 포기하던 그가 정아에게 만큼은 같이 산책을 하자고 권했다. 농담을 하거나, 그녀를 위해 머리끈을 고르는 것까지. 강정아는 이신희를. 언제나 변하게 했다.

놀란 정아의 눈에 천천히 눈물이 고였다. 그가 겨우 손을 내밀어, 정아를 어루만지고 있었다. 신희가 허리를 숙여 정아와 눈높이를 맞추고, 혼잣말하듯이 말했다.

"열은 없네. 다행이다."

"……."

"아픈 줄 알고 놀랐잖아."

정아의 눈에서 떨어진 눈물이 신희의 손을 적셨다. 그녀의 뺨에 닿은 손은 떨어지지 않았다. 그와 닿아 있는 곳으로부터 온몸이 따뜻해지고. 겁에 질려 있던 심장은 얼음처럼 느리게 녹았다. 곧, 봄을 만난 것처럼 두근거렸다.

그 순간 그녀의 벽에도, 창문이 생겼다. 그의 손이 힘주어 창문을 열었다. 그때. 정아는 숨을 크게 쉬었다.

"안아서 달래 줄까?"

달래 주는 것에 익숙하지 않은 그가 물었다. 정아가 여전히 떨면서도 눈웃음 짓고, 고개를 끄덕였다. 그리고 그녀가 자리에서 일어나 신희의 품에 얼굴을 묻었다. 안겨 보고 싶었다. 정말, 아주 어릴 때부터 이렇게 안기고 싶었다. 세상에서 유일하게 내가 도망칠 수 있었던 곳. 첫사랑의 품 안으로.

6
치료

그 상태로 아주 오랜 시간 있었다. 시간 가는 줄 모르고. 어쩌면 하루 종일이라도 이렇게 안겨 있고, 안고 있을 수 있을 것 같았다. 신희는 허리를 숙여 정아의 온몸을 두 팔로 감싸고, 그녀의 길고 부드러운 머리칼을 빗질하듯 쓸어내렸다.

"집에 가자."

신희가 말하자 정아가 고개를 저었다. 이 순간이 깨지는 것이 싫었다. 세상 모든 두려움으로부터 도망쳐서, 영원히 이곳에 있고 싶었다. 신희 역시 이대로 계속 있고 싶었지만 그녀를 편안히 쉬게 해 주고 싶은 마음에 정아를 달랬다.

"가자. 응?"

그의 다정한 목소리가 들리고서야 정아가 마지못해 고개를 끄덕였다. 신희의 품에서 그녀가 스르륵 빠져나갔다. 부드럽고 따듯하던 그녀가 빠져나가자 신희가 본능적으로 정아의 손목을 붙잡았다. 정아가 물끄러미 그를 올려다보았다.

신희가 허탈한 표정으로 말했다.

"그날 이후로 처음이야. 사람을 안아 본 건. 그래서 그런가."

"……."

"놓기 싫다."

집으로 데려가 쉬게 해 줘야 하는데. 품을 채우는 따듯한 그녀의 몸은 황홀함 그 자체였다. 정아가 그제야 조금 정신이 돌아와서, 살짝 붉어진 얼굴로 말했다.

"집에 가자면서……."

"응."

신희가 저절로 찌푸려지는 표정을 감추지 못하고 정아를 놓아주었다. 그녀가 천천히 퇴근 준비를 마쳤다. 마지막으로 발꿈치를 들고 높은 곳에 있는 문학관 전체 소등 버튼을 누르려 하자 신희가 비틀거리지 않게 반대 손을 잡아 주었다. 정아가 버튼을 누르고 핀잔했다.

"보통은 꺼 주지 않아요? 자긴 손 닿으면서."

"만지기 싫어. 차라리 네 손이 낫지."

정아의 기분을 풀어 주고 싶었던 신희가 짓궂게 말했다. 그러자 정아도 장난스럽게 되물었다.

"차라리이?"

"아. 그만 싸우자. 우리 깨강정이나 사 먹으러 갈까?"

"안 먹어요! 유치하게 이름 가지고 놀리기예요?"

그만 싸우자고 해 놓고 자기가 이름 가지고 놀리고 있다. 그리고 정아가 흘기니까 그 잘생긴 얼굴로 씨익 웃는다. 얄밉게. 그가 천천히 손을 놓아주자 정아가 물었다.

"저 안아도, 정말 괜찮았어요?"

그녀가 묻자 신희가 잠시 생각했다. 괜찮은 정도가 아니다. 여태 왜 그녀를 피했나 싶을 정도로. 그저 좋았다. 신희가 고개를 끄덕였다. 그는 정호가 떠난 이후 아무런 질문도 하지 않았다. 그저 정아가 진정될 때까지 기다리고, 그녀가 퇴근 준비를 하는 것을 또 기다렸을 뿐이다. 문학관을 나서 집으로 향하며 정아가 입을 열었다.

"그게 참 이상해요."

어두워서 그의 얼굴도 잘 보이지 않으니까. 속에 있는 말이 물이 가득 찬 욕조에 사람이 들어앉은 것처럼 넘쳐흘렀다. 정아가 말을 이었다.

"작은오빠도 미운데, 부모님이 더 미워요."

"응."

"오빠가 절 때려서 집 안이 시끄러워지면, 엄마가 와서 저한테 짜증을 내는 거예요. 시끄럽다고. 아빠는 모른 척하고."

"……."

"그냥 내 탓을 하면 편하니까. 내가 버릇이 없었던 거라고. 내가 나빴던 거라고 하면 편하니까. 나만 입 다물고 가만히 맞고 나면. 조용해지니까."

그녀의 어깨가 바들바들 떨렸다.

"작은오빠가 나한테 가까이 안 왔으면 좋겠어요. 딱 그 생각뿐이에요. 일 년에 한두 번도 보기 싫어요."

정아는 지금도, 스스로가 작고 가치가 없게 느껴졌다. 가장 미운 건 자기 자신이었다. 무서워서 미워하지도 못하는 자신이. 그런 비겁하고 나약한 제가 가장 미웠다. 신희가 가만히 언덕 아래로 내려다보이는 바다로 시선을 두었다.

뭐라 위로의 말을 할까 고민하는데 정아의 목소리가 순간 경쾌해졌다.

"근데요. 저 그러다가 호주로 갔거든요. 이모네에."

정아는 호주에 사는 이모네 집에 위탁되자마자 그곳에 적응하기 위해 필사적이었다. 그 동네에 하나뿐인 한국인이던 이모는 정아에게 웬만해서는 한국말을 하지 않았다. 마치 자신의 한국인인 부분을 완전히 잘라 내 버리려는 것처럼.

워낙 언어능력이 좋았던 정아는 금방 영어에 익숙해졌다. 생활에도 적응했다.

한국에서의 삶은 길에 박힌 돌 같았다. 보통은 무시하고, 심심하면 발로 차고, 그곳에서 도망칠 수는 없는. 호주의 날씨는 언제나 환상적이었고 바로 앞에 바다가 있었다. 한국에서의 삶과 비교하면 하루하루가 너무도 행복했다. 그래서 다른 어떤 아이보다도 성실했고, 잘 웃고, 결코 어른들의 말을 거스르지 않았다. 제발 한국으로 돌려보내지 않기를 바랐다. 이모가 자신을 평생 키워 줬으면.

이모인 은진은 정아의 첫 번째 생일에, 큰맘 먹고 미역국을 준비했다. 아침에 눈을 뜬 정아가 익숙한 냄새에 화들짝 놀라 주방으로 달려갔다.

정아가 냄비 뚜껑을 열자 맛있어 보이는 미역국이 들어 있었다.

"우와!"

정아가 뛸 듯이 기뻐하자 은진이 무뚝뚝한 얼굴로 말했다.

"올해만 해 주는 거야. 나 한국 음식은 안 해. 이제."

"오늘만 먹어도 좋아요!"

아이가 모처럼 진심이 담긴 몸짓으로 신나 어쩔 줄 몰라 하자 은진의 얼굴에도 슬쩍 미소가 번졌다. 자기가 원하는 것을 한 번도 말하지 않던 그 열다섯 살짜리 꼬마가 늘 걱정이었기에.

뒤늦게 이모부인 제임스까지 식탁 앞에 모였다. 그가 냄비에 담겨 있는 미역국을 보고 황당했는지 물었다.

「은진. 이거 버리는 거야?」

그의 말에 은진이 눈치를 줬지만, 그걸 못 느낀 제임스가 웃음을 터트렸다.

「이 해초 죽은 것 같은데?」

「제임스.」

결국 은진이 한마디 했다.

「한국에서 생일에 먹는 음식이에요.」

그녀의 말에 뒤늦게 이것이 정아를 위한 음식임을 알아차렸다. 제임스가 서둘러 말했다.

「그렇구나! 맛있겠네. 굉장히 동양적이야. 정아. 생일 축하해!」

그러나 정아의 표정은 이미 어두워져 있었다. 잠시 식탁 위에 침묵이 흐르고 정아는 미역국에 거의 손을 대지 않았다. 은진이 걱정스러워하며 물었다.

「정아야. 맛이 없어? 확실히 한국에서 먹던 것보다는 별로지?」

「……저 이거 싫어요.」

정아가 주먹을 꾹 쥐고 애써 웃으며 말했다.

「이제 안 먹을 거예요, 이모. 다시는 한국 음식 안 해 줘도 괜찮아요.」

그리고 자기 먹은 그릇을 치운 후 제 방으로 들어가 버렸다.

생일상 같은 건 필요 없었다. 한국으로만 가지 않는다면. 그들이 싫어하는 일은 자신도 싫어할 것이다.

한국에 돌아가면 학교를 다닐 수 없을지도 모른다. 지금보다 더 키가 자란 정호에게 그렇게 맞다가는 이제 정말, 죽을지도 모른다고 생각했다.

떠올리는 것만으로도 숨이 막혔다. 방에 들어간 정아는 착한 아이가 되겠다고 다짐하고 또 다짐했다. 한국으로 돌아가지 않을 것이다. 원하는 것은 전부 숨기고, 남들에게 미움받지 않는 그런 착한 아이가 될 것이라고. 그렇게 몇 번이고 다짐했다.

정아가 호주에서의 일들을 즐거운 표정으로 늘어놓았다.

"근데 그때 이모부 되게 미안해하더라고요. 며칠 동안 저 피했어요. 우울해하고. 그게, 그렇게 고마울 수가 없더라고요. 내 기분을 생각해 준 가족은 처음이어서."

그녀의 태연한 말에 신희가 주먹을 꽉 쥐었다. 정아가 말을 이었다.

"호주에 간 후엔 집에 돌아가고 싶은 적이 한 번도 없었어요.

아. 좋은 애가 돼야지. 버려지지 말아야지. 다시는. 그 지옥으로 돌아가지 말아야지."

"……."

"근데 부모님이 꼭 돌아오라고. 집에 여유가 조금 생기니까 제 생각이 났나 봐요. 나도 싫다고 해야지. 마음먹다가도, 이모랑 이모부한테 짐이 되는 게 미안하기도 해서……."

호주에서의 일을 가만히 듣던 신희가 물었다.

"중학생 때 갔다고 했지?"

"네."

"한창 사춘기에 억누르기만 했겠네."

"그런가요."

밤이라 둘의 목소리가 조용조용했다. 신희는 속에 치미는 화를 가라앉히며, 그녀에게 다정하게 대답하느라 곤혹스러울 지경이었다. 그렇게 밤길을 걸어 둘은 정아의 집에 도착했다. 신희가 옥탑방을 올려다보며 말했다.

"옥상에서 보면 경치가 좋겠네."

"맞아요! 저 위에 있으면 바다도 멀리까지 보이고, 별도 더 가까워지는 것 같고……."

"보기에 차이가 날 정도로 별이 가까워지진 않아."

신희의 단호한 말에 정아가 흘기자 그가 혀를 차더니 말을 바꿨다.

"와. 별이 수박만 하게 보이겠네. 옥상에 있으면."

"놀리지 말아요!"

은근히 짓궂다니까. 그렇게 안 봤는데. 정아가 손을 흔들어 인사했다.

"오늘 고마웠어요. 차 한잔 대접하면 좋은데."

물론 신희가 대인기피가 없었어도 집 안으로는 안 들였을 테니 인사치레였다.

그런데 신희가 말했다.

"궁금하긴 하네. 네 집은 얼마나 더러울지."

"으이구. 안 더럽거든요?"

"나중에 내가 좀 나아지면. 나 맛있는 거 해 줘."

"네에? 내가 왜요?"

"왜냐니? 내가 세상에서 만질 수 있는 사람 몇 명 없어. 그 안에 들어오게 해 줬는데 밥 한 끼 못 줘? 혹시 모르잖아. 네가 해 준 건 내가 먹을 수 있을지도."

"그렇다고 여자 집에 막 들어올 생각을 해요?"

"차 대접 해 준다며."

"당연히 빈말이죠."

차 대접 하고 싶다는 말이 진심인 줄 알고 살짝 설레던 신희가 서운한 목소리로 툴툴거렸다.

"안 할게. 밥도 안 얻어먹을게. 내가 너무 큰 걸 바랐네."

그가 드러내 놓고 서운해하자 정아가 조금 당황해하며 말했다.

"으음…… 아. 하긴 뭐. 오빠랑 같이 있어도 안 불안할 거 같긴 해요. 나랑 잘해 볼 생각도 없다며. 전혀."

무심코 속에 있던 서운함을 드러내던 정아가 놀라서 두 손으로 입을 틀어막았다. 약간 당황한 신희는 그녀의 말을 못 들은 척해 주었다. 그런데 왠지 속이 탄다. 신희가 서둘러 돌아섰다.

"간다."

"아! 네. 데려다줘서 고마워요."

"그러니까 먹을 건 진짜 해 줘. 최종 관문으로."

"으음. 뭐 먹고 싶은데요?"

"그건 해 주는 사람이 정해야지."

신희가 어깨를 으쓱이더니 "초대해." 하고 말하고 멀어졌다. 그가 떠나고 정아가 자신의 두 뺨에 손을 올리고 혼잣말했다.

"의사 선생님 손이라 약손인가……."

그의 손 덕분인지, 그토록 두렵고 떨리던 마음에 잔잔한 설렘만 남아 있었다. 옥상에 올라간 그녀가 난간 쪽으로 가 기댔다. 신희가 보건지소 방향으로 걸어가고 있었다. 그런데 신희가 갑자기 걸음을 멈추고 돌아보았다. 그러곤 큰 소리로 물었다.

"바다 잘 보여?"

"네. 그리고 별도 이만하게 보여요."

정아가 두 손으로 수박만 한 크기를 그려 보이자 신희가 유쾌하게 웃었다.

"악몽 꾸지 마."

그가 달래듯이 말하고, 다시 길을 간다.

그날 밤, 신희의 그 말이 약이라도 된 것처럼. 정아는 다음 날 아침까지 편안히 잤다.

반면에 신희는 계속 뒤척거리느라 잠이 오지 않아 결국 침대에서 일어났다. 그리고 핸드폰에서 자주 듣는 음악을 골라 틀었다. 그는 성격과 어울리지 않게 락을 좋아했다. 락은 늘 침착하던 그의 심박수를 높여 주고, 동시에 머릿속은 깨끗하게 비워 주었다.

그렇게 떨면서 싫은 소리 한 번 안 하는 정아가 계속 그의 머릿속에 들어앉아 있었다.

차가운 물 한 잔을 급하게 들이켜니 머리가 쨍했다.

중학생의 정아. 너무도 해맑던 그 아이의 상처에 대하여 왜 좀 더 자세히 알려고 하지 않았을까. 오빠와 놀다가 다쳤다고 했을 때, 신희는 오히려 안심했던 것이다. 그래. 오빠가 그랬으면 그럴 수도 있어. 원래 남매는 싸우는 거니까. 친오빠가 동생을 죽일 것처럼 때리진 않았을 거라고. 신희는 생각했었다. 그것은 그 동네 대부분의 사람들도 마찬가지였다.

신희는 심장이 쥐어짜이는 것 같은 기분이 들었다. 뒤통수가 서늘할 정도로 죄책감을 느꼈다. 성인이 된 이후 줄곧 그랬다. 신희의 머릿속 한군데에는 언제나 정아가 있었다.

그 아이는 나의 닫힌 방 창문을 열어 주었는데, 나는 그러지 못했다. 그 아이에게 아무것도 되어 주지 못했었다. 이번에는 그러고 싶지 않았다.

이번에는 그 애를, 할 수 있는 데까지 지켜 줄 생각이었다.

며칠 뒤, 퇴근 후에 보육원 일을 도와주러 간 정아는 태진에게 신희의 이력서를 내밀었다.

"아. 태진 쌤. 여기 이력서요."

"그래. 고마워."

이력서를 받은 태진이 슬쩍 물었다.

"그래서. 뭐 이신희 선생이랑 진전 같은 게 있었나 봐? 이력서를 가져다주는 걸 보니까."

태진은 슬쩍, 아니 대놓고 정아를 떠보고 있었다. 질색을 할 거란 태진의 생각과 달리 살짝 얼굴이 붉어진 정아가 말했다.

"지, 진전은 무슨 진전이에요? 그냥…… 제가 작은오빠 보고 너무 겁내니까 안아 주더라고요."

그녀의 말에 태진이 복잡한 표정을 지었다. 신희와 진전이 있었다는 건 기쁜데, 여전히 정호를 두려워한다는 것은 걱정스러웠다. 정아가 말을 이었다.

"그냥 친한 오빠라서. 달래 줬어요."

"원래 친한 오빠에서 시작하는 거야."

"그 오빠가 뭐가 부족해서 저를 만나요."

정아는 밝은 성격에 비해 열등감이 심했다. 이신희의 이름이 나온 것만으로도 빨개지면서 저런 소리를 한다. 자신이 설레발쳤다가 신희가 정아에게 관심이 없다면, 괜히 정아만 상처받을 것 같아서, 태진도 말을 아꼈다.

둘이 엮어 주면 딱 좋겠는데. 태진이 입맛만 다시다가 문득 생각났는지 정아에게 물었다.

"그런데 정아야. 그동안은 둘이 왜 연락이 안 된 거야?"

"아…… 싸웠어요. 호주 가기 며칠 전에."

"싸워? 왜?"

"그게 말이에요. 저는 그 오빠가 첫사랑인데, 그 오빤 절 완전 어린애 취급 하잖아요. 게다가 저 까맣다고 세상에 이렇게 까만 여자애 처음 본다면서! 자길 형이라고 부르라잖아요!"

정아가 발끈해서 대답했다. 하긴. 그때 정아는 피부가 까맣게 타 있었지. 그렇긴 하지만 남자애로 보일 아이는 절대 아니었다. 동네 남자애들이 툭하면 귀찮게 굴 정도로 예뻤지.

이신희 선생도 좋은 마음을 표현하지 못해서 괜히 삐죽거린 모양이다. 태진은 그게 깨물어 주고 싶을 정도로 귀여워서 미소를 지었다.

"그래서 싸웠어?"

"화해하긴 했는데…… 뭐. 아무튼 며칠 뒤에 전 호주로 갔으니까요. 그 이후론 모르죠."

신희의 짓궂은 장난을 들으니 어리던 마음이 콕콕 쑤시며 아팠다. 정말로 짝사랑이었던 것이다. 그 애가 다정한 말을 할 때마다 결혼을 상상해 보기도 했었는데.

며칠 뒤 정아는 호주로 떠날 예정이었다. 낯선 나라로 떠나는 아이가 안타까웠던 정아의 어머니는 모으고 모은 돈으로 아이가 가지고 싶어 하는 것을 사 주겠다고 했다. 정아는 옷 가게에서 제일 예뻐 보이는 분홍색 원피스를 골랐다. 그리고 그 옷을 입고 남자애에게 갔다. 보라고. 나도 여자라고. 그랬더니 그 남자가.

'아니면 네가 나랑 결혼해 주든지. 어른 되면.'

……그렇게 말했었지.

단정하게 교복을 입은 하얀 얼굴로 하는 그 다정한 말이 부끄러워 집으로 도망치고 말았다.

그리고 호주로 가기 전에 매일, 그 집을 들렀다. 미래에 결혼할 남자니까. 그런데 웬일인지 그 집은 한동안 비어 있었다. 정아가 호주로 떠나는 날까지. 결국 신희의 얼굴을 못 보고 호주로 갔다. 편지를 쓸 테니 주소도 물어보고 싶었는데 그러지 못했다.

그렇게 첫사랑은 끝이 났다. 왜였을까. 왜 그렇게 말도 없이 떠나 버렸을까.

정아는 묻고 싶었지만, 부끄러워 신희에게 물어보질 못했다.

잠시 후 정아가 잠깐 자리를 비운 사이 열려 있던 문으로 신희가 고개를 들이밀었다.

"기태진 선생님 계십니까."

태진이 빠르게 걸어가 신희의 앞에 섰다.

"이신희 선생님. 무슨 일이에요?"

"점수 좀 딸까 해서요. 일 도와 드릴 것 없습니까?"

"점수는 무슨. 정아가 벌써 이력서 가져다줬어요. 증세가 많이 완화되셨다면서요?"

"예. 정아 덕분에."

말은 태진에게 하면서 정작 신희의 눈은 분주하게 무언가를 찾고 있다. 그게 정아란 것을 눈치챈 태진의 입가에 미소가 걸렸다.

그러다 신희가 때마침 쓰레기를 버리러 나오던 정아를 발견했다. 정아가 놀라서 신희에게 물었다.

"무슨 일이에요?"

"점수 따러 왔어."

그러자 정아가 웃으며 신희에게 쓰레기통을 내밀었다.

"도와주러 온 거면 이것 좀 내다 버리시죠?"

"알았어."

신희가 정아의 손에서 쓰레기통을 받아 들었다. 태진이 슬쩍 그 모습을 보았다. 신희는 한참 손을 씻고 와서 계속 정아의 일을 도왔다.

태진은 자신이 괜한 걱정을 한 것을 알았다. 정아가 간식이 들어 있는 상자를 들자 신희가 서둘러 뺏어 든다. 신희는 태어나서 짝사랑은 처음 한 사람처럼 솔직했다. 문제는 정아도 연애 경험이 없어 신희가 그렇게 작업을 걸고 있다는 걸 못 느낀다는 것. 태진은 그런 둘을 보며 어느 날 정아의 연애 상담을 해 줘야겠다고 결심했다.

보육원 안을 뛰어다니던 여자아이 하나가 신희에게 달려가서 물었다.

"오빠! 소꿉놀이할래요?"

"내가 아빠하는 거야?"

신희가 묻자 아이가 해맑게 고개를 끄덕거렸다. 정아가 웃으며 말했다.

"다영아. 선생님은? 선생님도 같이 할까?"

"선생님이 엄마해요!"

"으음. 근데 선생님 남편이 좀 맘에 안 들어."

정아가 장난스럽게 말하자 신희가 울컥해서 말했다.

"아니, 내가 뭐가 모자라? 이만하면 됐지."

"성격이 좀 모났죠."

"나아지고 있다니까?"

둘이 티격태격 말다툼하는데 다영이가 장난감 칼로 간식 빵을 쓱쓱 잘랐다. 신희가 질색을 하며 그 모습을 보았다. 한참 가지고 놀던 칼로 빵을……

그리고 그것을 접시에 담아 둘에게 내밀었다.

"빵 드세요!"

신희가 입을 꾹 다물고 접시를 받지도 않는다. 그러자 정아가 접시를 받아서 신희에게 내밀었다.

"저 먹여 주세요. 우리 다영이가 예쁘게 잘라 준 빵."

"……그럴게요."

그가 고개를 끄덕이고 정아의 손을 탄 접시를 받아 들었다. 그리고 질린 표정으로 빵을 집어 정아에게 내밀었다. 그러자 정아가 빵을 받아먹었다. 순간 신희의 굳었던 표정이 급할 정도로 빠르게 풀렸다.

다가오는 그녀의 부드러운 입술이 조금 더 다가왔으면 하고 순간 바랐다.

"와. 우리 다영이가 잘라 준 빵 맛있다!"

"맛있죠? 그죠?"

다영이가 신나서 와락 정아의 목을 끌어안았다. 그리고 다영이가 신희에게 손을 흔들었다.

"아빠! 나도! 다영이도 먹을래요!"

"응? 아. 그래. 다영이도 줘야지."

신희가 서둘러 정신을 차리고 빵을 다영이의 입에도 넣어 주었다. 정아는 다영을 무릎에 앉히고 다정히 이야기를 나누는데 신희의 시선은 정아에게 고정되어 떨어지지 않았다.

내가 미쳤나. 나 지금 이신희가 아닌가? 어떻게 이신희가. 다른 사람에게, 저 여자에게 키스하고 싶다는 생각을 할 수가 있지?

그는 스스로가 느낀 충동이 혼란스러웠다. 남이 주는 건 절대 못 받아먹는 사람이 키스는 가능한가.

전에 그는 자신에게 고백했던 후배에게 말했었다. 키스하고 불쾌한 표정을 짓는 남자랑 사귈 수 있겠냐고. 그때는 그랬다. 키스를 상상하는 것만으로도 불쾌했다.

그때 다영이 접시에서 빵 한 조각을 집어 신희에게 내밀었다.

"아빠도 다영이가 줄게요."

"아. 다영아. 아빠는 이가 썩어서……."

정아가 변명하려는데 신희가 몸을 숙였다. 그리고 다영이의 작은 손에 들린 빵을 먹었다.

신희가 우물거려 빵을 삼키고 말했다.

"고마워. 잘 먹었다."

가까이 다가왔던 신희의 얼굴에 정아는 숨이 멎을 것만 같았다. 그리고 신희가 괴로운 표정으로 자리에서 일어섰다. 그러자 정아가 다급하게 따라갔다.

"괜찮아요?"

"안 괜찮네. 생각보다."

신희가 숨을 못 쉬겠는지 고통스러운 표정을 지었다. 음식이 식도를 녹이는 기분이었다. 농약이 목으로 넘어가는 기분. 그가 화장실로 달려가 급하게 먹은 것을 토해 냈다. 밖에서 기다리며 정아가 안절부절못했다. 어떡하지. 정말 어떡해야 하나.

정아가 울 것 같은 얼굴로 서 있는데 얼굴이 새하얘진 신희가 밖으로 나왔다.

그가 지친 얼굴로 말했다.

"아직 누가 주는 걸 먹을 정돈 아닌가 봐."

신희가 걱정 가득한 정아의 얼굴이 신경 쓰이는지 괜스레 툴툴거렸다.

"좋은 아빠 되긴 틀렸네. 소꿉놀이도 못 해 주고."

"좀 쉬어야겠어요. 표정이 너무 안 좋아요."

"……그럼 나 옥상에 올라가서 쉬면 안 돼?"

"옥상이요?"

아이들 돌봐 주는 것도 싫은 건 아닌데. 둘이만 있고 싶다. 신희는 자신이 왜 이렇게 철딱서니 없이 구는지 몰라 자괴감까지 들었다.

"갑자기 별이 보고 싶어."

그가 괜히 불쌍한 척 말하자 정아가 잠시 고민하다 고개를 끄덕였다. 옥외 계단을 타고 정아가 사는 옥상으로 올라갔다.

"자. 여기서 별 구경 해요. 진짜 좋죠?"

정아가 자랑스럽게 말했다. 주변에 높은 건물이 전혀 없어서, 이 건물 옥상에만 올라와도 아주 높은 곳에 온 것만 같았다. 바다가 아주 멀리 보였다. 팔짱을 낀 신희가 밤하늘을 올려 보며 능청스럽게 말했다.

"와. 별이 아주 가까이에서 보이네."

"저기요. 그만 좀 놀리시죠?"

"아주 수박만 하게……."

"그만해요!"

정아가 발끈해서 소리치자 계속 놀리던 신희가 하하 웃는다. 탄산음료처럼 시원한 웃음이었다. 그가 크게 심호흡을 하고 후련하게 말했다.

"별이 정말 많다."

"그렇죠? 하도 놀려서 말 못 했는데 저 가끔 별 더 자세히 보려고 발꿈치도 들고……."

"이래서 문과생들은."

신희가 어이가 없어 혀를 차자 정아가 뿌루퉁해서 그를 흘겼다.

"진짜예요. 더 잘 보인다니까요."

그러더니 정아가 발꿈치를 들고 하늘을 올려다보았다.

"이러면 더 잘 보여요. 뭔가 더 넓게 보인다고 해야 하나."

발을 들고 말하는데 신희가 대답이 없었다. 그래서 정아가 젖혔던 고개를 바로 했다.

신희가 그녀를 가만히 바라보고 있었다. 망원경으로 별을 보듯이. 정아가 약간 당황하며 말했다.

"별을 보라니까 왜 날 봐요."

"불안해 보여서. 비틀거리면 손잡아 주려고."

으. 괜히 저런다. 누가 보면 작업 거는 줄 알겠어. 저러니까 저렇게 재수 없는 남자를 좋아하는 여자들이 생기지.

바닷바람이 둘의 머리칼을 훑었다. 정아의 긴 머리칼이 날리는 것을 본 신희가 표정을 구기며 물었다.

"근데 내가 준 머리끈 왜 안 해?"

"네?"

"마음에 안 들어?"

"아뇨! 예뻐요!"

머리끈이 좀 부끄러웠다. 플라스틱 토끼 모양 때문만은 아니었다. 머리끈을 받은 이후로 출근할 때마다 정아는 머리끈에 신경을 썼다. 하고 갈까? 하고 갔다가 신희가 찾아와서 놀리는 거 아닐까. 아니, 그보다 이렇게 눈에 띄는 머리끈을 하고 나갔다가 할머니들이 보면 보건지소 양반이랑 잘되어 가냐고 물어보시지 않을까……

그래서 아침마다 신경 쓰면서도 정작 한 번도 하고 가지 못했다. 정아가 당황하자 신희가 단호하게 말했다.

"지금 해."

"지, 지금요?"

"응. 당장."

왜 이렇게 단호해, 이 사람?

농담인가 싶었지만 신희는 완벽히 진심이었다. 구겨진 표정을 풀지 않는 것을 보고 있던 정아가 별수 없이 집 안으로 들어갔다. 머리끈을 꺼내곤 거울을 보며 머리를 한 갈래로 묶었다가, 다시 풀고 반묶음을 했다. 계속 저 재수 없을 정도로 잘생긴 얼굴을 보다가 갑자기 거울을 보니 외모에 대한 자신감이 땅을 파고 하락했다.

정아가 휴 한숨을 쉬고 잔머리를 최대한 예쁘게 만지려 애쓰는데 밖에서 신희가 불렀다.

"왜 안 나와?"

"나가요!"

예민하기만 한 줄 알았더니 성질도 급하다. 정아가 삐죽거리며 밖으로 나갔다. 안 예쁘다고 하면 어떡하나 걱정하며 자꾸 머리만 만지작거리는데 신희가 허리를 숙이더니 고개를 오른쪽, 왼쪽으로 움직이며 정아의 얼굴을 구경했다. 얼굴이 붉어진 정아가 뒤로 물러서며 말했다.

"뭐 하는 거예요?"

봄과 잘 어울리는 하늘색 원피스. 어깨에 닿는 반묶음한 머리칼. 그리고 별처럼 예쁜 눈. 신희는 태어나서 이렇게 예쁜 것은 처음 본 기분이었다. 그가 중얼거렸다.

"머리끈이 예뻐서. 구경하잖아."

"……내가 예쁜 건 아니구요?"

하도 얄밉게 굴어서 정아가 톡 쏘아 놓고 당황한 표정을 지었다. 내가 지금 뭐라는 거야! 예쁘단 칭찬 못 들어서 죽은 귀신이라도 붙었나. 갑자기 이런 소리가 왜 나와? 정아의 얼굴이 더욱 화끈 달아오르는데 신희가 고개를 끄덕이며 말했다.

"그것도 그러네."

"네?"

정아가 멍하니 눈을 크게 뜨고 있는데 신희가 하늘로 시선을 돌렸다.

"오늘따라 별도 참 예쁘네."

별 '도' 참 예쁘단다. 그래서 나도 예쁘다는 거야, 아니란 거야.

정아는 울 것 같았다.

망했다. 저 재수 없고 인기 많은 의사의 아무 생각 없는 말에 홀랑 넘어간 것 같아……

정아가 고개를 바다 쪽으로 돌리고 말했다.

"너무 늦었어요. 이제 집에 가요."

"그러게. 가야겠다."

신희가 수긍하며 대답했다. 그러더니 그가 말을 덧붙였다.

"근데 다음에 밥 진짜로 해 줘."

"네에?"

정아가 놀라거나 말거나, 그가 태연히 턱짓으로 평상을 가리켰다.

"집에 안 들어갈게. 여기서 먹으면 되잖아. 평상에서."

"내가 왜 오빠한테 밥을 해 줘요?"

"치료 목적이잖아."

"누가 들으면 나 때문에 남이 해 주는 거 못 먹는 줄 알겠네요?"

"넌 내가 평생 이렇게 살았으면 좋겠어?"

"와. 진짜 괴짜."

아니 어떻게 사람이 이렇게 뻔뻔해? 너무 어이가 없어서 흘기고만 있는데 신희가 어깨를 으쓱였다.

"혹시 모르잖아. 진짜 네가 해 주는 음식은 먹을 수 있을지."

"못 먹으면서."

"알 수 없지."

신희가 손을 뻗었다. 그리고 가볍게 정아의 머리끈을 톡 건드렸다.

"넌 만질 수도 있는데."

"……."

"뭔들 못 하겠어."

정아는 점점 더 신희와 있는 것이 불편해졌다. 그가 자꾸 가까이 오니까. 자꾸만 얼굴이 빨개지고 심장이 쿵쾅거린다.

밤에만 만나든지, 파도 소리가 시끄러운 날에만 만나야겠다고 생각했다. 그래야 빨개진 얼굴을 들킬 일도, 심장 소리를 들킬 일도 없을 테니까.

이렇게 까다로운 남자가 왜. 왜 점점 좋아지는 걸까.

아무도 좋아하지 못할 것처럼 막혀 있던 정아의 가슴속으로 그가 조금씩 흘러 들어왔다. 신희가 말했다.

"네가 나 도와줬으니까. 이렇게 하자."

정아가 고개를 들어 신희를 올려다보았다. 그가 무게감 있는 목소리로 말했다.

"앞으로 혹시 무서운 일이 있으면 나를 부르게 해 줄게."

"……."

"언제든지. 옆에 있어 줄 테니까. 부르기만 해."

그러니까. 이런 말을 할 때는 좀, 작업 거는 것 같다는 자각을 하시라고요. 이신희 씨…….

"알겠어?"

신희가 묻자 정아가 고개를 조금 끄덕였다. 정아는 밤바다를 보았다. 저 남자를 계속 보다가는 이것보다 더 많이. 그를 좋아하게 되어 버릴지도 모르겠다.

그래서 그녀는 밤과 바다와 하늘을. 한참 동안이나 바라보았다. 그때 바닷가 쪽에서 폭죽 소리가 들렸다. 신희가 소리 나는 쪽을 보며 중얼거렸다.

"여긴 조용해서 폭죽 터트리는 사람도 별로 없네."

"그러게요. 여름에 북적북적하면 마을 경기에도 좋을 텐데."

정아가 폭죽이 있는 방향으로 몸을 돌리고 신희에게 물었다.

"아까 다영이가 준 **빵**. 도저히 삼킬 수가 없었죠?"

"응."

"내가 해 준 것도, 사실은 못 먹겠죠?"

그녀의 말에 신희가 깊이 심호흡을 했다. 바다 냄새가 물씬 난다. 그가 되물었다.

"트라우마란 말에 대해서 정확히 알아?"

"정확히요?"

"많은 사람들이 트라우마가 과거 사건에 대한 반응으로 알고 있는데, 정확하게 말하자면 심리적 외상 자체를 말하는 거거든. 그러니까 말하자면 내가 지금 불안해하는 건 공포 불안 증세지 트라우마라고 부르는 게 아니야."

"또 재미없는 소리 하려고……."

"재미없어도 좀 들어. 이런 얘기 병원 가면 돈 줘야 해 준다."

신희가 투덜거리더니 씨익 웃고 말했다.

"뭐, 사실 난 마취과 의사니까. 정신과에는 돌팔이지만."

"네. 돌팔이 선생님. 하고 싶은 말이 뭡니까?"

"나 같은 경우에는 말이야."

신희가 두 주머니에 손을 넣은 채 말을 이었다.

"되게 괜찮아지고 있었거든. 인턴에 레지던트를 하면서 사람도 많이 만나고 마취과 의사들은 밥도 급하게 먹으니까 내가 뭘 먹는지 별로 신경 안 써서."

"네."

"그러다가 공중보건의로 오기 전에 4주 훈련을 받다가 알았지. 내가 여전히 남이 해 준 음식을 못 먹는다는 거. 거기서 공포불안을 느끼는 거지."

"으음."

"정신과에서 내담자와 임상자, 그러니까 환자와 의사의 관계는 굉장히 중요해. 우린 복합적인 관계지. 내가 너의 의사이기도 하고, 환자이기도 한."

말을 잇는 그의 부드러운 목소리가 파도 소리에 섞인다.

"과거의 일을 회피하는 것도 트라우마에 의한 한 가지 증상이거든. 어떤 책에서 읽은 건데, 트라우마가 너무 심하면 도움이 되지 않지만, 그거보다 낮은 단계라면."

신희가 다정히 말을 이었다.

"그럼, 자기 자신의 좋은 친구가 되어 주는 것도 괜찮은 치료법일지 모른대."

"……."

"근데. 왠지, 너를 본 이후에는. 나도 그럴 수 있을 것 같다는 생각이 들더라."

"……."

"이제 회피하지 않으려고."

왜 하필 나를 보고 그런 생각이 들었는데요?

그렇게 물어볼까. 근데 그게 왜 이렇게 부끄러운지 모르겠다. 남의 연애였다면 당연히 그 남자가 너 좋아하는 거지! 하면서 확신했을 텐데.

내 연애는 이렇게 어렵다. 정말, 하나도 모르겠다. 정아가 입술을 뽀로통하게 내밀고, 한쪽 뺨에 바람을 넣었다가 반대로 옮겼다가 하자 신희가 표정을 찌푸렸다. 그러더니 엄지와 검지로 정아의 양쪽 뺨을 가볍게 눌렀다.

"뭐 하는 거야."

"보건지소 뒤에 빌라 있잖아요."

"응?"

신희가 고개를 기우뚱하자 정아가 말을 이었다.

"거기 문학관 직원 여자애가 살거든요."

"응."

"그 애가요, 오빠가 밤에 가끔 산책하는 거 봤대요. 요즘 무슨 고민 있어요?"

그녀의 질문에 신희가 멈칫했다. 이거. 순진한 앤 줄 알았더니 알고 보면 여우 아냐? 자기 생각 하느라 밤에 잠을 못 자는 거 알고 물어보는 건가. 신희는 속마음을 들킨 기분이라 뭐라 대답해야 하나 정하지 못하고 제 머리칼을 헝클었다.

"요즘 너무 더워서."

"아직 밤에 깰 정도로 덥진 않은데."

정아가 한 걸음 가까워지며 올려다보자 신희가 긴장해 침을 꿀꺽 삼켰다. 그렇지. 너 때문에 더운 거지. 그 정도로 덥진 않은 거 나도 알거든?

신희가 뒤로 물러서며 말했다.

"가까이 오지 마. 덥다니까?"

"안 덥다니까요?"

"나는 더워."

신희의 얼굴이, 깜깜한 밤에도 보일 만큼 붉었다. 그런데도 정아는 그걸 모르고 입술만 꾹 다물어 그를 흘겼다.

172

7
이상한 음식

정아는 요리하던 이모부 제임스의 뒷모습을 선명하게 기억했다. 커다란 키에 맞지 않는 낮은 조리대 위엔 평소에 이모인 은진이 쓰지 않던 냄비 종류가 전부 꺼내져 있었다. 간을 보고 또 보며 식은땀을 흘리던 모습이며 그날따라 유난히 쨍쨍하던 주말 점심 무렵의 태양.

분투하는 그를 보며 은진과 정아는 키득키득 웃고 있었다. "되게 못한다, 그치?" 하고 은진이 말하니까 정아가 즐겁게 웃었다.

「그러게. 내가 평소에 요리 좀 하랬지?」

은진이 생색을 내자 쩔쩔매던 제임스가 큰소리쳤다.

「재료가 낯설어서 그래!」

그의 말에 또 은진과 정아가 한바탕 웃었다. 조리대에는 한인

마트에서 사 온 소면 봉지가 널려 있었다. 은진은 저 요리가 이미 망했음을 알고 있었다. 소면을 크림소스에 비비고 있지를 않나, 그나마 소면을 끓이는 시간도 너무 길었다. 게다가 더블크림은 또 얼마나 많이 넣었는지.

그러나 은진은 제임스의 요리 과정에 전혀 참견하지 않았다. 얼마 전 제임스가 미역국을 가지고 해초 죽은 것 아니냐고 말하며 웃은 이후, 정아는 한국 음식을 쳐다보지도 않았다.

제임스는 그게 신경 쓰여 우울해하다가 어느 날 자기가 요리를 해 주겠다고 나섰다.

「자. 다 됐다. 다들 앉아.」

겨우 요리를 완성한 제임스가 말했다. 영국 출신의 남자와 한국 출신의 두 여자가 호주 골드코스트, 바닷가 근처 가정집 식탁에 모였다.

지금도 정아는 식탁 위에 제임스가 놓은 팬을 떠올리면 웃음이 나왔다. 그날 이모와 둘이 어찌나 웃었는지. 안에는 푹 퍼진 소면 국수가 크림소스와 섞여 묘한 모양새를 만들고 있었다. 제임스 나름으로 한국 음식을 만든 것이었다.

정아가 생일날 속상해했던 것이 무척 신경 쓰여서, 제임스는 잠도 제대로 자지 못했다. 아내인 은진은 한국에서의 어린 시절 이야기를 하는 것을 싫어했다. 그래서 자신도 지금까지 한국에 대해서 알아볼 생각을 전혀 하지 않았다는 것을 미안해했다.

그래서 야심 차게 준비한 음식인데 두 사람이 저리도 웃으니.

제임스도 결국 민망해하며 웃고 말았다.

「이게 아니야?」

「이거 맞아요! 원래 이렇게 먹어요.」

정아가 얼른 말하고 맛있게 먹어 주기 위해 국수를 듬뿍 떠서 입에 넣었다.

한 입을 먹고 난 정아가 우물거리더니 결국 못 참고, 큰 소리로 웃음을 터트렸다. 은진도 국수를 조금 떠서 입에 넣고는 정아처럼 유쾌하게 웃었다.

음식이 실패하긴 했지만 두 사람이 웃자 제임스가 만족스러운 표정을 지었다.

「은진. 이렇게 만들면 안 돼?」

「응. 너무 많이 익히고…… 그리고 찬물에 한 번 담그는 게 좋지. 게다가 소면을 크림소스와 먹는 건 정말 처음 봤네.」

「뭐어? 이런!」

두 사람을 더 웃겨 주려는 듯 제임스가 더욱 액션을 크게 해서 놀라는 척을 했다. 그날 식사 시간 내내 정아는 호주에 와서 처음으로, 정신을 못 차리고 웃었다. 그런 아이의 웃음에 제임스도 은진도 행복해했다. 그리고 그 엉망진창인 국수 파스타를 맛있게도 먹었다. 먹는 중간에도 생각할수록 웃긴지 몇 번이고 웃음을 터트렸다. 아이의 웃음으로 식탁은 따뜻하며, 풍족했다.

그날 이후로 가족은 힘들거나, 슬픈 일이 있을 때마다 국수 파스타를 만들어 먹었다. 정아가 한국으로 돌아가는 전날, 며칠째 울던 은진도, 그날따라 유난히 눈이 퉁퉁 부어 있던 제임스도. 음식을 먹으며 간신히 웃었다.

한국으로 돌아와서 정아는 아프고 두려울 때마다 바다로 달려 갔다.

그녀가 사는 곳에는 언제나 바다가 있었다. 호주에서도 그랬고, 한국에서도 그랬다. 한국으로 돌아왔을 때, 악몽은 반복되었고 정아는 바닷가에 서서 매일 울었다. 그리고 이모와 이모부를 떠올렸다. 가끔은 첫사랑을 떠올렸다.

나 이렇게 서러워요. 이렇게 많이 아파요. 그러니까 바다야. 빨리 그들에게 전해 줘. 내가 이렇게 많이 아프고 슬프다고. 빨리 지구를 돌아서, 세상 어딘가에 있을 그들에게 전해 줘. 보고 싶다. 그립다는 말도 함께.

바다는 매일 제자리에 있었다. 가끔은 거칠고, 가끔은 영롱하고, 언제나 그녀를 위로했다. 이 지구에 바다는 전부 이어져 있으니까, 바다에게 소리치면 분명히, 그들도 들을 수 있을 것이라 믿었다.

정아는 간절히 공부를 했다. 이모가 그랬던 것처럼 자신도 이곳을 떠날 생각이었다. 그리고 서울에 있는 대학에 합격하자마자 기숙사로 도망을 쳤다. 다행히도 큰오빠가 기숙사비를 내주었다. 서울로 향하는 버스 안에서 정아는 한참을 울었다. 고향을 떠나는 것에 그토록 안도했던 까닭이었다.

◾ ◾ ◾

정아가 출근길에 하고 나온 머리끈을 괜히 만지작거렸다. 혹시

176

나 길에서 신희를 만나는 게 아닌가 싶어 하고 나왔는데 막상 하고 나니 쓸데없는 짓을 한 것 같아 괜히 얼굴이 화끈거렸다.

이재하 문학관은 국내에서 손꼽히는 건축가가 지었다고 했다. 따듯한 느낌의 빨간 벽돌로 지은 건물이었다. 생가를 그대로 써 가정집의 분위기가 남아 있는 문학관 안으로 들어가면 시인의 사진이 걸려 있고 더 안으로 들어가면 그녀가 평생 써 온 원고지가 천장에 닿을 정도로 쌓여 있다.

태진을 따라서 이 동네에 오긴 했지만, 정아는 원래도 이재하 시인을 참 좋아했다. 소박하고 정직하게 살고자 애쓰던 시인의 삶이 고스란히 담긴 시가 좋았다.

동갑내기인 봉단과 영순은 문학관 로비에서 햇빛을 피하고 있었다. 창밖을 보던 영순이 말했다.

"앵초가 폈네."

"그러게. 예쁘게도 폈네."

그러더니 이것저것 문학관 앞마당의 꽃 이름으로 한참 수다를 떠신다. 그녀들의 대화를 듣던 정아가 신기해하며 물었다.

"꽃 이름들 다 아세요?"

"그럼. 시집 온 새댁이 나물 이름 서른 가지 모르면 굶어 죽는다는데."

영순이 대답하자 정아가 놀라서 물었다.

"영순 할머니. 나물 이름 서른 가지나 아세요?"

"그럼."

"으음…… 그럼 있잖아요."

정아가 조금 머뭇거렸다. 그녀의 **뺨**이 앵초와 같이 분홍빛이었다.

"그…… 소, 손님한테 식사 차려 줄 땐 뭐가 좋아요?"

"손님? 왜. 손님이라도 와?"

영순이 묻자 봉단이 그녀의 팔을 짝 때리며 말했다.

"어유 눈치도 없어…… 당연히 홍이 부르려는 거지."

신희가 아역 배우 출신이란 걸 말한 이후, 순식간에 소문이 퍼져서 동네 사람들 모두 보건지소 양반을 홍이라고 부르기 시작했다. 봉단의 말에 영순이 박수를 치며 대답했다.

"아이고, 그러네. 내가 눈치가 없어서! 홍이 주려는 거구나."

실제로 그 양반 먹을 걸 만들 생각이긴 했다. 정아가 얼굴이 더더욱 빨개져서 변명했다.

"아, 아니…… 남이 해 주는 밥 못 먹는다니까! 연습시켜 주려고 그래요!"

정아가 부끄러워하니까 할머니들이 어딘지 음흉하게 까르르 웃는다. 근데 그 음흉한 웃음이 소녀들 같았다. 꽃구경 중이라서 그런가. 봉단이 신나서 물었다.

"근데 상을 차려 줘? 세상에 집에 부를라고?"

"아뇨! 그냥 옥상에요! 집 안에는 절대로, 절대로 못 들어오게 할 거예요!"

"아니 왜? 보건지소 양반이 집에 들어오면 뭔 일 나기라도 하나 봐?"

봉단이 능청스레 말하자 옆에서 영순이 아이처럼 웃는다. 한참 정아를 놀리다가 두 분이 문학관을 떠나고 얼마 지나지 않아 신희에게 전화가 걸려 왔다.

— 정아야. 일해?

"네. 무슨 일 있어요?"

— 아니. 나 초대 언제 해 주나 해서. 밥해 줘야지.

아니. 오늘따라 이 양반까지 왜 이래? 정아는 아까의 놀림이 떠올라 다시 화끈거리는 뺨을 손으로 감쌌다.

"안 해 준다니까요?"

— 지금 할머니 두 분이 좋을 때라고 놀리고 가셨는데. 나 해먹일 거 벌써 걱정하고 있다고.

으악! 이 할머니들이! 겨우 식힌 정아의 얼굴이 다시 화끈화끈 달아올랐다. 정아가 서둘러 변명했다.

"그, 그게 아니라요! 오빠가 아니라…… 다른 손님 부를 거거든요?"

— 누구?

"아마…… 태진 쌤?"

— 아…… 알았어. 난 그냥 평생 이러고 살지, 뭐.

신희가 불쌍한 척 중얼거린다. 어우. 얄미워 정말. 가만 보면 은근히 제멋대로다. 목소리가 작아진 정아가 웅얼거렸다.

"진짜 태진 쌤 부를 건데."

— 할머니가 나한테 너 걱정하니까 절대로 집 안에 들어가지 말라고 하시던데.

이 할머니들이 정말! 정아는 너무 민망해서 얼굴이 터지기 직전이었다. 신희가 쿡쿡 웃더니 물었다.

— 그래서 난 언제 가면 돼?

"다음 주 일요일 저녁에……요."

— 일요일에. 좋아.

그러더니 신희가 짓궂게 말을 이었다.

— 걱정 마. 네 집에 절대 안 들어갈게. 궁금해하지도 않을게.

그러더니 전화를 뚝 끊어 버린다. 정아는 부끄러워 한참 고개를 못 들었다. 정말이지. 울고 싶을 정도로 민망한 날이다.

■　■　■

뭘 해 주면 좋을까 고민해 봤지만 생각나는 것이 이것밖에 없었다. 정아는 국수와 우유, 생크림을 샀다. 형편없이 삶아진 국수에 크림소스가 섞이자 모양새가 영 우스웠다. 정아는 자기가 만들어 놓고도 한참을 웃었다. 그걸 옥상 평상에서 기다리는 신희의 앞에 가져다 놓자 그의 표정이 묘해진다.

"……이게 뭐야?"

"국수잖아요."

"내가 밥해 달라고 해서 화났어? 그래서 복수하는 거냐, 지금?"

신희가 어이없어하자 정아가 즐겁게 웃으며 말했다.

"이모부가 화해한다고 만들어 준 거예요."

"그래?"

"왜, 이모부가 미역국 놀리고 한참 우울해하더라고 했잖아요."

180

"응."

"나랑 화해하려고 엉성하게 이걸 만들어 줬어요. 나름 한국 음식 만들어 주겠다고. 땀을 뻘뻘 흘리면서 파스타를 만드는 거 보면서 이모랑 나랑 얼마나 웃었는지."

그녀가 지금 생각해도 재미있는지 웃음을 그치지 못하자 황당해하던 신희도 픽 웃는다. 그때, 정아는 제 스스로가 꽤 소중한 사람처럼 느껴졌다. 그래서 그날은, 정말 어린아이처럼 아무 걱정 없이 저녁 시간 내내 웃었다. 정아가 말을 이었다.

"성인이 돼서 겨우 집에서 도망 나왔으니까. 명절에 친구들 고향 가면 저 혼자 기숙사에 남아 있었거든요. 집에 가기가 싫어서."

"……."

"그때도 혼자 만들어 먹고. 혼자 한참 웃었어요. 그러면 기분이 좋아지더라고요. 그러니까 먹어 봐요. 진짜 웃기거든요."

그녀가 해맑게 웃었다.

"저만 그럴지도 모르겠지만…… 이걸 먹고 있으면 생각나는 거예요. 나를 정말 사랑하는 사람이 있다는 게. 그러니까 나도 한번 사람을 좋아해 보자. 나도 언젠가는 그렇게 좋은 사람이 되어 보자."

그래서 정아는 좋은 사람이 되겠다고 결심했었다. 세상이 아무리 나에게 험악해도, 나는 좋은 사람으로 남아 보자. 남들이 멍청하다고, 호구라고 놀려도. 정아는 그게 진심이었다. 정말로 좋은 사람이 되는 것이 그녀의 진심이었다.

그걸 신희는 알았다. 처음부터. 할머니들이 정아의 이야기를 자랑스럽게 할 때부터 알았다. 자식 자랑, 손주 자랑 사이에 간간이 껴 있던 정아의 이야기를 들었을 때부터.

의사 양반. 내가 살아 봐서 알아. 그렇게 착한 사람 세상에 별로 없어.

그런 자랑을 들을 때부터. 신희는 그녀가 좋은 사람이라는 것을 알았다.

신희가 어린아이일 때는 세상 모든 사람이 착한 줄 알았다가, 병원에서 눈을 뜬 이후로는 세상 모든 사람들이 나쁜 줄 알았다가. 정아를 만나고 나서는 그냥. 세상에는 나쁜 사람도, 좋은 사람도 있구나. 그렇게 생각하게 되었다.

좋은 사람이 즐거운 기억을 살려 만들어 준 음식이었다. 신희에게 못 먹을 음식이 아니었다. 그가 음식을 보았다. 그리고 한입 떠서 입에 넣었다. 그가 표정을 찡그렸다.

"왜 이렇게 오래 삶았어?"

"그게 포인트거든요. 이모부가 쩔쩔매다가 푹 삶아서."

"어이없다."

그가 투덜거리더니 음식을 더 떠서 입에 넣었다. 정아도 국수를 먹었다. 그리고 픕 웃고 말았다.

"어이가 없긴 하네요."

"거봐."

그가 대답하더니 후루룩후루룩 잘도 먹는다. 그런 그를 기특하게 보던 정아가 장난스럽게 말했다.

"웃으면서 좀 먹어 줘요."

"먹는 것도 대단한 거 아냐? 남이 만들어 준 걸. 내가 몇 년 만에 먹는 건 줄 알아? 나 원래 뚜껑 열린 건 절대 안 먹어. 남이 해 준 건. 음식만큼은 절대로 안 먹어."

그녀는 좋은 사람이라서. 그녀가 주는 음식을 믿을 수 있어서. 목으로 넘어가는 음식이 정말이지 맛이 이상한 것 빼고는(!) 아무런 거리낌이 없었다. 신희가 말을 이었다.

"네가 해 준 거밖에 안 먹는다."

저런 소릴 당당하게도 한다. 정아가 해 준 것밖에 안 먹는다는 것이 얼마나 당혹스러운 말인지, 그는 전혀 모르는 눈치였다. 정아는 자기 혼자 그의 말에 가슴이 쿵쾅거리고 있으니 억울해 죽을 지경이었다.

"괴짜."

정아가 토라진 목소리로 말하자 한참 열심히 먹던 신희가 눈썹을 찡그리며 물었다.

"갑자기 왜? 또 내가 뭐 잘못했어?"

정아는 아무 말도 없이 우물우물 국수를 먹었다. 그러다가 국수 맛이 웃겨서 결국 다시 풉 웃는다.

식사를 마치고 신희가 사 온 과일을 씻어서 내왔다. 신희가 사과를 예쁘게 깎자 정아가 감탄했다.

"와…… 과일 잘 깎네요?"

"내가 혼자 밥해 먹은 게 몇 년인데. 요리도 잘해."

"그렇겠네요."

"주방 들여보내 주면 다음엔 내가 해 줄게."

신희가 말하며 접시에 예쁘게 자른 과일들을 올려놓았다. 정아가 부끄러워하며 말했다.

"그래도 어떻게 집에 남자를 막 들여요?"

"네 말대로 나 키스도 못 하는데. 뭐가 걱정이야?"

"……정말 안 해 봤어요?"

"응. 사정상."

신희가 대꾸했다. 정아는 평상에 웅크려 앉았다. 무릎을 끌어 안고 거기 얼굴을 묻은 그녀가 웅얼거렸다.

"저도 그래요."

그녀가 말하고 잠시 침묵이 흘렀다. 바람 소리만 잔잔하게 들 렸다.

둘은 동시에 같은 생각을 했다. 우리가 키스를 하면, 서로가 서 로의 첫 키스 상대가 되겠다는 생각. 같은 생각을 하며, 상대방이 무슨 생각을 하고 있을까 궁금해했다.

과일까지 다 먹고 났지만 신희는 가기 싫었고, 정아도 혼자 있 기 싫었다. 그렇다고 자고 갈 수는 없으니 신희가 자리에서 일어 섰다. 그가 옥외 계단 아래까지 배웅 나온 정아에게 말했다.

"남이 해 주는 음식. 진짜 오랜만에 먹어. 부모님과 살 때에는 그나마 좀 먹었는데 독립하고 나서는 내가 만든 음식밖에 안 먹 었어. 심하게 거부감이 들어서."

"으응……."

"그러니까 오늘 네가 해 준 음식을 이렇게 잘 먹은 걸 알면 우 리 부모님 좋아서 춤을 추실걸."

그가 아무렇지도 않게 하는 말에 정아는 초조해졌다. 이 남자는 늘 이렇게 특별한 일을 평범한 일처럼 말한다. 남이 해 준 음식은 못 먹으면서, 왜 내가 해 준 음식에는 아무렇지도 않은지. 왜 내 손은 잡아도 괜찮은지. 왜. 어느 순간부터인가 나를 그렇게 다정한 눈으로 보고 있는지.

한참 말이 없던 정아가 입을 열었다.

"저기요."

"응."

"지금…… 나 꼬시는 거 아니죠?"

그녀가 머뭇머뭇 묻자 신희가 미간을 좁혔다.

"어느 부분이 그렇게 보여?"

"내가 해 준 것밖에 안 먹는다고…… 그거 작업 멘트 아니에요?"

"전혀. 실제로 그렇잖아?"

신희가 뻔뻔하게 대꾸하자 정작 말을 꺼낸 정아만 무안해졌다. 기껏 용감하게 작업 멘트 아니냐고 물었더니 아니란다. 그의 태연한 대답에 정아의 얼굴이 확 붉어졌다.

"아, 알았어요. 그냥 물어본 거예요."

"강정아. 너 바보냐?"

"네?"

"세상에 어느 남자가."

생각해 보니 어이없는 모양이다. 그의 목소리에 황당함이 꽉 차 있었다. 내가 괜한 소릴 했어. 어떡해…… 그녀가 어찌할 바를 모르며 화끈거리는 두 뺨을 감싸는데, 신희가 말을 이었다.

"아니 어느 여자한테 먹혀? 그렇게 짜증 나게 예민한 남자가."

"네, 네에?"

"취향 진짜 이상하네. 네가 바라는 이상형이 그런 거냐? 깔끔 떨고 손 많이 가는 남자? 네가 해 주는 밥밖에 못 먹겠으니 밥해 달라는 게, 꼬시는 걸로 보이냐?"

"그냥 물어본 거라니까……."

신희가 팔짱을 끼고는 고개를 옆으로 조금 기울여 당황하는 그 녀를 보았다. 미간을 좁히고 서 있는 것이 섹시했지만, 정아는 민 망해 죽을 거 같아서 얼른 시선을 피했다. 그가 뭔가 깨달았는지 고개를 끄덕였다.

"아. 알았다."

"뭐를요?"

"너 나 좋아하는구나."

"네?"

이게 무슨 소리야.

황당한 결론에 놀란 정아가 고개를 들자 신희가 짓궂은 표정으 로 말했다.

"그니까 지금. 내 그따위 모습에 반해서. 그렇게 징징거리는 것 마저 예뻐 보였다 이거 아냐? 와, 남자 보는 눈 참 없네."

"으, 으앗! 뭐라는 거야! 아니에요!"

정아가 금방 발끈해서 소리쳤다. 얼굴이 빨개진다. 신희가 한 숨 쉬며 안타깝다는 듯한 표정을 하고 말했다.

"뭐. 알았어. 좋아한다는데 어떡하나. 근데 날 좋아하는 여자가 많은 건 알지?"

"그건 아는데…… 안 좋아한다니까요."

뭐야, 이 남자. 비죽비죽 웃는 게 알미워 죽겠다. 저 말끔한 구두나 확 밟아 버려? 정아가 씩씩거리자 신희가 말했다.

"너 스물아홉 살이었지?"

"갑자기 나이는 왜요?"

정아가 뾰로통하게 되묻자 신희가 중얼거렸다.

"언제 어른이 됐냐. 너. 얼굴은 아직도 애기 같은데."

"누, 누가 애기……."

"아, 나 집에 간다. 보고 싶어도 참아. 아이스크림이라도 사다 줄게."

저, 저 인간 진짜 기분 나빠! 웃는 것 좀 봐!

정아가 너무 황당해 보고 있는데 그는 뭐가 그렇게 재밌는지, 숙소로 돌아가는 신희의 어깨가 웃느라 들썩들썩한다. 놀려 놓고 좋은가, 저 괴짜!

정아는 한바탕 소리치고 싶은 마음을 참느라 속이 터질 지경이었다.

옥탑방으로 돌아온 정아가 시무룩해서 끌어안은 곰 인형에 얼굴을 묻었다.

"거봐. 누가 봐도 꼬시는 거구만…… 아니 무슨 남자가 여자를 꼬시면서 자각도 없어? 내가 해 준 밥밖에 못 먹는 게 자랑이야? 세상에 누가 관심 없는 여자한테 애기라고 하냐구! 그거 진짜 나쁜 거 아냐? 세상에 좋아하지도 않는 여자를 애기라고 부르는 남자들은 싹 다 벌금 물려야 돼!"

잠이 안 왔다.

둥둥 떠다니는 기분이었다. 첫사랑이 다시. 그녀의 마음을 두드린다.

다음 날은 휴관일이라 정아는 느지막한 시간까지 잤다. 전날 늦게까지 잠에 들지 못했다. 누구 때문에 기분이 영 이상해서.

그의 말대로, 정말 남자 보는 눈이 없긴 없나 보다. 그렇게 놀려 대는 남자가 뭐가 좋다고 잠까지 설치는지.

일어나서 만사가 귀찮아 TV를 켜고 놓친 드라마를 보며, 점심은 주문해 먹을까 생각하고 있을 때였다. 정아는 벨을 누르는 소리에 자리에서 일어났다. 그리고 옥상으로 나가 보니 옥외 계단 앞 철문에 신희가 서 있었다.

저 남자가 왜? 화장도 안 했는데 어떡하나. 정아가 안절부절못하다가 잠옷만 겨우 평상복으로 갈아입었다. 그사이 버튼을 눌러 철문을 열어 놓았더니 신희가 옥상으로 올라왔다. 정아는 얼떨결에 곰 인형을 안고 나오고 말았다는 걸 뒤늦게 알았다. 의지할 곳이 필요했나 보다…….

다시 옥탑방 문을 연 정아가 퉁명스럽게 물었다.

"……왜요?"

갑작스럽게 여자 집에 찾아오는 게 어디 있어. 맨얼굴 보여 주는 게 얼마나 불편한 건데. 정말 연애 안 해 본 티 팍팍 낸다. 신희의 손에는 아이스크림이 들려 있었다.

신희가 곰 인형을 가리키며 물었다.

"너 몇 살이냐?"

"어른은 뭐 인형 좋아하면 안 돼요?"

"되긴 하는데. 설마 이름은 없지?"

"슈팅스타인데요?"

"슈팅스타……."

그가 웃고 싶어서 괴로운 표정을 지었다. 그러나 웃었다간 정아가 삐질까 봐 무서워서 꾹 참고 아이스크림만 내밀었다.

"자. 아이스크림."

"진짜 사 왔어요?"

"사다 준다고 했잖아."

정아가 머뭇거리다가 봉지를 받아 들었다. 점심시간 빼서 아이스크림 사다 주러 왔나 보다. 그녀가 괜히 투정했다.

"이렇게 큰 걸 어떻게 다 먹어요?"

그녀가 구시렁거리자 신희가 손목에 찬 시계를 확인하고 말했다.

"나 점심시간 40분 남았는데 나눠 먹을까? 나 들어가도 돼?"

"들어오지 말아요. 평상에서 먹든지."

"너무하네. 아이스크림도 사다 줬는데."

신희가 불만스럽게 말하더니 정아의 손목을 잡았다.

"나와. 그럼."

"네?"

"평상에서는 먹어도 된다며."

쫓아내려고 한 말인데. 못 알아듣는 것 같다. 그가 잡은 손목이 화끈거렸다.

"저 화장 안 했단 말이에요……."

"안 해도 예뻐."

"거짓말……."

"안 한 게 더 예뻐."

신희의 말은 진심이었고, 정아도 그걸 알았다. 그걸 아니까 이렇게 정신없이 심장이 뛴다. 정아는 더욱 부끄러워져 한 걸음 물러났다. 그러자 신희가 힘주어 그녀를 자기 쪽으로 당겼다.

남자였구나. 갑자기 그런 생각이 들자 묘한 압박감이 든다. 그는 예쁘장하고 하얗고 말라서. 성격은 남자다워도 외모적으로 약해 보이는 느낌이 들었다. 그런데 지금 그가 당기는 손이. 예쁘장하게 생겼다고 생각했었는데 무척 단단하다. 팔에 힘줄도 뚜렷했다. 그는 무척이나, 남자였다.

맙소사.

지금 그가 무서운 거다. 남자로 느껴지기 시작하니까, 신희에게 겁이 나는 것이다. 정아의 몸이 가볍지만 명확하게 떨렸다. 그 순간 신희가 손을 놓았다.

"미안."

신희가 곧바로 사과했다.

"싫으면 안 나와도 돼."

그의 걱정 가득한 사과에 눈물이 날 것 같았다. 정아가 입술을 잘근잘근 씹더니 두 손으로 제 가슴을 움켜쥐었다.

"답답해……."

"답답해?"

신희가 묻자 정아가 고개를 끄덕였다. 그러다가, 그를 화나게 하는 게 무서워서. 신희를 올려다보며 칭얼거렸다.

"머리도 좀 아프고."

"으음."

"그러니까…… 아이스크림은 다음에 먹어요."

두려움을 아프단 말로 변명했다. 신희가 물었다.

"편두통 있어?"

"편두통이 정확하게 뭐예요?"

"아. 편두통은 여섯 개의 범주로 나뉘는데 무조짐편두통 조짐편두통 만성편두통……."

여섯 개를 다 말하려던 신희가 뒤늦게 자길 하찮게 보고 있는 정아를 발견하고 헛기침을 했다.

"그렇게까지 자세히 알고 싶진 않은가 보구나."

"빨리 눈치챘네요."

"아이스크림 먹으면 편두통 나을걸?"

"거짓말."

"진짜야."

신희가 웃는다. 그가 아이스크림 봉지를 정아의 손가락에 걸어주더니, 두 손을 주머니에 넣고 말했다.

"내가 더 이상 회피하지 않을 거라고 했잖아."

"응……."

"내가 왜 네가 해 준 건 그렇게 잘 퍼먹었나, 맛도 없는……."

말하던 신희가 정아의 눈치를 쓱 본다. 그러다 그녀가 화난 척 흘길 뿐 웃음을 참고 있단 걸 알자 슬쩍 웃으며 말을 이었다.

"아무튼. 왜 그렇게 멀쩡하게 먹었나, 집에 가서 찬찬히 생각해 보니까 말이야. 딴 건 몰라도."

그가 잠깐 말을 멈추자 정아가 고개를 기우뚱했다. 그러자 신희가 싱긋, 기분 좋게 웃는다.

"너 보기에 쪽팔린 건 싫었거든, 진짜로. 남이 준 빵도 못 삼키는 놈이 되기 싫었어."

"그게 왜 쪽팔려요. 어쩔 수 없는 건데."

그녀가 혼잣말처럼 말하자, 신희가 몸을 숙이고 정아의 눈을 바라보며 말했다.

"정아야. 네가 싫어할지도 모르지만."

"……."

"난 너에게 남자답고 싶거든."

정아가 아이스크림이 든 봉지를 꼭 움켜쥐었다. 심장이 괜스레 쿵쾅거려서. 신희가 짓궂은 투로 말을 이었다.

"너 혹시 내가 그렇게 좋으면 말이야."

"……안 좋거든요?"

신희의 장난스러운 말에 정아가 발끈해서, 피했던 시선을 다시 그에게 주시했다. 그러자 그가 말을 이었다.

"그래도 혹시나 좋으면. 그럼 그냥 적응해라. 너 좋으라고 소꿉 친구가 돼 줄 생각은 없으니까."

"……."

"나는 절대로 너를 다치게 하지 않을 거라는 것만 알아줘."

정아가 중학교에 들어갈 즈음에는 어른 남자의 얼굴만 봐도 몸이 움츠러들었다. 그 사람이 좋은 사람인지, 나쁜 사람인지 확인할 틈도 없이, 일단 가까이 있기 싫어 도망치고 숨곤 했다. 대학에 가서도, 직장을 가진 후에도.

신희가 손을 뻗더니, 정아의 머리를 쓰다듬었다.

"그렇다고 해서. 네가 회피하거나 남자인 나에게 불안함을 느낀다고 해서. 네가 잘못된 건 아냐."

"……."

"그냥 증상일 뿐이야. 갑자기 차가운 걸 먹으면 머리가 아프듯이 그냥. 그런 증상일 뿐이야."

그런 것도, 사람을 일단 경계하는 것도 증상이라고 부를까. 지금 이 상황에서 그저 자신을 위로하기 위해 지어내는 말일지도 모르지만.

다정함이 듬뿍 담긴 신희의 눈을 바라보던 정아가 고개를 끄덕였다. 의사 선생님이 하는 말이라 그런지, 신뢰가 갔다.

그의 말이 약처럼, 온몸으로 퍼지며 위로가 되었다.

8
약한 여자

신희가 돌아가고, 정아는 냉동고 문을 열어 아이스크림을 넣었다.

'난 너에게 남자답고 싶거든.'

그가 조금씩 단단해져 간다. 힘주어 당기는 그에게 두려움을 느꼈다. 약해 빠졌을 줄 알았던 그의 힘이 느껴지는 순간. 그를 믿지 못하게 되어 버렸다.

"약해 빠졌어. 강정아."

그녀가 냉장고 문에 기대 중얼거렸다. 진짜 편두통이라도 있는 걸까. 머리가 아프다. 떠올리기 싫은 기억이 나면 바로 좋은 생각을 한다. 다른 무엇에 관한 것이어도 좋으니까.

자전거를 떠올렸다. 지극히 맑은 날씨가 아깝지도 않은지, 열여 덟 살의 신희는 무표정으로 책을 읽고 있었다. 창문으로 들어오는 햇살은 질 좋은 종이 위에 인쇄된 글씨들을 더욱 돋보이게 했다.

사람보다는 인형 같았다. 용돈을 모아 사고 싶을 만큼 예뻤다. 그때 처음으로 문을 두드렸다. 다른 남자는 몰라도 저 소년은 무 섭지 않았으니까. 보기 드물게 창백한 피부는 살아 있는 게 맞나 의심이 될 정도였다.

정아는 매일 소년을 관찰했지만, 그는 자신의 존재를 몰랐을 테니까. 제가 창문을 두드리면 그가 깜짝 놀랄지도 모른다고 생각 했다. 그런데 정아가 호기심을 못 참고 창문을 두드리던 날, 신희 가 걸어와 창문을 열더니, 무뚝뚝한 목소리로 말했다.

'네 목소리가 잘 안 들려서.'

그리고 정아가 놀라 뒤로 물러서자, 정말 눈이 부실 정도로 맑 게 웃었다. 첫사랑이 시작되던 그날을 정아는 언제나 떠올렸다. 세상에 단 한 명. 그녀를 두렵게 하지 않는 남자를.

남자를 믿을 수 없고, 믿지 못하는 자신이 미워지는 악순환. 그 가 남자가 되어 다가오는 것이, 그녀는 겁이 났다.

증상일 뿐이라고 했다. 정아가 다시 냉동고를 열어 봉지째로 넣어 둔 아이스크림을 꺼냈다. 그리고 밖으로 나섰다. 더워지기 시작하고 무척 습한 날, 들이쉬는 숨에서 바다 맛이 났다. 공기에 희석한 바닷물을 삼키는 기분이었다. 아이스크림이 빠르게 녹을 날씨다.

정아가 바닷가 보건지소가 있는 방향으로 걸음을 옮겼다. 도착해서도 안으로 바로 들어가지 못해서 옥외 계단에 기대섰다.

얼마 지나지 않아 근무를 마친 신희가 담배를 피우러 옥외 계단으로 향했다. 그가 계단에 기대 서 있는 정아를 발견하고, 다정히 물었다.

"기다렸어?"

정아가 고개를 끄덕였다. 보고 싶어서. 그가 너무 보고 싶어서 견딜 수가 없었다. 정아가 입을 열었다.

"오빠를 처음 봤을 때요."

"응."

"그땐 하얗고 예뻐서. 하나도 안 무서웠거든요."

그녀의 말에 신희가 정아를 안심시키려 일부러 소리 내어 웃었다. 그리고 정아가 들고 있는 봉지를 턱짓했다.

"같이 먹으려고 가져온 거야?"

"아, 그런데 녹았겠다."

"그럼 그건 내 숙소 냉동실에 넣어 놓고, 하나 더 사서 먹자."

"저."

"응."

"숙소…… 구경해 봐도 돼요? 그냥 같이 아이스크림만 넣고 나올게요."

"그러자."

신희가 담배를 다시 주머니에 넣고, 정아에게서 봉지를 받아

든 후 먼저 계단을 올라갔다. 그가 문을 열자 복도가 나왔는데 계단에서 제일 가까운 방이 그의 숙소였다. 문을 열자마자 정아는 우울한 표정을 지었다.

"……제 방은 아주 쓰레기장으로 보이겠네요."

아까 아이스크림을 사서 옥탑방으로 왔을 때 방 안을 본 신희가 바로 대답을 못 하고 앓는 소리를 냈다. 그러자 정아가 울컥해서 말했다.

"오빠가 너무 깨끗한 거거든요?"

"나 아무 말도 안 했어."

그가 두 손을 휘휘 젓는다. 그리고 아이스크림을 바로 냉동고에 넣었다. 긴장이 조금 풀린 정아가 현관에 구두를 벗으며 말했다.

"남자 집에 처음 들어와 봐요."

"나도 여자가 내 집에 들어온 건 처음……."

말하던 신희가 한숨을 쉬더니 곤란한 표정으로 물었다.

"이 나이까지 아무런 경험이 없는 남자는 별로지?"

그가 심각하게 묻자 정아가 못 참고 웃는다. 그러더니 고개를 젓고, 웃음기가 남은 목소리로 말했다.

"오히려, 안심하실 것 같은데요?"

"……누가?"

"오빠 미래의 여자 친구가."

그녀의 말에 신희가 표정을 찌푸렸다. 그가 다시 신발을 신으며 말했다.

"구경 다 했으면 나가자."

"벌써요?"

그가 신경질적으로 중얼거렸다.

"어떻게 이 상황에서 미래의 여자 친구 같은 소릴 하냐."

"네?"

"넌 여자는 대부분 눈치가 **빠를** 거라는 내 편견을 박살 내 준 여자야. 아주 고맙다."

그가 빈정거리는 말에 정아가 어쩔 줄을 모른다. 뭐라 반응해야 하나 난감한 모양이다. 신희가 자기도 구두를 신고 얼른 쪼르르 쫓아와 눈치를 살피는 정아를 보며, 저걸 언제 키워서 잡아먹나. 심각하게 고민했다.

둘이 편의점에서 새로 아이스크림 하나를 사서 숟가락으로 퍼먹으며 별것도 아닌 것에 웃고 한참을 떠들었다.

시간 가는 줄 모르고 즐겁게 놀다가 정아는 집으로 돌아왔다. 그녀가 설레는 마음으로 콧노래를 부르며 씻고 침대에 풀썩 누웠다.

신희를 떠보려고 '미래의 여자 친구'라는 말을 했더니, 눈치가 없다며 툴툴거렸다. 그게 왜 이렇게 기쁜지. 베개를 안고 침대 위를 이리저리 굴러다니던 정아가 잠시 멈췄다.

불투명한 미래에 대한 걱정은 꼭, 혼자 있을 때 덮쳐 왔다. 하루 종일 침대 밑에서 기다리기라도 했던 것처럼.

"지진 구호……."

정아가 혼잣말했다. 어쩌면 그가 떠날지도 모른다는 생각이 한 번 들기 시작하자 멈출 수가 없었다.

그날이 정아를 본 마지막 날이었다. 그 이후로, 정아가 신희를 피하기 시작했다.

신희는 불안감을 잊기 위해 찬물을 벌컥벌컥 마셨다. 지금 그는 정아의 집에 들렀다가 허탕을 치고 오는 길이었다.

얼마 전 태진에게서 연락이 왔다. 같이 A국가에 가자는 전화였다. 신이 나서 정아에게 전화를 했는데 안 받았다. 좀 있으면 다시 전화해 줄 거라고 생각했는데 연락도 없고.

신희는 지진 구호팀에 너무 늦게 합류하게 되어 할 일이 많았다. 일단 현지에 마취의가 매우 부족했기 때문에 어마어마한 양의 지식을 머리에 구겨 넣어야 했다. 대부분의 세미나가 서울에서 열려 주말에는 서울에 갔다. 겨우 오늘 시간을 내서 찾아갔더니 없는 척하는 건지, 진짜 없는 건지 문을 열어 주지 않는다.

분명했다. 강정아가 자신을 피하고 있었다.

신희는 자신의 행적을 더듬어 보았다. 정아를 토라지게 할 만한 일이 뭐가 있었나 생각해 보는데 딱히 없었다. 처음엔 좀 겁먹은 것 같았지만 같이 아이스크림을 먹을 땐 즐거워 보였는데. 하기야 눈치도 사회성도 없는 자신이 뭘 알겠냐만은.

"아…… 뭐지."

신희가 괴로운 표정으로 중얼거렸다. 이 상황 비슷한 것을 겪은 적이 있다. 정아는 화가 났는데 자긴 왜 화가 났는지 몰랐던 기억.

그때 정아를 울렸다. 신희가 그 기억을 더듬었다. 그날, 둘은 방파제에 앉아서, 신희는 책을 읽고 정아는 아이스크림을 먹고 있었다. 그녀가 신희를 올려다보며 말했다.

"오빠, 진짜 하얗다."

그때는 정아가 은근슬쩍 말을 놨었다. 어릴 때 정아의 피부는 정말 까맸다. 동글동글한 눈동자 색이 더 연할 정도로. 그러다가 열다섯 살, 가을이 깊어질수록. 조금씩 탄 것이 사라져 원래 하얗던 피부로 돌아오고.

마냥 어린아이 같다고 생각했던 정아가 점차 어른이 되어 갔다. 신희가 무덤덤히 대답했다.

"집에만 있어서."

"세계 여행 하고 싶다고 하지 않았어? 집에만 있으면 어떻게 해?"

어릴 때 신희는 전 세계를 누비고 싶었다. 집 밖에도 간신히 나가는 주제에 세계 여행이라니. 정아의 질문에 대답할 말이 생각나지 않아 괜히 트집을 잡았다.

"그러는 넌 왜 이렇게 까맣냐?"

"난 맨날 놀러다니니까."

"애 같네."

신희가 말하자 정아의 표정에서 바로 웃음이 사라졌다. 그것도 모르고 신희가 말을 이었다.

"아. 너 이제 나 형이라고 불러. 오빠는 무슨 오빠야."

"……왜?"

정아가 섭섭해하고 있다는 걸. 매일 집에만 있던 신희는 읽지 못했다.

"까맣고. 여성스러운 구석이 없잖아."

"그게 무슨 상관인데?"

"잘 보니까 너 좀 남자애같이 생겼……."

신희는 놀린다고 놀렸는데, 정아가 자리에서 벌떡 일어섰다.

"나쁜 놈."

정아가 울음을 꾹 참고 말했다. 그러자 신희가 표정을 찡그리며 말했다.

"야, 그래도 놈은 아니…… 너, 너 울어?"

방파제로 뚝 눈물이 떨어졌다. 그제야 기겁한 신희가 같이 일어서서 정아의 얼굴을 살폈다.

중학교 2학년 여자아이가 얼마나 쉽게 마음을 다치는지. 신희는 조금도 몰랐다. 첫사랑이 저런 소릴 하니 정아는 신희가 당황해 아무것도 못 할 정도로 쉽게 울고 말았다. 그날 정아는 신희가 당황한 사이 어딘가로 달려가 버렸다. 그 후에 한동안 나타나지 않아서 신희는 며칠간 책을 한 장도 읽지 못했다. 매일 그녀가 먼저 찾아왔던 터라, 어디에 사는지도 모르니까. 그저 초조하게 기다리고 있었다.

그러다가 그 애가 다시 신희의 집 앞에 나타났다. 그것도 새로 산 것이 분명한 원피스를 차려입고. 신희는 머리를 누가 세게 때린 것 같은 기분이 들었다.

원피스를 입고 있는 그 여자애에게. 신희는 정신없이 달려 내려갔다.

"저기, 정아야……."

머리가 언제 저렇게 많이 자랐나. 어깨 아래까지 내려오는 머리칼과 맑은 눈동자가 보였다. 정아가 말했다.

"평생 혼자 살아라. 나쁜 놈."

서러움이 가시지 않아서, 정아의 눈에서 눈물이 뚝뚝 떨어졌다. 혼자 살라니. 우는 애를 앞에 두고 신희가 기분이 탁 풀려서 웃고 말았다.

"어, 혼자 살까 봐."

그가 짓궂게 대답하자 정아가 흘긴다. 신희가 미소 지으며 말을 이었다.

"아니면 네가 나랑 결혼해 주든지. 어른 되면."

"우, 웃겨. 내가 왜?"

신희가 장난으로 던진 말에 정아의 얼굴이 새빨개졌다.

얘 나 좋아하나?

신희는 그제야 처음으로 그런 생각을 했다. 며칠간 앓았던 불안이 풀린 신희가 어린애 달래듯이 말했다.

"왜. 하자. 오빠가 잘해 줄게."

신희가 웃으며 달래자 정아가 살짝 기분이 풀려 입매가 부드러워진다. 결혼하자는 말에 기분이 풀린 모양이었다. 신희가 그녀에게 말했다.

"예쁘다. 원피스."

"안 예뻐."

"잘 어울려. 진짜로 예뻐."

정아가 신희의 얼굴을 보지도 않고 바다로 향하는데, 신희는 그녀의 곁에서 따라 걸으며 칭찬을 늘어놓았다. 그 덕에 정아는 그리 오래가지 않아 미소를 지었다.

"뭐. 그렇게 예쁘다니까. 결혼해 줄까."

새침한 얼굴로 장난스럽게 말하자 신희가 즐겁게 웃었다.

"응. 해 줘."

"하긴 나 아니면 오빠 진짜 혼자 살아야 될 것 같아."

"내 말이."

"아. 그럼 뭐. 이 한 몸 희생해서 구제해 줄까."

정아가 생색을 내자 신희가 고개를 열심히 끄덕인다. 장난이든 뭐든, 첫사랑이 결혼하자고 하니 즐거워진 정아가 바다로 향했다. 그러자 놀란 신희가 물었다.

"어디 가?"

"세계 여행 하러."

정아가 낡은 운동화를 아무렇게나 휙휙 벗어 던지고 바다로 들어가서 물이 비교적 얕은 곳에 섰다. 정아가 말했다.

"딱 여기까지만 와. 오빠."

신희가 그녀를 보았다. 하늘색. 끝없이 넓은 하늘과 태양.

숨 막히도록 맑은 바다였다. 태어나서 처음 보는 빛깔의 바다. 그리고 언젠가부터 소녀티가 나는 정아의 작은 발과 구슬처럼 또렷하고 반짝이는 눈.

신희의 심장이 처음으로 쿵쾅거렸다. 그녀가 서 있는 풍경이 너무 예뻐서. 기절할 것 같았다. 정신없이 설레는 마음이 괴로웠다. 정아가 바람에 날리는 머리칼을 두 손으로 꼭 붙잡고 말했다.

"어차피 바다는 전부 이어져 있잖아. 그러니까 여기까지만 오면. 오빠는 세계의 모든 바다를 다녀온 거랑 똑같은 거야."

잔잔하던 파도가 조금 세게 쳐 정아의 치마 끝을 적셨다. 그러자 언제 울었냐는 듯이, 빨개진 눈으로 웃으며, 그녀가 말했다.

"지금 이 파도는 세계 여행을 하고 온 파도일 거야. 그러니까 여기까지만 오면 돼."

거기까지만 가면 되는 구나. 신희가 자기도 모르게 미소를 지었다.

세상 모든 사람들이 여전히 무섭더라도. 여전히 누가 주는 음식도. 어머니가 만든 음식조차 먹지 못하더라도. 저 애가 있는 곳까지만 가면. 나는 세계 여행을 할 수 있게 되는 거구나.

드디어 그에게도 이룰 수 있는 목표가 생겼다.

"가깝네. 조금만 더 힘내면 거기까지 갈 수 있을 것 같아."

그 애가 처음 창문을 두드렸을 때, 방에서 나갈 수 있는 용기가 생긴 것처럼. 아무도 만날 수 없고 아무에게도 닿을 수 없던 나날의 막막함이 눈 녹듯 사르르 녹아내렸다.

신희는 그날 저녁 바로 서울로 돌아갔다. 서울에 가서 백화점을 뒤져 제일 예쁜 구두를 샀다. 상처를 가리는 스타킹을 신고, 예쁜 구두를 신으면. 그 꼬맹이가 조금 더 예쁠지도 모르겠다고 생각하며.

신희는 그 구두를 챙겨 들고 다시 바닷가 마을로 돌아갔다. 그리고 그 집에서 하염없이 그 여자애를 기다렸다. 그런데 이상하게도 그 애가 오지 않았다. 매일매일 기다려도, 기다려도. 하루도 나타나지 않았다. 그럴 리가 없는데.

어디 간 거야.

신희는 얼마 뒤 서울로 돌아가는 날까지, 거기서 그 아이를 기다렸다. 그러나 그 이후로는 그 애를 만날 수가 없었다.

14년 전 그때를 떠올리니 신희는 미칠 것 같았다. 이대로 정아를 놓치는 것은 아닐까?

신희는 자신이 정아에게 어떤 마음인지 알았다. 좋아했다. 세상에 어떻게 이런 감정이 있나 싶을 정도로 그녀가 좋았다.

그러나 당장 반년 동안 해외로 나갈 생각인 사람이 정아에게 마음을 전하려니 어려웠다. 그래서 장난으로 정아를 놀리기나 했지 진지하지 못했었다. 그런데 이러다가. 정아를 놓치게 된다면 어쩌나. 숨이 막혀 온다.

　　　　■　　■　　■

갑작스럽게 문학관으로 정호가 찾아왔다. 너무 갑작스러운 방문이라 정아는 말문이 막혔다. 퇴근 시간에 맞춰 와서 도망칠 수도 없었다. 정호가 영업을 하느라 늘 돌아다녀 짙게 탄 손목에 시계를 확인했다.

"곧 퇴근하는 거 맞지?"

정아가 마지못해 고개를 끄덕이자 정호가 좋은 사람처럼 웃으며 말했다.

"나와. 밥 먹자."

"어? 나······."

"적당히 해라."

정아가 또 거절할 것 같은 서두를 꺼내자 정호가 말했다.

"나 지금 두 번째 왔잖아."

"으응, 그러네. 가자. 오늘은."

심장이 쿵쾅거렸다. 정아가 서둘러 밖으로 나갔다. 그가 혹여 문학관으로 들어오겠다는 생각이라도 할까 봐 겁이 났다. 둘만 막힌 공간에 있고 싶지 않았다.

정아가 나오자 정호가 손을 뻗어 그녀의 머리를 쓰다듬었다. 그가 손을 들 때마다 정아가 피하자 정호가 장난스럽게 그녀를 붙잡아 머리를 마구 헝클었다.

"그만해라. 좀."

"뭐 하는 거야!"

머리가 엉망진창으로 헝클어지자 정아가 그제야 큰소리를 냈다. 그러자 만족했는지 정호가 유쾌하게 웃었다.

"나도 이제 삼십 대다. 학생 아니야. 게다가 너도 다 컸잖아. 그만 피해. 이제 명절에 집에도 오고."

정호는 정말로 정아와 잘 지내 볼 생각이 있었다. 정아만 자신의 연락을 받아 주면 될 거라고 생각했다. 실제로도 그는 제 여동생을 꽤 좋아했다. 오빠로서 그녀와 화해해야 한다는 강한 의무감도 가지고 있었다.

식당에서 저녁을 먹으며 정호가 정아에게 말했다.

"너 진짜 왜 자꾸 전화 안 받냐?"

"요즘 정말 바빴어."

"여자 친구가 자꾸 물어보잖아. 왜 너랑 안 친하냐고. 아주 개도 끈질기다니까."

정아는 밥을 먹으려 애썼지만 한 입도 뜰 수가 없었다. 그러자 정호가 휴 한숨을 쉬고 식탁에 팔꿈치를 대 턱을 괴었다.

"정아야."

갑자기 '정아야' 하고 친한 척 호칭을 한다. 정아가 고개를 끄덕이자 그가 말했다.

"나 나름 너 되게 예뻐해."

"……"

"솔직히 얘기하자. 어릴 때 너 진짜 매를 벌었잖아. 호주 갔다 왔을 땐 더 버릇없었고."

그의 말에 정아가 간신히 고개를 들었다. 그러자 정호가 여전히 사나운 눈과 낮은 목소리로 말을 이었다.

"한 대 툭 치고 지나갈 거, 네가 소리 지르고 대드니까. 나도 인간인데 화가 안 나냐?"

"……"

"너도 잘못한 거 있으니까. 우리 이제 화해하자."

'화해'라는 이상한 단어를 이용한다.

한 대 툭 치고 지나갈 거. 그건 다른 가족들의 시선도 마찬가지였다. 네가 입 다물고 한 대만 맞았으면 집이 조용했을 텐데 왜 대들어.

아픈 아버지는 180cm가 넘는 청소년을 감당할 수 없었다. 피곤한 어머니는 그저 집이 조용해지는 방향을 선택해야 했다. 집은, 정아가 입을 다물 때에만 조용해질 수 있었다. 학교에서 막 돌아와 교복도 갈아입지 못하고 정호에게 뺨을 얻어맞아도 그녀만 입을 다물면 평화로운 집을 유지할 수 있었다.

정아가 중얼거렸다.

"아팠어……."

"뭐?"

"나…… 아팠다고."

처음으로 말했다. 식탁 아래. 떨리는 그녀의 손에 핸드폰이 쥐어져 있었다. 신희에게서 전화가 오고 있었다. 정호가 뭐라 대답하기 전에 정아가 신희의 전화를 받았다.

"네."

정아가 떨리는 목소리로 말했다.

— ……어디야.

"여기…… 버스 정류장 옆에 식당이에요."

— 지금 갈게.

"네? 저, 저기!"

그녀가 뭐라 말하기 전에 신희가 전화를 끊었다. 누구랑 있는 줄 알고 오겠다는 거지. 정아가 난감해하는데 정호가 뒤로 기대며 말했다.

"누구. 그 의사?"

"응."

아팠어.

정호가 그 말을 생각했다. 그도 후회했다. 그때는 감정 조절이 되지 않았다. 세상에 뜻대로 되는 것이 없었으니까. 그러다 집에 가면 만만한 여동생이 있었다. 체구도 작고 맞아도 큰소리를 못 내던 여동생이.

그가 정아를 바라보며 말했다.

"미안하다. 아팠던 건."

"……."

"그러니까 이제, 좀 남매답게 지내자. 내가 앞으로 잘할게."

정호의 표정을 보니 진심이었다. 안타까워하고 있었다. 하나뿐인 여동생이 자신을 싫어하니 속상한 모양이었다.

정아는 오히려 그제야 그가 얼마나 죄책감 없이 자신을 때렸었는지 알게 되었다. 정아가 얼마나 다쳤는지 모르는 것이다. 그러니까 화해라는 말도, 남매답게라는 말도 할 수 있는 것이다.

어지러웠다. 여기서 쓰러질 수도 있겠다고 생각했다. 더 이상 대화할 필요가 없으니 나가고 싶었는데 움직여지지 않았다. 그때 정아의 팔이 잡혔다.

"강정아."

신희가 그녀의 팔을 잡아 일으키고 있었다. 그가 정아의 이마에 손을 올렸다.

"열 있는 것 같은데."

이신희가 있다. 정아가 멍한 눈으로 그를 바라보았다. 그가 세상 모든 것에 관심 없다는 듯한 눈으로 오직 정아 하나만 보고 있었다.

"나가자."

그가 그 자리에서 정아를 데리고 나가려 하자 정호가 벌컥 화를 냈다.

"지금 뭐 하는 겁니까?"

"아픈 것 같아서 데려가려고 합니다. 문제 있습니까?"

신희가 냉정한 목소리로 물었다. 그가 정아의 손을 꽉 잡고 있었다. 정호가 어이없어하며 말했다.

"식사 중에 데리고 나가는 법이 어디 있어요."

"전혀 못 먹고 있는데요."

신희는 정아가 전혀 손도 못 댄 음식을 턱짓했다. 하기야. 그건 할 말이 없었다. 정호가 혀를 한 번 차고 말했다.

"해야 할 얘기가 있습니다."

"나중에 정아가 건강할 때 하시죠."

"결벽증 있으시다더니?"

"정아에겐 없습니다."

기싸움을 하고 있었다. 정아는 어찌할 바를 모르다가 싸움이 날지도 모르겠다고 생각했는지 조심스럽게 신희의 팔을 붙잡았다. 그가 조금 유순해져 정아를 보자, 정호가 말했다.

"정아 제 여동생입니다? 당신 맘대로 할 권리 없어요."

"제 맘대로 할 생각 없습니다."

"전에도 말했는데. 걔 우리 집 애예요. 이런 식으로 나오면, 정아가 그쪽 만나게 둘 것 같아요?"

정호가 말하자 신희가 오히려 실소했다. 그러더니 고개를 비스듬히 기울여 정호를 깔보듯이 내려다보며 말했다.

"강정아는 당신이 거래하는 데 쓰는 물건이 아닙니다. 제 맘대로도, 당신 맘대로도 못 해요."

그의 말에 말문이 막힌 정호가 표정을 굳혔다. 그러자 신희가 무덤덤하게 중얼거렸다.

"하긴. 그걸 아는 사람이었으면 이 여자에게 손을 대면 안 된다는 것도 알았겠지."

그렇게 말하고 신희가 정아를 끌고 밖으로 나왔다. 밖으로 나와서도 신희는 걸음을 멈추지 않았다. 정아가 그를 불렀다.

"어디까지 가요!"

"내가 안 왔으면 저기서 계속 밥 먹으려고 했어?"

신희가 묻자 정아가 입을 꾹 다물었다. 그러게. 그럴 뻔했다. 그런데 정말, 말이 나오지 않았다. 대들면 더 많이 맞았으니까. 그 기억이 그녀의 행동 속에도 박혀 있었다.

신희는 속이 콱 틀어막힌 것 같았다. 정아가 팔을 빼려 했다.

"저 오늘 몸 안 좋아요."

"그럼 더 나를 만났어야지."

"......"

"내가 필요하면 연락하라고 했잖아. 지금이 딱 그때 아니었어?"

왜 나를 안 보나. 돌아 버릴 것 같아서. 신희는 목표했던 바다까지도 못 가겠는지 정아의 두 팔을 붙잡아 자길 보게 했다. 그러자 정아가 놀란 눈으로 그를 보았다.

"저기……."

"왜 나 피했어?"

신희가 멀찍이 떨어져 있을 때는 몰랐다. 정아는 그가 '유순'과는 거리가 먼 사람이란 걸 새삼 깨닫고 있었다. 이렇게 조용히 피하다 보면 될 줄 알았다.

그런데 지금 보니 답을 들을 때까지 정아를 붙잡을 생각이었다. 그가 더욱 가까이로 정아를 당겼다.

"화난 거 있으면 나한테 말해."

"화 안 났어요."

"나는 네 속을 모르니까 불안할 수밖에 없잖아."

정아가 자신의 팔을 잡은 신희의 손을 보았다. 그의 손이 떨리고 있었다. 그가 이렇게까지 불안해하는 줄 몰랐다. 정아가 당황하며 쩔쩔맸다.

"정말 화난 거 아니에요. 우리 당분간 못 보잖아요. 그래서……."

"그래서?"

"정 떼려고…… 한 거예요."

너무 보고 싶을까 봐 그랬다. 정 떼려고.

마을에 노인들이 많다 보니 가끔 상이 생길 때도 있었다. 한 할머니는 정아에게 무척 잘해 주시다가, 어느 날 부터인가 욕을 하고 찬물까지 끼얹으셨다.

왜 그러시나 섭섭했었는데 며칠 뒤 돌아가시고서야 그게 정 떼려고 그랬던 것임을 알았다. 남은 사람들의 마음이 아플까 봐. 정아는 덜 아프려면 정을 떼야겠구나 했었다.

아니다.

어쩌면 이것도 다 변명일지도 모른다.

정아의 팔을 쥔 신희가 이해가 가지 않는다는 표정으로 물었다.

"정을 왜 떼?"

"오빠 곧 A국가에 갈 거잖아요."

"응."

"그리고 직장은 서울에 잡을 거죠?"

"……아마."

"그럼…… 앞으로는 나와 모르는 사람이 되잖아요."

정말로 무서웠던 건 그게 아니었다. 그저 사람과 사람 사이의 벽이 남아 있었던 것뿐이다. 언제라도 그는 나에게서 돌아설 것이라는 불안감이 있었던 것뿐. 정을 떼려 했다니. 그런 정 많은 사람들의 훈훈한 이야기가 아니다.

그저 신희처럼 자신도. 사람이 무서웠던 것뿐이다. 믿지 못했던 것뿐.

잠시 둘 사이에 침묵이 흘렀다. 한참 후. 신희가 물었다.

"나한테 네가 얼마나 필요한지 알아?"

그의 말에 정아가 반사적으로 고개를 들었다. 그는 아주 묘한 표정을 짓고 있었다. 우는 것 같기도 하고, 참는 것 같기도 하고, 화내는 것 같기도 하고.

사랑에 빠져서 미쳐 버린 것 같기도 한 얼굴이다.

"지금까지 나는 아무도 안 믿고. 혼자, 정말 혼자서 살아왔어. 그런데 나 다음 달에 당장 비행기를 타. 모르는 세상으로 가."

"……"

"그게 나에게 꿈이었더라도. 그래도 네가 옆에 있어 줘야 해. 너 없으면 한 걸음도 앞으로 못 가."

진심이었다. 신희에게는 강정아라는 여자가 필요했다. 그녀만큼은 조금의 의심도 하지 않을 수 있었다. 그래서 그녀가 좋았다.

"네가 도와줬잖아. 손잡게 해 주고, 믿게 해 줬잖아."

"……"

"그런데 왜 진짜 네가 필요할 때 도망쳐?"

그는 끌어안을 것처럼 정아를 보고 있었다. 이신희가 조금, 평소와 달랐다. 그가 소중한 것을 쥐듯 정아의 팔을 쥐었다.

"강정아."

"네……"

"도대체 나한테서 정을 왜 떼. 내가 그랬지, 너 이상하다고. 너 진짜 이상하다."

"……"

"도대체 어떻게 하면 그렇게 무서운 생각을 하냐……."

정아가 가만히 신희를 바라보았다. 신희의 벽은 계속 무너지고 있는데. 자신의 벽은 그대로였다. 밖으로 나와. 나와서 나를 만나, 강정아.

그가 그렇게 말하는 것이, 그제야 들렸다.

9
안전한 남자

　정아는 멍한 상태로 신희에게 의지해 걸었다. 그는 천천히 걸음 속도를 늦추었고 부드럽게 정아의 손을 쥐고 있었다. 그는 지금 안 그래도 겁을 먹고 있던 정아를 너무 다그쳤나 싶어 반성하는 중이었다. 아니. 그래도 너무하지 않나? 정을 떼다니. 정을 떼고 나면 평생 안 봐도 괜찮단 소린가?

　그를 따라 몇 걸음 걷다 보니 정신이 든 정아가 물었다.

　"어디 가요?"

　"바다."

　"갑자기 웬 바다……."

　"안 들어가 봤거든. 오늘 가 보려고."

　신희가 미소 지으며 말하자 정아가 놀란 눈으로 물었다.

　"어릴 때 우리 동네 살 때도요?"

"응."

정아가 자리에 멈춰 섰다. 그러자 신희가 돌아보았다.

"왜?"

지는 해를 등진 신희가 고개를 기우뚱했다. 그냥. 그 순간 첫사랑이던 그 소년이 떠올랐다. 언제나 단정하게 교복을 입고 책을 읽던 도시 소년이. 그때의 신희가.

사람 마음이 이렇게 한결같아도 되는 건가. 바닷가를 향하는 그에게 또 한 번, 이렇게 반해도 되는 건가. 요즘 들어 그런 생각이 든다.

"아무것도 아니에요."

정아가 말하고 고개를 저었지만, 그 대답이 의심스러워 신희가 가만히 그녀를 보았다. 그러자 그녀가 웃으며 말했다.

"갑자기 첫사랑이랑 바다 갔던 생각이 나서."

"첫사랑이 누군데?"

"오빠가 알아서 뭐하게요?"

정아가 놀리자 신희가 표정을 찌푸렸다.

"전 남자 친구?"

아. 이런 것에 집착하는 남자는 되기 싫었는데. 신희가 자기도 모르게 튀어나온 말을 후회했다. 그래도 어쩐지 울컥하는 건 별수 없었다. 그러자 정아가 맑게 웃었다.

"음. 글쎄요?"

"너, 어릴 때 난 안 좋아했냐?"

신희가 물었다. 그러자 정아가 한 번 더 말했다.

"글쎄요."

"……글쎄요?"

완전 부정이 아니다. 노을에 양떼구름이 주홍빛으로 물들었다. 두 사람은 언제부터인가 나란히 걷고 있었다. 정아가 부끄러워 신희에게서 조심스럽게 손을 뺐다. 그는 별말 없이 손을 놓아주었다. '글쎄요.'라는 대답에 신희의 얼굴도 시뻘게진 상태여서.

모래사장을 걸어가려 정아가 구두를 벗었다. 그 모습을 본 신희도 신고 있던 구두를 벗었다. 바람이 꽤 많이 불어서 정아의 원피스 자락이 날리자 신희는 신경 쓰여 눈을 못 뗐다. 정아가 말을 이었다.

"저, 그 오빠한테 프러포즈도 받았어요. 커서 결혼하자고."

어떤 놈인지 모르지만 욱한다. 꼬마들 사랑 놀음에 질투하느라 신희가 대답이 없다. 저 양반 자기가 결혼해 달라고 그렇게 졸라 놓고 기억도 못 하네. 저 머리로 의대는 어떻게 갔담. 정아가 좀 토라져서 물었다.

"오빠는요?"

"첫사랑인지는 모르는데…… 여자애 주려고 구두 산 적은 있다. 바닷가 살 때."

"구두요?"

"응."

못 줬지만. 신희가 바다를 보는데 이번엔 정아가 뿌로퉁해졌다.

"아무한테나 이것저것 되게 잘 사 주네요."

"아무한테나라니."

신희가 표정을 찌푸리며 정아를 봤다가 쑥스러워 얼른 고개를 돌렸다. 정아의 토라진 얼굴을 보니 뛰어오르고 싶을 정도로 기분이 좋아진다. 질투하는 것이다. 지금.

그사이 바다가 가까워졌다.

정아가 모래사장 위에 구두를 놓고 노을빛의 바다로 걸어갔다. 신희는 멈춰 섰다. 그녀가 돌아서 손짓했다.

"들어와요."

"으음."

신희가 불편한 표정으로 바다를 보았다. 어려서부터 하기 싫은 일은 안 했다. 먹기 싫은 건 안 먹고, 만지기 싫은 건 안 만졌다. 들어가기 싫어서, 바다도 들어가지 않았었다.

바람이 불고 정아의 머리칼이 날려서 그녀가 두 손으로 붙잡았다.

그 순간 신희는 굳어져 멍하니 그녀를 보았다. 하늘과 바다, 그리고 사랑하는 여자. 그녀의 웃음.

"딱 여기까지만 오면 돼요."

"……"

"여기까지만 들어오면, 세상 바다를 다 가 보는 거예요."

그의 눈동자에 그녀가 가득 차올랐다. 정아는 신희가 바다를 겁내고 있다고 생각했는지 달래듯이 말을 이었다.

"어차피 바다는 전부 이어져 있잖아요. 그러니까 여기까지만 들어오면, 우리는 모든 바다에 다 가 본 것이나 마찬가지예요."

"……"

"여기까지만 와요. 그럼 미리 A국가의 바다도 가 본 거니까. 대비가 되잖아요?"

익숙한 말이다. 익숙한 표정이다. 익숙한 광경이었다.

신희가 제자리에 서서 큰 소리로 웃음을 터트렸다. 살면서 이렇게 크게 웃어 본 적이 있을까 싶은 웃음이었다. 정아가 왜 웃나 몰라 고개를 갸우뚱하자 신희가 말했다.

"넌 예전에도 그렇게 말했었지."

"그래요?"

"응."

그리고 그때 처음으로. 네가 여자로 보였어.

신희가 즐거운 얼굴로 걸음을 옮겼다. 그가 다가오자 정아가 장난스레 흘기며 말했다.

"그건 기억하는 사람이. 자기가 한 말은 기억 못 해요?"

"내가 뭐랬는데?"

"뭐랬게요?"

"왜. 내가 뭐라고 했는데."

"어른 되면 결혼하자면서? 나 아니면 혼자 살아야 될 것 같다고."

정아가 놀리듯이 말했다.

"와, 어른 됐으니까 결혼해야겠네."

그녀가 장난기 가득한 목소리로 말하는 사이, 신희의 발목까지 파도가 밀려왔다. 바다에 들어가 본 적이 없었다. 들어가 볼 생각도 없었다. 신희는 아무래도 자신은 어릴 때가 더 똑똑했던 것 같다는 생각을 했다. 미리부터 저렇게 결혼하자고 졸랐다니. 현명한 놈.

신희가 생각하며 정아가 서 있는 곳으로 걸어가자 그녀가 잡아주려고 손을 뻗었다. 그런데 신희는 바다로, 정아가 생각했던 것보다 더 가까이 다가왔다. 신희가 약간 당황해서 동그래진 정아의 눈을 가만히 바라보았다.

이상하지. 이 여자만은 만질 수 있다. 아니. 그녀를 만지고 싶다. 안고 싶고, 키스하고 싶었다.

이상하다. 참 이상한 일이었다. 신희가 점점 더 다가왔다.

"그러니까 그 프러포즈한 놈이 나다, 이거지?"

"네? 아……."

"그럼 네 첫사랑도 나겠네."

그게 그렇게 이어지나? 정아가 당황해 변명하려는데, 신희가 몸이 닿을 정도로 가까워진다. 놀란 정아가 뒤로 물러섰다. 그녀가 계속 물러서자 신희가 정아의 허리를 팔로 감아 못 가게 막았다. 정아가 동그래진 눈으로 신희를 올려다보았다.

그러자 그의 입술이 열렸다.

"자. 여기까지 왔어."

"……."

"칭찬해 줘."

아무런 표정도 없이, 어린아이처럼 칭찬해 달라는 말을 했다. 정아가 어쩔 줄 모르며 말했다.

"이, 있잖아요. 꼬시는 거 아니면…… 막 이렇게 끌어안는 것도 안 되거든요?"

정아가 그의 품에서 빠져나가려 하자 신희가 더욱 꽉 정아를 끌어안았다. 둘의 쿵쾅거리는 심장 소리가 섞였다. 파도가 치는데도, 그 소리가 더 크게 들렸다.

"괴짜라서 그래."

"네?"

"나는 괴짜라서. 꼬시는 거 아니어도 이렇게 막 끌어안고."

그가 정아를 두 팔로 감싸서 완전히 품 안에 가두었다. 그리고 눈을 감고 중얼거렸다.

"괴짜라서, 네가 해 주는 밥밖에 못 먹고. 세상에서 딱 너만, 이렇게 안을 수가 있고. 네가 부르니까 평생 들어가지 않던 바다도 들어가."

"……."

"이것도 다. 네가 특별해서가 아니라 내가 괴짜라서 그러는 건가?"

정아는 아무 대답도 못 했다. 그저 놀라 눈만 깜빡거릴 뿐. 그녀 하나만. 세상에서 특별한 사람이 너 하나밖에 없다는 말을. 그는 이토록 이상한 방식으로 질문하고 있었다.

당분간 멀리 떨어져 있어야 하기 때문이라는 것을 정아는 알았다. 같이 있어 주지 못하는 게 미안해서.

말하지 않았지만 그의 목소리에서, 눈빛에서, 심장 소리에서. 그에게 그녀가 얼마나 특별한지, 얼마나 소중한지가 전해졌다.

그래서 정아는 마음이 놓였다. 그는 내가 있는 곳으로 돌아오겠구나.

"정아야."

신희는 파도가 이런 감촉이라는 것을 처음 알았다. 평생 이렇게 있어도 좋을 것 같았다. 파도가 다리를 쓸고 내려가고, 품 안에는 그녀가 있고.

따뜻한 햇살이며 부드러운 심장 소리며. 모든 것이 아름답고 평화로웠다.

"너, 나랑 정 뗀다는 게."

"……."

"앞으로 쭉 모르는 사람으로, 다시는 안 만나고 살아도 상관없다는 소리야?"

그가 묻자 정아가 고개를 저었다. 살며시 신희의 옷깃을 쥔 정아의 손이 떨렸다. 신희가 떨어지기 싫은지 정아의 머리칼을 쓸어 더욱 품으로 당겼다. 그러자 정아가 살짝 그를 밀어냈다. 그러더니 서운해하는 신희의 두 뺨을 손으로 감싸고 말했다.

"연락할 거죠?"

반년이다. 이제 신희의 머릿속에서 해외로 나간다는 사실에 대한 두려움은 사라졌다. 지금 온 세상의 바다를 다 다녀 보았으니까.

정말로 두려운 건, 그녀와 반년 동안 만날 수 없다는 것. 그녀와 한동안 멀어져야 한다는 것…….

그래도. 그마저도. 정아의 다정한 목소리에 견딜 수 있게 되었다.

"할 수 있으면 맨날 전화할게."

"거짓말."

"진짜야. 진짜 할게."

정아는 자신의 토라지는 기색에 쩔쩔매는 신희가 어쩐지 싫지 않았다. 맨날 전화하겠다니. 누가 그렇게 많이 연락하랬나…….

하여튼 정말, 웃음이 나오도록 이상한 사람이다.

＊　　＊　　＊

정아를 집에다 데려다주며 생각해 보니 자신이 해외에 있는 사이에 정호가 찾아오면 어쩌나 걱정이 됐다. 신희가 정아의 집 앞에서 말했다.

"너희 오빠한테 전화해. 다시 찾아오지 말라고."

"네에?"

"나 있을 때 해. 나 없으면 또 너희 오빠가 나오라고 할 때마다 나가서 떨고 있을 거잖아. 내가 불안해서 안 되겠다."

"뭐라고 말해요?"

"다시는 너 찾아오지 말라고. 이제 나랑 매일 밥 같이 먹을 거니까. 앞으로는 밥 같이 먹을 일 없다고 해."

이 인간이 뭐라는 거야. 정아가 얼굴이 빨개져서 머뭇거렸다.

"아니, 그럼 부모님까지 내가 오빠랑 같이 산다고 생각하실 거 아니에요."

그러자 신희가 미간을 좁히며 말했다.

"다른 이유 댈 거 있어?"

"……없죠."

"전화해."

정아가 한숨을 푹 쉬고 핸드폰을 켰다. 정호에게서 안 그래도 전화해 달라는 문자가 와 있었다. 그녀가 옥외 계단에 앉아서 그에게 전화를 걸었다. 금방 그가 받았다.

"아. 오빠."

— 응.

그도 뭔가 고민을 했던 흔적이 역력한 목소리였다. 정아가 말했다.

"나…… 으음."

— 그 자식이랑 헤어져라.

"어?"

정호가 진중한 목소리로 말을 이었다.

— 그 자식 예의도 없고. 진짜 마음에 안 들어. 그런 사회성 없는 놈이랑 만나 봤자 너만 고생해.

"무슨……."

— 내가 괜찮은 놈 골라서 소개해 줄게.

갑자기 울컥했다. 이신희가 예의도 없고, 사회성도 없는 건 맞는데! 그게 정호의 입에서 나오니까 화가 났다. 정아가 눈 딱 감고 말했다.

"나 오빠가 싫어."

그녀의 말에 신희도 정호도 흠칫했다.

"불편해. 무섭고 싫어."

— …….

"만나고 싶지 않아. 그러니까…… 이제 나한테 연락 안 했으면 좋겠어."

그녀의 말에 잠시 뜸을 들인 후, 정호가 물었다.

— 그 자식 옆에 있지?

"……응."

— 바꿔 봐.

정아가 머뭇거리다가 신희에게 전화를 넘겼다. 그러자 신희가 전화를 받았다.

"예."

— 남자 보는 눈도 더럽게 없네.

그가 시비를 걸었지만 신희는 담담했다.

"우리 둘이 싸워 봐야 정아만 속상할 것 뻔한데. 가급적 이쪽은 오지 마시죠."

— 싫다는데 가서 뭐 합니까. 정아한테나 잘해요. 이 말 하려고 바꿔 달라고 한 겁니다.

"원래 잘합니다."

저 둘은 대화가 늘 싸움이다. 신희가 전화를 끊었다. 정아는 뒤늦게 자기가 한 말들에 불안해져서 웅크려 떨기 시작했다. 그녀의 손이 신희의 손가락 끝을 꼭 쥐고 있었다.

"잠깐만 이러고 있어 주세요……."

오늘은 아무래도 악몽을 꿀 것 같다.

그가 옆에 있으니 자신감이 생겼다. 그러다 신희를 만나지 말라는 말에 갑자기 울컥해 그렇게 대꾸하고 말았던 것이다. 정아가 중얼거렸다.

"있잖아요."

"응."

"내가 정말 잘못된 것 같아요."

"……왜?"

"모든 사람이 나를 미워하는 것 같은 기분이 들어서 잠을 깰 때가 있어요. 심지어는 내 첫사랑도, 이모랑 이모부도, 할머니들이랑…… 당신도. 사실은 나를 미워하고 있는 게 아닐까. 그게 무서워서…… 악몽을 꾸다가 잠에서 깨요."

"……"

"그냥. 겉보기에 착한 사람이 되고 싶은 거예요. 내 속은 이 모양인데. 맨날 미움받을까 봐 전전긍긍인데. 겉으로는 항상 착한 사람인 척하고 있어요. 그게 들키면 어떡하죠……."

"……"

"어떤 사람들은 정말로 착한데. 눈물이 나올 정도로 착한데. 나는 늘 이렇게 뒤틀려 있어서. 그게 너무 싫고, 들킬까 봐 무서워서…… 자꾸 악몽을 꿔요……."

이유 없는 폭력이 계속될 때. 정아는 머릿속으로 이유를 만들어 냈다. 맞을 만했나 보다. 오늘도 그랬나 봐. 그랬으니까 때렸겠지.

내가 못돼서 그런가 봐. 내가 나쁜 사람이라서. 나는 왜 자꾸, 작은오빠만 보면 죽어 버렸으면 좋겠다는 생각을 하는지.

이런 자기 속을 남이 알까 봐. 자신이 하는 나쁜 생각들을 남이 알까 봐 무서워하며 어른이 되었다. 살아가며 만나는 모든 사람에게 벽이 있었다. 태진에게도. 신희에게도. 자존감이 끝없이 깎여 나갔다. 신희를 좋아하게 되어서. 그래서 더 무서워졌다. 이 뒤틀린 속을 알면 그가 나를 미워하게 될까.

가만히 정아의 말을 듣던 신희가 말했다.

"들어가자. 재워 줄게."

신희가 말하자 정아가 당황해 고개를 들었다. 그가 오히려 담담하게 묻는다.

"악몽 꾼다며? 오늘은 더 할 거 아니야?"

"그건 그런데……."

"그러니까 너 잠드는 거 보고. 그다음에 나갈게."

그의 말에 정아가 눈이 동그래져서 신희를 보았다. 그녀가 선뜻 대답하지 못하자 그가 담담하게 말했다.

"왜 고민해. 세상에 이렇게 안전한 남자가 어디 있어."

"그래도 남잔데……."

"오늘 혼자 있기 무섭잖아."

혼자 있기 싫기는 했다. 무서웠다. 태어나서 처음으로 정호에게 싫다고 말했으니 무사히 잠들 수 있을 리 없다. 정아가 마지못해 고개를 끄덕였다.

같이 계단을 올라가서 문을 열고, 정아가 한 번 더 신희를 돌아보며 물었다.

"정말 들어올 거예요?"

"응."

"내 방 더러운데."

"알아."

신희가 태연하게 대답하자 정아가 그의 팔을 톡 때렸다. 그러다 신희의 미소를 보니 곧, 오늘 밤에 혼자 있는 것보단 이 다정한 남자와 함께 있고 싶다는 생각이 든다.

정아는 목욕을 하고 잠옷까지 갈아입었다. 마지못해 신희를 집 안으로 들이긴 했지만 생각해 보니 그의 말대로였다. 그렇게 인기가 많은데 서른둘까지 첫 키스도 못 한 남자가 불안할 건 뭐 있어. 본인 말대로 신희는 안전한 남자였다.

'키스하고 불쾌한 표정을 짓는 남자랑 사귈 수 있겠냐.'

정아는 신희가, 자신에게 고백한 후배에게 그렇게 말하는 것을 분명히 들었다. 키스를 하고 불쾌해지다니, 그가 좀 불쌍하긴 하지만 지금 이 순간에는 그런 그가 있어서 마냥 좋았다. 혼자 있기 불안했는데. 그래서 기분 좋은 표정으로 신희가 앉아 있는 소파 바로 옆에 앉았다.

"TV 좀 보다 잘까요?"

"떨어져 앉아."

"치사해……."

정아는 그가 붙어 앉는 걸 싫어하는 줄 알고 얄미운지 신희를 흘겼다. 반면에 신희는 슬슬 자존심까지 상처를 입기 시작했다. 아무리 그래도 자신은 엄연히 성인 남잔데, 정아는 거의 동성이 옆에 있는 것처럼 안심하고 있었다. 그야 그럴 만했다. 정아가 해 준 음식을 먹었다 해도, 아까 그토록 따뜻한 포옹을 했더라도. 신희에게 그 이상의 진도는 무리일 것이라 생각했기 때문이다.

그건 신희도 마찬가지였다. 지금까지 키스도 해 본 적 없고 섹스는 더더욱 없었다. 애초에 그는 자기 스스로가 성욕이 별로 없는 사람이라고 생각했다. 아니, 꼭 그렇다기보다는 섹스에 대해서, 키스에 대해서 떠올리기만 해도 비위가 상했었다.

그렇다. 상했었다.

그러니 얼마 전, 정아에게 키스하고 싶다고 생각했던 것은 그에게 있어서 심각한 사건이었다.

자꾸만 저 여자가 자신의 세상을 뒤엎었다. 자꾸만, 어영부영 지나간 신희의 사춘기를 다시 경험하게 만들고 있었다.

정아가 뭔가 생각났는지 자리에서 일어섰다.

"과일 먹을래요? 줄까요?"

일어선 정아의 잠옷 바지는 허벅지 중간까지 왔다. 신희가 신경질적으로 정아의 팔을 잡아채서 옆에 앉혔다.

"됐어. 그냥 앉아 있어."

"과일 좋아하잖아요?"

"안 먹어도 돼."

미치겠네. 진짜.

신희가 옆에 벗어 두었던 재킷을 집어 들어 정아의 무릎에 덮었다.

"그리고 긴 것 좀 입어."

"아. 향수 냄새 난다."

정아가 신기해하며 고개를 숙이더니 재킷에 배어 있는 향수 냄새를 맡았다. 그녀가 숙이는 바람에 가슴 윗부분이 잠깐 보였다 사라졌다.

신희는 지금 성인이 된 이후 거의 없던 고난을 겪고 있었다.

아무래도 나 지금 대인기피가 다 나은 것 같아. 간단한 치료법이 있었구나. 강정아가 앞에서 알짱거리는 거. 이렇게 한 방에 해결될 거면 뭐하러 여태…….

하긴. 강정아 한정으로 해결된 모양이지만.

그는 자신이 청소년기를 도대체 어떻게 넘겼나 싶을 정도로 열이 올랐다. 지금 저 재킷을 정아에게 덮어 줄 때가 아니었다.

내가 더 시급하다. 젠장.

신희는 더 문제가 발생(?)하기 전에 정아의 팔을 강제로 끌어다 침대에 눕혔다. 보통 남자가 이렇게 끌고 가서 침대에 눕히면 좀 움찔할 법도 한데. 정아는 고개만 기우뚱했다.

"왜요?"

"자."

"벌써? 아직 열 시예요."

"열 시면 자야 할 거 아냐."

신희가 말하더니 빠르게 불을 꺼 버렸다. 그리고 의아해하는 정아의 침대 옆, 바닥에 누웠다. 정아가 침대 끝으로 가서 신희의 팔을 톡톡 건드리며 물었다.

"거기 안 불편해요?"

신희는 더 물어볼까 봐 아예 등을 돌리고 돌아누워 버렸다. 그러자 정아가 자기가 덮고 있던 이불을 반쯤 내려 신희에게 덮어 준다. 그러다가 신희의 키가 너무 커서 다 못 덮는다는 것을, 유난히 밝은 달빛 때문에 알게 된 정아가 이불을 다 걷어다 신희에게 덮어 주었다.

모른 척하고 자려던 신희가 짜증을 내더니 일어나서 그녀의 옆에 풀썩 눕고 이불로 자신과 정아의 몸을 덮었다. 눈이 동그래진 정아가 뭐라 말하기도 전에 신희가 말했다.

"이제 진짜 자라."

"뭐, 뭐 하는 거예요?"

"못 자는 것 같아서."

"……."

"재우는 게 내 직업이잖아."

아닌데. 뭔가 이 남자 잘못 알고 있다. 재우는 게 직업이라니. 재우기는커녕 깨우고 있는데요…….

한 이불 속에 들어왔다. 그러자 정아의 심장이 정신없이 뛰기 시작했다. 둘은 각자 등을 돌렸다. 그러나 죽을 정도로 뛰는 심장에 조금도 도움이 되지 않았다.

정아는 심장만 쿵쾅거리지, 신희는 지금 총체적 난국이었다. 삼십 년 넘게 잠자던 성욕이 다 폭발하는 기분이었다. 거기다가 심장까지 쿵쾅거리니 정말 미쳐 버릴 지경이었다.

결국 견디다 못한 신희가 일어섰다. 그러자 정아가 같이 상체를 일으켜 물었다.

"어디 가요?"

"소파. 너 때문에 못 자겠다."

"저 꼼짝도 안 했는데……."

정아가 투정하듯이 말하자 신희가 한숨을 쉬고 자기 머리를 헝클더니 말했다.

"네가 옆에 있는데 어떻게 잠이 와."

"……안전한 남자라며."

그녀가 당혹스러운 표정으로 말하자 신희가 침대를 짚고 정아를 빤히 보며 말했다.

"세상에 안전한 남자 같은 거 없어."

"……."

"오늘 밤에 너 혼자 두기 싫어서 한 말이야."

신희는 지금까지 본 적 없는, 아주 위험해 보이는 표정을 하고 있었다. 정아의 말문이 막혔다. 그래서 소파로 향하는 그를 더 이상 붙잡지 못했다.

10
출국

신희는 정아의 책상 위에 펼쳐진 책을 소파로 가져와 읽기 시작했다. 평소 남의 물건엔 절대 손을 대지 않지만 이 새벽이 너무 괴로워 별수 없었다. 잠이 안 오니까. 그녀의 작은 방에는 책이 많았다. 그중에 한글교재도 몇 권 있었다. 본격적으로 할머니들에게 한글을 가르쳐 드리고 싶어 공부하는 모양이었다. 책을 읽다가 시계를 보니 새벽 한 시였다. 슬슬 나갈까.

정아가 잠들었는지 확인해야 했다. 신희가 발소리를 죽이고 걸어가 그녀의 옆에 앉았다.

초여름의 달이 정아의 하얀 얼굴을 비추고 있었다. 눈을 감고 있으니 그저 사랑스러워 미소가 지어졌다.

정아가 눈을 뜨고 있을 때는 항상 묘한 죄책감이 든다. 눈이 크고 순해서. 자신의 머릿속에 있는 난잡한 생각들을 들키고 싶지 않았다. 키스하고 싶고, 울릴 때까지 그녀를 안고 싶고, 종국에는 같이 살고 싶었다.

신희가 소리 없이 웃었다.

그가 세상 밖으로 나오게 해 준 소녀를 눈앞에서 만나게 되었을 때 변하는 것은 사실 별로 없었다. 아마도 신희가 할 말은 하나였다.

'고마웠다. 아직도 너를 사랑한다.'

신희가 조심스럽게 정아의 머리칼을 쓸어 올렸다. 잠결에 도톰하게 내민 입술이나, 보드라워 꽉 쥐고 싶은 피부를 보니 다시 울컥한다.

젠장, 나 진짜 안 이랬었는데…….

억울했다. 자신은 이 모양인데 정아는 왜 저렇게 잘 자는 건지. 날 좋아하긴 하는 건가? 바로 앞에 이렇게 열이 올랐다 내렸다 하는 남자가 있는데 잠이 오다니.

신희가 자리에서 일어섰다. 정아가 잠들었으니 나갈 생각이었다. 그래서 조심한다고 조심하며 문을 여는데 정아가 깨서 웅얼거렸다.

"나…… 아직 안 자요…….“

그녀의 잠으로 가득한 목소리에 신희가 고개를 돌려 보니 정아가 낑낑거리며 상체를 일으킨다. 잠결에 신희를 붙잡는 모양이다. 신희가 한숨을 쉬더니 짓궂게 물었다.

"내가 그렇게 좋아?“

그가 묻자 정아가 말없이 눈웃음 짓는다.

아, 저렇게 웃는데 나갈 수 있을 리가…….

결국 신희는 소파로 돌아왔다. 정아는 만족했는지 다시 쓰러져 잠들고, 신희는 계속 소파에서 책을 읽다가 새벽녘에 겨우 잠이 들었다.

§ § §

토요일이었다. 침대에서 일어난 정아는 살금살금 출근 준비를 했다. 신희가 소파에서 깊이 잠들어 있었다.

자신이 안전한 남자가 아니라던 신희의 눈빛을 떠올리니 오싹했다. 정아를 한입이라도 물어뜯지 않으면 물러나지 않을 것만 같았다. 이성으로 욕구를 짓누르느라 다물렸던 그의 입술이 섹시했다.

그런 그가 싫지 않아서, 새벽에 몰래 나가려던 그를 잠결에 붙잡고 말았다. 이상하지. 그는 같이 있어도 무섭지 않다. 오히려 마음이 놓였다.

나한테 그가 별로 남자가 아닌 건가…….

그건 그렇다 쳐도. 아침에 깨서 생각해 보니 얼굴을 못 들게 미안했다. 맨정신이었으면 꾹 참고, 집에 가서 편하게 자라고 했을 텐데.

정아의 책이 신희의 가슴팍에 올라가 있었다. 셔츠는 불편한지 소매를 팔꿈치까지 걷어붙였다. 정아가 소파 앞에 웅크려 신희 얼굴을 빤히 보았다. 눈썹이며 코, 입술이 전부 반듯했다. 정교하게 비율을 맞춘 것 같은 얼굴이었다.

그의 얼굴이 근사해서 눈을 못 떼고 있는데 신희가 눈을 떴다. 구경하는 것을 들킨 정아가 서둘러 그의 가슴팍에 놓인 책을 집으며 말했다.

"채, 책 치워 주려고요! 오빠 가위 눌릴까 봐요."

그가 몸을 일으키고 소파에 앉아 책장 쪽을 보더니 말했다.

"너랑 결혼하면 책 살 때는 눈치 안 봐도 되겠다."

그의 태연한 농담에 정아가 뾰로통해서 대답했다.

"누가 보면 오빠랑 결혼해 준다고 한 줄 알겠네요."

"뭐야, 너 열다섯 살 땐 나랑 결혼해 준다고 했잖아."

"그건 열다섯 살 때고."

"와. 치사하다. 사람이 이렇게 변하나?"

"그러게 누가 갑자기 없어지랬나?"

"누가 없어져. 네가 없어졌잖아. 갑자기."

"무슨 소리예요?"

서로 상대방이 없어졌단다. 한참 얘기하다가 신희가 머뭇거리더니 말했다.

"난 네가 삐져서."

"삐지긴 누가."

"형이라고 하랬다고 삐졌잖아. 와, 그거 장난쳤다고 삐지냐?"

"그럼 안 삐져요? 연약한 중학생 마음에."

정아가 책을 꼭 끌어안으며 투정했다. 그러자 신희가 변명하듯 말했다.

"나 너한테 인사도 없이 사라진 거 아니야. 나 구두 사러 갔었어. 그날 네가 분홍색 원피스 입고 있었는데. 그게 예뻤거든? 근데 딱 운동화만 흙투성이에 너무 낡고, 너랑 안 어울려서."

그리고 멍투성이였던 다리가. 그게 정말 많이 신경 쓰여서.

정아의 입이 살짝 벌어졌다.

"……네?"

"그래서 사러 갔던 거야. 너 주려고 정말 예쁜 구두 샀는데, 돌아와 보니까……."

"……제가 호주를 갔었죠."

일이 이렇게 된 거구나. 둘이 얼마나 형편없이 꼬였었는지를 알게 되니 서로 무안하고, 억울한 기분이 들었다.

그것도 모르고 서로를 얼마나 원망했던가. 왜 갑자기 사라져 버렸느냐고. 보고 싶다고. 둘은 한동안 말이 없었다.

지나간 시간이 무척 억울하다가도, 결혼을 생각할 즈음의 나이에 다시 만난 것은 오히려 더더욱 강한 인연일까, 하는 생각도 했다. 그 침묵 끝에 정아가 입을 열었다.

"내가 그렇게 예뻤어요?"

그녀가 묻자 신희가 웃음을 터트린다. 그러더니 대답 대신 정아를 끌어당겨 옆에 앉혔다. 신희의 두 팔이 정아의 뒤를 짚어서, 그의 팔 안에 정아의 몸이 가둬졌다. 신희를 피하느라 점점 뒤로 물러나던 정아의 몸이 소파 위에 눕혀졌다. 신희가 물었다.

"너는?"

"뭐가요?"

"첫사랑을 만난 소감이 어때?"

그의 질문에 순식간에 정아의 얼굴이 빨개졌다. 이 남자가 원래 이렇게 컸나. 정아가 생각했던 것보다 훨씬 넓고 탄탄한 상체였다.

다리가 엉켜 있는 이 자세가 너무 야하게 느껴져서, 정아가 자기도 모르게 스커트 자락을 끌어 내리며 말했다.

"이렇게 가까이 있어도 돼요? 대인기피는 어디로 간 거예요?"

"네 덕분에 나았어. 내가 지금까지 어땠는지 이제 기억도 안나."

정아가 밀어내려고 신희의 가슴팍에 손을 대니 정신없는 쿵쾅거림이 느껴졌다. 정아가 부끄러워서 벗어나려고 해도 신희는 밀려나지 않았다.

이 남자가 이렇게 제멋대로일 줄이야. 하긴, 원래도 알았지만. 그가 놔주지 않고 그녀만 유혹하듯이 주시하고 있으니 정아는 울고 싶어졌다.

심장마비 올 것 같아…….

밤이 괴롭긴 괴로웠던 모양이었다. 신희가 점점 더 가까워졌다. 그의 입술이 닿기 직전, 정아가 단호하게 말했다.

"안 돼요."

그리고 두 손으로 신희의 입을 막는다. 그녀의 강력한 방어에도 그가 못 들은 척 가냘픈 손목을 움켜쥐자 정아가 말을 이었다.

"오빠도 나도 첫 키스잖아요."

키스도 못 하게 하면서 달래 주는 듯한 목소리다. 그렇게 안 봤는데 이거 아주 여우네. 신희가 마지못해 대답했다.

"그야 그렇지."

"돌아오면 해 줄게요."

"뭐?"

신희의 고통스러운 표정을 보니 정아는 살짝 웃음이 나왔다. 그녀가 새침하게 말했다.

"곧 떠날 사람이랑은 첫 키스 안 할래요."

"……안 갈게."

표정 하나 안 바꾸고 거짓말이네. 이 남자 그렇게 안 봤는데 늑대다. 속이 시커메!

정아가 흘기자 그제야 포기했는지 한숨을 쉬고 고개를 끄덕였다. 그는 괴로워 보였지만 정아는 신희와 함께하는 아침이 꽤나 즐거웠다. 게다가 말도 잘 듣는다. 신희가 먼저 몸을 일으키고, 정아의 손을 잡아 일으켜 주며 물었다.

"근데 너 언제까지 존댓말 할 거야? 어릴 땐 말 났었잖아."

"그건 어릴 때지……."

"반말해. 아예 이름 불러도 봐줄게. 야, 해 봐."

어린애 취급하더니 이번엔 이름을 부르란다. 정말 이 남자, 사회성을 어디서부터 길러 줘야 할지. 정아가 장난스럽게 말했다.

"야."

"네."

신희가 공손히 대답하자 정아가 웃음을 터트렸다.

A국가에 가기 전, 정아와 이것저것 사 먹어 보았는데 대부분 성공이었다. 복무가 끝난 신희는 요즘 맛의 신세계를 누리는 중이었다. 남이 해 주는 음식을 먹으니 그렇게 맛있을 수가 없었다. 정아와 같이 먹어서 그런지는 몰라도.

긴 시간 동안 오로지 자신이 만든 음식만 먹어 왔다. 그러니 그의 미각에 심한 고정관념이 박혀 있었다. 그러다 새로운 맛의 향연이 일어날 때면 신희는 새로운 세상을 발견하는 기분이었다.

둘의 동네에서 30분 정도 차를 몰고 나가면 꽤 유명한 해수욕장이 나왔다. 그곳에는 데이트하기 좋은 카페나, 음식점이 많이 있었다. 벌써부터 해수욕장은 피서객으로 북적북적했다.

창밖으로 새파란 바다가 보이는 카페에서 한참 이야기하다 밖으로 나왔다. 그리고 시장 구경을 하며 신희가 짓궂게 물었다.

"카페에 있던 인형에서 눈을 못 떼더라. 사 줘?"

"됐거든요? 그만 놀리고……. 아. 와플."

정아가 시장 안 작은 가게에서 굽고 있는 와플을 보고 얼른 달려갔다. 정아가 신희를 돌아보며 물었다.

"먹을래요?"

"난 괜찮아."

아직 시장에서 파는 걸 먹을 정도의 비위는 아니어서 거절했다. 정아가 결국 와플을 하나 사서 한입 깨물어 먹는데 신희가 슬쩍 보더니 물었다.

"맛있어?"

"네. 왜 안 먹어요, 이렇게 맛있는 걸."

"아니, 너무 밖으로 나와서 구우시잖아."

먼지가 날리는 길에서 구운 와플은 신희에게 아직 어려운 음식이었다. 원래대로라면 못 먹어야 되는데 정아가 먹고 있으니까 왠지 먹고 싶다. 정아가 신희에게 크림과 사과 잼을 듬뿍 바른 와플을 내밀었다.

"한 입만 먹어 봐요."

"……진짜 맛있어?"

"네."

신희가 정아의 손을 잡아서 와플을 한입 물었다. 우물거리더니 말없이 한 입을 더 먹는다. 잘 먹는 게 귀여워 웃던 정아의 표정이 점점 찡그려졌다.

"그만 먹어요. 그러다가 다 먹…… 아, 너무해."

정아의 손에 있던 와플이 순식간에 없어졌다. 신희가 우물거리며 말했다.

"다시 사 줄게."

"어떻게 다 먹을 수가 있어요? 양심도 없어."

"맛있어서."

그가 말하더니 정아의 손가락에 묻은 크림을 혀로 핥았다. 그러자 정아가 발끈해서 말했다.

"제가 안 된다고 했죠?"

"아깝잖아."

242

"키스만 안 하면 뭐해⋯⋯."

"뭘. 이렇게 말을 잘 듣는데. 어쨌든 입술에단 안 하잖아."

신희가 태연하게 대꾸하더니 와플 가게 방향으로 정아의 손을 잡아 이끈다. 저 남자 지금도 저렇게 속이 시커먼데. 정아는 신희가 반년 뒤에 맡기고 간 키스를 내놓으라고 당당히 주장하면 또 그거대로 문제겠다고 생각하며 한숨을 쉬었다.

신희가 떠나기 전 마지막 일요일. 마을 앞, 나무 그늘에서 영순 할머니가 해 주는 음식을 먹기로 했다.

신희가 출국하기 전에 꼭 영순 할머니가 한 음식을 먹고 싶다고 부탁드리니, 몸보신해서 보내겠다며 선뜻 나서셨다. 그동안 정들었던 의사 양반이 떠난다는 소식에 다른 할머니들도 모이셨다. 음식 담당인 영순이 버너에 고등어를 구우며 말했다.

"고등어는 금방 상해서 잡자마자 피 빼고 소금에 묻어야지. 그리고 좀 놔뒀다가 나중에 꺼내서 구우면 맛이 아주 기가 막혀."

"맛있겠네요."

숯불에 노릇노릇 구워지는 고등어에 신희가 군침을 삼켰다. 영순이 수줍게 말했다.

"꽃게 좀 구해 올까 했는데 떠나는 양반 생각해서 고등어로 했어."

"저 꽃게도 좋아하는데요?"

신희가 고개를 기우뚱하자 옆에 있던 성일 할머니가 깔깔 웃으며 말했다.

"그럼. 길 떠나는 나그네한테 꽃게 먹이면 안 돼."

잘 이해를 못한 신희와 정아가 의아해하자 성일이 말했다.

"떠날 사람이 꽃게 먹고 정력이 좋아지면 힘들어서 어떡해? 애인 그리워서."

듣고 있던 정아는 얼굴이 빨개지는데, 신희는 진지하게 대답했다.

"할머님 말씀이 맞습니다. 지금도 죽겠는데."

"무, 무슨 소릴 하는 거예요, 지금!"

정아가 너무 부끄러워 신희의 등을 짝짝 때리자 그가 아픈지 끙 앓는 소리를 낸다. 할머니들은 젊은 두 사람 놀리는 재미가 나들이하는 재미보다 더 좋았다.

나무 그늘 아래 있는 평상에 구운 고등어랑 밥, 김치에다가 나물을 차려 놓고 아무렇게나 앉았다. 신희가 군침을 삼키더니 식사를 시작했다. 한입에 밥이랑 고등어를 가득 넣고, 김치 한 쪽으로 마무리한 신희가 감탄했다.

"고등어가 이렇게 맛있는 줄 몰랐네요."

그러자 표정이 밝아진 영순이 물었다.

"그래? 맛이 좋아?"

"정말 맛있습니다. 와. 진짜 기가 막혀요."

"밥 많이 먹고 든든하게 다녀와."

"예. 많이 먹고 가겠습니다."

키는 크지만 꽤 마른 편인데 먹는 게 다 어디로 가는지 무지하게 먹는다. 그러고 보니까 좀 살이 찌고 있는 것 같기도 하다. 더군다나 영순 할머니 음식은 죄송한 마음에 더 열심히 먹었다.

식사가 끝나고 할머니들이 먼저 집에 가신 후에 신희와 정아가 뒷정리를 했다.

정리를 마치고 둘은 평상에 앉아 떡갈비집을 하는 봉단 할머니 댁에서 사 온 아이스커피를 마셨다. 신희가 커피를 미심쩍은 표정으로 보았다.

"떡갈비집 커피가 왜 이렇게 맛있어?"

"제 말이요. 진짜 이상하다니까요."

어느새 벚꽃이 다 떨어지고 마치 한여름 풍경처럼 녹색이 가득했다. 자잘하게 쏟아지는 햇살이 좋다.

정아는 어느 순간부터인가 커피 얼음이 녹는 것을 가만히 바라보고 있었다. 그녀가 자기도 모르게 혼잣말했다.

"요즘, 즐거웠는데."

그녀의 말에 신희가 눈에 띄게 움찔한다. 정아가 웃더니 그의 팔에 머리를 기댔다.

"나도 바빠요."

"그런가."

"응. 반년 정도는 보고 싶다는 생각 안 하고도 충분히 버틸 수 있어요. 어느 날 갑자기 뿅 나타났을 때 내가 벌써 왔냐고 놀라도 서운해하지 말아요."

"……."

"반년. 그까짓 거 참 별것 아니어서 그러는 거니까."

"응. 별것 아니지."

신희가 중얼거렸다. 거의 매일같이 만나서 데이트를 하면서도 좋아한다, 그 한마디를 못 하고, 떠나는 날은 야속하게 가까워졌다.

공항은 의료팀들이 A국가로 떠나기 직전, 가족이나 애인과 인사하느라 북적북적했다. 태진은 기자들에게 둘러싸여 있었다. 신희는 한 손에 기내용 캐리어를 들고 검은색 정장을 차려입고 있었는데 번쩍거린다는 느낌이 들 정도로 완벽한 외형을 뽐내고 있었다.

정아가 카메라를 든 기자들에게 가려 잘 보이지 않는 신희를 확인하려 고개를 이리저리 움직였다. 안 그래도 사회성 없는 신희가 기자들이 불편해 도망칠 궁리만 하는 것이 보인다. 그가 간신히 도망 나와 정아에게 달려갔다. 비행기 시간이 얼마 남지 않았다.

"시원한 거라도 사 줄까?"

신희가 묻자 정아는 아무 말도 없이 고개만 조금 저었다. 같이 있어도 딱히 입이 떨어지지 않았다. 정아는 두 손으로 애꿎은 신희의 넥타이를 만지작거렸다. 보내기 싫은 마음을 누르느라 정아의 입술이 여러 번 깨물렸다.

246

신희 역시 별달리 해 줄 수 있는 것이 없어, 정아 키에 맞게 몸만 조금 숙여 줄 뿐이었다. 신희는 혹시라도 정아가 울까 봐 안절부절못하다가 농담이랍시고 말했다.

"왜 이렇게 넥타이에 집착해. 주고 갈까?"

그의 말에 정아가 어색하게 웃더니 고개를 저었다. 얼마나 울음을 참고 있는지 결국 만지작거리던 것도 못 하고 두 손으로 넥타이를 구겨 쥐었다. 정아의 어깨가 달싹일 때마다 신희는 심장이 쿵쿵 내려앉았다. 정아가 간신히 입을 열었다.

"반년 금방 가겠죠?"

"그럼. 금방 가지. 맨날 전화하고 그러면 나한테 왜 이렇게 빨리 왔냐고 할걸?"

신희의 얼굴을 보면 울음이 터질 것 같았다. 그래서 그의 얼굴을 볼 수 없었다. 정아가 넥타이를 놓아 보려고 했지만 놓아지지도 않았다. 이대로 놓으면 그가 영영 안 돌아올 것 같아서.

결국 그를 놓으려던 정아의 눈에서 뚝뚝 눈물이 흘렀다. 그러자 신희의 눈이 커지면서 서둘러 그녀를 끌어안았다.

"금방 온다니까."

어차피 같은 하늘 아래에 있을 텐데. 그게 왜 그렇게 멀고, 고통스럽게 느껴지는지. 자신을 꼭 안은 신희의 품이 너무 따뜻해서 정아는 좀처럼 울음을 그치지 못했다. 신희가 어쩔 줄 모르며 그녀의 등을 다독거렸다.

"미안해, 내가 잘못했어. 금방 올게. 응? 착하다."

그의 다정한 목소리에 정아는 더 서러워하고, 그래서 신희가 난감해하니 겨우 기자들 틈에서 빠져나온 태진이 웃으며 말했다.

"와. 억울해. 정아야. 나도 갈 거거든? 쌤도 좀 걱정하고 그러지?"

태진이 달래 주려고 하는 말에 정아를 다독이던 신희가 입 모양으로 '감사합니다.' 하고 말했다. 정아가 태진의 말에 조금 웃으며 겨우 신희 품에서 벗어났다. 그러더니 태진의 얼굴을 보자마자 울컥해서 결국 주저앉고 말았다.

"태진 쌤까지 가 버리면 저 어떻게 해요."

"헉. 더 울렸네…… 이신희 선생, 미안."

태진은 뭐가 그렇게 재밌는지 유쾌하게 웃었다. 항상 웃기만 하던 우리 정아. 아파도, 슬퍼도, 외로워도 남들 앞에서는 절대로 울지 않던 아픈 손가락 같던 아이가 저렇게 사랑하는 남자가 가는 게 싫어 울고 있다는 게 태진은 눈물이 나올 만큼 기뻤다. 이신희 선생, 어디 한눈만 팔아 봐라. 아주 가만 안 둘 테니까.

태진은 자기까지 울 수는 없어서 정아의 머리칼을 쓰다듬고 얼른 인터뷰를 하러 떠났다. 신희가 정아의 앞에 같이 쪼그리고 앉았다.

"정아야. 나 가지 말까?"

"웃기지 말아요……."

"네가 그렇게 우는데 어떻게 가."

"오빠가 가서 우는 거 아니고 태진 쌤 가는 게 싫어서…… 오빠는 빨리 가 버려요……."

그렇게 울면서 그 와중에 장난을 친다.

신희가 조금 안도해서 미소를 짓고 정아를 안아 일으켰다. 그리고 두 손으로 정아의 뺨을 감싸 자신을 바라보게 올렸다.

"얼굴 좀 보자."

"못생겨졌어요……."

정아가 훌쩍거리며 말하자 신희가 하하 웃었다.

"왜 그렇게 울고 그래. 마음 아프게."

"안 돌아올까 봐……."

정아가 솔직하게 말했다. 불안했다. 사랑하는 사람들이 떠나가는 것이.

어쩌면 돌아오지 않을지도 모른다. 정아는 여전히 그런 불안이 있었다. 신희가 점점 사람에게 마음을 여는 것처럼, 자신도 그를 믿으면 좋을 텐데. 그 벽이라는 것이 참, 쉽게 무너지지 않는다. 그래서 키스를 미뤘다. 첫 키스 상대가 돌아오지 않는 그런 슬픈 일은 경험하기 싫었으니까.

그런데 오늘에 와서는 왜 그랬을까 후회가 된다. 갈 데까지 가볼걸. 더 많이, 미치도록 죽도록 사랑하고 보낼걸. 그가 없으면 가슴에, 눈에 보일 정도로 커다란 구멍이 날 때까지 마음을 전부 줘 버릴걸. 차라리 그랬어야 했다. 그랬으면 이 착하고 다정한 남자는 미안해서라도 돌아와 줬을 텐데. 정아가 말을 이었다.

"나는 별로 예쁘지도 않고, 그렇게 착하지도 않아서."

"……."

"어떻게 해야 오빠를 잡을 수 있을지 모르겠어요……."

어떻게 해야 당신이 나를 미치도록 죽도록 사랑해 줄까. 내가 있는 쪽에서 바람만 불어도 내 생각을 해 줄까. 어떻게 해야 그가 숨이 모자랄 때까지 달려서 내 옆으로 돌아와 줄까.

아. 사랑할걸. 더 많이 사랑해 주고 보낼걸······.

그게 후회가 돼서 눈물이 멈추지 않았다. 신희가 말끔한 차림새와 달리 산만하게 제 머리를 헝클었다. 정아가 울고 있다는 사실이 그에게는 거대한 난관이었다. 신희가 가볍게 한숨을 쉬고, 혼잣말하듯이 말했다.

"내가 뭘 하면, 네가 기다려 줄까."

그의 말에 정아가 고개를 들었다. 신희가 천장이 있는 쪽으로 시선을 두고 말을 이었다.

"더 잘해 줄걸. 내가 너 먹는 거 너무 많이 뺏어 먹었나."

"······."

"실수한 거 어떻게 만회할까. 더 다정하게 말했어야 했나. 키스 하면 안 된다고 말할 때 너무 쉽게 물러났나."

"······."

"아. 내가 뭘 하면 될까. 그런 생각들을 하고 있었어."

"······."

"그래서 네가 정말 예쁘고, 세상에 다시없이 좋은 여자인 걸 알아도. 이해한다. 네가 그렇게 말하는 거. 나도 지금 자존감이 팍 쭈그러들었거든."

신희의 말이 진지하면서도 애절해서 어딘가 좀 웃겼다. 정아는 그렇게 울다가 웃기가 민망해 입술에 꼭 힘을 주어 다물고 신희를 보고 있었다. 한참 천장을 보고 중얼거리던 신희가 정아를 보았다. 그가 미소를 지었다.

"예전에는 말이야. 혼자 방에 처박혀서 공부만 하고, 책만 읽었을 때. 그때 네가 나를 발견했던 건. 그렇게 신기해하다가 어느 날 창문을 두드렸던 건 우연이었을까 궁금했었어. 그런데 스물아홉 살에 강정아를 보니까 아니더라."

"……"

"할머니들도 아이들도 네가 필요하면 언제나 가서 도와주고. 어디 마음 다친 사람이라도 있으면 보살펴 주는 사람이라서."

"……"

"네가 그렇게 유별나게 좋은 여자라서 나를 발견해 준 거구나."

신희는 어쩌면 자신의 첫사랑도 정아였을지 모르겠다는 생각을 한다. 분홍색 원피스를 입고 하늘인지 바다인지 구분 가지 않는 경계에 서서 웃던 소녀.

그 애를 위해 구두를 사 오던, 이 구두를 받고 기분이 좋아져서 나에게 맑게 웃어 줬으면 하고 바라던 마음이. 그게 어쩌면 첫사랑이었을지도 모르겠다고. 신희는 생각했다.

아니면 바로 지금.

어쩌면 누군가는 그냥 지나칠지도 모르는 일들을 발견해 내는, 자신에게 가장 특별한 여자를 앞에 두고 죽을 만큼 쿵쾅거리는 마음이.

이게 나의 첫사랑은 아닐지.

정아가 신희를 올려다보았다. 그러다가 결국, 자기도 모르게 웃는다.

누가 누구보고 유별나다는지 모르겠다. 지금 이 순간이 황당하면서, 두근거리면서, 따뜻했다. 정아가 혼잣말을 했다.

"나의 첫사랑은 아직 끝나지 않았네요."

그에게는 내가 이토록 특별한 사람이구나. 그런 생각을 했다. 그녀의 말에 졸지에 얼굴이 벌게진 신희가 헛기침을 하고 말했다.

"너 예뻤어."

"네?"

"내가 어릴 때 결혼하자고 했을 때 말이야. 너 예쁜 거 그때 알았다고."

그의 말에 당황한 정아의 눈물이 절로 쏙 들어간다. 신희가 말을 이었다.

"지금도 네가 너무 예뻐서 이 말도 안 할 수가 없다. 좀 쪼잔해 보이겠지만."

"……."

"다른 남자 만나지 마. 딱 반년만 참아 줘. 돌아와서 잘할게."

정아가 조금 고개를 끄덕이고 해맑게 웃었다. 울음을 그친 그녀가 기특하고 예뻤다. 신희가 그녀에게 아주 가까이 다가갔다. 입술이 닿을 정도로. 그의 그런 행동에 정아의 눈이 커지고, 잔잔하던 미소마저 쏙 들어가고 말았다.

"돌아오면…… 하루 종일 너 끌어안고 안 놔줄 거야."

그가 중얼거리고 천천히 정아를 놓아주었다.

"다녀올게."

신희가 일행이 있는 쪽으로 달려갔다. 그가 달려가고 나서도 자리에 남은 정아는 두 손으로 입술을 감쌌다. 외로움과 슬픔이 잠시, 두근거림에 녹아 사라졌다.

11
마음을 보내다

초가을 소나기가 정아의 방 유리창을 두드렸다. 신희에게서 연락이 오지 않은 지 보름 정도가 지났다. 도착하면 바로 전화한다더니 여건이 안 되었던 모양이다. 정아가 물끄러미 창밖을 바라보았다.

그가 A국가에 가기 전에는 매일 밤마다 전화를 했었다. 할 얘기라곤 하나도 없었고, 둘 다 말이 많은 편도 아니라서 드문드문 대화가 끊겼다. 한참 말이 없는 그 시간조차 편안했다. 그래서 이 남자와 참 잘 맞는구나 생각했었다.

그의 목소리가 없는 며칠의 시간이 이렇게 지겹도록 느릴 줄이야. 매일매일 A국가의 지진 소식을 살폈다. '여진'이라는 단어만 보이면 가슴이 쿵 내려앉았다. 연락이 되지 않는 그 며칠 동안 정아는 그에 대해 더 많이 생각했다. 더 많이 그를 그리워하고, 더 깊이 사랑했다.

정아가 불안한 것은 지진이었지, 연락을 하지 않는 신희에 대한 것이 아니었다. 이상한 일이었다. 첫사랑이라서? 고작 그 이유 때문에 이렇게 안도가 되는 걸까.

'네가 그렇게 유별나게 좋은 여자라서 나를 발견해 준 거구나.'

정아가 신희가 했던 말을 떠올리고 싱긋 웃었다. 우리는 언제든 어디서든 다시 만날 것이라고 그녀는 생각했다.

　　　▪　　▪　　▪

구호팀이 도착한 곳은 선발대로부터 한참 떨어진 곳이었다. 방금 여진이 지나가 어마어마한 피해를 입었다고 들었다.

이곳의 더위는 살인적이었다.

과장한 것이 아니라 정말로 살인적이었다. 펜스 밖에서는 가끔 총성마저 들렸다. 이틀 만에 흉부외과 의사 한 명이 포기하고 한국으로 돌아갔다. 조금도 그를 탓할 수 없었다. 포기하려는 마음과 남겠다는 마음이 종이 한 장 차이였다.

여진으로 병원 건물이 무너졌기 때문에 그 안에 있던 환자들마저 전부 실외, 고작 천막 아래에 누워 있을 수밖에 없었다. 이틀 만에 천막으로 대충 만들어 놓은 진료실에서 두 명이 죽었다. 당장 수술이 시급한 중환자들이었다. 지진은 기초적인 의료를 포함한 인프라를 무너뜨렸다. 경찰과 군인을 제외하면 모든 행정도 마비되었다.

도착 직후 신희는 하루 종일 진료를 했다. 4시간 넘는 거리를 걸어온 환자들을 그냥 돌려보낼 수가 없었다. 밤에는 지진이 무너뜨린 응급실 재건을 도왔다. 무균 상태까지는 못 만들더라도 최소한 벽은 있어야 했다. 신희는 정아에게 말해 주고 싶었다. A국가에 가면 어떻게든 될 것이란 마음이 틀렸다고? 어떻게든 되더라. 정아야.

장갑이며 신발을 벗으면 땀이 주루룩 쏟아졌다. 더러운지 깨끗한지 느껴지지도 않았다.

길에는 시체가 일상적인 풍경처럼 누워 있었다. 신희는 보고서도 보지 못한 척해야 하는 상황을 계속 겪었다.

일주일 동안 의사와 간호사, 행정 직원들 모두 거의 대화를 하지 않았다. 잠을 줄여 가며 구호를 했다. 사람들은 건물 안에 들어가고 싶지 않아 했다. 여진 때문이었다. 얼마 지나지 않아 의료진도 같은 심리 상태를 보이기 시작했다.

전공의 때에도 죽음을 보았다. 그때는 의사들이 가진 지식을 총동원해도 살릴 수 없었기에 환자가 사망했다. 그런데 여기에서는 제대로 된 병원이었다면 살릴 수 있었을 환자들을 연이어 잃었다.

정신없는 보름의 시간 동안 신희는 '죽이지 말자.'라는 생각 한 가지만으로 환자들에게 매달렸다. 처음에는 깨끗하게 치료를 하겠다는 마음이 다음 날에는 어떻게든 낫게라도 하자로 바뀌었

고, 그다음 날에는 살리기만 하자. 또 그다음 날에는 죽이지만 말
자로 바뀌었다.

감당할 수 없이 거대한 무언가가 계속 자신을 밀어내는 기분이
었다. 나는 뭘 위해 여기에 있나. 회의가 들었다.

보름이 더 지나 전화가 연결되었다는 희소식이 전해졌다. 내내
무전기로 소통하던 그들에게 본국으로 전화할 시간이 주어졌다.

국적에 상관없이 몰려든 봉사자들이 전화 한 통을 하려고 길게
줄을 섰다. 신희도 그중에 하나였다. 같이 의료봉사를 온 현수가
감격하며 말했다.

"이야. 드디어 전화가 되는구나. 우리 집 난리 났겠다."

"그러게. 형 외동아들이잖아."

"그러니까. 우리 부모님 지금 걱정돼서 몸져누우셨을지도 몰
라."

현수가 난감한 표정으로 말했다.

"근데 어쩌냐…… 여자 친구도 삐질 것 같은데."

"여자 친구한테 해."

"그럼 우리 부모님이 삐지지."

"빨리 정해. 줄 줄어든다."

"어떡하지? 아오, 한 통이라서……."

전화가 가까워졌다. 한 사람당 3분이었다. 그런데도 그 짧은
전화를 마친 사람들의 표정에 미소가 번졌다. 뭐가 저렇게 좋을까
싶을 정도였다. 신희가 바닥을 내려 보며 미소를 지었다.

사람들은 지금 당장 떠올릴 수 있는 가장 소중한 사람에게 전

화를 걸었다. 그리고 지금 신희의 머릿속에는 정아뿐이었다. 드디어 신희의 차례가 오자 그가 정아의 번호를 눌렀다. 전화가 한 번이나 울렸을까. 곧장 정아가 받았다.

— 여보세요?

"나야."

그녀의 목소리가 들리는 순간 신희는 온몸이 녹아 버릴 것만 같은 달콤한 안도에 휩싸였다. 그가 나직하고, 다정하게 물었다.

"잘 지냈어?"

— 왜 이렇게 전화가 안 돼요? 얼마나 걱정했는데.

"통화가 완전 먹통이라. 무전기밖에 안 됐었어. 지금 겨우 연결됐다. 미안."

— 그렇구나…….

'그렇구나.' 하고 대답할 때 정아의 목소리에 울음이 가득했다. 신희가 말했다.

"지금 줄이 너무 길어서 3분밖에 전화 못 해. 이번 달 말에나 자유롭게 전화가 될 거래."

— 네. 알고 있을게요.

신희가 장난스러운 미소를 지었다.

"너 완전 틀렸다. 여기 오니까, 어떻게든 된다. 내 손으로 응급실 공사도 했어."

— 으응…… 아픈 곳은 없죠?

"전혀 없어. 그리고 기태진 선생님은 나도 못 따라가게 체력이 좋으시더라. 그러니까 너도 아프지 마."

정아가 대답도 못 하고 운다. 걱정을 많이 한 모양이다.

"있잖아."

신희가 수화기를 꽉 쥐고 말했다.

"세상에서 딱 한 명에게밖에 전화를 못 하는 상황이 되니까…… 고민도 안 하고, 그냥 너에게 전화를 걸게 된다."

— …….

"내가 인간관계가 좁긴 하지."

신희가 장난을 치자 정아의 울먹거림 사이로 살짝, 웃음소리가 들렸다. 신희는 한순간에 행복해졌다. 더위도 잊고 자꾸 실실 웃음이 나왔다.

"아. 나 진짜 끊어야겠다."

— 보고 싶어요.

정아가 말했다. 신희가 웃으며 "응." 하고 대답한 후 전화를 끊었다. 줄을 벗어나는데 속에 징그럽게 뭉쳐 있던 복잡한 감정들이 몸 밖으로 빠져나가는 듯한 기분이 들었다.

너의 목소리가. 존재가. 나에게 이토록 힘을 주는구나.

신희가 다시 응급실 방향으로 향했다. 한 명이라도 더 살려 보자. 오늘도 그렇게 해야지. 다시 그런 마음이 들었다. 사랑을 하니 힘이 났다.

관장실 문 앞에서 정아가 못 들어가고 기획안만 움켜쥐자 소하가 그녀의 팔을 짝 때렸다.

"빳빳하게 펴서 들어가도 모자라는 기획안을 왜 구겨?"

"불안장애야."

"웃겨, 누가 의사 여친 아니랄까 봐."

신희는 지금 그가 못 할 거라고 생각했던 일을 하고 있다. 정아가 심호흡했다. 자신이라고 못 할 건 뭔가 싶었다. 그 괴짜도 하는데.

가족들에게 읽어 달라고 하면 되는 것을 한글을 못 읽는 게 부끄러워 말도 못 하고 편지가 오면 언덕을 열심히 올라와 정아에게 읽어 달라고 말하는 할머니들이 신경 쓰였다.

많은 건 안 바라고 딱 우편물 읽을 정도만 되셨으면 좋겠다. 자기 이름도 쓰실 줄 알면 좋겠다. 욕심을 내자면 직접 편지를 쓰시기도 했으면 좋겠다.

정아가 관장실 문을 열고 안으로 들어갔다. 이재하 시인의 장녀인 관장이 특유의 세련된 눈매로 정아를 보았다. 서울에서 공무원 생활을 하다가, 문학관이 세워질 때 관장으로 채용되어 이 지역으로 이사를 왔단다. 유난히 어머니를 닮았다고, 동네 사람들에게 들었다. 정아가 조심스럽게 데스크 위에 기획안을 내려놓았다. 그리고 한 번 더 꾸벅 인사를 했다.

"말씀드렸던 한글교실 기획안이에요."

관장이 작은 글씨에 혀를 쯧쯧 찼다.

"어른 보여 주는 건 글씨를 더 크게 해야지."

"아, 죄송합니다!"

정아가 당황해서 쩔쩔매는 사이 관장이 글씨를 쭉 읽어 내려갔다. 다 읽고 난 관장이 말했다.

"하여튼 정아 넌 참 볼수록 오지랖이 넓다니까."

"다들 그렇다고 하시네요. 정말 그런가 봐요."

"토요일 네 시부터 두 시간?"

"네."

"이게 문학관 홍보 방법이라고?"

"네. 지역 사회를 이롭게 하는 게 이재하 작가님의 시와 맞아떨어진다고 생각합니다."

정작 관장실에 들어오니 정아는 욕심이 생겼다. 어떻게든 이 기획안을 통과시키고 싶은 욕심. 한번, 해 보고 싶다는 그 욕심에 정아는 떨지도, 주눅 들지도 않고 주장을 이어 갔다. 한참 그녀의 말을 듣기만 하던 관장이 말했다.

"알았어. 군청에 지원 요청 해 보자."

"……예?"

"뭐, 네가 무료로 가르치겠다는데. 두 시간 문학관 더 열어 놓는다고 별일 있겠니."

관장이 쿨하게 말하자 정아가 속에서 폭발할 듯 움직이는 감정에 몸 둘 바를 모른다. 관장이 짜증 낼 때까지 몇 번이고 인사하고 난 정아가 신나서 밖으로 뛰어나갔다. 소하가 그녀의 표정으로 잘 풀린 걸 알고 냉큼 가서 팔짱을 꼈다.

"이따가 한 잔 할까?"

"두 잔 하자."

정아가 손가락으로 브이 표시를 해 보이자 소하가 즐겁게 웃었다. 성격 급한 관장이 재촉해서 그 주에 군청에서 바로 공고가 나왔고, 그 바로 다음 주에 한글교실이 시작되었다.

A국가에 도착한 후 한 달 정도가 지나서는 적응한 기분이 들었고, 거기서 한 달이 더 지나니까 슬슬 현지인이 된 기분이 들었다. 이제 전기가 들어왔고, 병원도 그럭저럭 재건되고 있었다. 현지인들과도 손짓 발짓으로 대강 대화가 되기 시작했다.

얼마가 지나자 신희는 수술 장갑을 뒤집어 땀을 빼내는 것이 익숙해졌다. 지내보니까 땀이 덜 나는 것 같기도 했다.

신희가 수술실에서 나와 미지근한 물을 벌컥벌컥 마셨다. 마취과 의사가 부족해 다른 나라의 의료팀 수술에도 불려 다니느라 그의 눈에는 충혈이 가라앉는 법이 없었다. 이제는 이 남은 물이 누가 먹다 남긴 건지 모르면서도 그냥 막 마셨다. 극한은 사람을 변하게 만들었다.

태진이 병원으로 들어오자 신희가 말했다.

"통역이 너무 부족해요. 게다가 제가 언어 감각이 없어서 이곳 말을 잘 배우지도 못하고요."

"최대한 통역을 모은 모양인데…… 워낙 지진 규모가 크다 보니까 쉽지가 않네."

"정아였으면 금방 배울 텐데. 머리 좋잖아요."

"어이구, 남 말한다. 다른 선생님들이 들으면 욕해요."

"정아는 친화력도 좋으니까……."

무심코 말하던 신희가 태진이 입꼬리를 씰룩거리는 것을 발견했다. 그녀가 다 안다는 듯 말했다.

"정아가 보고 싶으면 보고 싶다고 해. 그렇게 빙빙 돌려 말하지 말고."

"예, 예에?"

"세상에 어찌나 틈만 나면 정아를 찾는지. 우리 정아 귀 가렵겠어, 이신희 선생님."

태진이 콕 집어 말하자 신희의 얼굴이 순식간에 시뻘게진다.

"그, 그런 게 아니라요! 진짜로 통역하니까 생각나서! 또 정아가 있으면 여기 애들한테 영어도 가르칠 수 있고…… 그만 좀 웃으세요, 선생님."

결국 태진이 배를 잡고 웃음을 터트리자 신희가 난감한 표정을 지었다. 하기야 정아가 그리운 마음이 감춰지지 않아 그녀에 대한 이야기를 지나치게 많이 하긴 했다. 한참 정신없이 웃던 태진이 말했다.

"정아한테 사랑한다는 말 많이 해 줘. 정아가 생각보다 겁이 많아서 자주 말해 줘야 해."

"사랑한다는 말이요?"

신희가 난감한 표정을 지었다. 그러자 태진이 더더욱 난감한 표정으로 물었다.

"사랑한다고 안 했어?"

"그…… 예."

"내참. 정아 좋아하긴 하지?"

"그럼요."

"사귀자는 말은 했고?"

신희도 정아도 연애에 서툴러서 뭘 어떻게 해야 하는지 몰랐다. 그가 당황하자 태진이 혀를 쯧쯧 찼다.

"그래 놓고 기다리라고? 신희 선생님 그렇게 안 봤는데 너무하네. 얼른 전화해."

"말 안 하면…… 차일까요?"

"응. 정아 은근히 인기 많다? 동네 총각들이 눈독 들이고 있어."

"……예?"

신희의 표정이 싹 굳는 것을 모른 척하고 태진이 계속 놀렸다.

"시내에 카페를 연 남자애도 정아 좋아하는 것 같던데. 스물여덟이었나…… 꽤 잘생겼어. 신희 선생님만은 못하지만."

신희는 태진의 말이 정확히 들리지 않았다. 들리는 것은 '남자애'라는 단어와 '꽤 잘생겼어.'라는 말.

그때 건물 안으로 들어온 현수가 투덜거렸다.

"이신희. 이젠 덥다는 말을 하고 있는 스스로가 식상하게 느껴지지 않냐?"

신희는 A국가가 체질인지, 현수만큼 괴로워하지는 않았다. 그가 완전히 딴생각에 빠져 대충 대답했다.

"괜찮아. 슬슬 적응된다."

"너 의외로 여기랑 잘 맞는 거 아니냐? 맨날 인스턴트만 먹으니까."

음식을 해 먹을 여건이 안 되기 때문에 의료진은 거의 모든 끼니에 인스턴트 음식을 먹었다. 비위가 약한 신희 입장에서는 이런 환경에서 요리한 음식들보다 차라리 밀봉된 인스턴트를 먹는 것이 나았지만, 다른 사람들은 이제 '3분 카레'나 '참치 통조림'이라는 말만 들어도 치를 떨었다.

현수가 물었다.

"아, 근데 너 저번에 인터넷으로 여자 구두 보고 있지 않았냐? 보냈어?"

"아. 보냈어."

그들의 대화에 태진이 반색하며 물었다.

"정아한테 구두 보냈어?"

"예."

"어때? 봐 봐."

태진이 신나서 말하자 신희가 쇼핑 사이트를 열어 정아에게 보낸 구두를 보여 주었다. 현수와 태진이 갑자기 말이 없어졌다.

그다지 눈치가 없는 신희였지만 예의상 예쁘단 말조차 안 나오는 것을 보고 자기가 잘못 고른 것을 알았다.

"벌써 도착했을 텐데."

신희의 심각한 말에 태진이 당황하며 물었다.

"진짜? 저 구두?"

"제 눈엔 예뻐서요……."

"아니, 예쁘긴 한데…… 약간 정아 스타일은 아닌 느낌?"

"예?"

"내 또래보다 아주 약간 올드한 정도……."

태진이 말끝을 흐렸다. 조화가 커다랗게 달린 노란색, 핑크색이 섞인 구두 디자인은 비싼 값을 못 했다. 평소 정아가 신는 스타일이 아니었지만 꽤 괜찮아 보였는데. 아마 신희의 눈에만 귀여웠나 보다. 현수도 옆에서 한숨을 쉬었다.

"너 앞으로 정아 씨 선물 살 땐 꼭 나한테 물어보고 사라. 무조건."

"맞아. 박현수 선생님은 센스가 있더라."

옆에서 태진이 동조하자, 현수가 이르듯이 말했다.

"선생님. 그나저나 저 정아 씨 얼굴 한 번도 못 봤어요. 이신희, 정아 씨 사진 없댔지?"

"없어."

"너 뭐 하는 놈이야. 여자 친구 사진 한 장이 없냐?"

그러고 보니까 사진이 없다. 신희는 자신이 얼마나 연애에 감각이 없는지를 연신 깨닫고 있었다. 말 많고 부산스러운 태진과 현수가 한참 연애 코치를 하다 나간 후 신희가 한국으로 전화를 걸었다. 정아가 전화를 받자마자 잔소리했다.

— 전화 많이 하지 말라니까요. 전화비 많이 나와요.

"우리 집 돈 많아."

— 잘났어, 정말. 그래도 좀 아껴요.

"그보다 구두 있잖아."

구두란 말에 정아가 웃는다. 역시 뭔가 잘못 보낸 모양이었다.

"태진 선생님도 현수도 그 구두가 별론가 봐."

— 으음…… 전 마음에 드는데.

"……그래?"

— 네. 완전, 완전 할머니들 취향을 저격했거든요.

꽃무늬 구두는 할머니들의 마음에 꼭 들었다. 토요일에 할머님들이 오셔서는 '아이고, 어쩜 이렇게 예쁜 걸 찾아서 보냈어?' 하고 신희를 칭찬했다.

— 다들 예쁘다고 그러셨어요.

정아의 목소리가 들떠 있었다. 할머니 취향을 저격했다고 저렇게 좋아하다니 이 여자도 참 별나. 신희는 긴장이 풀려 저도 모르게 킥킥 웃었다.

"한글교실에 오신 할머니들?"

— 네. 할머니들 손재주가 좋으셔서 금방 연필 쥐는 법을 배우시더라고요. 자음이랑 모음도 거의 다 외우시고.

"잘됐네."

신희가 진심으로 말하자 정아가 말을 이었다.

— 그냥 뭔가. 이게 내 일 같았어요. 내가 문학관에서 일하는데, 거기 찾아오는 사람들이 시를 못 읽는다는 게 말이 안 되잖아요.

"그러네. 그것도 그렇다."

기특하다. 이렇게 정아에게 말하고 싶은데. 어른과 어린애 사이도 아닌데 기특하다고 말하면 어른인 척하는 걸로 보일까 봐 말하지 않았다. 그래도 지금 신희의 마음에 정아는 딱, 기특하다는 말이 적절했다. 신희가 기분 좋은 목소리로 말했다.

"얼른 한국 가서, 한글교실 보조강사 하고 싶다."

그의 장난스러운 말에 정아가 소리 내어 웃는다. 그리고 잠시 대화가 끊겼다. 한국에 있을 때처럼 평화로운 침묵을 즐거워하던 정아가 화들짝 놀라 말했다.

— 아, 안 돼요. 전화비 아까우니까 뭐라도 말해요.

그녀의 말에 이번에는 신희가 즐겁게 웃었다. 그리고 잠시 고민했다. 사랑한다고 말해 볼까. 그러나 어쩐지 그 말이 안 나온다. 그가 빙빙 돌려 말했다.

"이건 진짜 민망한 얘긴데."

— 무슨 얘기요?

"내가 너 주려고 구두 샀다고 했잖아."

— 네.

"그거 바다에 띄워 보냈었어. 그냥, 너는 어딘가 바닷가 가까운 곳에 살고 있을 것만 같았거든."

— 으응······.

"그리고 보건소 지역 선택할 때도 무조건 바닷가로 했지. 왠지 바다로 가면 네가 있을 것 같았거든. 그 지역 나만 지웠했더라."

그가 미소 지으며 말을 이었다.

"생각해 보면 결국은 바다가 너를 다시 만나게 해 준 거야. 그렇지?"

이십 년 가까이 지나기는 했지만, 구두는 정아에게 무사히 도착했다. 어느새 어른이 되었음에도 그때의 두근거림이 변하지 않았다.

그의 목소리를 들으며 즐겁게 발장난하던 정아가 물었다.

— 아. 구두 사진 찍었는데 보내 줄까요?

"응. 아, 보낼 때 네 얼굴 사진도. 생각해 보니까 네 사진이 없어."

— 네에? 부끄러운데.

"보내 줘. 네 사진이라도 있어야 버티겠다."

— 알았어요. 특별히 보내 줄게요.

그녀의 목소리가 즐거워서, 신희 역시 기분이 좋아졌다.

다음 날 정아가 보낸 메일을 확인해 보니 사진이 도착해 있었다. 하얀 발에 꽃무늬 구두가 예뻤다. 그리고 마지못해 찍느라 뭔가 어색한 미소를 한 정아의 얼굴 사진도 있었다. 정아가 들고 있는 비닐우산 뒤로 겨울이 오기 전, 절정으로 새빨갛게 물든 단풍이 보였다.

"예쁘다."

신희가 미소를 지으며 중얼거렸다.

그러니까 현수에겐 사진을 보여 주지 말아야겠다고 결심했다.

■　　■　　■

사진을 보낸 후, 정아는 신희에게 답 메일이 왔을까 궁금해 수

시로 확인했지만 답이 없었다. 부끄러운 거 꾹 참고 사진을 찍어 보냈더니!

며칠 뒤 토요일, 정아는 좀 삐진 걸 꾹 참고 한글교실을 시작했다. 관장이 세미나실을 내주었다. 바다로 창이 난 세미나실 창가에는 화분이 놓여 있고, 대부분 팔십 대인 한글교실의 할머니 학생들은 알록달록한 도화지에 시를 옮겨 적고 있었다.

몇 주 만에 실력이 꽤 늘어서 이제는 시를 배우고 필사까지 하는 경지에 이르렀다. 한글교실은 토요일마다 무료로 이루어졌다.

어제 지역신문에 문학관에서 열리는 토요 한글교실에 대한 기사가 올라왔다. 생각보다 홍보 효과가 쏠쏠해 관장님도 은근 기분이 좋았는지, 얼마 전엔 과자를 한 아름 사다가 다과로 쓰라며 정아에게 안겨 주셨다.

이 바닷가 마을은 정아의 고향과 닮았다. 유리창을 닫으면 햇살이, 열면 파도 소리가 건물 안으로 쏟아지는 것이. 정아는 할머니들의 느린 손을 여유로운 마음으로 기다리며 창밖을 보고 있었다. 눈부신 햇살이 한 갈래로 단단히 묶은 정아의 연갈색 머리칼을 적셨다. 그녀는 얼굴이 하얗고 이목구비가 오밀조밀 예뻤다.

오늘은 지난 시간에 필사한 색도화지로 압화가 있는 책갈피를 만들기로 했다. 정아가 산에 가서 떨어진 꽃을 모아다 말려 왔다. 할머니들이 서로 꽃을 건네며 말했다.

"구절초 좀 줘 봐."

"이거는 나팔꽃인가, 메꽃인가?"

"메꽃이네."

나름 수업 중인지라 작은 소리로 소곤소곤 말하시는데, 어른에게 이런 말 하면 안 될 것 같지만 아이들 같아 귀여웠다. 정아도 신희에게 줄 책갈피 하나를 만들었다. 그녀가 재주 좋게 책갈피를 만들자 봉단 할머니가 물었다.

"의사 양반 주려고?"

"안 줄 거예요. 연락도 안 하는 양반인데요, 뭐."

정아가 삐죽거렸다. 지나가는 관광객에게 부탁해서 겨우 사진을 찍었다. 얼마나 부끄러웠는데 받고 이렇다 말이 없다. 평소엔 하지 말라고 해도 전화를 하더니 정작 이렇게 궁금할 땐 왜 연락이 없으신지?

전화만 해 봐라. 아주 단단히 구박을 해 줄 테니까, 하며 벼르고 있었다. 그런 정아의 마음이 전해지기라도 했는지, 그날 밤 집으로 돌아가 보니 메일이 도착해 있었다.

"아. 메일 왔다."

정아가 신나서 화장도 안 지우고 방바닥에 털썩 앉아 신희가 보낸 메일을 열었다. 메일에는 아무런 내용도 없고, 신희가 찍은 영상만 하나가 첨부되어 있었다. 영상을 켜 보니 파란 하늘이 나왔다.

— 지금 오후 2시야. 하늘이 파랗지.

인사도 없이 시작부터 설명조다. 너무나 신희다워 정아가 풋 웃었다. 영상은 정아가 멀미라도 할까 걱정되어 아주 천천히 움직였다. 하늘과 천막, 거의 재건 막바지인 병원을 보여 주고 자신이 어떻게 생활하고 있는지 설명하고 있었다. 반갑긴 한데 신희의 얼굴도 안 나오고, 그의 설명은 완전 다큐풍이라 남이 봤으면 좀 지경이었다.

여자 친구에게 이런 다큐를 찍어 보냈는데, 그 모습마저 귀여운 걸 보니 눈에 콩깍지가 단단히 씐 모양이다.

그때 카메라 앞으로 아이들 몇이 뛰어들어 까르륵 웃었다. 그제야 신희의 목소리 톤이 변했다.

— 아, 나 여자 친구한테 보낼 거라니까.

정아의 눈이 간질간질하더니 눈물이 핑 돌았다. '여자 친구' 라는 말을 그의 입에서 처음 들었다. 그 말을 이렇게 확실하게 듣고 나니까 심장이 저리도록 행복했다.

한쪽 팔이 절단된 소년이 장난치며 다른 손으로 카메라를 막았다. 소년이 신나서 뭐라고 말하자 신희가 카메라를 넘겨주었다.

— 맘대로 해라. 맘대로.

아마 자기가 찍겠다고 말한 모양이다. 곧 영상에서 신희의 얼굴이 보였다. 짙은 갈색으로 탔지만, 여전히 잘생긴 이신희가. A 국가가 잘 맞는지 오히려 살이 좀 올라 더 보기 좋았다. 후줄근한 동시에 반짝거렸다. 아마 눈 때문에 그런 생각이 드는 모양이다. 선하고 맑은 눈이었다. 그가 손으로 턱을 문지르며 말했다.

— 돌아갈 때는 좀 하얘져서 갈게, 정아야.

그리고 눈에 주름이 잡히게 웃는다. 그의 미소가 주는 그리운 설렘에, 정아는 영상을 끄면, 이 방이 제 심장 소리로 가득할 것 같다고 생각했다. 대여섯 살 정도의 여자아이가 안아 달라고 칭얼거리며 두 팔을 뻗었다. 신희가 아이를 한 팔로 안아 들고 다른 손으로 카메라를 받아 들었다. 신희가 말했다.

— 꼬맹이들이 너무 방해해서 안 되겠다. 일하러 갈게.

그리고 종료 버튼을 누르려는데 신희에게 안겨 있던 아이가 그의 셔츠 주머니에서 사진을 꺼냈다. 정아의 사진이었다. 그러자 신희가 민망한 표정으로 웃는다. 아이는 사진이 신기한지 꼼꼼하게 보고 있고, 영상이 끝났다.

정아는 그의 얼굴이 한 번 더 보고 싶어 영상을 되돌렸다. 그가 너무 좋아서, 보고 싶어서 울음이 나왔다.

그때 신희에게 전화가 왔다. 텔레파시라도 통했나 보다. 정아가 전화를 받자마자 신희가 말했다.

— 강정아. 내가 까먹고 말 안 했는데 너 시내에 카페 가지 마.

자꾸 태진이 겁을 줬다. 그래서 불안해진 신희가 전화했는데 앞뒤 설명이 없으니 정아가 황당해하며 묻는다.

"네에? 갑자기 무슨……."

— 너 울어?

정아의 잠긴 목소리에 놀란 신희가 묻자 그녀가 배시시 웃으며 대답했다.

"오빠가 보내 준 영상 보고 있었는데……. 너무 보고 싶어서. 얼굴만 봐도 눈물이 나요."

정아가 '보고 싶다'라고 말하면, 신희는 견딜 수 없는 설렘에 휩싸였다. 그리고 푹 자고 일어난 것처럼 힘이 났다.

— 정아야.

그가 불러서 그녀가 "네?" 하고 대답하자 신희가 소리 내어 웃더니, 쑥스러워하며 말했다.

— 사랑한다.

"……."

그의 말에 정아의 말문이 막혔다. 뭐라고 대답해 줘야 하는지 모를 일이다. 그저 가슴이 너무 뛰어서 미칠 것만 같았다.

— 별이 엄청 많네.

신희가 창밖을 보며 말하자 정아가 뒤늦게 대답했다.

"저, 저도 그래요!"

그녀의 대답에 신희가 피식 웃었다. 타이밍 안 맞는 게 참, 둘과 잘 어울렸다. 신희가 모른 척 물었다.

— 거기도 별이 많다고?

"그게 아니라……."

정아가 얼굴이 빨개져서 "못됐어." 하고 중얼거리자 신희가 유쾌하게 웃었다. 이곳에도, 저곳에도. 별이 참 많았다.

12
아이스크림 1

아직 그리 춥지 않은 십이월 초에 신희가 귀국했다.

"어떡해요…… 미안해요."

— 괜찮다니까.

전화기 너머로 신희가 웃는 소리가 들렸다. 정아는 울상이 되어 전화하면서도 밖을 살폈다. 하필 신희가 귀국하는 날 문학관 개관 기념행사가 있었다. 다른 해에는 약식으로 넘어가던 관장이 올해 관람객이 늘어서인지 행사를 하고 싶어 하는 바람에, 퇴근은 커녕 오히려 야근이었다. 신희가 다정하게 말했다.

— 내일 아침에 바로 내려갈게.

"제가 갈게요! 피곤하잖아요. 비행기도 오래 탔는데."

— 오늘 자면 회복돼. 나 체력 엄청 좋아졌거든.

공항에 달려가서 그를 꼭 안아 주고 싶었는데. 정아는 그나마 전화도 오래 못 하고 행사를 마무리하러 달려갔다.

작가의 유가족, 후배들, 평론가들이 점잖게 대화를 나누고 있었다. 반년이나 기다렸는데 하루 더 못 본다고 뭐가 대수일까 싶지만은 사실 대수였다. 엄청.

정아는 다음 날 아침까지 기다릴 수가 없었다. 열 시에 행사가 끝나자 무작정 택시를 탔다. 기차를 타러 가면서도 이게 무슨 짓인가 싶었다. 도착하면 새벽이라 미안해서 신희를 불러내지도 못할 거면서.

신희는 오랜만에 집에서 가족과 저녁 식사를 한 후 바로 출발할 준비를 했다. 거울을 보며 제 얼굴이 영 만족스럽지 않아 한숨을 내쉬는데 방문이 열리더니 동생 원재가 고개를 들이밀었다.

"형. 진짜로 여자 친구 만나러 가?"

"어."

"자세히 좀 말해 주면 안 돼? 나 지금 가족을 대표해서 물어보는 거거든. 지금 부모님이 형한테 여자 친구 생겼냐고 물어보고 싶어서 안절부절못하고 계셔."

"어련히 알아서 만날까 봐."

"어련히 알아서 만난 적이 없으니까 그러시는 거 아냐."

원재가 투덜거렸다. 신희의 차림새를 확인한 원재가 혀를 차고 옷장 문을 열었다.

"패션이 이해가 안 되면 외워. 어떻게 형은 그렇게 한결같이 옷을 못 입냐."

"네가 골라 주잖아."

"제발 형수님은 옷 잘 고르셨으면 좋겠다."

신희는 고분고분하게 원재가 골라 준 옷으로 갈아입었다. 부모님은 원재가 연예인이 되려는 것을 필사적으로 반대했다. 신희가 어릴 때 겪은 사고 때문이었다. 그래도 몰래 숨어 가며 아이돌이 되었고 인기도 꽤 많았다. 직업이 그렇다 보니 옷이 많고 잘 입었다. 믿는 구석이 있어서인지 신희는 패션에 대해 이해하는 것을 완전히 놔 버렸다.

원재가 손가락에 외제차 키를 빙빙 돌리며 물었다.

"빌려줘?"

"기차 탈 거야. 지금 운전하면 사고 낸다."

"큰맘 먹고 빌려줄랬더니……."

"나 간다."

"형."

원재가 부르자 신희가 트렌치코트를 잠그다 돌아본다. 원재가 능청스럽게 말했다.

"부모님이 늦게 들어오래."

"……."

"아예 평생 안 들어와도 된대."

그렇게까지 걱정됐나. 신희가 어이없어하며 밖으로 나섰다.

기차역에 도착하니 사람이 하나도 없어 좀 으스스했다. 사람이 거의 내리지 않는 기차역이었다. 정아는 플랫폼 의자에 앉아 서울에 있는 찜질방을 검색했다. 그때 신희에게서 전화가 왔다. 전화를 받았는데 바람 소리가 세게 들렸다. 여기도 바람이 엄청 부는데, 신희가 있는 곳도 바람이 엄청 부나 보다.

— 너 어디야.

"네? 아…… 집 가는 중이죠."

정아가 자기도 모르게 거짓말을 했다. 그의 목소리를 듣고서야 이 시간에 서울로 가는 걸 알면 신희가 한 소리 할 것이란 것을 깨달았다.

이제 십이월인데, 신희에게 예쁘게 보이고 싶은 마음에 너무 보온을 신경 쓰지 않고 나왔다. 얇은 스타킹에 얇은 재킷을 입은 정아의 몸이 바람이 불 때마다 움츠러들었다.

"춥네요."

— 그러게.

"오빠는 더 춥겠다. 더운 곳에 있다가 와서."

— 응. 춥다.

그의 무뚝뚝한 목소리만으로도 몸이 따듯해지는 기분이었다. 정아가 작게 웃으며 말했다.

"있잖아요."

— 응.

"저 내일까지 못 기다리겠어요."

— 그러면서 반년은 어떻게 기다렸어?

그가 짓궂게 묻는데, 그 목소리가 전화 밖에서도 들렸다. 정아가 놀라서 고개를 들자 옆에 신희가 털썩 앉는다. 정아가 핸드폰을 든 채로 멍하니 신희를 보았다. 반년 만에 보는 그가, 자기 코트를 벗어 정아를 덮어 주고 싱긋 웃는다.

"오랜만이지?"

정아가 너무 놀라 대답도 못 하는데 신희가 두 손으로 그녀의 뺨을 감쌌다.

"얼었다. 이 밤에 왜 나와."

"왜 여기 있어요?"

"나도 못 기다려서. 어떻게 참았는데, 하루를 더 참아."

아직도 그가 앞에 있는 것이 믿기지 않았다. 정아가 말갛고 촉촉한 눈으로 바라보자 신희가 말을 이었다.

"맞은편에 내렸는데 네가 보였어."

"……."

"와, 진짜 행복하더라."

정아는 아무 생각도 들지 않았다. 자꾸만 눈물이 났다. 같이 있으니 바람도 멈추는 기분이었다.

아무도 없는 기차역이 장작불이라도 피워 놓은 것처럼 따뜻해졌다. 열려 있는 천장에서 별빛이 쏟아지고 있었다. 그도 견딜 수 없었구나. 내내 비행기를 타느라 피곤해 얼굴이 까칠한데. 그녀를 본 신희는 더할 나위 없이 행복해 보였다. 한동안 아무 말도 없던 정아가 자기 뺨을 감싼 신희의 손을 조심스럽게 쥐고 물었다.

"키스할래요?"

그를 만나면 꼭 이 말을 해야지, 결심했었다. 그녀가 묻자 신희
가 미소 지으며 되물었다.

"좀 더 근사한 곳에서 하고 싶지 않아?"

"여기 좋아요. 별도 있고, 달도 있고. 바다 냄새도 나고."

당신도 있으니까요. 나에게는 완벽한 곳이에요.

그녀가 부끄러웠는지 고개를 돌리는데 신희가 그녀의 얼굴을
한 손으로 다시 감쌌다. 오늘은 첫 키스를 하기에 완벽한 날이었
다. 첫눈 같은 키스였고, 그런 처음이었다.

부드러웠던 키스는 점점 더 뜨겁고 아찔해졌다. 정아가 신희의
옷깃을 꾹 쥐고서야, 달콤하고 끝이 없을 것 같던 키스가 천천히
끝났다. 정아는 소리가 들릴 정도로 호흡을 했다. 숨이 모자랐던
모양이었다. 그녀는 어찌해야 할지 몰랐다. 조금 더 해 달라고 말
하고 싶은데, 그 말은 도저히 할 수가 없었다. 그래서 그저 간절
하게 신희를 올려다보았다.

그는 전보다 야성적이게 되었다. 더욱 남자다워지고, 거칠어졌
다. 그래도 그의 손길이며 눈빛은 몸이 녹을 정도로 달콤했다.

신희가 눈물 고인 눈으로 자신을 보는 정아의 머리칼을 조심스
럽게 쓰다듬었다. 그녀가 신희의 가슴팍을 토닥이며 투정했다.

"보고 싶었단 말이에요."

"으응."

신희가 그녀를 끌어안으며 중얼거렸다.

"나도 미치는 줄 알았어."

그녀가 얼마나 그리웠는지, 아마 정아는 모를 것이라고 생각한다. 사람이 이렇게 애탈 수가 있나. 그리워서 죽는 건 아닌가. 하루를 그녀 생각으로 버티고, 밤이 되면 그녀 생각에 잠을 설쳤다. 신희가 다시 입을 맞추자 정아의 눈이 감겼다.

더 늦기 전에 둘은 천천히 집으로 향했다. 정아가 신희의 코트를 만지작거렸다. 그에게 돌려주려고 했는데 질색하고 싫어한다.

"오빠가 훨씬 추워 보이는데……."

"네가 추운 것보단 내가 추운 게 나아. 서울은 여기보다 더 추운데 와서 어쩌려고 했어?"

"저 엄청 좋은 찜질방 찾아 놨거든요."

그녀의 당당한 대답에 신희의 표정이 찌푸려진다. 그러자 정아가 핀잔했다.

"찜질방 한 번도 안 가 봤죠? 얼마나 좋은데 그런 표정이에요?"

"나 보러 온 여자 친구를 어떻게 찜질방에 재워?"

신희가 대답하자 정아의 입이 꾹 다물렸다. 여자 친구라고 저렇게 대답하니까 부끄러웠다.

신희가 주머니에 넣고 있던 따뜻한 손을 내밀었다. 정아가 머뭇거리며 손을 잡았다. 그러더니 몇 걸음 못 가 손을 놓는다.

의도가 어찌 되었든, 떠났던 신희는 마음이 편치 않았다. 심지어 손까지 놓아 버리니 그의 표정이 슬슬 굳었다.

키스까지 해 놓고 뭐가 그렇게 부끄러운지 정아는 두 걸음 정도 떨어져서 걷고 있었다. 신희가 마른세수를 하고 말했다.

"나 엄청 탔지?"

"네. 엄청 탔네요."

정아는 대답하면서도 바닥만 보고 있었다. 별이 쏟아지도록 아름다운 늦가을 밤, 길에는 사람이 하나도 없고 간간이 남은 단풍만 달빛에 반짝였다. 이렇게 아름다운데. 신희가 정아 쪽으로 조금 걸음을 옮겼더니 그녀가 한 걸음을 더 옆으로 떨어져 버린다.

신희는 불안한 마음이 들었다. 혹시 자신이 지금 정아에게 엄청 어색한 남자인가?

신희가 멈춰서 정아를 가로막자 그녀가 흠칫 놀란다. 그것까지 영 마음에 들지 않아 신희가 표정을 콱 찌푸렸다.

"깨강정."

그렇게 부르니까 정아가 살짝 흘긴다. 그러자 신희가 더욱 인상을 쓰고 말했다.

"너 아까부터 내가 가까이 가면 자꾸 도망간다?"

신희가 정아의 코앞까지 다가간다. 그러자 정아가 고개를 돌리며 말했다.

"너무 가까이 오지 말아요."

"내가 낯설어?"

"그게 아니라…… 너무 떨려서……."

"왜 떨려?"

잊어버리고 있었는데. 이 남자가 이렇게 잘생겼었나 싶다. 키스까지 하고 나니 정아는 더욱 머리가 하얘졌다. 서로의 첫 키스는 머리가 아플 정도로 달았다.

정아는 지금 이 순간이 달콤해서 자꾸만 떨렸다. 아니, 설레었다.

"설레서⋯⋯."

그녀가 부끄러워하며 말하고, 고개를 드는데 신희의 얼굴이 바로 앞에 있었다. 정아가 뒤로 물러서자 신희가 그녀의 손을 꽉 쥐었다.

"그럼 잡아도 되겠네."

"내가 언제 못 잡게 했어요?"

"네가 좀 아까 손 뺐잖아."

"뺀 게 아니라⋯⋯ 빼긴 했는데요!"

정아가 변명하려다 포기해 버리자 신희가 그녀의 손을 잡아당겼다.

"싫어하는 줄 알았잖아. 갑자기 내가 낯설게 느껴지나 해서 무서웠어."

그가 투덜거리자 정아가 살짝 웃었다. 정아의 집에 도착해서 둘은 옥상에 놓인 평상에 옷을 단단히 껴입고 앉아 따듯한 코코아를 마시며 소소한 이야기를 나눴다. 무릎에 담요를 덮으니 온도가 딱 맞았다.

신희의 말에 한참 웃고 난 정아가 물었다.

"그래서요?"

"그래서 어떡해. 미용사가 꿈이라 잘라 보고 싶다는데. 그래서 그 꼬맹이한테 내 머리 자르게 해 줬거든? 와, 진짜 심각했어. 어쩐지 시월에 나 좀 기운 없지 않았어?"

"사진 찍어 놓지 그랬어요?"

"아니 누굴 보여 줄 상태가 아니었다니까. 너 그거 봤으면 나한테 돌아오지 말라고 했을 거다."

그가 말하자 정아는 웃느라 정신이 없었다. 그녀가 웃자 "웃을 일이 아니라니까." 하고 투덜거리던 신희도 결국 웃고 말았다.

"할머님들은 잘 계셔?"

"네. 아, 동네에 김양길 할머니라고 계시거든요? 제일 무서운 할머니."

"어. 알지. 맨날 욕하시잖아."

"네! 제가 요즘 한글교실 나오시라고 꼬시고 있는데 맨날 화내고 때리려고 하세요. 그런데 그러다가 또 그냥 가려고 하면 왜 와서 밥도 안 먹고 가냐고 갑자기 밥을 차려 주신다니까요. 있는 반찬 다 꺼내 오셔서."

"나한테도 기생오라비같이 생겼다고 뭐라고 하시면서 맨날 살쪄야 된다고 먹는 거 걱정하시더라."

전화로 못다 한 이야기를 하느라 시간 가는 줄 몰랐다. 쌀쌀하던 공기가 점점 따듯해졌다. 즐겁게 웃던 정아의 눈이 동그래졌다.

"해 뜬다⋯⋯."

"해가 뜬다고?"

신희가 당황해 해가 뜨는 쪽을 보았다. 진짜로 태양이 느긋하게 모습을 드러내고 있었다. 피곤한 줄도 모르고, 시간 가는 줄도 모르고 대화를 하느라고. 둘은 해 뜨는 것조차 그렇게 재밌는지 한참을 웃었다.

． ■ ．

신희는 수시로 정아의 동네를 드나들었다. 거의 그 동네 산다고 봐도 좋을 정도였다. 동시에 앞으로 일을 시작하면 어떻게 해야 하나 매일 초조해했다.

정아는 신희가 차에 싣고 온 선물들에 기가 차서 신희에게 물었다.

"무슨 선물을 이렇게 많이 샀어요?"

"네 생각 날 때마다 하나씩 샀는데. 네 생각을 너무 많이 해서."

"내가 그렇게 좋아요?"

늘 신희가 놀려서, 정아도 따라 놀리니 그가 담담하게 대답했다.

"응. 그렇게 좋다."

"……그렇게 대답하면 안 부끄러워요?"

"나 원래 눈치 없어서, 부끄러움을 잘 못 느끼거든."

눈치가 없는 게 아니라 그냥 뻔뻔한 거 같다. 그 덕에 오히려 정아 쪽이 부끄러웠다. 그녀가 얼굴이 빨개져서 말을 돌렸다.

"저도 뭐 선물해 줘야겠네요."

"사진 줬잖아."

"그게 무슨 선물이에요."

"힘들 때마다 그 사진 보면서 버텼어. 그런 선물이 어디 있어?"

태연하게도 대답한다.

신희가 워낙 자주 오니 정아의 방에는 하나둘 그의 짐이 늘어났다. 솔직히 요즘 정아는 그가 집에 들어와도 마음을 놨다. 정아의 집에 저렇게 당연하다는 듯이 들어와선 같이 저녁을 해 먹고 돌아가곤 했다.

정아는 그와 함께 있는 것이 좋았지만, 가끔 그가 밖으로 나가 한숨 쉬는 걸 보면 안쓰러운 마음도 들었다. 처음 하는 연애라서 모든 것이 조심스럽고 서툴렀다. 그래서 뭘 어떻게 표현해야 하는 건지도 알 수 없었다.

　　　　▪　　▪　　▪

같이 귀국한 현수는 신희와 거의 비슷한 코스로 움직이고 있었다. A국가에 있을 때 지원했던 펠로우 채용 면접이 있었다. 지진 구호팀에 포함되었던 전문의에 한해서 원래 시기보다 늦게 면접을 받아 주고 있었기 때문에, 어느 병원에 가도 다 새카맣게 탄 아는 의사들뿐이었다. 한 대형 병원 면접을 보고 현수와 같이 나오던 신희가 핸드폰을 확인했다.

[아이스크림 먹고 싶어요.]

정아의 문자를 본 신희가 중얼거렸다.

"아이스크림 사야겠다."

그의 말에 현수가 의아해하며 물었다.

"아이스크림?"

"정아가 먹고 싶다고 해서."

"지금 간다고? 정아 씨 집 멀잖아?"

"뭐가 멀어."

신희가 어깨를 으쓱였다. 여자 친구를 보러 가는데 그 정도 거리쯤이야. 그의 태연한 대답에 현수가 혀를 찼다.

"정아 씨가 너보고 집착이 심하다고 안 하시디?"

"아이스크림 먹고 싶어 하니까 사다 주는 게 왜 집착이야?"

아이스크림 먹고 싶어 한다고 두 시간이 훌쩍 넘는 거리를 운전해 내려가는 게 집착이 아니면 뭐냔 말이다. 현수는 신희와 말이 안 통한다고 생각하며 한심해하다가 뒤늦게 알았다는 듯이 음흉한 표정을 지었다.

"아. 이거 암호구나?"

"암호?"

"왜 있잖아. 오늘 자고 가라는 암호. 어쩐지. 미치지 않고서야 그 먼 거리를 겨우 아이스크림 하나 사 주러 갈 리가 없지."

그가 실실 웃자 신희가 혀를 차고 대답도 안 했다.

그런 거면 좀 좋겠냐…….

정아는 스킨십하는 게 좋은지 꼭 붙어 앉거나, 팔짱을 끼거나. 가끔 요리하는 신희가 너무 좋은지 등에 얼굴을 묻곤 했는데 그럴 때마다 머리에 오만 가지 생각이 다 들었다. 참자. 참자. 이제 요리 안 해야 될 듯. 근데 이거 유혹하는 건가? 아니지, 강정아가 그럴 리가. 등등…….

신희가 입이 쓴지 한숨을 쉬었다.

■　　■　　■

정아는 문학관 앞으로 온 신희와 만나 집으로 향하는 내내 속에도 없는 잔소리를 했다.

"내가 아이스크림 먹고 싶다고 했지, 언제 사다 달랬어요?"

신희가 제집 들어가듯 옥탑방으로 향하는 계단을 오르며 말했다.

"내가 오고 싶어서 온 거야. 나 배고파. 온 김에 국수 좀 해 줘."

"나 같으면 여기 올 체력으로 내가 해 먹겠다."

정아는 투덜거렸지만 표정엔 즐거움이 가득했다. 달콤한 나날이었다. 매일 봐도 또 보고 싶고, 헤어질 때마다 울고 싶을 정도로 아쉬웠다.

같이 집에 들어가 정아가 저녁을 하기 위해 앞치마를 두르며 말했다.

"면접 잘 봤어요?"

"응. 잘 봤어. 병원장님이 아버지 친구분이시더라."

"또요? 으으. 인맥 사회."

"인맥 아니어도 나 꽤 쓸 만하거든요, 강정아 씨?"

신희가 실소하더니 정아의 이마에 쪽 키스를 했다. 그러더니 살짝 미간을 좁힌다. 왜 그러나 정아가 고개를 들자 몸을 조금 더 숙여 그녀의 입술에 입을 맞추고 말했다.

"너 내가 아이스크림 사 들고 올 거 알았지?"

정곡을 찔리자 정아가 당황하며 고개를 저었다.

"아, 아뇨? 전혀 몰랐는데요?"

"향수 냄새 나는데. 립스틱도 방금 발랐네."

평소보다 신경 쓴 화장, 아끼는 립스틱. 신희가 피식 웃었다. 원래도 예쁜데, 지금은 티 나게 더 예쁘다. 아이스크림이 먹고 싶다고 하면 신희가 바로 달려올 줄 알고 있었던 것이다. 하여튼 의외로 여우라니까.

"내가 그렇게 보고 싶었어?"

"아니라니까……."

신희가 놀리자 정아가 뾰로통해서 시선을 피했다. 그게 아주 정신이 나가도록 야해서 신희는 미칠 지경이었다. 그가 정아의 손목을 움켜쥐어 소파로 끌고 가 앉혔다.

"배 안 고파졌다."

정아가 당황하거나 말거나 신희가 이번엔 더욱 진하게 입을 맞췄다. 키스가 주는 달콤함에 빠져 있던 정아가 갑자기 눈을 크게 떴다. 신희의 손이 정아의 등 뒤로 향하더니 허리에 묶여 있는 앞치마 끈을 풀었기 때문이었다. 정아가 놀라서 신희를 밀어냈다.

"뭐, 뭐 하는 거예요?"

"뭐 하긴?"

"밥 먹자면서요?"

"배 안 고파졌다고 했잖아."

"그건 아는데!"

정아가 언성을 높이자 신희가 왜 그런가 고개를 기우뚱했다. 정아가 얼굴이 빨개져 그의 손을 가리켰다.

"앞치마는 왜 풀어요?"

뒤늦게 자기 손에 쥐어진 앞치마 끈을 본 신희가 심각한 목소리로 말했다.

"어…… 난 키스만 하려고 했는데."

"근데요?"

그녀가 부끄러워서 울 것 같은 얼굴로 묻자 신희가 사뭇 진지하게 대답했다.

"……본능이었어."

본능은 무슨! 어쩐지 오늘따라 눈빛이며 허리를 쓰다듬는 손길이 야릇하다 싶더니. 정아가 두 손으로 제 얼굴을 가리고 웅얼거렸다.

"반년이나 나갔다 왔으면서 배은망덕해요."

"키스도 안 해 주고 보냈으면서 뻔뻔하네."

신희가 태연히 대꾸하니까 정아가 손가락 틈 사이로 그를 흘긴다. 그런 그녀가 귀여운지 신희가 킥킥 웃었다. 그가 정아의 두 손을 잡아 얼굴에서 떼어 내고 그녀를 바짝 품으로 당겼다. 정아가 불만이 가득한 목소리로 말했다.

"배은망덕한 괴짜."

"그래. 아무렇게나 불러."

그가 대충 대답했다. 신희의 시선이 정아의 부끄러움으로 붉어진 목덜미를 보았다. 피부가 얇아서 그런지, 순식간에 빨개진다. 신희의 긴 손가락이 목을 쓰다듬는데 반항이 없다. 그저 시선을 피하고 있을 뿐.

목을 야릇하게 쓸던 손가락이 내려와 그녀의 블라우스 단추를 풀었다. 아이스크림 먹고 싶다고 했을 때부터 마음의 준비를 했던 정아가 작게 웅얼거렸다.

"항상 아이스크림이 문제……."

신희가 그녀를 안아 들자 정아가 놀라서 말을 멈췄다. 그의 걸음이 침대로 향했다. 신희는 현수가 제법 선견지명이 있다고 생각했다.

13
아이스크림 2

　신희는 다정한 남자라, 정아는 그의 다정함에 마음이 편안해지
곤 했다. 그런데 왠지 지금의 신희는 다정하지 않았다. 공기가 희
박한 곳에 있는 것처럼 숨 쉬기 힘들어했다. 정아가 상체를 일으
켜 그의 얼굴을 감싸려는데 신희가 그녀의 손목을 붙잡아 눕혔다.

　"오빠?"

　신희가 손가락으로 정아의 입술을 문지르자 그녀의 입술이 열
렸다. 그가 키스를 해 오는데, 지금까지 이런 적이 있었나 싶을
정도로 뜨거웠다. 정아의 얼굴에 점점 당혹감이 번졌다.

　그는 다정한데, 오늘은 이상할 정도로 거칠다. 밀어내려고 했
지만 정아의 손목을 놔주지 않았다. 키가 큰 만큼 손도 커서 그의
손이 마치 수갑처럼 정아의 손목을 완전히 감고 있었다.

　키스가 끝난 후에는 정아의 숨도 조금 가빠졌다. 신희가 그녀

의 손목을 놓고 블라우스를 벌려 달싹이는 정아의 가슴을 쥐었다. 정아가 놀라자 그가 몸을 숙여 말했다.

"가슴 예쁘다."

"그, 그런 말 하지 말아요."

지금까지, 그가 이렇게 난폭해 보인 적이 없었다. 정아가 젖어서 촉촉해진 입술로 말했다.

"천천히……."

그녀는 뒤늦게 긴장하기 시작했다. 그제야 죽을 만큼 부끄러워졌다. 신희가 정아의 블라우스를 천천히 벗겨 내렸다. 하얀 어깨가 예뻤다. 그녀의 보드랍고 가녀린 몸 모든 곳에 입을 맞추고 싶었다.

신희가 정아의 목선을 따라 키스하자 그녀가 움찔거렸다. 그의 입술이 정아의 가슴 쪽으로 향한다. 정아의 숨이 점점 더워졌다. 신희가 말했다.

"너한테서 단맛이 나."

"말도 안 돼."

"진짜야. 원래 여자 몸에선 단맛이 나나?"

"그게 의사가 할 말이에요?"

사람 몸에서 어떻게 단맛이 나.

정아가 붉어진 얼굴로 황당해하는데 신희가 그녀의 스커트 지퍼를 열고 스타킹과 함께 내렸다. 속옷 차림이 된 정아가 뒤로 물러나려 하자 신희가 손으로 그녀의 허벅지를 붙잡아 당겼다.

"도망가지 마."

"부끄럽단 말이에요……."

"부끄러워해. 그것도 귀여워."

원래 막무가내인 건 알았지만 이렇게 꼼짝도 못 하게 할 줄이야. 정아가 울상이 되어 몸을 웅크렸다. 신희의 눈빛이 닿을 때마다 가슴이 쿵쿵 뛰었다. 그의 목소리는 참고 또 참느라 완전히 가라앉아 있었다.

신희의 마음으로는 정아가 울든지 말든지 마음껏 욕구를 채우고 싶었다. 그래도 오늘만 그 욕구를 참자, 그렇게 결심했다. 그녀의 처음을 기분 좋게 만들어 주고 싶었으니까.

짙게 탄 신희의 피부가 닿으면 그녀의 하얀 피부가 더 하얗게 보이고, 그 대비가 너무도 위태로웠다. 신희가 허탈하게 웃자 정아가 물었다.

"왜 웃어요?"

"그냥."

그가 순진한 눈을 한 정아의 턱을 가볍게 쥐어 자신을 보게 하고 말했다.

"이렇게 야할 수가 있나 싶어서."

정아가 그의 눈빛에 위협을 느끼고 신희를 밀어냈다. 밀려난 그가 정아와 눈을 마주쳤다. 그러더니 짓궂게 말했다.

"나 브래지어 못 풀어."

"……거짓말하지 말아요."

"풀어 줘."

그가 말하고 장난치듯이 정아의 얇은 브래지어 안으로 손가락을 넣어 말랑말랑한 가슴을 누른다. 처음 느끼는 촉감이었다. 자신의 몸에서는 상상도 할 수 없는 그 촉감에 신희는 인간으로서 가지고 있던 모든 이성이 나갈 것 같았다.

정아가 다급하게 대답했다.

"아! 아, 알았어요! 대신…… 만지지 말아요."

"왜?"

"기분이 이상하단 말이에요!"

그녀가 신희를 원망스럽게 보며 말을 이었다.

"전엔 내가 손만 잡으려 해도 피했으면서."

"그랬지."

"이제 완전히 괜찮아요?"

"생각해 보니까 안 괜찮다. 못 만지겠어."

그가 미소를 숨기고 진지하게 말했다.

"그러니까 벗어 봐. 일단."

누가 봐도 거짓말인데, 잔뜩 긴장한 정아가 그 말에 넘어가 등 뒤로 손을 올려 브래지어 훅을 풀었다. 그녀의 딱 보기 좋은 가슴이 드러났다. 그러자 신희가 신중하게 그 모습을 감상하더니 그녀의 가슴에 입을 맞췄다. 놀란 정아가 말했다.

"못 만진다면서요!"

"안 만지잖아."

"이게 뭐가 안 만지는…… 아……."

가슴이 유난히 예민한 정아의 몸에서 힘이 쭉 빠졌다. 신희가 입에 넣고 가슴의 정점을 핥자 정아의 몸이 전기가 오른 것처럼 흔들린다.

"아…… 그만……."

온몸이 야릇한 기운에 휩싸인 그녀가 울먹였다.

"거짓말쟁이…… 사기꾼……."

"별명이 많아져서 좋네."

그가 원망스러운 빛으로 젖은 정아의 눈을 보고 피식 웃는다. 그러곤 손을 내려 정아의 팬티를 내렸다. 정아가 눈을 꼭 감아 버렸다. 그사이 신희가 벨트를 푸는 소리가 철컥철컥 들렸다. 조금 무서웠다. 처음이니까. 눈을 잠깐 떴던 정아가 신희의 벗은 몸을 보고 놀라서 다시 두 손으로 얼굴을 가렸다. 화보에서나 볼 법한 몸이었다.

"아…… 아프겠죠?"

그녀가 울음 섞인 목소리로 묻는다. 신희가 무심하게 대답했다.

"모르지. 난 여자가 아니니까."

"이해하려는 척이라도 해 주세요."

"내가 왜."

정아가 얼굴이 빨개져 대꾸했다.

"여자 친구가 아플지도 모르는데 걱정 안 돼요?"

"으음."

그녀의 말에 잠깐 고민하던 신희가 대답했다.

"응. 안 된다. 전혀."

"이기적이야……."

정아가 막을 틈도 없이 그녀의 좁은 틈 안으로 손가락이 들어갔다. 낯선 공간에서 길을 찾듯이 이리저리 움직이자 정아가 싫다는 듯 고개를 저었다. 그러나 침대 위에서의 반항은 어떤 것도 의미가 없었다. 신희가 예민한 곳을 찾아 건드리자 정아의 앙다문 입술 사이로 견디지 못한 신음 소리가 흘러나왔다.

"훗……."

그러자 신희가 재밌는 놀이라도 발견한 것처럼 그곳을 집요하게 자극한다. 정아가 눈물이 그렁그렁해서 신희의 팔을 쥐었다. 그만하라고 한 행동인데, 이번에는 그의 손가락이 아예 입구를 찾아 들어가 버린다.

결국 눈물이 뚝 떨어진 정아의 얼굴이 야해서, 신희는 하체에 힘이 너무 몰려 어지러웠다. 그가 안으로 들어가려 하자 정아가 말했다.

"자, 잠깐만……."

그녀가 불러서 신희의 얼굴이 찌푸려졌다. 그러자 정아가 억울함이 묻어나는 목소리로 말했다.

"곰 인형만…… 돌려놓을게요."

그녀가 울상이 되어 곰 인형을 가리켰다. 갑작스러운 그녀의 엉뚱한 말에 신희가 못 참고 큽 웃는다. 그러자 정아가 원망스럽게 그를 흘겼다.

"비웃는 거죠?"

"미안, 안 웃을게."

신희가 달래고 그녀를 놔주자 정아가 곰 인형을 뒤로 돌려놓고 신희 들으라는 듯 말했다.

"동고동락하는 앤데. 이런 거 보여 주면 안 되는데……."

"그래서 뭐. 질투해 줘?"

평소 같으면 귀엽다며 웃었을 텐데.

"그게 아니라……."

정아가 뿌루퉁해져서 변명하려는데 신희가 그녀의 말을 끊었다.

"어린애야? 곰 인형한테 감정 이입 하지 마."

신희한테 혼난 정아가 시무룩해져서 입술을 잔뜩 내민다. 곧 단단하다 못해 딱딱해진 그의 것이 틈 안으로 들어왔다. 보드랍던 곳에 딱딱하고 커다란 것이 들어오자 생각보다 너무 아파 정아의 눈이 커졌다. 충분히 젖어 있었는데도 숨이 턱 막혔다.

"자, 잠깐만요…… 너무 아파서 숨을 못…… 아!"

정아가 정말 숨을 못 쉬겠는지 겁먹은 눈으로 신희를 보았다. 그러자 신희가 그녀를 다독이며 말했다.

"그렇게 아프구나. 몰랐네."

"으흑!"

이렇게 아프면 미리 말해 줬어야지, 나쁜 자식아! 정아는 퍼붓고 싶었지만 목소리가 나오지 않았다. 그녀가 신희의 팔을 꽉 쥐었다. 여자들이 왜 남자 등을 할퀴는지 이제야 알 것 같았다. 그가 남은 기둥을 전부 집어넣자 정아의 손끝에도 힘이 들어갔다. 눈물이 뺨을 타고 흘러내렸다.

"아파……."

신희가 한 번 움직이자 정아가 비명 같은 소리를 냈다가, 그의 움직임이 거듭되어 안이 촉촉하게 젖을수록 흐응 하는 콧소리를 냈다. 신희는 자신이 가지고 있던 모든 인내심을 꺼내어 정아를 위해 아주 느리게 움직이고 있었다. 정아는 너무 아파서 아무 생각도 안 들던 처음과 달리, 점점 목소리가 야릇해지고 있는 것을 스스로 느꼈다. 발끝까지 아찔해졌다.

미칠 것 같은 쾌감에 견디기 힘들어하는 신희의 얼굴이 섹시했다. 정아가 너무 아파서 마음대로 움직이지도 못하고 신음하는 그가 사랑스러웠다.

내 첫사랑. 처음으로 사랑한 남자. 세상에서 제일 다정하던 그의 일그러진 표정이 그토록 좋았다. 정아가 투정 부리듯이 손을 올리자 신희가 안기 쉽도록 몸을 숙여 준다. 그녀가 목을 꼭 안고 아픔을 참자 잠깐 멈춘 신희가 말했다.

"잘 참는다."

"……."

"착하네."

아이에게 하듯이 칭찬하더니 머리칼을 쓰다듬어 주었다. 그게 싫지 않았다. 그래서 더 칭찬받고 싶다는 듯 다시 팔을 뻗었다. 신희가 그녀를 꽉 안았다. 정아의 교성과 찰박거리는 교합 소리와 침대 흔들리는 소리가 섞였다. 차가운 바람이 부는 밖과 달리 연인의 방은 끝을 모르고 달아올랐다.

정사가 끝나고 둘은 천천히 호흡을 가다듬었다. 겨울이 가까운데 땀이 났다. 정아가 가느다랗게 숨을 쉬는데 신희가 그녀의 옆에 누워 품으로 꼭 당겨 안았다.

그의 단단한 가슴팍에 안긴 정아의 몸이 가녀렸다. 이불로 그녀를 꽁꽁 감싼 신희가 말했다.

"아무도 못 보게 하고 싶다. 너."

"······바보."

가뜩이나 심장이 쿵쿵거리는데 저런 소릴 하니까 부끄러우면서, 동시에 설레었다. 정말 어디에도 보여 주지 않을 것처럼 꼭 안는다. 신희가 중얼거렸다.

"원래는. 내가 할 수 있는 게 별로 없다고 생각했어."

"······."

"그래서 세상에서 그다지 가지고 싶은 것도 없었어. 특히 사람에게는, 정말 관심이 없었어. 외로움도 그 순간뿐이지. 딱히 누구와 함께 있고 싶진 않았었어. 그런데 너에게만 자꾸 욕심이 생겨."

품에 안고 있는데도 모자랐다. 신희는 자신이 이 여자를 어느 정도로 사랑하고 있는지 가늠조차 되지 않았다. 그녀가 떠나면 아마, 세상을 살아갈 의미를 잃을 것이다.

심장이 부서질 것 같았다. 사랑함이 심장에 벅찼다.

"사랑해, 정아야."

이렇게 사랑하는 것이 미안할 정도로. 지나친 게 아닌가 싶을 정도로. 신희는 그녀를 사랑했다.

한동안 숨을 고르던 정아가 이불 밖으로 빼꼼 고개를 내밀었다. 그러더니 방금 전까지 서럽게 울던 눈으로 웃으며 말했다.

"사랑해요."

그 바람에 신희의 심박수가 끝을 모르고 올라간다. 그가 쿵쾅거리는 마음을 달래며 괜한 농담을 했다.

"저 곰 인형 버리자. 쟤 아무래도 수컷인 것 같아. 표정이 음흉해."

신희가 말하자 지쳐서 말이 없던 정아가 품 웃는다.

"어린애예요? 곰 인형한테 감정 이입 하지 말라면서."

"어. 나도 어린애다."

그러더니 그 역시 즐거운 미소를 지었다. 정아의 작은 방 안은 어지러울 정도로 달콤한 공기로 가득 찼다.

⬛　⬛　⬛

그대로 끝이 아니었다. 정사는 밤늦게까지 이어졌다. A국가에서 체력이 좋아졌다는 신희의 말은 조금도 과장이 없었다. 좀 과장이었으면 좋았을 텐데. 섹스란 게 이렇게 하고, 또 하고, 또 하는 거였다니. 정아는 몰랐던 사실을 알게 되자 무척, 상당히 많이 억울했다. 씻고 나와 촉촉하게 젖은 그녀의 머리칼을 드라이어로 말려 주던 신희가 말했다.

"많이 아팠어? 처음이라 서툴러서 그래."

"핑계 대지 말아요."

"그래서 머리도 말려 주잖아. 저녁도 해 줄 거고."

"아프다는데 어떻게 들은 척도 안 해요? 나 사랑하는 거 맞아요? 아니죠?"

"아냐, 진짜 사랑해."

신희가 난감한 표정을 지었다. 이렇게 아파할 줄 알았나. 아니, 뭐 알았어도 결과는 같았겠지만. 머리칼을 말리며 정아에게서 느껴지는 샴푸 향기에 다시 하체로 힘이 들어갔다. 이 여자는 왜 이렇게 보드라워서, 왜 이렇게 사랑스러워서 사람을 미치게 하는지.

아픔과 쾌감이 섞인 정아의 눈매를 따라 눈물이 흐를 때 신희는 자기 속에 이렇게 못된 놈이 있었나 생각했다. 정아가 우는 건 진짜 죽을 만큼 싫은데, 침대 위에서 우는 건 또 괜찮았다. 오히려 더 울리고 싶었다. 그녀가 아프다고 울먹이는데 더 짓궂게 괴롭히고 싶어지는 것이다.

정아의 긴 머리칼을 충분히 말리고 난 신희는 그녀가 자신을 보게 몸을 돌렸다. 세상에 이렇게 귀엽게 삐져 있는 사람도 있구나, 싶었다.

"네가 너무 좋아서 그래."

그가 말하고 눈웃음 지었다. 자기가 웃으면 더 예쁜 거 아니까 화 풀라고 저렇게 웃는데. 정아는 그가 얄미웠지만, 외모만큼은 인정할 수밖에 없었다. 정아가 신희의 뺨을 쭉 잡아 늘이며 말했다.

"또또, 얼굴로 해결하려고."

"웬만하면 해결되더라고."

뺨이 늘어나서 대답하는 게 귀여웠다. 정아가 나오려는 웃음을 꾹 참고 말했다.

"배고파요. 어떻게 밥도 안 먹이고……."

"아. 그러게. 배고프겠다."

그가 바로 반성하고 일어섰다. 드디어 신희에게도 성욕에 밀려났던 허기가 올라오기 시작했다.

신희는 평소에 자기 손으로 음식을 만들어 왔던 터라 요리 솜씨가 정아보다 월등하게 좋았다. 그가 아까 사 온 고기를 다져 함박스테이크를 만들어 정아의 앞으로 가져왔다. 아주 맛있지 않으면 절대 화 안 풀려고 했는데, 한입 먹자마자 사르르 음식이 녹듯 마음도 녹아 버렸다.

"억울해, 너무 맛있어……."

그녀가 말하자 신희가 턱을 괴고 흐뭇하게 웃었다.

정아는 입에서 사르륵 녹는 저녁 식사랑, 옆에 있는 남자 때문에 자꾸 살금살금 미소가 흘러나왔다. 좀 오래 삐져 있으려고 했더니 요리 실력이 너무 좋다.

신희는 다정한 얼굴로 정아를 보고 있었다. 사랑스러워 어쩔 줄 모르는 그 눈빛이 이제는 의심스러워졌다. 또 착하다, 예쁘다 달래면서 못살게 굴겠지. 이제 집에 부를 땐 엄청 경계해야겠다고, 그녀는 생각했다.

삼월이 되자, 신희는 대형 병원에서 펠로우를 시작해 자주 보기 어려워졌다. 정아는 일에 열중하기로 했다. 매일매일 전화를 해도 보고 싶었다. 점점 더 사랑이 깊어지는 기분이었다. 정신 차려야지 생각하다가도 그를 떠올리면 자꾸만 미래를 상상하게 되고, 웃게 되었다.

멀리 사는 남자와 연애하는 건 어려운 일이었다. 보고 싶어도 금방 달려갈 수 없고, 퇴근 후에 간단히 술을 한잔할 수도 없었으니까. 자주 못 만나다 보니까 신희는 만날 때마다 그녀를 침대로 끌고 갔다.

신희의 품에서 곤히 잠들 때면 이렇게 그와 같이 살았으면 좋겠다는 생각을 했다. 그는 어떤 마음인지 궁금했다. 하나하나 말해 줘야 하는 남자라서, 정아가 먼저 결혼에 관한 이야기를 꺼내지 않으면 아무 생각이 없을 것도 같았다.

꽃샘추위가 매서웠다. 일이 끝나 코트를 잘 여미고 집에 가려는데 문학관 앞에서 모르는 여자가 정아를 불렀다.

"저기…… 혹시 강정아 씨 맞으세요?"

단발머리의 예쁘장한 여자였다. 세련된 차림새를 하고 있는 그녀는 정아의 또래 정도로 보였다. 정아가 고개를 갸우뚱하며 물었다.

"네. 무슨 일이세요?"

"아. 정호랑 엄청 닮았네요! 한 번에 알아봤어요."

그녀가 웃으며 말하는데 정아의 얼굴빛이 살짝 희어졌다. 그녀가 말했다.

"저는 양지은이라고 합니다. 정호 여자 친구예요."

"아……."

"여쭤 볼 게 조금…… 있는데 시간 괜찮으세요?"

지은의 질문에 정아가 난감한 미소를 지었다. 정호와 관련된 사람과는 얽히고 싶지 않았다.

"죄송해요. 제가 지금 급한 약속이 있어서요."

그녀가 없는 약속을 만들어 거짓말을 하는데 지은이 대답했다.

"잠깐이면 돼요! 정호에 대해서 물어볼 게 있어요."

말하는 지은의 안색이 좋지 않았다. 그제야 문제를 느낀 정아가 물었다.

"무슨 일 있었어요?"

"그게…… 정호가 술버릇이 좀 안 좋은 건 알고 계시죠?"

"그래요?"

"가끔씩 좀…… 술을 마시면 난폭해진다고 해야 하나? 안 그러던 사람이 가끔 욕을 할 때도 있고, 물건을 집어 던져요. 제가 화내니까 어릴 때 큰형한테 맞은 게 마음에 남아서 그런가 보다고 사과하거든요. 그렇긴 한데 동생분하고도 연락이 잘 안 된다고 하니까……."

정아는 머릿속에서 기분 나쁜 불빛이 깜빡거리는 것 같은 기분이 들었다.

남의 연애에 끼어드는 것은 아주 멍청한 일이라고 생각했다. 모른 척하는 게 좋지 않을까. 그런 생각이 들었다.

무엇보다 정호와 관련된 일 어느 것에도 끼어들고 싶지 않았으니까, 여기서 괜한 소리를 했다가 그가 무슨 짓을 할지 모른다는 막연한 공포도 있었다.

"저 시간 괜찮아요."

그런데도 왜 이렇게 대답해 버렸는지 모르겠다. 이러니까 자꾸 태진 쌤이 오지랖 넓다고 하시지. 정아의 대답에 지은이 안도한 표정을 지었다.

지은은 따뜻한 여자였다. 정호를 많이 사랑하고 있었다. 다만 곧 결혼을 할 생각이니, 그에 대해서 더 자세히 알고 싶은 모양이었다. 그녀는 정아가 왜 정호와 연락하지 않게 되었는지를 가만히 듣고 있었다. 지은이 말했다.

"미안해요, 정아 씨. 이런 이야기를 하게 해서."

"아뇨. 생각해 보니까 잘 오신 것 같아요. 결혼하신다면서요. 오빠에 대해서 궁금한 게 당연하죠."

지은이 물어보지 않았다면 모르지만, 그녀가 질문한 이상 정아는 거짓말을 할 수가 없었다.

정아가 잠시 뜸을 들였다가 말을 이었다.

"성인이 된 이후에는 작은오빠 정말 많이 변했어요."

"그렇죠? 정호, 지금은 그럴 사람이 아니에요."

"예전에요. 작은오빠한테 배를 너무 세게 맞아서 제가 기절했었는데. 그때 오빠가 너무 놀란 거예요. 저 업고 바로 병원으로 달려갔어요."

"……."

"병원에서 엄청 울더라고요. 다신 안 그런다고. 그 후론 뭐. 그렇게 심하게 때리진 않았던 것 같아요."

그녀가 말하며 웃자 지은이 물었다.

"……그런데 왜 안 만나요? 정호가 정아 씨 많이 아끼는 것 같던데."

그러자 정아가 미소 지으며 말했다.

"언니 말 맞아요. 작은오빠는 항상 저 아꼈어요. 생각해 보면 자기가 분을 못 참아서 때릴 때 빼고는 저에게 잘해 줬어요. 가끔 제가 먹고 싶어 하는 것도 사다 줬고, 누가 저 때리면 화내면서 달려올 사람이고. 근데 그렇다고 해서, 제가 맞았던 게 잊히지는 않아요."

"……"

"무슨 마음인지 알겠어요? 작은오빠가 언니 사랑하잖아요. 똑 같은 거예요. 사랑하는 거랑, 술 마시고 욕하는 거랑은 별개예요. 술 마시고 욕한 게, 사랑한다고 해서 사라지는 건 아니에요."

"……"

"그렇게 말하셔야 돼요. 나는 네 행동을 받아 주지 않을 거다. 네가 나를 사랑한다고 해서 해결되는 게 아니다. 네가 바뀌지 않으면."

"……"

"나는 너를 떠날 거다."

그녀의 말에 잠시 멍해져 있던 지은이 고개를 끄덕였다.

"알아들었어요. 고마워요, 정아 씨."

지은이 말하고 웃는다. 정아가 당부했다.

"작은오빠한텐 제가 이런 말 했다고 하시면 절대 안 돼요."

"당연하죠. 절대 안 할게요. 아, 일어날까요?"

"네."

"제가 정호 아주 혼쭐을 내 줄게요."

"눈물 쏙 빠지게 잔소리해 주세요."

이야기를 마치고 지은은 집으로 돌아갔다. 정아는 불안함과 통쾌함이 동시에 밀려왔다. 지은과 헤어진 후 그녀는 마음을 가라앉히려고 바닷가를 한동안 걸었다. 이상하게, 점점 더 후련해진다. 마치 속에 있던 짐을 바다에 던져 버린 것처럼.

14
연락

정아네 동네 양길 할머니는 항상 화가 나 있었다. 늘 불퉁해서 욕하고 삿대질했다. 다른 할머니들이 같이 한글교실에 가자고 말해 봐도 "다 늙어서 그런 걸 뭐하러 배워."라면서 화만 내셨다. 그래도 그게 본심이 아닌 걸 다들 알아서 한글교실 학생들은 자꾸 양길 할머니도 와야 한다고 아쉬워했다.

정아는 틈틈이 할머니 댁에 들러 같이 한글교실에 가자고 말씀드렸다. 오늘도 일이 끝나자마자 찾아갔더니 할머니가 빗자루를 가지고 와서 휙휙 휘둘렀다.

"내가 오지 말라고 하는데 왜 자꾸 와!"

"아, 할머니. 제가 진짜 재밌게 알려 드린다니까요."

"필요 없다는데 왜 자꾸 와서 사람을 못살게 굴어."

양길이 투덜투덜하며 빗자루 손잡이로 정아의 머리를 콩콩 때렸다. 별로 아프지 않았지만 정아는 두 손으로 머리를 문지르며 엄살을 부렸다.

"아파요. 할머니이."

"시끄러워, 얼른 나가."

"그래도 저 밥은 주실 거죠?"

정아가 이번엔 알아서 집 안으로 따라 들어갔다. 안 그래도 양길은 이미 주방으로 향하는 중이었다. 매일 이렇게 꼬드기면 금방 넘어오실 것 같다. 요즘에는 정아가 오나 안 오나 문밖까지 나와서 기다리고 계시곤 했다.

정아가 할머니를 대신해 소반을 들고 방으로 향하며 능청을 떨었다.

"저 사실 밥 얻어먹으러 오는 거예요. 저도 공부는 싫더라구요."

"그러면서 뭘 배우래."

그러더니 양길도 슬쩍 웃는다. 할머니가 주시는 밥은 항상 따끈따끈했다.

■　　■　　■

오늘 출근을 안 하는 신희는 느긋하게 양치질을 하고 있었다. 출근 준비를 마친 정아만 이리저리 바쁘다가 욕실로 가서 거울을 봤다. 같은 거울 안에 있는 그의 얼굴이 하얗다.

"아…… 하얘졌네요?"

신희가 입 속에 치약을 뱉고 입을 헹구더니 정아의 두 뺨을 양손으로 감쌌다.

"왜 이렇게 아쉬운 표정이냐?"

"아쉬워서요. 까만 거 좋았는데. 커다랗고 까만 강아지 같았어요."

강아지 같다는 말은 난생처음 들어 봤다. 그것도 정아 입에서 나온 말이니 싫지 않았다. 신희가 정아의 허리를 당겨 입을 맞췄다. 기껏 바른 립스틱이 지워지자 정아가 꿍해서 그를 밀어냈다.

"내 립스틱⋯⋯."

"평생 쓸 만큼 사 줄게."

신희가 대답하더니 열심히 정리한 머리칼까지 헝클어 놓는다. 가뜩이나 모발이 가늘고 건조한 편이라서 잘 엉키는데. 정아가 흘기는데 그의 손이 치마 쪽으로 내려간다. 결국 정아의 목소리가 커졌다.

"출근해야 된다니까요!"

"아, 진짜 싫다. 네 출근이 내 출근보다 더 싫어."

진심으로, 정아가 일하러 가는 것이 싫었다. 맨날 봐도 모자란데 주말에나 간신히 만난다. 태진도 지금은 다른 지역 아동 병원으로 떠났다. 요즘 신희는 밤에 잠시라도 그녀와 연락이 되지 않으면 무슨 일이 생긴 건 아닌가 겁부터 났다. 욕심 같아선 당장 일 못 하게 하고 서울로 끌고 가서 감춰 두고 살고 싶었다. 그러나 정아도 정아 인생이 있으니 욕심낼 수가 없다.

어떻게 해야 이 장거리 연애를 끝내고 같이 살 수 있을까. 서울에 다른 문학관을 알아봐 두면 와 줄까. 그의 머릿속이 복잡했다. 그런데 정아는 워낙 제 속에 있는 이야기를 안 하는 여자라, 그녀가 진짜로 원하는 것을 알 수가 없다. 무작정 일을 그만두고 여기 와서 얹혀살면…… 혼나겠지.

출근까지 여유가 있어서 정아는 침대 옆 화장대에 앉아 머리칼과 화장을 고치기 시작했다. 신희가 곁에 앉아 물었다.

"너 영화는 어떤 종류가 좋아?"

"으음…… 돈 많이 든 거요."

정아가 장난스럽게 대답했다. 그래 놓고 정작 영화 고를 땐 '오빠가 보고 싶은 거 볼까요?' 하고 떠넘기겠지. 신희가 다시 물었다.

"나한테, 네 마음에 안 드는 부분 있어?"

"눈치 없는 거."

"못 고치는 거 빼고."

"……밤에 너무 못살게 굴어요. 나도 출근해야 되는데에."

"내가 못 고치는 거 빼랬다."

그가 단호하게 말하자 정아가 "그러면서 뭘 말하래." 하고 구시렁거렸다. 신희는 언제나 하루 있었던 일을 정아에게 시시콜콜하게 이야기해 주곤 했다. 병원 앞에 눈이 쌓여 있더란 이야기부터 어릴 때 이야기, 가족 이야기도 많이 했다. 그런데 자신은 정작 정아의 일상에 대해 알 수가 없다.

정아가 립스틱을 다시 바르는데 그녀의 핸드폰이 울렸다. 신희가 액정에 '작은오빠'라고 뜬 것을 확인하고 표정을 찌푸렸다. 정아에게 전화를 건네주자 그녀의 표정도 조금 굳었다.

"지금 안 받아도 될 것 같아요. 바쁘니까."

"받아."

"나중에요."

"지금 받으라고."

분명히 연락하지 말자고 했다. 그러던 그에게서 전화가 왔으니 신희 입장에선 걱정될 만했다. 정아가 마지못해 전화를 받으며 입술을 깨물었다. 그녀의 예상대로 정호가 윽박질렀다.

— 야. 너 내 여자 친구 만났지?

"어? 무슨 소리야."

— 모르는 척하지 마. 여자 친구가 너 어디서 일하냐고 물어봤었어. 지은이가 나한테 헤어지자고 했어. 그사이에 너 만나고 온 거 아냐?

"……."

— 만나서 뭐라고 했냐? 뭐라고 했는데 얘가 나한테 헤어지자고 하냐!

정호가 소리치는 소리가 전화 밖으로 들렸다. 정아는 신희에게 통화 내용이 들리는 게 싫은지 살피며 욕실로 향했다. 그러자 신희가 못 가게 그녀의 팔을 붙잡았다.

정아가 당황해 그의 얼굴을 확인하니 화가 나 있다. 가뜩이나 선한 인상도 아닌데, 눈을 가늘게 뜨니 무서웠다. 정아가 난감해하다가 정호와 신희 양쪽을 달래기 위해 애써 미소를 지었다.

"별말 안 했어. 그냥. 같이 차 마시고……."

— 별말 안 했으면 얘가 왜 이래? 아오, 지은이랑 헤어지면 가만 안 둔다, 너.

그의 위협에 오싹, 소름이 돋았다. 정아가 대답했다.

"그냥 있는 그대로 말한 거야. 궁금해하시는 거."

— 그러니까 그걸 왜 말하냐고!

"애초에 여자 친구한테 말 못 할 짓을 왜 해!"

참다못한 정아가 소리쳤다.

그러자 정호가 입을 다문다. 잠시 전화 밖도, 전화 속도 조용해졌다. 정아의 어깨가 바르르 떨렸다. 무섭고, 억울하고, 또다시 무섭고.

정호가 욕을 하더니 전화를 끊어 버린다. 정아가 신음 소리를 내며 비틀거리는데 쉴 틈도 안 주고 신희의 냉정한 목소리가 들렸다.

"너희 오빠 여자 친구 만났어?"

"네?"

정호에게 화가 난 줄 알았다. 그래서 찾아가겠다고 벼르면 어떻게 말려야 하나 걱정하며 전화를 끊던 참이었다.

그런데 아니었다. 신희는 정아에게 화가 나 있었다. 정아가 눈을 동그랗게 뜨고 물었다.

"왜 그런 표정이에요?"

"왜 이런 표정일 것 같아?"

정아가 아무리 생각해 봐도 지금 이 상황에서 그가 화낼 만한 일은 없었다. 오히려 걱정을 해 줘야지. 왜 나한테 화를 내?

정아가 모르겠어서 고개를 저으니 신희가 물었다.

"왜 그 얘기 나한테 안 했어?"

"아…… 그냥 별 얘기 안 했거든요."

"그럼 얘기 안 해도 돼? 너희 오빠가 저렇게 화내는데. 네가 이렇게 겁을 먹었는데. 나는 그냥 몰라도 돼?"

그의 목소리가 점점 더 가라앉았다.

정아는 아직 잘 이해가 가지 않았다. 정말 별일 아니었다. 정호의 여자 친구를 만나서 있는 그대로 이야기를 했다. 나중에 정호가 알면 화낼 것이라고 불안해했지만 그게, 신희에게 말해야 할 일이라고는 생각하지 않았다. 알아 봤자 걱정만 할 것 아닌가.

그녀는 항상 혼자 생각하고, 혼자 결정해 왔다. 아플 때에는 혼자 치료하고 혼자 나아 왔다. 그러니 지금 신희가 왜 자기에게 말하지 않았다고 화내는지 전혀 이해가 가지 않았다.

"왜 말해야 돼요?"

정아가 묻자 신희가 맥이 풀리는지 한숨을 쉬었다. 정호와 관련된 일이면 그녀는 겁부터 먹었다. 그러면서 왜 말해야 하느냐고 묻다니. 아까만 해도 그랬다. 신희 앞에서는 전화도 안 받으려고 하고, 통화 내용을 들려주기 싫으니까 자리를 피한다. 지금 같이 있지 않았다면 아마 정호가 저렇게 윽박질렀다는 것도 신희에게 말해 주지 않았을 것이다.

그녀와 함께하고 싶다고 생각했다. 함께 살고 싶었다. 그런데 그녀는 이런 식으로 신희에게 여전히 벽을 세운다.

정아가 화가 단단히 나 있는 신희를 올려다보았다. 그녀의 눈에 억울함이 가득했다. 신희는 정아의 머릿속에 자신에게 의지한 다는 선택지가 있기나 한 건가 의심이 들었다. 신희가 신경질적으로 말했다.

"즐거울 때 말고, 힘들거나 무서울 때도 좀 불러. 난 여기까지 오는 거 하나도 안 힘들어. 하나도 안 멀어. 오히려 네가 이렇게 남처럼 구는 게 나에겐 훨씬 더 힘들어. 전에 나한테 정 떼겠다고 말했을 때처럼. 가끔 네가 그럴 때마다 나는 네가 너무 멀리 떨어져 있는 것같이 느껴져."

정아는 아직도 그가 왜 이렇게까지 화내는지 잘 이해를 못 했다.

"왜…… 그런 사소한 일로 화를 내요?"

정아가 겨우, 억울하다는 듯이 말하자 신희가 대답했다.

"너와 관련된 것 중에 사소한 건 없어."

그가 바닥에 떨어져 있던 겉옷을 챙겨 들며 말했다.

"나 간다. 무슨 일 있으면 불러."

"어, 어디 가요?"

정아가 놀라서 그의 옷깃을 잡았다. 평소에는 아침이면 문학관까지 데려다줬었는데 그냥 가 버리려는 걸 보니 화가 단단히 난 모양이다.

"다음 주에 봐."

신희가 제 옷깃을 쥔 정아의 손을 떼어 놓고 집을 나가 버렸다. 정아는 막연하게 생각했다. 같이 산다는 것이나 결혼이라는 것. 그가 좋으니까, 그가 집에 가는 게 싫으니까 같이 살고 싶다.

그에게는 그걸로 부족한 걸까. 멍하니 서 있던 정아가 뒤늦게 신희가 떠난 지 오래인 문 쪽으로 향했다. 제 속이 들키기 싫었다. 미움으로 가득한 속. 사람에게 호의보다 경계가 우선인 마음을. 언제나 따뜻하고 다정한 그에게 들키고 싶지 않았다.

"어, 어떡하지……."

정아는 지나칠 정도로 정신을 차리지 못했다. 그녀의 눈에서 금방 눈물이 후드득 떨어졌다. 그가 자신을 미워하게 되는 것이 싫었다. 그에게 속을 들키기 싫었던 건, 그가 떠날까 봐 그랬던 건데.

정작 그가 화난 채로 떠나 버리자 정아는 그 자리에 서서 한동안 아무것도 못 했다.

그는 언제나 정아의 집으로 돌아올 거라고 생각했다. 반년 동안 만날 수 없었을 때도 그랬다. 그런데 지금 그가 화를 내며 나가고 나니, 정아는 급격히 두려워졌다.

바닷가의 봄은 언제나 빨랐다. 서울은 3월에도 눈이 왔다는데, 여기는 벌써 꽃샘추위도 왔다가 떠났다. 문학관이 끝나자마자 정아는 양길 할머니 댁으로 향했다. 집에 혼자 있으면 분명 이런저런 생각을 하다가 울며 밤을 새고 말 것이다.

신희와 처음으로 싸웠다. 뭐, 싸웠다기보다는 일방적으로 혼난 것 같지만.

모처럼 정아가 오자 양길은 반가우면서도 티를 안 내려고 오히려 더 화난 표정을 지었다.

"또 왔어, 또."

"저 오늘은 이것도 가져왔는데."

정아가 한글이 커다랗게 쓰인 포스터 형식의 교구를 펼쳐 보이며 웃었다. 오자마자 할머니한테 혼부터 나니까 신희와 싸운 일이 조금 잊혔다. 양길이 빗자루를 가져와 때리려 하자 정아가 요령 있게 피했다.

"어우, 할머니. 기역 니은은 금방 배워요. 외국인들도 금방 배우는데."

"젊은 년이 할 일도 드럽게 없네. 시집이나 가!"

"때 되면 갈 거거든요?"

그녀가 흘기더니 배시시 웃었다. 그리고 할머니 허락도 안 받고 포스터를 벽에 테이프로 쓱쓱 붙인다. 화를 안 내시는 걸 보니 아주 싫지만은 않으신가 보다.

밥도 얻어먹었는데 이 정도 교구는 사 드려야지 싶었다. 그녀가 벽에 포스터를 붙이고 나자 양길이 넌지시 물었다.

"오늘 얼굴이 좀 안 좋네?"

"티 나요? 저 남자 친구랑 싸웠거든요."

정아가 뿌루퉁해서 말하자 할머니가 쯧쯧 혀를 찼다.

"그 의사 양반? 기생오라비같이 생겨서 속도 좁은가 보네."

"제 말이 그 말이에요. 별것도 아닌 걸로 화내더라니까요?"

"……막걸리 한잔할려?"

"막걸리요? 좋아요."

정아가 신나서 대답하자 양길이 막걸리와 김치를 가지고 나왔다. 방으로 들어가 문을 열어 놓고 먹는데 엉덩이는 따끈하고 몸은 선선하니 술 마시기 딱 좋았다.

미적지근한 막걸리를 마시니 금방 얼굴이 발그레해졌다. 신희에 대해서 욕을 잔뜩 하려고 했지만 그다지 욕할 게 없다. 늘 자상한 사람이니까.

한 잔만 마시고 가려고 했는데 할머니가 자꾸 안주를 꺼내다 주신다. 달걀말이랑 전을 먹다 보니 정아도 양길도 금방 취하고 말았다. 양길이 말했다.

"나도 기역 니은은 읽을 줄 알았었는데. 지금은 다 까먹었어."

"정말요?"

"내가 맏이고 남동생이 줄줄이 있거든. 근데 나만 빼고 동생들은 다 학교를 보내 주는 거야."

양길이 억울해 못 견디겠다는 듯이 말을 이었다.

"그래서 억울해 가지고 몰래 며칠 학골 갔다가 아버지한테 쥐 터졌지, 뭐. 옛날 양반이라서 내가 글 읽을 줄 알면 시집 못 가는 줄 알고."

"으으. 저도 어릴 때 오빠한테 엄청 쥐 터졌는데."

정아가 말투를 따라 하며 말하자 할머니가 깔깔 웃더니 말했다.

"아주 드럽게 못돼 처먹은 놈이네."

"제 말이요!"

"그래도 넌 이만하면 모나지 않게 잘 컸다."

양길의 말에 정아가 쑥스러워 웃었다. 할머니가 말했다.

"억울해서 못 배우겠더라고. 막내 남동생이 나보다 열다섯 살이 어려서 업어 키워 놨더니. 이놈까지 커서 나보고 까막눈이라고 놀리잖아."

"못됐다, 정말."

그게 한이 되어서, 오히려 더 배우기 싫어졌다고, 아주 글 있는 건 꼴도 보기 싫어졌다고 하셨다.

정아가 열린 문밖으로 보이는 밤하늘을 올려다보며 말했다.

"이제 뭐라고 하는 사람도 없는데 왜 공부하러 안 오세요?"

"이제 배워서 뭐해."

"그냥요. 재밌잖아요. 간판도 읽을 수 있고…… 아. 신문 읽고 TV에서 뭐 하는지도 알 수 있는데요?"

그건 좀 좋다고 생각하셨는지 할머니가 웃는다.

"그럼 좀 배워 볼까."

"네! 토요일 네 시. 아시죠?"

정아가 손가락을 네 개 펼쳐서 말하자 양길이 "그러마." 대답했다.

기분 좋게 할머니 댁을 나오면서 시계를 보니 열두 시 가까이 되었다. 정아는 시간에 한 번 놀라고 스무 통이 훌쩍 넘는 부재중 통화에 더 놀랐다. 술 마시느라 핸드폰을 못 봐서, 신희에게 전화 온 것을 몰랐었다. 정아가 서둘러 전화를 걸자 신희가 바로 받아 물었다.

— 어디야?

취한 상태에서도 그의 목소리가 이상하다는 것이 느껴졌다.

"저 양길 할머니 댁인데요?"

정아의 혀가 좀 꼬여 있었다.

— 그게 어딘데!

신희가 언성을 높였다. 정아가 놀라서 움찔했다. 그 바람에 좀 술기운이 깬 정아가 보이는 것을 말했다.

"지금…… 큰 나무 있는 곳이에요. 금방 집에 들어갈 거예요."

— 거기 있어.

"네?"

언뜻 욕하는 소리가 들리더니 달리는 소리까지 들리며 전화가 끊겼다. 정아가 놀라서 눈만 깜빡거렸다. 퇴근하기 직전에 문자가 와 있고, 일곱 시부터 계속 전화를 했었다.

[어디야?]

[잠들었어?]

그녀가 멍하니 핸드폰에 와 있는 문자들을 읽는데 바로 앞까지 달려온 신희가 멈춰 섰다. 얼마나 달렸는지 조금 떨어져 있는 정아에게까지 열기가 느껴졌다. 정아가 당황한 눈으로 그를 올려다보았다.

"왜 여기 있어요?"

"왜냐는 말이 나와?"

신희가 소리쳤다. 그가 화를 내면 이상하게 하나도 안 무섭다. 정호는 표정만 찌푸려도 무서웠는데 똑같이 욕을 해도 신희는 무섭지가 않았다. 그는 정아가 놀라면 금방 물러나 줄 것을 알고 있으니까.

그러니 그와 가족이 되면 좋겠다고, 어렴풋이 생각했었다. 정아가 투정했다.

"내일 출근해야 하는 사람이 여기 있으니까 그렇죠."

"바닷가에 혼자 사는 여자가 연락을 안 받는데 어떻게 안 와!"

'그럴 수도 있지.' 라는 말이 안 나왔다. 놀란 신희가 얼마나 정아를 찾아다녔는지 아직도 숨을 제대로 쉬지 못했다. 그가 나무 아래 평상에 드러누웠다.

"아. 젠장. 태어나서 이렇게 많이 뛰어다닌 건 처음이다. 강정아."

정아가 신희의 곁에 앉았다. 눈을 감고 심호흡을 하는 신희의 머리칼을 조심스럽게 쓸어 올렸다.

"그렇게 놀랐어요?"

정아는 집을 나와 가족과 연락을 끊고 혼자 산 것만 십 년이었다. 반드시 연락해야 할 곳이 없었다. 그러니까 하루쯤 연락 안 될 수도 있지. 그게 저렇게 눈물이 나올 만큼, 저렇게 체격 좋은 남자가 겁을 먹을 만큼 무서운 일이었을까, 싶었다.

"너희 오빠가 너한테 화냈잖아. 태진 선생님도 이제 여기 안 계시잖아. 그런데 어떻게 걱정을 안 해?"

취한 사람은 정아인데 속에 있는 말을 아무렇게나 내뱉는 것은 신희였다. 그가 상체를 일으켰다. 그리고 정아를 뚫어지게 바라보며 말했다.

"너 여기 혼자 두는 거 진짜 싫고 미칠 것 같다. 매일매일, 일 그만두고 여기 다시 직장 잡을까 몇 번씩 고민한다고."

"……."

"너 때문에 내가 진짜……."

일곱 시부터. 불안은 커졌다. 아침에 화내고 나오긴 했지만 연락을 안 받을 정도는 아니었는데.

그래서 걱정되니까 문자라도 보내 달라고 하는데 계속 답이 없었다. 전화도 계속 안 받으니까. 신희는 결국 못 견디고 다시 정아를 찾아왔다.

바다로 오는 차 안에서 얼마나 불안했는지 알까. 인적 드문 곳에 혼자 사는 여자가 밤늦도록 연락이 안 되는 것이 남자 친구 입장에서 얼마나 무섭고 끔찍한 일이었는지 그녀는 알까.

혹시나 화내고 나와 버린 오늘이 그녀와의 마지막이 되는 것은 아닌가. 그런 극단적인 상상들이 얼마나 죽을 것 같은 감정을 일으키던지.

잠들어서 연락을 못 받는 것이길 바라며, 정아의 집까지 정신없이 차를 몰았다. 도착하자마자 집 문을 열고 들어갔는데 비어 있었다. 그때부터 문학관이며 보건지소며 떡갈비집, 가까운 카페들까지 안 찾아본 곳이 없었다. 정아가 술기운에 변명하듯 말했다.

"아침에 싸운 게 속상해서…… 할머니랑 얘기하면서 술 한 잔만 하려고 했는데……."

"……."

"미안해요. 안 그럴게요……."

정아가 말하자 그가 한숨을 쉰다. 그녀가 살며시 신희의 손을 잡았다. 그리고 불안한지 그의 손을 만지작거리며 말했다.

"이제 연락 잘하고, 무슨 일 있으면 말하고……."

긴장이 풀린 신희가 정아에게 의지하듯이 그녀를 끌어안았다. 그가 말없이 고개를 끄덕거리고 혹시 또 그녀가 사라지기라도 할까 그녀를 안은 단단한 팔에 힘을 준다.

그의 놀란 심장 소리가 정아의 심장 속까지 스며들었다. 정아가 살며시 손을 들어 신희의 등을 쓰다듬고 웅얼거렸다.

"많이 놀랐나 보다……."

"당연하지."

"미안해요."

"됐다. 너만 괜찮으면."

신희가 이 밤에 급하게 내려와서 자신을 찾아다녔을 것이라 생각하니 미안함과 고마움, 묘한 안정감. 그런 복잡한 감정들이 들었다.

이 남자는 나를 참 많이 사랑하는구나. 사랑한다는 게. 이런 거구나. 그런 생각들을 했다.

"정아야."

그녀가 고개를 끄덕이자 신희가 떨리는 목소리로 말했다.

"불안해서 이대로는 안 되겠다."

"……."

"내가 너 원하는 거 다 해 줄게. 내가 여기로 오는 게 좋으면 올게. 네가 서울로 오고 싶으면 와."

그가 중얼거리듯 말했다.

"나랑 같이 살자."

정아의 눈물 고인 눈이 커졌다.

"결혼하자. 정아야."

15
서울

정아의 눈동자에 당혹스러움과 부끄러움이 가득 찰랑거렸다.

"결혼하자니까."

정아가 아무 말이 없어서 신희가 재촉하자 그녀가 품에서 벗어나 말했다.

"있잖아요…… 술 깨고 대답하면 안 돼요? 그렇게 중요한 걸 어떻게 만취해서 대답해요."

"그거 알 정도면 많이 취한 건 아니네."

신희의 심각하던 표정에 슬쩍 미소가 걸렸다. 정아는 그가 우는 걸 본 적이 없었다. 남자라서 잘 안 우는 건지, 원래 잘 안 우는 사람인지. 데이트를 하며 슬픈 영화를 봤을 때에도 울었던 건 눈물 많은 정아 혼자였다. A국가로 떠나던 날 공항에서도 그는 안 울었다. 넥타이를 만지작거리며 우는 정아를 달래느라 진을 뺐을 뿐. 그도 정아가 그렇듯이 감정을 표현하는 것에 아주 능한 사람은 아니었다.

그런 사람이 정신없이 온 동네를 뛰어다니며 자신을 찾고, 놀라고, 화내고, 울 것 같은 표정이었다가 금방 안심해서 웃고. 정아가 그를 따라 웃으며 말했다.

"나 엄청 못됐는데."

"너 요리도 나보다 못하잖아."

"그건 오빠가 잘하는 거거든요?"

그녀가 구시렁구시렁 말을 이었다.

"오빠 없이는 자도 곰 인형 없이는 못 잘 거예요."

"어떻게 그런 소릴 하냐? 방금 프러포즈한 남자한테."

누가 누구보고 눈치가 없다는 거냐고 도대체. 신희가 신경질적으로 제 머리를 헝클며 말했다.

"어쩐지 난 처음부터 그 곰탱이가 싫었어."

"그래도…… 나랑 결혼할 거예요?"

"응."

그가 훌쩍이는 그녀의 눈을 두 손으로 닦아 주며 물었다.

"해 줄 거지? 결혼."

"있잖아요."

"응."

"다시는 오늘 아침처럼, 나 혼자 두고 나가지 말아요."

신희가 아침 일을 떠올렸다. 정아가 정호의 여자 친구를 만났다는 이야기를 해 주지 않아서 울컥했었다. 정아가 말을 이었다.

"그렇게 화내면서. 나 놓고 가지 말아요. 다시 그러면 문 안 열어 줄 거야."

"……"

"혼자서 울다가. 나쁜 놈이라고 욕하다가. 그때부터 계속 기다리다가 결국에는 아마…… 문을 잠가 버릴 거예요. 날 두고 떠난 게 아니라 내가 내쫓은 거야. 그런 거야, 이 나쁜 놈아……"

빙 돌려 말하는 듯이 들리지만 결국 저 욕의 대상, 저 나쁜 놈은 신희였다. 그가 킥킥 웃었다.

"알았어. 안 그럴게. 미안."

"꼭이에요?"

"응. 네가 쫓아내기 전엔 안 나갈게."

"그럼 결혼해 줄게요. 약속."

정아가 생색내며 새끼손가락을 내민다. 신희가 하하 웃더니 자신도 새끼손가락으로 고리를 만들어 걸어 준다.

"하여튼 덜 컸다. 강정아."

그가 말하며 팔짱을 끼라고 팔을 내밀자 정아가 흘기면서도 얼른 가서 팔짱을 꼈다.

술을 많이 마셔서 집에 오자마자 씻었는데도 술 냄새가 나는 것 같았다. 정아가 씻고 나와서 침대에 앉아 있는 신희의 옆에 앉았다. 그는 예전에 정아의 집에서 읽다 말았던 책을 마저 읽고 있었다.

"그 책 신인 작가가 쓴 책인데. 정말 좋죠?"

"응. 읽고 나니까 마음이 따뜻해지네."

신희가 대답하더니 책을 내려놓고 팔을 뻗었다. 정아가 냉큼 그를 마주 보고 무릎 위에 앉았다. 신희가 그녀의 허리를 꽉 안으며 말했다.

"어떻게 하고 싶은지 정해. 내가 여기로 올지, 네가 서울로 올지."

"정하기 어려운데……."

"나랑 결혼하기 싫어?"

"아뇨! 하고 싶어요!"

정아가 눈을 동그랗게 뜨고 대답했다가 얼른 두 손으로 입을 막았다. 아까는 해 주겠다고 생색냈는데, 지금 너무 하고 싶은 티를 냈다……

신희가 픽 웃자 정아가 한숨을 푹 쉬었다.

"이러기가 어디 있어요? 혼나다가 프러포즈를 받다니…… 로맨틱하게 좀 해 주지."

"네가 내 속을 뒤집어 놨잖아. 연락이 안 돼서 얼마나 놀랐는지 알아?"

"내가 뭘 그렇게 잘못했다고."

그녀는 토라진 척했지만 심장이 무척 뛰고 있었다.

솔직하게 말하면 너무 좋아서 바다로 달려 나가 소리라도 지르고 싶었다. 저기 있는 저 잘생긴 의사 선생님이랑 결혼한다니! 그것도 첫사랑이랑! 아무래도 전생에 뭔가 좋은 일 하나 하고 죽은 모양이다. 갑자기 전생에 대한 자부심이 생겼다.

술을 마셔서 그런지 뭘 해도 부끄럽지 않고, 마냥 기분이 좋았다. 자신을 안고 있는 남자의 눈은 걱정으로 가득 차 있던 아까의 상황이 아주 먼 과거의 일이었다는 듯, 다정하고, 뜨거운 온기를 담고 있었다.

이 남자를, 이런 따듯한 눈을 가진 남자를 사랑하게 되어서 다행이다. 모난 곳 많고 예민하기 짝이 없고 겨우 하루 연락 안 된다고 이 먼 거리를 달려올 정도로 걱정이 지나친 남자지만 그래도 이렇게 좋은 남자를 사랑하게 되어 다행이다. 정아가 평소와 달리 과감하게 신희의 목을 안고, 그의 머리칼을 장난치듯 잡아당겼다.

"잘생겼다. 내 예비 남편."

"내 예비 아내는 예쁜 거 말고 장점이 뭘까. 이렇게 속을 뒤집어 놓고."

신희가 말하자 정아가 그의 뺨에 막 씻어 촉촉한 제 뺨을 살짝 부딪쳤다.

"따끈따끈한 거?"

그녀의 말대로, 술기운에 따끈따끈하다. 신희가 뒤로 기대며 한숨을 쉬었다.

"내일 너만 쉰다. 나 새벽에 나가야 돼."

"그러게 누가 오래요?"

"그게 아니라."

그 따끈한 몸이 과감하게 그의 무릎 위에 앉아 있다는 게 문제다. 그녀를 이대로 놔두자니 하체로 피가 전부 쏠리는 기분이고, 그렇다고 떼어 내고 싶지도 않았다. 갈등하던 신희가 마지못해 그녀의 팔을 붙잡아 무릎에서 내렸다. 그가 등을 지고 돌아눕자 정아가 표정을 찡그리며 물었다.

"프러포즈 해 놓고 등 돌리고 자기예요?"

"내일 얘기해. 술 깨고."

정아가 곁에 누워 손가락으로 신희의 귀를 콕콕 건드렸다.

"정말 나랑 결혼해요?"

"어."

신희가 무심하게 대답하니 정아도 좀 잠잠해져 잠을 청한다. 신희가 휴 안도의 한숨을 쉬는데 정아가 그의 등에 얼굴을 폭 묻는다.

"사랑해요."

"……귀여워서 봐준다. 정말."

신희가 중얼거렸다. 그리고 결국 다시 정아 쪽으로 돌아누워 그녀를 꼭 끌어안았다.

다음 날 아침 눈을 뜬 정아가 상체를 일으켰다 다시 누웠다. 뇌가 머릿속에서 자리를 못 찾아 빙빙 도는 기분이었다. 숙취가 엄청 심했다. 두통도 심하고 온몸도 쑤시고 피곤하고…… 아무튼 여러모로 금주를 결심하게 된다.

안 떠지는 눈을 억지로 떠서 두리번거리니 출근 준비 중인 신희가 보였다. 지금 제 상태가 안 좋아서인지 몰라도 오늘따라 더 잘생겨 보인다. 반듯하게 정리한 머리칼과 차림새 때문에 더더욱. 신희가 침대 근처로 와서 바닥에 앉아 손으로 정아의 이마를 감쌌다.

"아파? 얼굴이 빨갛다."

당신 때문에 부끄러워서 그래요. 정아가 속으로 생각하며 입으론 딴소리를 했다.

"그러다 지각해요."

"괜찮아. 하루쯤 지각한다고 안 짤려. 그냥 좀 몇 대 맞겠지."

신희가 엄살을 부리자 정아가 그를 흘기고 팔을 떠밀었다.

"빨리 나가요. 저 배웅은 못 해요."

그녀의 투정에 신희가 눈웃음을 짓는다. 그게 간 떨어지게 근사해서, 정아가 심통을 내며 말했다.

"불안해서 저런 거랑 어떻게 살지……."

"저런 거?"

신희가 고개를 기우뚱하자 정아가 이불을 머리끝까지 뒤집어쓰고 대꾸했다.

"몰라요. 나가요."

"내가 뭘 잘못했다고 아침부터 이렇게 쌀쌀맞아."

그가 투덜거리더니 이불을 그녀의 눈 밑까지만 끌어 내리고 이마에 가볍게 키스한 후 자리에서 일어섰다.

신희가 나가고 빨개진 얼굴로 자리에서 일어나 보니 주방엔 해장국이 끓여져 있고 냉장고를 열어 보니 편의점까지 가서 사 온 오렌지 주스와 숙취 해소 음료가 들어 있다.

"아니, 뭐 이렇게 쓸데없이 사람이 좋대."

정아가 혼자 꿍얼거리며 제일 먼저 손이 가는 주스를 꺼냈다. 그가 남겨 둔 흔적을 보니, 방금 나간 남자가 벌써부터 보고 싶었다. 그녀가 시원한 주스를 한 모금 마셨다. 정말 빨리 결혼해 버려야겠다.

시간이 차곡차곡 쌓이자 벚꽃이 피었다. 그사이 양길 할머니는 자기가 언제 한글교실에 나오기 싫어했냐는 듯이 토요일마다 제일 먼저 나오시곤 했다. 선배들의 도움을 받아 자모를 금방 외우셨다.

그리고 며칠 전, 문학관에 공문이 도착했다. 앞으로는 한글교실을 군청 내에서 실시하겠다고 했다. 할머니 한글교실을 통해 문학관의 이미지가 꽤 많이 좋아졌다. 그러자 군청 내에서 한글교실을 실시하기로 한 모양이었다. 군청 이미지도 좋아질 것이고, 할머니들을 생각하면 더더욱 좋은 일이었다. 더욱 체계적으로 수업을 받을 수 있을 테니까.

그래서 문학관 한글교실에 지원금이 중단되며, 이곳의 할머니들이 체계적인 수업을 받을 수 있게 군청으로 안내해 달라는 내용이었다.

이런 결정이 나자 정아의 표정이 멍해졌다. 이렇게 종이 한 장으로, 언제나 계속될 것 같던 나날들이 멈춘다.

정아는 이런 일로 서운해하는 자신이 이기적이라고 생각하며 거울을 보고 웃으려 애를 썼다.

"좋은 일인데."

화장실에서 거울을 보고 울음을 꾹꾹 참은 정아가 밖으로 나왔다. 오늘 학생들에게 말해야겠다고 결심했다.

오늘도 제일 먼저 도착한 양길이 다른 할머니들을 기다리며 정아에게 말했다.

"그게 참 신기하단 말이야. 신문 보면 아는 글자가 하나씩 있어. 한 글자만 알아도 드라마가 찾아져."

"그렇죠? 할머니 확실히 한번 외우셨던 거라 엄청 빨리 외우셨네요."

정아가 흐뭇하게 말하자 양길이 넌지시 물었다.

"근데 정아 선생님 시집가면 우린 누가 가르치나?"

"에이, 할머니 벌써 서운하신가 보다."

"서운하긴…… 언제 끝나나 궁금해서 그렇지."

그사이 하나둘 할머니들이 도착했다. 수업이 끝날 즈음, 정아가 활짝 웃으며 말했다.

"엄청 좋은 소식이 있는데요."

기분 좋게 보내 드려야지. 기분 좋게. 그녀가 속으로 몇 번이고 다짐했다.

"다음 달부터는 한글교실을 다른 곳에서 해요. 시내에 사랑 회관 아시죠? 거기 가시면 여기보다 훨씬 좋은 수업을 들으실 수 있을 거예요."

"우리가 왜 거기로 가?"

성질 급한 양길이 불퉁하게 물었다. 그러자 정아가 애써 웃으며 말을 이었다.

"으음…… 더 좋은 한글교실이 생겨서 저희는 이제 지원이 안 돼서요…… 근데 사랑 회관 진짜 좋대요. 그리고 지금은 주 1회인데 거기서는 주 3회씩 가르쳐 주시고, 졸업하면 졸업장도 만들어 주신대요. 좋죠?"

어쩐지 종일 표정이 안 좋아서, 그 의사 양반이랑 다퉜나 보다 했었는데 그게 아니었다. 할머니들이 잠시 말이 없었다. 늘 밝은 봉단 할머니가 손뼉을 치더니 말했다.

"그래. 그러지 뭐. 정아 선생님도 그럼 거기서 가르치는 거지?"

"아…… 저는 문학관 직원이라……."

정아가 난감해했다. 꾸물꾸물 다른 할머니들에게 뒤쳐졌던 공부를 하던 양길 할머니가 연필을 놓더니 넌지시 물었다.

"나 가르치기 싫어서 그래?"

"네?"

"내가 하도 말귀를 못 알아들으니까 그러는 거지? 그래서 안 가르치려고 하는 거지?"

"그게 아니라요……."

양길 할머니는 매일, 밤마다 글씨를 써 보신다고 했다. TV에서 드라마 이름이 나오면 꼬불꼬불한 글씨로 열심히 적었다.

안 가르치려는 게 아닌데. 워낙 눈물 많은 정아가 입술만 우물거리고 말을 못 하자 다른 할머니들이 그녀를 다독인다. 평소 말이 없던 영순 할머니가 말했다.

"어차피 시집가면 그만두려니 했으면서들 왜 성화야."

그렇게 정아의 편을 들어 주고는 아쉬움을 못 감추고 창밖을 보신다.

정아도 안 울려고 했는데 다독다독하는 할머니들 손길에 자꾸 울컥했다.

"오늘이 마지막도 아니고······ 저도 가끔 사랑 회관 놀러 갈게 요!"

그러더니 애써 밝은 얼굴로 남은 수업을 이어 갔다. 그래도 영 분위기가 좋아지지 않았다.

한글교실이 끝나자마자 정아는 서울로 향하는 버스를 탔다. 왠 지 멍했다. 유리창에 머리를 기대고 신희에게 올라가는 중이라고 연락을 하니 터미널에서 기다리겠다고 했다.

한글교실을 예전에 닫아야 하긴 했었다. 사실은, 이제 더 가르 쳐 드릴 것도 없는데 신희도 태진도 없는 바닷가가 외로워서 자 꾸만 질질 끌었었다. 할머니들과 지내는 것이 즐거워서.

이제 할머니들마저 없으면 어떻게 해야 하나.

이런저런 생각에 빠져 한숨 쉬는 사이 차가 서울에 도착했다. 터미널에서 내리자 기다리고 있던 신희가 그녀의 가방을 받아 어 깨에 메고 물었다.

"갑자기 무슨 일로 서울에 왔어? 피곤하게."

정아는 월요일 하루밤에 못 쉴 때가 많으니 신희가 서울에 못 올라오게 했었다. 그런데 오늘은 꼭 서울에 오고 싶다고 정아가 우겼다. 힘이 쪽 빠져서 신희에게 의지하고 싶었다.

서울은 변함없이, 이 늦은 밤에도 불빛이 빛나고 있었다. 정아 가 멍해서 어디로 가는지도 모르고 신희를 뒤따르며 말했다.

"한글교실 닫기로 했어요. 군청에서 더 좋은 한글교실을 연대 요."

"속상할 만했네."

"……그래요?"

문학관에 있어 봤자 정아가 사비로 산 조그마한 과자 한 봉지밖에 못 드리고, 지원이 적어서 교구도 그리 좋은 걸 못 쓴다. 그러니까, 좋은 일이다.

다만 혼자 남겨지는 듯한 이 기분이 싫었던 것뿐이다. 외로워지는 것이 두려웠다.

신희가 다시 입을 열었다.

"속상하지. 너 열심히 했잖아."

"그러게 말이에요."

속상했겠다고 달래 주니 기분이 조금 풀렸다. 역시 남자 친구밖에 없다고 생각하며 그에게 팔짱을 끼고 정아가 재잘거렸다.

"퇴근하고도 열심히 공부하고 그랬는데. 저 원랜 공부 엄청 싫어한단 말이에요."

"응. 네 방에 한글교재 많잖아. 열심히 한 거 알아."

"뭔가. 이게 정말로 나에게 주어진 일이 아닐까, 생각했었는데."

신희가 가만히 고개를 끄덕였다. 그가 차분하게 정아의 말을 들어 주자 그녀가 배시시 웃으며 혼잣말했다.

"오빠가 말 잘 들어 주니까 기분 좋아지네."

"카페 갈까? 달콤한 거 먹을래?"

"아. 먹을래요."

신희가 담담히 말했다.

"그럼 이제 혼자 바닷가에 사는 거 외롭겠네. 문학관 관람객도 별로 없고. 나랑 태진 선생님도 안 계시고."

"으응. 제 말이요. 같이 일하던 소하도 곧 그만둔대요."

"그렇구나."

"저도…… 봐서 이번 달까지만 하고 그만둘까 봐요."

정아가 말하는 순간, 신희가 움찔했다. 그가 애써 침착한 표정을 지었다.

"할 수 없네. 그럼 일단 서울 와서 천천히 다른 일 알아볼래?"

"네. 안 그래도 서울 살 때 일하던 학원에 다시 가 보려고요."

그래 이 말이다. 신희는 정아가 서울로 오겠다는 말만 기다리고 있었다. 지금 기분으론 서울을 한 바퀴 뛰어도 안 힘들 것 같았다. 좋아하는 게 티 날까 봐 얼마나 이를 악물고 있는지 모른다.

앞으로 어떻게 집을 합쳐야 하나 고민하느라 요즘 잠도 잘 안 왔다. 주말부부라니 사람 잡을 일 있나. 차라리 지방에 병원을 알아보거나, 개원하는 일을 고려하고 있었다. 그런데 정아의 입에서 먼저 그만두겠다는 말이 나오고 있으니.

그러나 우울해하는 정아 앞에서 기뻐하는 티를 낼 수가 없어서 필사적으로 어두운 표정을 지었다.

"그럼 그동안 내 집에 들어와서 살면 되겠다."

"네에? 그래도 괜찮아요?"

제발. 제발 그러자고 해 줘. 괜찮은 정도가 아니라 지금 당장 정아 집으로 달려가 짐을 몽땅 빼 오고 싶었다. 그녀가 마음을 바꾸지 않도록.

"뭐. 너만 괜찮으면. 천천히 짐 옮기기 시작할까? 오늘 와서 자고 가면서 천천히 봐. 집이 맘에 안 들면 내가 이사를 할게."

'천천히'라고는 하지만 결국 내용은 빨리 서울로 오라는 재촉이었다. 신희는 수능 때만큼 뇌를 급하게 움직이고 있었다. 침울한 정아를 상대로 이렇게 머리 굴리고 있는 자신이 좀 싫어지긴 했지만 뭔들 어떤가. 정아와 함께 살 수 있을지도 모르는데.

침착하려 애쓰던 신희가 결국 못 참고 말했다.

"카페는 무슨 카페냐. 집 구경부터 하자. 내가 토스트라도 해줄게."

"오늘따라 왜 이렇게 말이 빨라요? 뭐 급한 일 있어요?"

"일은. 그냥 너 걱정돼서 그래."

그녀가 뭔가 더 수상함을 눈치채기 전에 신희가 정아의 손을 잡고 앞장섰다. 정아는 울적한데, 신희는 등판만 봐도 어쩐지 신이 나 보였다. 정아는 그의 등을 보며 왜 이렇게 신나 보이나 고개를 기우뚱했다.

신희는 성인이 된 이후 쭉 혼자 살았다. 아역 배우 생활을 하며 제 등록금을 미리 다 벌어 두기도 했고, 애초에 부모님 양가 모두 '매우' 풍족한 집안이라 지원도 넉넉히 받았다. 공중보건의 복무를 위해 집을 뺐다가 A국가에서 돌아와 얼마 전 새로 집을 구했다. 그래서 정아는 처음으로 그가 입주한 집에 가는 길이었다. 그녀가 혼잣말했다.

"남의 집에 빈손으로 가기 좀 그런……."

"남의 집이라니. 서운한 소리 하지 마."

정아의 말이 끝나기도 전에 신희가 핀잔한다. 오늘따라 이 사람 왜 이렇게 성질이 급한지 모르겠다. 돌아가는 길에 신희의 집 앞 빵집에 들렀다. 거기서 식빵과 디저트를 샀다. 신희의 집은 아파트 12층이었고, 병원과는 상당히 먼 편이었다. 집 안으로 들어선 정아의 눈이 커졌다.

"혼자 살면서 왜 이렇게 집이 커요?"

정아가 황당해하자 신희가 냉장고에서 달걀과 우유를 꺼내며 대답했다.

"그냥 매물이 싸게 나왔더라고. 서울 외곽이라."

그의 집은 신희의 성격답게 깔끔했지만 주방만큼은 꽤 복잡했다. 아무리 서울 외곽이어도 혼자 살 생각으로 이렇게 큰 집을 사는 게 말이 되나?

"병원이랑 멀잖아요."

"뭐가 멀어. 한 시간도 안 걸리는데."

집을 구하면서 신희의 머릿속에는 무조건 정아 마음에 들 집을 고르자는 생각밖에 없었다. 어느 날 그의 집을 구경하자마자 같이 살고 싶다는 생각이 들도록. 너무 도심이면 정아가 답답해할 것 같았다. 그래서 한적하고 산이 가까운 이곳으로 골랐다.

전에 현수가 신희에게 집착이 심하다고 했었는데 지금 생각해보니 틀린 말도 아니었다. 신희의 생활 모든 것이 정아에게 맞춰져 있었다.

달걀과 흑설탕, 그리고 우유와 럼을 넣은 데에 식빵을 충분히 적셔 버터 바른 팬에 구웠다. 온몸이 녹을 정도로 맛있는 냄새가 났다. 신희가 프렌치토스트를 가지고 와서 낮은 테이블에 놓았다. 둘은 토스트를 손으로 집어 들고 아무렇게나 앉아서 먹기 시작했다. 달콤한 맛이 입에 확 퍼졌다. 설탕이 실컷 들어간 음식을 먹으니 정아의 몸이 스르륵 풀어졌다.

"달콤하다."

웃음이 절로 나오는 맛이다. 정아가 작은 목소리로 말했다.

"저 웃기죠. 좀 아까까지 그렇게 우울해하더니 단거 먹고 금방 웃음이 나오고."

"할머님들 좋은 곳에서 공부하신다며. 잘됐지."

"으응. 그러게요…… 할머니들이랑 헤어지기 싫어서 우울해하다니. 거봐요, 나 못됐다니까."

"……"

"오빠가 아깝다. 이렇게 맛있는 것도 해 주는데."

그녀의 장난스러운 말에 신희가 가볍게 한숨을 쉬었다. 하여튼 가끔 보면 이 여자는 참 열이 받을 정도로 자존감이 낮다. 그리고 그럴 때마다 신희는 정호를 만나 멱살부터 잡고 싶은 마음이 들었다.

"내가 아깝다고?"

"아깝죠."

"정아야. 나 말이야."

그가 어이없다는 듯이 웃는다.

"전부터 네가 일 그만두겠다고 말하는 것만 기다리고 있었어."

"네에?"

두 손으로 토스트를 든 정아의 눈이 동그래졌다. 신희가 말을 이었다.

"넌 옆에서 쓸쓸해하는데, 나는 너랑 같이 살 생각에 자꾸 웃음이 나와. 참기 힘들 정도로."

"……못됐어."

그가 상체를 기울여 정아 가까이에서, 낮게 속삭였다.

"게다가 내가 네 기분을 왜 이렇게 열심히 풀어 주겠어. 침대로 데려가려고 그러지."

그의 태연하고 못된 말에 정아의 얼굴이 확 붉어졌다.

"뭐예요. 여자 친구가 우울해하는데 그런 마음이 들어요?"

"응. 들어."

"짐승……."

"거봐라. 누가 봐도 네가 아깝지?"

신희가 그렇게 말하며, 정아의 입에 묻은 설탕을 손끝으로 닦아 낸다. 그의 손가락이 야릇하게 입술을 훑자 정아가 살짝 눈을 깜빡였다. 신희가 제 손가락에 묻은 설탕을 핥아 먹고도 모자라 몸을 숙여 정아를 당기고 입을 맞춘다. 장난치듯이 쪽쪽 소리까지 내며. 하여튼 이 남자 때문에 우울할 틈도 없다.

"너 되게 맛있다."

그가 장난을 치며 싱긋 웃는다. 신희 나름의 위로에 정아도 웃음이 터졌다. 입맞춤은 점점 더 달콤해지고 신희의 손이 정아의 가슴으로 향했다. 옷 위로 움켜쥐어 그녀의 표정이 울상이 되었지만, 만족스럽지 않은지 바로 윗옷 안으로 손을 넣는데 현관 쪽에

서 삑삑 소리가 들린다. 정아가 화들짝 놀라 신희를 밀어내는 순
간 문이 열렸다.

"형, 나 내일도 양평에서 촬영……."

하니까 여기서 자고 갈게. 하고 말하려던 신희의 동생 원재가
현관에 멈춰 섰다. 요즘 운동하는지 점점 체격이 좋아지는 형 뒤
에.

여자가 있다.

"혀, 형수님? 실존 인물이셨습니까?"

원재가 울 것 같은 표정으로 달려오자 가뜩이나 당황하던 정
아가 더욱 놀라 눈이 동그래졌다. 피부가 깨끗하고 눈이 맑은, 소
년 같은 구석이 남아 있는 남자다. TV에서 맨날 보이는 얼굴이
었다. 정아가 서둘러 일어나려는데 신희가 그녀의 팔을 잡아 앉
혔다.

"받아 주지 마. 얘 시끄러워."

"와, 형 진짜 매정하네. 지금 부모님은 형 여자 친구가 실존 인
물인지 궁금해서 몸져누우실 지경이거든?"

"내가 거짓말했겠냐?"

"아니, 사진 하나를 안 보여 주니까."

연예인이 나타나서 정아는 넋이 나가 있는데 원재는 그런 그녀
의 반응이 당연하다는 듯한 표정이다. 그리고 핸드폰을 꺼내더니
정아의 얼굴을 찍기 시작했다.

"오예, 부모님 보내 드려야지."

"안 돼, 인마."

신희가 서둘러 원재 손에서 핸드폰을 뺏고 정아에게 대신 사과했다.

"미안. 이원재가 좀 버릇이 없다. 옆에서 오냐오냐해 줘서."

원재는 난생처음 보는 형의 다정함에 감격하여 눈물이 날 지경이었다. 저 대인기피 심한 사람이 진짜로 연애를 하고 있었구나. 게다가 집에까지 데려왔다니. 더구나 원재는 정아의 첫인상이 무척 마음에 들었다. 그가 정아에게 악수를 청했다.

"이원재라고 합니다. 동생이에요."

"아…… 강정아예요."

정아가 손에 묻은 설탕 때문에 어떻게 악수를 받아 주나 쩔쩔매자 신희가 원재의 손을 탁 쳐 냈다.

"나가, 정신없다."

"응. 나가야지. 당연히 나가야지. 데이트 중인데."

나간다는 녀석 엉덩이는 바닥에서 떨어지질 않고, 연예인과 처음 대화해 본 정아는 멍해져 있다. 신희가 피곤한 표정을 지었다. 정아가 맨날 자신에게 눈치가 없다고 하더니, 후천적인 게 아니었나 보다. 동생이 아주 자길 쏙 빼닮았다. 눈치 없는 게.

16
좋은 사람

"와. 그니까 형이 형수님 첫사랑이에요?"

"네. 신기하죠?"

신희의 불길한 예상대로 원재가 눌러앉았다. 정아는 원재가 있어 신경 쓰이는지 아예 저만치 떨어져서 신희 쪽을 보지도 않는다. 아직도 손안에 그녀의 온기가 남아 있는데 방해를 받으니 없던 다혈질이 생길 것 같다.

원재가 몸무게 걱정이 되어 토스트에 뿌려 둔 설탕을 툭툭 털고 크게 물었다. 그가 우물우물하며 말했다.

"형은 자기 얘기를 잘 안 해요. 형수님 사진 한 번 안 보여 줬다니까요. 저랑 부모님이 그렇게 보여 달라는데도."

그 말을 듣고서야 정아의 시선이 신희에게 꽂힌다. 그 눈빛이 말하는 바를 신희는 정확히 알았다. 정아에게는 속에 있는 이야기도 하고, 의지하라고 화냈으면서 정작 자신은 가족들에게 무뚝뚝하게 굴었던 것이다. 신희가 정아의 시선을 피하려 애쓰는데 원재가 말을 이었다.

"그래서 형이 거짓말하는 줄 알았잖아요. 이렇게 예쁘신데 왜 숨기는 거야, 도대체."

원재의 말에 정아가 부끄러워하며 말을 돌렸다.

"그래도 오빠가 가족 이야기 종종 해요. 서운해하지 마세요."

"와, 치사하네, 형수님한테만. 우리 엄마 배우인 것도 아세요?"

"아, 네. 들었어요."

"어우, 형이 어릴 때 고생을 했으니까. 저 오디션 보러 다닐 때 부모님이 얼마나 반대하셨는지 몰라요."

신희가 아역 배우 일을 시작한 것은 배우인 어머니 덕분이었다고 했다. 원재의 말에 의하면 신희가 죽을 고비를 넘긴 이후, 어머니도 일을 그만두었다고. 자신 때문에 아들이 사람들 손을 타게 돼서, 그렇게 끔찍한 일을 겪게 만들었다고 자책했었다고 했다.

그리고 신희는 어머니가 일을 그만둔 것이 제 탓이라고 생각해 씁쓸해했다고.

"근데 그 피가 어디 가나요. 끼가 주체가 안 돼서."

분위기가 가라앉는 것 같아 원재가 능청을 떤다. 정아가 까르륵 웃으니 신희의 짜증이 더 커졌다. 자신에게는 영 웃기는 재주가 없었으니까, 솜씨 좋게 떠드는 원재가 부러웠다. 같은 집 자식인데 쟤는 어떻게 저렇게 말을 잘할까. 하기야, 원재는 반대로 항상 신희의 성적을 부러워했었다.

"아, 그나저나 형. 진짜 빨리 형수님 집에 모셔 와. 부모님 진짜 좋아하실 거야. 형수님, 네?"

"네. 조만간……."

정아가 난감해하며 말끝을 흐리자 신희가 혀를 차고 원재를 노려본다. 생전 자기편이던 형이 저런 눈으로 보니 원재가 원통해 죽겠다는 듯이 칭얼거렸다.

"와, 진짜. 형은 평생 내 편인 줄 알았더니……. 그럼 형수님은 가족 관계가 어떻게 되세요? 동생 있어요?"

원재가 묻자 정아가 고개를 저었다.

"오빠만 둘이에요."

"그래요? 엄청 예쁨받고 컸겠네요."

그 말에 정아가 난감해하자 신희가 서둘러 말했다.

"아. 그나저나 정아야. 너희 오빠가 나 싫어하잖아. 부모님까지 나 싫어하시면 어떡하지?"

"에이. 만나면 좋아하실 거예요."

그녀가 웃는데 원재가 눈을 치켜뜨고 신희에게 따지듯이 물었다.

"아, 형. 벌써부터 뭐 실수했어?"

"……화낼 만했어."

"이러니 내가 형 걱정을 안 할 수가 있나."

원재는 자기가 형이라도 되는 것처럼 말하며 고개를 절레절레 저었다. 정아는 정신이 쏙 빠질 정도로 밝은 원재를 보며 신희도 어쩌면, 그런 사고를 겪지 않았으면 저렇게 낙천적인 사람이 되었을까 생각했다.

나도 만약 그런 어린 시절을 보내지 않았더라면 지금과는 다른 성격이었을까. 정아는 그런 생각이 들었다.

한참 신나게 떠들던 원재가 드디어 자리에서 일어섰다. 그가 팬 서비스 하듯이 정아에게 웃어 보이며 말했다.

"그럼 형수님 저 가요. 형이 하도 째려봐서."

"아…… 더 있으셔도 되는데. 저는 재밌어요."

정아가 말하자 신희가 원재의 등을 떠밀었다. 정아의 말에 진짜로 눌러앉을까 봐 걱정됐는지 신희가 핀잔했다.

"내가 싫어하는 거 알았으면 진작 갈 것이지."

"아이고, 안 떠밀어도 갑니다, 가."

원재가 너스레를 떨었다. 형제가 참 화날 정도로 잘생겼다. 어디서 저렇게 우월한 유전자가 뽑혔나 했더니 어머니 덕분인 모양이다. 정아가 현관까지 나가 원재를 배웅하고, 문이 닫히자마자 신희에게 말했다.

"오빠도 자기 얘기 안 하네, 뭐."

"아들이라서 그래."

"원재 씨는 하나도 안 무뚝뚝하던데요? 형제가 어쩜 이렇게 안 닮았어요?"

"나도 쟤가 누굴 닮아서 저렇게 시끄러운지 모르겠다."

"오빠 칭찬 아니거든요?"

신희의 능청에 정아가 즐겁게 웃더니 말을 이었다.

"그나저나 정말 잘생겼네요. 역시……."

형만큼이나 잘생겼다는 이야기를 하려고 했다. 실제로 그렇게 생각했으니까. 어디서 그렇게 우월한 유전자가 나왔느냐고 말하려는데.

신희가 찌푸린 얼굴로 말문을 막고 입을 맞춰 온다.

서 있을 때 그가 키스를 하면 키 차이가 많이 나서 고개를 젖히고도 모자라, 발꿈치를 들어야 했다. 그가 정아의 아랫입술을 혼내듯이 가볍게 깨물었다가 놓았다.

"질투 나게 하지 마."

"누가 동생한테 질투를 해요?"

"왜 못 해."

그가 불만스럽게 투덜거렸다.

"저 자식이 그렇게 재밌어? 누가 보면 팬인 줄 알겠네. 말하는 것마다 웃어 주더라?"

"우와. 질투하는 거 봐."

"열 받아."

"그래서 삐졌어요?"

원재의 유쾌함이 둘에게 옮았다. 정아가 여전히 웃음이 남은 얼굴로 신희의 뺨을 토닥토닥한다. 이 여자가 아주, 사람을 어린애 취급하며 달래는데 그게 왜 이렇게 기분이 좋은지 모르겠다. 어린애도 아닌데. 덜 컸나 보다.

어디까지 달래 주려나 궁금해서 표정을 풀지 않으니까 그녀가 신희의 단단한 손을 잡아 방으로 이끈다.

"저 내일 일 안 하니까. 체력 좀 많이 방전시켜도 봐줄게요."

눈치 없고 영 쓸모없는 동생이라고 생각했는데 지금 보니 쓸 만하다. 정아가 이렇게 과감한 소리를 하다니. 자주 삐진 척해야 겠다.

정아가 자신을 따라 들어온 신희를 침대에 밀어 눕혔다. 어디까지 하나 보자는 심산인지 신희가 순순히 누워 주자 정아가 속옷만 남기고 옷을 벗는다. 그리고 신희의 위에 올라가 앉았다. 그러더니 신희가 입고 있던 티셔츠를 잡아 올렸다. 그가 상체를 일으켜 상의를 벗어 버리자 정아가 다시 그의 목에 팔을 두르더니 쪼옥 입을 맞춘다.

귀여워 죽을 것 같았다. 기분 같아선 당장 붙잡아 눕히고, 그녀를 울리고 싶지만 이런 과감함은 자주 볼 수 없는지라 마음을 가다듬고 참았다. 그런데 그 뒤부터는 어찌해야 하나 고민하는 모양새다. 신희가 정아의 목에 걸린 목걸이에 손가락을 넣어 가까이로 당기며 물었다.

"왜 멈춰. 섹시한데."

"놀리지 마요. 저 진지해요."

"그래 보인다."

그가 말하고 정아의 목에 키스를 하자 그녀가 눈을 살며시 감고 말했다.

"내가 할 건데……."

"응. 수고했어."

그가 적당히 대답하며 정아의 머리칼 속으로 손가락을 넣어 헝클었다. 그녀는 머리 만져 주는 것을 좋아해서 이렇게 손가락으로 마사지하듯 만져 주면 어린 강아지가 안기듯이 품으로 파고들어 왔다.

이러니. 침대 위에서 그녀를 아이 취급하지 않을 수가 없다.

신희의 손길을 기분 좋게 느끼며 콧소리를 낸다. 다른 한 손이 엉덩이를 꽉 쥐자 그제야 움찔해 눈을 떴다. 신희가 낮으면서도 듣기 좋은 목소리로 물었다.

"네가 한다며. 이렇게 얌전해지면 어떡해?"

"기분이 좋아져서……."

정아가 더 머리를 만져 줬으면 싶은지 아쉬운 표정을 짓는다. 그러나 신희는 참을성이 바닥나 더 이상 그녀가 원하는 것을 들어줄 수 없었다. 머리를 쓰다듬어 준 탓에 말랑말랑 풀어진 정아의 얼굴이 신희의 몸을 단숨에 달궜다.

그가 급하게 자신과 정아의 남은 옷을 잡아 내렸다. 정아는 먼저 덤벼든 것치고는 평소보다도 부끄러워했다.

신희의 방 거울에 정아의 뒷모습이 비쳤다. 가냘픈 어깨와 잘록하게 들어간 등허리가 보이자, 그녀의 몸을 이리저리 감상하고 싶은 마음과 곧장 안아 버리고 싶은 마음이 충돌했다.

"뒷모습도 예쁘네."

"네?"

마주 보고 앉아서 무슨 소리인가 싶어 두리번거리던 정아가 등 뒤에 거울이 있는 걸 알고 얼굴이 새빨개졌다. 신희의 손가락이 그녀의 척추를 타고 아래로 천천히 미끄러졌다. 살갗을 달아오르게 만드는 손길에 정아의 입술에서 야릇한 교성이 흘러나왔다.

그의 손가락이 곧 골반을 타고 앞으로 돌아와 정아의 허벅지 안쪽을 충분히 어루만졌다. 섬세한 손길이었다. 정아가 그 손길에 이상한 소리를 낼 것 같아 말도 못 하고 신희의 팔만 꼭 쥔다. 곧 신희의 손가락이 그녀의 틈을 가르고 들어갔다. 그리고 어느 정도 젖어 있음을 확인하더니 단단해진 것이 안으로 들어온다. 그 순간 숨이 멎었던 정아가 떨리는 숨을 내쉬고 그를 올려다보았다. 그녀의 몸이 침대에 눕혀지고, 신희가 가장 깊이까지 밀려 들어오자 정아의 허리가 아치 모양으로 휘어진다.

　신희는 정아가 충분히 느끼도록, 그녀가 가장 좋아하는 속도와 위치로 움직여 주었다. 정아는 아랫입술을 자꾸만 꾹꾹 깨물었는데 신희는 그게 가장 기분 좋을 때 보이는 반응이라는 것을 알고 있었다. 신희가 눈웃음 지으며 그녀의 두 뺨을 붙잡고 입을 맞췄다.

　"정아야."

　"으응……. 아……."

　신희가 잠시 움직임을 멈추고, 그 상태로 정아를 꼭 안았다.

　"다른 놈은 네 머리 못 만지게 해."

　그가 말하자 정아가 눈을 반쯤 뜨고 신희를 본다.

　"왜…… 안 돼요?"

　"네가 야한 표정을 짓잖아."

　"오빠 눈에만…… 그래요."

　그녀가 투정하자 신희가 대답했다.

　"정말 야해. 야해서, 아주 사람을 미치게 해."

"거짓말……."

"너 예뻐."

그의 얼굴이 참 다정했다.

"네가 제일 예뻐."

"……."

"나에게 너보다 소중한 건 없어. 그러니까. 살다가 가끔, 네가 소중하지 않게 느껴질 때마다 생각해 줘."

"……."

"나에게 강정아가 얼마나 소중한 여자인지. 나에게서 너를 뺏어 간다면, 내가 어떻게 될지."

정아가 말간 눈으로 신희를 바라보다 고개를 끄덕였다. 살아가며 많은 순간에, 스스로가 이기적이고 쓸모없게 느껴질 때가 있었다. 자존감이 바닥나고. 열등감이 삶의 의지마저 꺾어 놓을 때.

그럴 때마다 그를 떠올리게 될까.

그가 나를 얼마나 사랑하는지를, 나는 떠올리게 될까.

소중하다는 말이 지금 정아의 마음에 꼭 맞았다. 당신도 나에게, 삶의 의미를 만들어 주는 존재가 되어 버렸다는 대답을 그녀가 말간 웃음으로 대신했다.

촬영장과 가까운 신희의 집에서 자고 온다던 원재가 되돌아오자 어머니인 은선이 의아해하며 물었다.

"신희 집에서 자는 거 아니었니?"

"아, 엄마. 형수님 계셔서 제가 빠져 줬어요."

원재가 잽싸게 핸드폰을 켜더니 정아의 사진을 자랑스럽게 내밀었다.

"우리 형수님이 막 찍어도 이 정돕니다."

"어머!"

사진을 확인한 은선이 놀라서 핸드폰을 들고 서재로 달려갔다. 주말을 맞아 느긋하게 책을 읽던 그녀의 남편 강혁이 요란하게 열리는 문소리에 고개를 돌렸다. 은선이 강혁에게 핸드폰을 내밀었다.

"이거 봐요, 여보. 신희 여자 친구래요. 진짜로!"

"신희가 진짜 여자 친구가 있었어?"

처음엔 하도 연애하라고 잔소리해서 둘러대는 줄 알았다. 신희가 결혼할 거라고까지 말했는데도 여전히 긴가민가했었다. 가족들이 아는 장남은 그 정도로 연애와 거리가 먼 인물이었다.

강혁이 얼른 핸드폰을 받아 확인했다. 그가 안경까지 고쳐 쓰고 사진을 보더니 말했다.

"날 닮아서 보는 눈이 있네."

그의 말에 은선이 농담하지 말라는 듯 웃으며 강혁의 어깨를 톡톡 두드린다. 그녀가 말했다.

"근데 정말 예쁘네요. 인상도 아주 밝아 보이고."

"집에 데려갔나 보네. 그럼 결혼은 확실히 하는 거겠지요?"

"그건 모르죠. 요즘 애들이 어디 그런 거 신경 쓰나요?"

은선의 말에 신나 있던 강혁의 표정이 급격히 울적해졌다. 그렇긴 해도 생전 제집에 아무도 못 들어오게 하던 신희였다. 그러던 것이, 작년부터 급격히 상태가 나아지고 끝에는 의료봉사까지 다녀왔다. 여기 이 사진 속 여자가 그를 나아지게 만들고 있었구나, 은선과 강혁은 짐작했다.

보기만 해도 좋은지 정아의 사진을 들여다보던 은선이 원재에게 진지하게 물었다.

"둘이 손은 잡든?"

"어어…… 그러고 보니까 엄청 떨어져 앉아 있던데."

그 말에 이번엔 은선도 실망스러운 표정을 지었다. 신희가 A국가에서 돌아오자마자 정아의 집에 갈 때도 최대한 늦게 들어오라고 부탁하던 부모였다. 둘이 스킨십은 하는 건지, 진도는 어디까지 나갔는지. 대인기피인 아들은 부모로서 하고 싶지 않은 고민을 안겨 주었다.

원재가 둘의 실망감을 달래 주기 위해 서둘러 말했다.

"아, 근데 둘이 진짜 신기한 인연이더라고요. 형 왜 잠깐 바닷가에서 살았던 적 있잖아요."

"응. 그랬지."

은선은 그때만 이야기하면 표정이 밝아지곤 했다.

방 밖으로 나가는 것조차 괴로워하던 아들. 부모가 아침마다 억지로 팔을 잡아끌고 나오지 않으면 학교도 가지 않던 힘겨운 날들이었다. 그러다 그 아이가 바닷가에 살게 되었을 때.

신희는 어느 날, 제 손으로 문을 열고 밖으로 나왔다. 영영 웃

지 않을 것 같던 녀석이 웃음을 터트렸다. '우리 동네에 엄청 새
카만 여자애가 있어.'라면서.

은선이 말했다.

"거기서 그 동네 여자애를 졸졸 따라다니느라 결벽증이 확 나
았었잖아."

그 말에 원재가 팔짱을 끼고 고개를 기우뚱하며 말했다.

"예? 제가 듣기론 형수님이 형 짝사랑해서 맨날 따라다녔다던
데."

"뭐?"

"아니, 두 분은 왜 저흴 이렇게 잘생기게 낳아 주셔서 피
곤…… 엄마?"

흐뭇해하던 은선의 눈가가 금방 빨개졌다.

"이 애가, 그 여자애라고? 저, 정아? 정아 맞지?"

"어? 이름 아세요?"

"그럼. 알지."

은선이 그때 일을 떠올렸다. 그즈음, 은선은 하루가 멀다 하고
아들을 살피러 바닷가에 들렀었다. 그녀의 기억으로 짝사랑을 했
던 건 정아보다 오히려 제 아들 쪽이었다. 생전 창문도 열기 싫어
하던 녀석이 그 여자만 보면 뒤를 졸졸 쫓아다니며 말 걸 구실
을 찾고 있었던 것이다. 그때는 신희가 마치 정아를 유치원생 말
하듯이 이야기했지만, 은선의 눈에는 충분히 첫사랑을 시작할 나
이의 소년과 소녀였다.

신희를 밖으로 나가게 해 준 그 여자아이가 너무 고마워서, 그

냥 보는 것만으로도 눈물이 나왔었다. 신희의 대인기피가 온전히 제 탓인 것 같아 고개도 들기 힘들었던 나날들에 빛이 비치는 것 같았다.

그래서 신희와 놀고 집으로 돌아가려던 그 아이에게 말을 걸었던 적이 있었다.

"오빠가 마음에 들었나 보네."

정아가 집 가는 방향으로 따라 걸으며 말하자 그 애가 얼굴이 새빨개져서 말했다.

"그, 그게 있잖아요!"

"뭐라고 하려는 게 아니라, 아줌마가 오빠랑 놀아 주는 게 고마워서 그래."

고등학생 아들을 둔 여자가 어찌나 오밀조밀 예쁘던지. 정아는 은선의 얼굴을 멍하니 보고 있었다. 은선이 다정하게 물었다.

"뭐 가지고 싶은 거 없니? 자주 놀러 와 주기만 하면, 너 가지고 싶은 거 사 줄게."

"으음……."

신희는 가끔 입을 열 때마다 정아의 이야기만 했다. 그래서 그녀에게 뭐라도 해 주고 싶었다. 아들을 치유해 주는 대가로 물질적인 보상을 해 주고자 했다. 선물을 사 주면 좋아서 아들과 더 많이 놀아 주지 않을까 하는. 그때는 그런, 속물적인 마음이 별수 없이 들었다.

그래서 은선이 묻자 정아가 당황하더니 주머니를 뒤적거려 손수건을 내밀었다.

"여기요."

마음이 많이 약해져 있던 시기였다. 은선은 그 무렵 눈물을 달고 살아 항상 눈가가 빨갰었다. 그녀가 애써 웃어 보이려는데 정아가 은선을 즐겁게 해 주려는 듯, 해맑은 얼굴로 말했다.

"놀아 주는 거 아니에요."

"……."

"정말로 좋아서 따라다니는 거예요."

그러더니 망설이는지 머뭇거리다 가까이 걸어와 은선을 살짝 안고 등을 다독거렸다. 유난히 따듯하던 기억이 난다. 은선은 거기 얼굴을 묻은 채로 한참 울고 싶어졌다. 그녀가 고개를 끄덕였다.

"응. 그렇구나."

그날 눈물을 참는 것이 얼마나 곤란하던지. 두 팔로 정아를 꼭 안고 그녀가 말했다.

"그래도. 고마워."

은선은 아직도 그날 일을 선명하게 기억했다. 아프지 말라고 달래 주던 그 선한 소녀가 어찌나 오랜 시간 그녀의 마음에 남던지. 이렇게 따듯한 아이가 신희의 마음을 열게 했구나, 하고.

그때 너는, 어쩜 그토록 어른을 울게 했었니. 그녀가 울자 옆에 있던 두 남자가 난감해 어쩔 줄 모른다. 은선이 원재에게 물었다.

"지금 이 애. 신희 집에 있는 거지?"

"지, 지금 가 보시게요?"

"응. 만나 보고 싶어."

"글쎄요, 지금 너무 늦은 것 같은데요⋯⋯."

"항상 서울에 있는 것도 아니라며! 지금 만나야지."

은선이 말하며 나갈 준비를 시작하자 말려야 될 강혁이 말리기는커녕 잽싸게 차에서 기다린다며 먼저 나간다. 본인도 예비 며느리가 엄청 보고 싶으셨던 모양이다. 그 광경을 보던 원재는 굉장히 죄지은 느낌을 받으며 조심조심 형에게 부모님이 가신다는 연락을 했다. 어쩐지 사진 못 찍게 하더라. 역시 형 말을 들었어야 했다⋯⋯.

정사가 끝나고도 두 사람은 한동안 떨어지지 않았다. 꼭 붙어 앉아 상대의 심장 소리나 체온이 자신의 세상이라도 되는 것처럼 파고들어 한껏 누렸다.

신희가 소파에 앉아 리모컨으로 영화를 고르는 사이 정아는 그의 품에 얼굴을 묻고 하품을 했다.

"졸려? 그냥 잘까?"

그가 정아의 머리칼을 쓰다듬으며 묻자 그녀가 고개를 저었다. 둘의 몸이 따뜻했다. 신희가 영화를 고르고 오프닝 시퀀스가 지나가는 내내 정아가 그의 얼굴을 빤히 보았다. 신희가 쑥스러워하며 손으로 그녀의 눈을 가렸다.

"뭘 그렇게 봐."

"좋아서 보잖아요."

"다른 곳 봐. 민망해."

"아, 내 남자 얼굴도 못 보게 해."

정아가 눈이 가려져 투정하는데, 그녀의 귀로 신희의 웃음소리가 들린다. 정아가 몸을 움직여 신희에게 입술을 가져갔다. 그의 턱에 쪽, 키스를 하더니 고개를 조금 들어 이번엔 입술에 제 입술을 가볍게 부딪쳤다. 신희가 실소하며 다른 손으로 정아의 턱을 잡아 엄지로 입술을 문질렀다.

"영화 보지 말까?"

"아뇨. 영화 봐요."

"근데 왜 이렇게 못살게 굴어?"

"난 뽀뽀하는 게 좋아서요?"

"나는 섹스가 더 좋······."

쓸데없는 소리를 하니 정아가 신희의 팔을 아프지 않게 꼬집는다. 그리고 신희가 몸을 기울여 키스를 하는데 정아의 등 뒤에 있는 그의 핸드폰이 계속 울린다. 두 번 무시하니까 이번엔 계속 문자가 와서 신희가 핸드폰을 집어 확인했다. 곧 그가 제자리에 얼음처럼 굳었다.

"어······ 정아야."

"네?"

문자를 확인한 그가 너무나 난감해서 정아까지 당황한 표정이었다. 신희가 그녀의 눈치를 살피며 말했다.

"부모님 오고 계신다는데."

"······네? 지금요?"

"하여튼 이원재 이 자식. 그래서 내가 사진 보여 드리면 안 된다고 그렇게 얘기했는데. 우리 부모님이 급하셔서."

신희보다 배는 더 당황한 정아가 허둥지둥하며 물었다.

"지금요? 여기로?"

"응. 여기로."

"어, 어떡해요! 제가 집까지 온 거 아시면 뭐라고 생각하시겠어요!"

"뭐라고 생각하긴. 기뻐하시겠지. 어차피 결혼할 건데."

그는 제 부모님 반응을 이미 알고 있었지만, 정아는 그의 말을 믿지 못하고 거울로 달려갔다. 그녀가 서둘러 입고 있던 신희의 셔츠를 벗고 자신이 입고 온 옷으로 갈아입었다. 그리고 헝클어진 머리칼을 빗어 정리하는데 신희가 자신도 억울하다는 듯이 투덜거렸다.

"아니, 열 시가 다 됐는데 왜 오신다는 거야. 나 눈치 없는 건 부모님으로부터 유전됐나 봐."

그런 그가 얄미운지 옷을 다 갈아입은 정아가 신희의 뺨을 두 손으로 꾹 누르며 말했다.

"두 분이 저 미워하시면 알아서 해요."

"좋아서 춤추실걸."

그의 말이 위로가 되지 않는다. 정아가 계속 집에 있어도 되는 건가 고민하는 사이 초인종이 울렸다.

"연다?"

신희의 말에 정아가 긴장감에 다 죽어 가는 얼굴로 고개를 끄덕였다. 그리고 밉보이지 않으려고 애써 활짝 웃었다. 그때 문이 열리고 은선과 강혁이 현관으로 들어섰다.

"오셨어요?"

"아, 안녕하세요!"

정아가 허리를 푹 숙여 인사하고 고개를 드는 순간. 은선이 아주 오랫동안 그리웠던 사람을 만나듯이 정아를 꼭 끌어안았다. 가장 당황한 건 신희였다.

"어, 어머니?"

은선은 원래 스킨십을 좋아했다. 여배우 출신답게 감정이 풍부했고, 액션이 컸다. 그렇다고 이렇게 갑자기 찾아와서, 갑자기 정아를 끌어안을 줄이야. 은선이 얼어 있는 정아를 놓아주고, 자기보다 키가 작은 정아를 가만히 바라보며 물었다.

"나 기억 못 하죠? 어렸을 때 몇 번 봤었는데."

"아……."

정아가 어릴 때의 기억을 떠올렸다. 어렴풋이. 그녀도 자신이 신희의 어머니와 만났었다는 것을 기억하고 있었다. 종종 신희와 자신을 한참 울다 지친 것처럼 빨개진 눈으로 바라보던, 놀랄 정도로 예뻤던 여자.

"그때 아줌마가…… 아니지."

무심코 자신을 아줌마라고 지칭하던 은선이 질색하더니 정아에게 물었다.

"신희랑 결혼하는 거 맞지?"

은선이 어린애가 조르듯 묻자 옆에서 신희가 대신 대답했다.

"네. 할 겁니다."

그의 말에 은선도 강혁도 안도해 한숨을 쉰다. 은선이 즐거운 목소리로 말했다.

"그럼 아줌마 아니지. 어머니지. 그렇지?"

"아…… 네, 네!"

"기억 못 하겠지만. 그때 내가 정아 씨 덕에 참 많이 웃었어요."

정아는 무슨 소리인지 잘 몰라서 당황한 표정이었다. 은선이 제 허리에 한 손을 올리고 다른 손 검지로 신희를 손가락질하며 말했다.

"그리고 너 말야. 이신희."

"예? 저요?"

"누가 누굴 졸졸 쫓아다녀. 네가 정아 씨 뒤를 얼마나 쫓아다 녔는데."

"제, 제가요?"

신희가 황당해서 되묻는다. 그 모습에 바짝 긴장해 있던 정아의 입가에 미소가 번진다. 그녀가 신희를 올려다보며 눈웃음 지었다.

"그랬어요?"

"무슨 소리야. 아, 뭐. 꼬마 애가 귀여워서 신경 쓰이긴 했는데."

신희의 예상이 대부분 맞았다. 은선과 강혁은 정말로 정아를 너무도 만나고 싶었던 것뿐이었다. 원하던 대로 정아의 얼굴을 확인한 은선과 강혁은 금방 돌아갔다. 둘이 데이트하는 데 방해 안 하겠다며 원재와 똑같은 말을 남겼다.

두 분이 신희에게 여자 친구를 만나 볼 수 없냐고 할 때마다 서울에 없다는 말만 했단다. 그래서 오늘이 기회라고 생각하셨던 모양이다. 참 즉흥적인 분들이었다. 삼십 분도 채 안 있다 가셨는데 신희도 정아도 진이 쪽 빠졌다. 둘이 침대에 늘어졌다. 한참 있다가 신희가 말했다.

"미안. 정신없었지."

"좋았어요."

"그래?"

"네. 정말. 정말 좋았어요."

그녀의 즐거운 목소리에 신희가 안도해 웃었다.

"다행이네."

그가 대꾸하더니 잠시 후 정아를 자기 품으로 끌어당기며 물었다.

"그런데 우리 부모님은 저렇게 너 좋아하시는데. 너희 부모님이 나 싫어하시면 어떡하지?"

"안 싫어하실 거예요."

"너희 오빠는 나 확실히 싫어하잖아."

"으음……."

잠시 망설이던 정아가 말했다.

"괜찮을 거예요."

"응. 내가 열심히 할게."

신희가 말하며 정아를 꼭 안고 잠을 청했다.

신희는 곧 잠이 들었지만 정아는 잠이 잘 오지 않았다. 그녀가 조심스럽게 방 밖으로 나왔다.

성인이 되어서 집에 전화한 것은 손에 꼽았다.

그녀가 집에 전화해 결혼한다고 알리자 부모님은 별말 없이 그래, 하고 대답했다. 어머니 연경이 조심스럽게 물었다.

— 사람은 착하니?

"으응. 엄청 착해요."

하나뿐인 딸은 집과 너무 많이 멀어지고 말았다. 조용히 대화하던 끝에 연경이 말했다.

— 해 준 게 없어서 미안하다.

"……."

연경은 힘이 들었다. 그녀는 가족들을 부양해야 했고, 심지어 남편은 환자였다. 연경이 일에 익숙해질수록 수익은 안정되었다. 장남이 고등학교를 졸업하고 바로 일을 시작하자 조금 더 나아졌다.

그래서 정아를 데려와도 될 거라고 생각했는데 아니었다. 정호는 정아의 일거리가 자신에게 떠넘겨졌던 것에 화가 많이 나 있었다. 그 화를 전부 호주에서 돌아온 정아에게 풀었다.

연경도 알고 있었다. 하루 종일 딸이 집안일과 폭력에 시달렸다는 것을. 호주에서 돌아올 때에는 그토록 밝던 아이가 점점 말수가 줄어들었던 것을. 그걸 알았는데, 피곤한 마음에 그저 집안이 조용하기만 바랐었다. 그러니 딸이 이렇게 제 손에서 멀어졌어도, 감히 그리워하는 것조차 사치인 것처럼 느껴졌다. 그래서 보고 싶다는 말조차 아꼈다.

— 우리가 한번 너희 있는 쪽으로 갈게. 정아야.

"아. 저희가 갈게요."

— 그럴래?

"네. 오빠가 엄청 긴장해요. 잘 보이고 싶어서."

정아가 웃었다.

"엄마."

— 응.

"그때. 나 이모한테 보내 줘서 고마워요."

— ······.

"그때 나 호주 보내 주라고, 엄마가 소리 지르는 거 처음 봤는데 엄청 멋있었어."

그녀의 능청에 연경이 소녀처럼 웃었다.

— 그럼. 엄마가 얼마나 악착같이 살았는데.

"응. 우리 엄마 진짜 대단하다."

결혼할 때가 되어서야. 모녀는 서로의 마음을 이야기했다. 버텨 왔던 것에 대하여 이야기했다.

큰오빠에게도 연락을 하고 나니 마음이 조용해졌다. 결혼한다는 이야기를 해야 한다고 생각했었는데 계속 미뤘다. 그러다 이제야, 신희의 가족을 다 만나고 나서야 더 이상 미루면 안 되겠다고 생각했다. 본격적으로 실감이 났기 때문이다.

그녀가 진이 빠져서 소파에 가만히 앉았다가 마지막으로 정호의 번호를 눌렀다. 그가 전화를 받는데, 집에 있는지 주위가 조용했다.

─ 어. 웬일이냐.

"……여자 친구랑은 어떻게 됐어?"

─ 잘됐으니까 너한테 연락을 안 했지.

그의 태연한 말에 정아가 작은 한숨을 쉬었다. 여전하다. 작은
오빠는 여전히 쉽게 사람을 위협하고, 쉽게 잊는다. 며칠간, 혹시
정호가 찾아오기라도 할까 봐 두려워했던 스스로가 비굴하고 한
심하게 느껴지게 한다. 그는 여전히 정아의 마음을 조금도 몰랐
다.

그녀의 한숨에 정호도 멈칫하더니 변명하듯 말했다.

─ 그냥, 내가 술을 끊기로 했어. 내가 지은이 위해서 그 정도
도 못 하냐.

"……."

─ 그러니까 너도 이제…….

"나 결혼해."

─ 아. 결국 하냐? 그 자식 진짜 마음에 안 들었는데.

정호가 장난치듯 툴툴거리는데, 정아가 말을 이었다.

"오빠는 내 결혼식에 안 왔으면 좋겠어."

그러자 그녀의 말이 이해가 안 가는 듯 정호가 잠시 입을 다물
었다. 그가 한참 후에야 물었다.

─ 너 지금 뭐라고 했어?

"내 결혼식에 오지 말라고. 나도 오빠 결혼식 안 가."

─ 너 미쳤어?

"나 안 미쳤어. 진심이야. 오지 마. 이 말 하려고 전화했어."

전화기 너머에서 정호가 버럭, 욕을 하는 것이 들렸다. 그러나 정아는 표정 하나 변하지 않았다. 자신이 한 말은 모두 진심이었다.

— 어떻게 친오빠가 결혼식을 안 가.

정호가 화를 참는 것이 역력했다. 그는 이제 어른이 되었으므로, 청소년기의 자제할 수 없던 감정의 극단적인 변화를 극복했다 여겼다. 그가 이를 악물어 가며 말했다.

— 회사 사람들이 나를 어떻게 생각하겠어.

"나랑 상관없는 일이야."

— 아오, 이게. 너 진짜 죽고 싶냐.

결국 못 참고 다시 언성을 높인다. 정아는 고칠 수 없는 습관처럼, 그의 큰 목소리에 공포를 느꼈다. 그녀가 떨리는 목소리로 물었다.

"이렇게 바로 협박을 하면서. 도대체 뭐가 달라졌다는 거야?"

— 이게 무슨 협박이야? 네가 지금 사람을 미치게 하잖아.

"끊어."

— 강정아!

"이제 내가 오빠 동생이라고 생각하지 마. 나도 오빠가 내 오빠라고 생각 안 해."

정아는 그렇게 전화를 끊었다. 그와 남이 되겠다고 결심했다. 그러나 그것이 쉬운 결심은 아니어서, 한동안 손이 떨렸다. 속이 후련하지도 않고, 두렵기만 했다.

어쩌면. 지금으로부터 십 년쯤 지나서 그도 자신도 결혼을 해서 아이를 키우다 보면 용서하게 될지도 모르겠다. 그러나 지금은 아니었다.

그녀가 핸드폰을 소파에 던져두고 신희가 잠들어 있는 방으로 향했다. 다리에 힘이 풀려 가는 길에 주저앉을 뻔했다. 그의 품에 안겨 들면 이 두려움에서 벗어날 수 있을까. 정아가 이불 속으로 들어가자 신희의 팔이 정아의 몸을 감았다.

"전화 다 했어?"

그가 나직하게 물었다. 조용하게 전화했다고 생각했는데 언뜻 들렸던 모양이다. 그가 되물었다.

"무슨 전화였어?"

"부모님이랑 큰오빠한테 결혼한다고 말씀드렸어요."

"으응. 잘했네."

"그리고…… 작은오빠에게는 결혼식에 오지 말라고 했어요."

그녀의 말에 신희가 말없이 고개를 끄덕인다. 그리고 그녀를 더욱 힘주어 안았다. 제 스스로가 그녀의 보호막이라도 되는 것처럼.

정아가 손끝으로 곧 면도가 필요한 그의 턱을 만지작거리며 말했다.

"미안해요. 나 때문에 깼죠?"

"네가 내 품에 없어서 깼어. 허전해서."

잠이 덜 깬 신희의 목소리는 갈라졌고, 무척 낮았다. 그런데도 이토록 다정할 수 있다니.

"정아야. 얼른 일 그만두고 서울 와. 내 옆에 계속 있어."

"두 주만 기다려요. 딱 두 주."

잠결이라 그런지, 아니면 정아의 기분을 풀어 주려는지. 그가 어린아이처럼 투정을 부렸다.

"너무 길다······."

그러자 정아가 그의 입술에 가볍게 입을 맞추고 말했다.

"귀여워요."

"그래? 그럼 내가 네 곰 인형이라고 생각하고 자."

"곰 인형이요?"

"응. 너 아무래도 그 곰 인형이 없어서 못 자는 것 같다. 서운해."

그의 말에 정아가 풋 웃었다. 신희가 길게 하품을 하고 그녀의 등을 다독였다.

"오늘 하루 참 길었다. 힘들었지?"

"으응."

정아가 대답하며 더욱 품으로 파고들었다. 곰 인형도 없는 밤인데 대신 곰 인형이 되어 준 신희 덕분에 정아는 곤히 잠이 들었다.

다음 날 아침 신희가 출근을 할 때, 졸려서 눈도 못 뜨는 정아가 현관으로 끌려 나왔다. 정아가 반쯤 감긴 눈으로 칭얼거렸다.

"왜 데리고 나와요······ 인사하고 잘 건데."

"빵집 가자. 모닝커피도 마시고."

"어제도 먹었잖아요. 왜 이렇게 빵을 좋아해요?"

그녀가 투정하자 신희가 대답했다.

"예전엔 아침마다 빵 굽는 냄새가 그렇게 괴롭더라. 사 먹지도 못 하니까. 그래서 요즘 그동안 못 먹었던 빵을 몰아 먹고 있어."

어쩐지 사람이 점점 더 체격이 커지더라. 빵이 확대시키고 있었구나……

정아가 비몽사몽 신희를 따라 빵집으로 들어갔다. 그래도 고소한 빵 냄새가 나자 여기까지 나온 보람이 생긴다.

이른 아침의 햇살이 유리벽으로 적당히 들어오는 봄. 카페를 겸하는 빵집 한쪽에 자리를 잡고 신희가 커피 두 잔과 빵을 사서 돌아왔다. 정아가 코로 숨을 크게 들이쉬고 나른한 표정을 지었다.

"아…… 빵 냄새 좋다."

"잘 나왔지?"

"음. 솔직히 좋네요."

정아가 웃으며 대답하고 커피를 받아 들었다. 라테의 부드러운 첫 모금이 좋았다. 정아는 잠결에 빵과 커피를 먹고, 신희는 가만히 그 모습을 보고 있었다.

정아가 입에 묻은 슈가 파우더를 혀로 핥고 신희에게 물었다.

"얼굴에 뭐 묻었어요?"

"아니. 그냥 예뻐서 보는 거야."

"민망하게."

"왜. 내 여자 얼굴도 맘대로 못 봐?"

전날 정아가 한 말을 그대로 돌려준다. 턱을 괴고 말하는 남자의 모습은 막 일어나 세수만 하고 나온 정아보다 훨씬 말끔했다. 그 잘난 얼굴로 자기 여자 친구가 예뻐서 눈을 못 뗀다.

정아는 하얀 면 티셔츠 위에 무릎까지 오는 민소매 원피스를 입고 있었다. 출근하느라 정장 차림인 신희와 달리 편안한 복장이었다.

"무슨 콩깍지가 그렇게 심하게 꼈어요?"

정아가 부끄러워 괜히 핀잔하자 신희도 커피를 한 모금 마시고 말했다.

"예쁜 걸 어떡해."

사람이 눈치가 없으니까 부끄러움도 없다는 건 예전에 알았다. 정아가 빵을 조금 뜯어 신희에게 내밀자 그가 순순히 입을 벌려 먹고는 또 흐뭇하게 그녀를 본다. 아무래도 여기 오자고 한 주목적은 빵이 아니라 이렇게 가만히 마주 보고 있는 것이었던 모양이다. 정아 혼자 아침을 먹게 하기 싫은 마음과 함께. 커피 만드는 소리가 달그락달그락 들리고 빵 냄새가 가득한 지금이 평화로웠다.

식사 겸 커피를 마시고 밖으로 나와서 주차장으로 향했다. 차 앞에 도착해 정아가 인사했다.

"다녀오세요."

그러자 신희가 한숨을 쉬더니 그녀의 허리를 안고 중얼거렸다.

"빨리 결혼하자."

"갑자기 왜요?"

"지금 이 순간이 너무 좋아서."

그가 출근하기 싫어 선뜻 차에 타질 못한다. 정아가 발을 들어 신희의 **뺨**에 쪽 입을 맞췄다.

"지각하면 안 돼요."

"……하여튼 은근히 남자를 잘 다룬다니까."

신희가 미심쩍은 표정으로 중얼거렸다. 정아가 능숙하게 남자를 다루는 건지, 자기가 정아에게 약한 건지. 차에 탄 신희가 손을 흔들었다.

"금요일에 갈게."

"네에. 금요일에 봐요."

정아가 웃으며 손을 흔들었다.

문학관을 그만두겠다고 하니 관장이 무척 서운해했다. 밝고 상냥한 그녀 덕에 문학관 분위기가 밝았었다.

다행히도 바로 직원이 구해졌다. 정아는 하나하나 해야 할 일을 꼼꼼하게 정리해 인수인계했다.

이 동네에 정이 많이 들었다. 마지막 한글교실에서 할머니들도 아쉬워하고, 울기도 하셨다. 그래도 결혼해서 그만두는 건가 보다 하고 나름 서운한 마음을 접고 좋게 받아들이셨다.

그리고 그 달의 마지막 주 금요일 저녁, 마지막 퇴근을 하려는데 갑작스레 비가 내리기 시작했다.

"마지막 날이라고 비까지 오네."

정아가 혼잣말하며 짐을 챙겼다. 리셉션 데스크의 서랍 안에는 그녀의 물건과 문학관 물건들이 섞여 있었다. 주말에 짐을 다 실어 서울로 가기로 했다. 문학관의 짐까지 정리하고 나니 이제 정말 그만둔다는 실감이 났다.

신희도 일찌감치 출발해 바닷가에 다 와 간다고 문자를 보냈다. 비를 맞으면 신희가 한 소리 할 테니 그가 도착하기 전에 집에 가서 씻어야겠다고 생각했다. 문학관을 나와 집으로 달려가려는 그때.

그녀의 위를 우산이 덮었다.

"……작은오빠?"

정호였다. 놀란 정아가 뒤로 물러서려 하자 정호가 그녀의 팔을 잡아 우산 안으로 당겼다.

"얘기 좀 하자."

"무슨 얘기를 해."

정아가 뿌리쳤다. 그녀가 비를 맞을 듯하자 정호가 차라리 그녀에게 우산을 쥐여 주고 자신이 우산 밖으로 나왔다. 그가 어두운 분위기를 반전시키고 싶었는지 능청스레 말했다.

"야. 오빠랑 여동생이 이렇게 사이 나쁜 걸 우리 처가에서 보면 뭐라고 하겠냐?"

"사실대로 말하면 되잖아."

정아와 연락을 끊고 살았어도 그렇게 서운하진 않았다. 그러다

동생이 결혼식에 오지 말라고 했을 땐 머리를 얻어맞은 것 같은 기분이 들었다. 이제야 정아가 정말 자신과 인연을 끊으려 한다는 것을 알았다.

"도대체 몇 년 전 일인데 아직도 그래. 미안해. 미안하다니까?"

"그냥 없는 사람이라고 생각해. 왜 굳이 화해하려고 해?"

"그땐 내가 어렸다고. 몰랐다잖아, 그러니까 화해 좀 하자!"

말하다 욱해서 정호가 버럭 소리를 질렀다. 그러자 정아가 본능적으로 몸을 움츠리며 뒤로 물러섰다.

그녀의 반응에 더욱 짜증이 나서, 정호가 제 젖은 머리를 마구 헝클며 말했다.

"겁먹지 말라니까? 말했잖아. 이제 나 누구 때리고 그런 짓 안해."

"……."

"벌써 십 년도 더 됐다. 이제 믿어 줄 때도 되지 않았냐? 이렇게 평생 나 나쁜 놈 만들 거야?"

비가 계속 내렸다. 정아가 우산을 내밀었다. 정호가 받지 않자 차라리 바닥에 내려놓았다. 정호가 속이 터질 것 같아 깊게 심호흡했다.

"내가 잘못했어. 미안하다고."

"오빠. 나 오빠가 싫어. 그런데……."

"알아. 충분히 알아들었고, 네가 나 싫어하는 거 이해하는데. 그래도 남매잖아. 어떻게 평생 남으로 지내냐? 나도 이제 법 무서운 거 알고, 그러면 안 되는 것도 알아."

"아니…… 싫은 게 진짜 문제가 아니야."

정아가 정호를 똑바로 보았다. 오늘, 그에게 확실하게 말해야겠다고 생각했다.

"오빠. 나는 아직도 남자가 내 머리 위로 손을 올리면 놀라. 남자 친구 처음 만났을 때도 그랬어."

그녀의 말에 정호의 눈빛이 흔들렸다.

십 년도 더 된 일이다. 과거의 일은 과거에 끝났다고 생각하던 그에게, 지금 이 말은 상당한 충격이었다. 정아가 떨리는 목소리로 말을 이었다.

"그러니까 진짜 문제는. 내가 아직도 오빠를 무서워하고 있다는 거야."

"……."

정호가 주춤했다. 어릴 때는 그저 멋대로 살았다. 그것이 정아의 성격마저 변하게 했다는 것을, 그는 여태 몰랐었다. 정아가 말을 이었다.

"오빠는 나한테 개야. 미친개."

"이 새끼가…… 아니."

무심코 욕을 하려던 정호가 입을 다물었다. 그리고 표정을 찌푸리며 침착하게 말했다.

"그래도 오빠한테 미친개가 뭐냐."

그러자 그녀가 말했다.

"출근길에 목줄 풀린 미친개가 있어서, 맨날 오빠를 문다고 생각해 봐. 무섭지? 그래서 오빠가 개 주인한테 따지러 갔어. 그랬더니 개 주인이 며칠 뒤에 그러는 거야. 내가 아주 혼쭐을 내 놨어. 쟤 이제 다신 사람 안 물 거야. 그러니까 걱정하지 말라고."

"……."

"그럼 어때? 이제 그 개가 안 물 거라는 게 믿겨져?"

그녀는 침착하게 말하고 있었다. 아주 오랫동안 해 온 생각을 말하듯이.

"아니지. 그럴 리가 없잖아. 우린 개랑 말이 안 통하니까. 그 개가 순해졌다는 말을 어떻게 믿어."

"……."

"오빠는 나한테 그 개야. 나를 맨날 물던, 말이 안 통하는 개. 오빠는 그럴 마음이 없었을지도 모르지만. 난 정말 이렇게 맞다가 죽을지도 모르겠다고 생각했어. 오빠가, 날 죽이려고 때리는 거구나."

정호는 아무 말이 없었다. 정아가 말을 이었다.

"그러니까 우리 사이에 화해라는 말은 안 어울려."

"……그래서. 평생 나 용서 못 해 주겠단 얘기야?"

"용서의 문제가 아니라."

"……."

"내가 미친개한테 하도 물려서, 이미 망가졌다는 게 문제야."

정호가 깊게 한숨을 쉬었다. 그리고 조심스럽게 정아에게 손을 뻗었다. 그러자 그녀가 거칠게 그 손을 쳐 버리고 말했다.

"가까이 오지 마."

"내가 앞으로 잘할게."

"거짓말하지 마!"

정아는 지금까지의 감정이 북받쳐 소리를 질렀다. 그녀가 비와 눈물에 젖은 얼굴로 말했다.

"내가 얼마나 무서웠는지 알아? 나 오랫동안 남자 목소리만 들어도 떨었어. 대학 가서도. 아주 평범하고 착한 사람들도 의심하고, 두려워하고. 그게 얼마나 자괴감이 드는지 알아? 얼마나 내가 비굴하고 약하고…… 나쁜 사람처럼 느껴지는지 알아? 근데 오빠는 어떻게 그렇게 태연하게 화해하자는 소리가 나와? 난 이렇게 고칠 수도 없게 이상한 사람이 돼 버렸는데……."

"……미안하다."

그가 중얼거렸다. 처음, 진심이 담긴 정호의 목소리가 떨렸다.

"미안해, 정아야. 몰랐어."

한 번 더. 그가 말했다. 이렇게 깊게 마음이 다쳐 있는 줄 몰랐던 스스로가 싫어졌다. 정아가 다가오는 정호를 밀치고 바닷가가 있는 방향으로 걸어갔다. 정호는 한숨을 쉬었을 뿐 더 이상 따라오지 않았다.

그사이 신희가 전화를 해서 핸드폰이 계속 울렸다. 바로 집으로 간다고 했는데, 집에 가도 그녀가 없으니 놀란 모양이다. 정아는 바닷가에 웅크린 채 전화를 받지 않았다.

자신은 이미 망가져서 정호를 용서해 줄 수가 없었다. 지금 이런 싸늘한 마음을 신희에게 들키고 싶지 않았다. 이렇게 미움으로 가득한 자신을 보면, 그가 실망할 것 같아서.

"나보고 예쁘다고 했는데."

울고 있는 그녀의 혼잣말이 떨렸다. 자신을 바라보던 신희의 눈빛을 떠올렸다. 그녀가 사랑스러워 눈웃음 짓던 그 눈이. 더없이 선량한 그 눈이 자신에게 과분하다는 생각을 했다. 그때 그녀의 팔이 잡히며 몸이 일으켜졌다. 신희가 숨을 몰아쉬고 있었다. 이 빗속에서 한참 그녀를 찾아다닌 모양이다.

"너 왜 여기 있어?"

정아는 그제야 정신이 들어 뒤로 물러섰다. 화내겠다. 가뜩이나 지금, 비를 맞아서 어디 하나 예쁜 구석이 없을 텐데.

"정아야."

"따라오지 마요."

그녀가 돌아서서 도망치자 신희가 달려가 그녀를 막아섰다. 다시 정아를 잡으려다, 그녀가 떨고 있어 우산만 내밀었다.

"우산이라도 쓰고 걸어."

이미 신희도 비에 진탕 젖어 있었다. 저 남자는 무슨 죄야. 하루 종일 일하고는 놀라서 자신을 찾아다녔을 텐데. 해변에 웅크려 있는 것을 보고는 또 얼마나 놀랐을까. 정아가 다시 울음이 터져 어깨를 들썩이며 그를 올려다보았다.

"나 지금 진짜 못생겼죠?"

"……그 자식이 왔었어?"

어렴풋이, 그럴 거라고 생각했다. 신희가 주먹을 꽉 쥐었다. 그러나 정호에 대한 생각보다 일단 정아의 상태가 우선이었다.

"일단 들어가자. 감기 걸려."

그의 목소리를 들으니 속에 있던 말들이 밖으로 새어 나왔다.

"내가 너무 싫어요."

"왜 싫어."

"혼자 있으면 기억이 나요. 정말 내가 아주 큰 잘못이라도 해서, 자기가 날 두들겨 패는 게 너무 당연하다는 듯하던 작은오빠 표정이 생각나요. 그게 떠오르면 나는 머릿속으로 그 자식을 죽이고, 또 죽이고, 또…… 내 머릿속에선 그래요. 아주 속이 비틀려 가지고, 못돼 처먹어 가지고 그런 상상을 해요."

"……."

"난 당신처럼…… 그렇게 좋은 사람이 될 수가 없을 거예요. 내가 좋은 사람이 될 수 있는 기회는…… 내가 아주 어릴 때 이미 부서져 버렸나 봐요……."

슬펐다. 나는 왜 이런 인간이 된 걸까. 난 왜 이렇게 비틀려 버린 걸까. 똑바로, 근사한 나무처럼 자랄 수도 있었는데.

한글교실이 폐쇄될 때도 그랬다. 뭘 바라고 한 것도 아니었으면서, 종잇조각 하나에 폐쇄되어 버렸다는 것이 비참하게 느껴졌다. 나는 왜 이렇게 약할까. 도대체 왜 이렇게. 모든 원망이 스스로에게 향했다.

신희가 조금 더 다가왔다. 날이 잔뜩 선 야생동물에게 다가가듯이, 눈치채지 못할 만큼 조심스럽게. 그리고 한 팔로 그녀를 포획하듯이 안아 우산 안으로 데리고 들어왔다. 그가 다독거리자 정아가 중얼거렸다.

"미움받는 게 싫은데. 그게 세상에서 제일 싫은데…… 이런 내 속을 알면 사람들이…… 나를 얼마나 미워할까 그게 너무 무서워서……."

"너 뭔가 착각하는 것 같다. 강정아."

그녀가 우는데, 신희는 오히려 짓궂은 말투였다. 정아가 고개를 들어 그를 올려다보자 신희가 말을 이었다.

"넌 네가 아주 못됐는데 착한 척해서 사람들이 널 좋아해 준다고 생각하지? 아니야."

"……그럼요?"

"너 진짜로 착해. 진짜로 좋은 사람이야."

"……."

"그냥 네가 착한 거. 남들 눈에 뻔히 보이는 거야. 그래서 사람들이 널 좋아하는 거야. 나도 그래. 내가 널 이렇게 많이 좋아하는데. 그런데 네 속을 모르겠어? 아, 뭐. 완전히는 모르지. 근데 너도 나에 대해서 완전히는 모르잖아. 그래도 나는 널 좋아해. 미치도록, 죽도록. 널 구하기 위해 내가 죽어야 한다면 하나도 안 억울할 것 같아. 그만큼 널 사랑해."

미치도록, 죽도록. 그렇게 사랑을 하게 되었단다. 이 남자는. 비에 흠뻑 젖으니까 눈물을 닦아 낼 것도 없어 좋았다. 우산 속에 있으니까 세상에 단둘밖에 없는 것 같아서 더더욱, 좋았다.

그가 정아를 더욱 품으로 끌어안고 말했다.

"싫어해도 돼. 머릿속에서 몇 번이고 죽여도 돼. 그 대상이 나여도 괜찮아. 그게 무슨 상관이야. 그딴 건 네가 좋은 사람이라는 사실에 아무런 영향도 주지 않아."

빗속을 달려온 신희도, 그 빗속에서 울던 정아도. 우스울 정도로 젖어 있었다. 정아가 중얼거렸다.

"전 가끔 사람을 싫어해요."

"응."

"너무 싫어요. 그냥 어딘가에 숨어 버리고 싶어."

"미웠다 좋았다 하는 거야. 그게 맞는 거지. 어떻게 사람이 항상 좋아. 세상에 그런 사람 없어. 내가 알아. 확신해."

그가 웃으며 말했다.

"너도 알잖아. 나 미움 엄청 받을 타입이야. 눈치도 없고, 깔끔 떨잖아."

그의 말에 정아가 처음으로 조금 웃었다. 그러자 신희의 표정이 더욱 밝아지며 말을 이었다.

"근데 신기하게 가끔 나 같은 놈도 좋아해 주는 사람들이 있더라. 세상이 그래. 가끔은 나 같은 놈이 그럭저럭 괜찮아 보이는 날도 있고, 진짜 좋은 놈이 죽도록 미울 때도 있고. 그냥 그런 거야. 결혼하고 나면 더 할걸? 내가 죽도록 미웠다가, 어떤 날은 그나마 좀 나았다가. 꼴 보기 싫었다가, 보고 싶었다가."

정아가 이번엔 어깨를 달싹이며 조금 더 웃었다.

"그럴지도 모르겠네요."

"거봐. 그러니까, 그런 이유로 네가 나쁜 사람이라고 판단하면 안 되는 거야."

정아가 살며시 고개를 끄덕이고, 신희의 품에 더더욱 깊이 안겨 들었다. 신희가 말을 이었다.

"집에 가자. 정아야."

"으응."

"이거 봐. 네가 날 이 고생을 시켰는데."

신희가 소리 내어 웃었다. 그리고 그녀의 손을 자신의 가슴에 올려놓았다.

"그런데도 널 안으면 이렇게 가슴이 두근거린다."

"그러게요……."

정아의 표정이 그제야 밝아졌다. 한참 울어서 퉁퉁 부어 있는 눈으로 웃으며 신희를 보았다. 정말로, 정아의 손가락 끝에서 그의 심장이 쿵쾅거리고 있었다. 신희가 정아의 손을 꽉 쥐고 천천히 집이 있는 방향으로 향했다. 자발적으로 걷는 건지, 신희의 힘에 의지해 가는지 알 수 없던 정아가 해변에 멈춰 섰다. 신희가 정아 쪽으로 더욱 우산을 기울였다. 그녀가 바다를 가리키며 말했다.

"오늘 내 기분이 저래요."

그녀의 말에 신희가 바다를 보았다. 비가 쏟아지는 바다는 잿빛이었다. 하늘과 바다 사이가 스펀지로 문지른 것처럼 번져 있었다.

"엄청나게 복잡하네."

신희가 심각하게 말하자 정아가 고개를 끄덕였다.

"그래도 내일이면 돌아올게요."

"모레여도 돼."

"이렇게 흐린 날."

정아가 그제야 평소처럼 해맑게 웃었다.

"나랑 같이 있어 줘서 고마워요."

그녀의 웃음에 신희가 유쾌하게 말했다.

"와, 속 썩인 건 아는구나, 네가. 이렇게 애교 부리는 걸 보니까."

"얼른 집 가요. 추워요."

정아가 말하더니 신희에게 팔짱을 끼고 꼭 달라붙는다. 신희가 어처구니없는지 혀를 차고는, 못 이기겠다는 듯이 웃었다.

집에 도착해서 같이 욕실에 들어가 따뜻한 물로 한참을 씻었다. 마른 옷을 꺼내 입고 이불 속에 숨듯이 누웠다. 같이 몸을 녹이며 핸드폰으로는 팝 음악을 틀어 놓았다. 빗소리와 섞이는 음악이 좋았다. 따끈한 코코아가 협탁에 놓여 달콤한 향이 온 방에 가득했다.

정아가 작은 목소리로 물었다.

"나 밉죠? 툭하면 고생시키고."

"응. 엄청 밉다."

"……미안해요."

"그런데 괜찮아."

그가 대답했다.

"또 찾으러 갈게."

"……."

"또 이런 날이 생겨도 괜찮아. 몇 번이고 찾으러 갈게. 원래 상처는 하루아침에 낫는 게 아니니까. 추후 경과가 중요한 거거든요, 환자분."

신희의 장난에 정아가 저도 몰래 웃었다. 그의 따뜻함에 웃음과 눈물이 동시에 난다. 신희가 그녀의 머리칼을 쓰다듬으며 말을 이었다.

"너도 몇 번이나 창문을 두드려서 나를 밖으로 꺼내 줬잖아."

"……."

"나도 몇 번이고. 너를 찾으러 갈게. 그러니까, 너무 걱정하지 마. 정아야."

17
다시 시작된다

다음 날 아침에 눈을 떠 보니 정아의 몸에 열이 있었다. 전날 비를 그렇게 맞았으니 감기에 걸려도 이상하지 않았다. 모처럼 같이 보내는 휴일에 신희는 꼼짝없이 정아의 간호를 했다. 게다가 이사를 위해 챙겨 놓은 짐을 정리하고 옮기는 것도 전부 신희 몫이었다.

정아가 눈치를 살피고 있으려니 체온계를 확인한 신희의 표정이 구겨진다. 다른 건 몰라도 아픈 것만큼은 봐줄 수 없는 모양이다. 누가 의사 아니랄까 봐.

정아도 미안한 건 아는지라, 이불을 코끝까지 덮고 웅얼웅얼 애교를 부렸다.

"저 아파요, 의사 선생님."

"콧소리 내지 마."

평소 같으면 귀여워서 어쩔 줄 몰랐을 신희가 쌀쌀한 목소리로 말했다.

"사람 속을 정도껏 썩여야지."

"잠깐만 방황하고 집에 가려고 했는데에."

"비 안 맞는 곳에서 방황하면 됐잖아."

"치……."

"어디서 투정이야. 감기까지 걸려 가지고."

단단히 열이 받은 기색이다. 정아가 아프니 신희의 신경이 곤두섰다. 예민해지는 그를 보고 정아는 다시는 아프지 말아야겠다고 생각했다. 아무래도 직업병을 건드린 것 같으니까.

화를 풀어 주려고 이불 밖으로 살짝 손을 내밀어 신희의 손을 감싸니 그가 정아를 본다. 정아가 배시시 웃었다.

"화 풀어요. 네에?"

"……."

"여보."

정아가 눈을 마주치며 말하자 신희가 움찔한다. 그가 다짐하듯이 말했다.

"……안 넘어가."

"그냥 연습해 보는 거예요. 결혼 준비."

그녀가 대꾸하더니 두 눈을 휘어 웃는다. 그 웃음에 신희의 심장이 주인 맘도 모르고 쿵쾅거린다. 그가 한숨을 쉬었다.

"내가 아주 여우랑 결혼하나 보다."

"어머, 알고 결혼하는 거예요?"

그녀가 놀라는 시늉을 하며 가뜩이나 큰 눈을 더 크게 떴다. 열이 나서 발그레한 뺨이며 말간 눈을 보니 아무리 화를 내고 싶어도 낼 수가 없다. 결국 신희가 픽 웃고 말았다. 그가 정아의 머리칼을 쓸어 올리며 말했다.

"아프지 마."

"으응. 딱 오늘만 아플 거예요."

"아. 감기만 걸려도 이렇게 마음이 아픈데. 너 애 낳을 땐 어떡하냐."

"그게 벌써 걱정돼요?"

정아가 웃었다. 하루 종일 누워서 쉬었더니 한결 나았다. 신희의 손길에 기분까지 좋아진다. 정아가 엎드려서 두 손으로 턱을 괴고 말했다.

"아가가 태어나면. 우리 눈사람 만들어요."

"웬 눈사람?"

"저 어릴 때. 오빠랑 결혼하고 싶어 했잖아요."

"응."

"우리 동넨 눈이 잘 안 와서 그런가. 눈사람에 대한 환상이 있었거든요. 오빠랑 결혼해서 아가가 태어나면 같이 눈사람을 만들고 노는 게 꿈이었어요. 소녀다운 꿈이지 않아요?"

눈사람에 대해서 재잘대는 것이 귀여워 신희가 웃음을 터트렸다. 그가 웃자 마음이 놓인 정아가 말을 이었다.

"오빠는 어릴 때 상상한 거 없었어요? 나랑 결혼해 준다고 했잖아요. 그때."

"중학생하고 무슨 상상을 해."

그가 말했지만 정아는 기대감이 넘치는 눈을 하고 있었다. 잠시 후 신희가 말했다.

"나중에 너랑 세계 여행을 다니고 싶다는 생각은 했어."

"세계 여행?"

"응. 정말로 너랑 세상의 모든 바다를 다 가 보고 싶었어. 너하고 있으면, 어디든지 갈 수 있을 것 같더라."

중얼거리던 신희가 말했다.

"우리 은퇴하면 세계 여행 하자."

"와, 심지어 벌써 은퇴 후까지 생각해요?"

정아가 즐겁게 웃더니 말했다.

"A국가도 가요."

"A국가?"

"다음엔 저도 같이 갈래요. 오빠가 그랬잖아요, 그곳 아이들 영어 가르쳐 주면 좋겠다고."

"으음."

"다음에는 같이 갈래요. A국가든, 어디든."

그녀의 말에 신희가 미소를 지으며 물었다.

"가르치는 일이 즐거워?"

"즐겁다기보다는…… 창문을 닦고 있는 기분이에요."

"창문?"

"할머니들이 말이에요. 한 글자씩 보이는 게 그렇게 신기하시더래요. 매일 지나치던 건데, 어느 날부터인가 그게 읽히는 게.

아마 아무것도 없던 벽에 창문이 생겨서, 밖을 보게 된 기분과 비슷하지 않을까 상상했었어요. 갑자기 보이지 않던 게 보이는 기분 말이에요."

"……."

"그 신기해하시는 마음들이. 저를 참 행복하게 만들더라고요."

신희가 말없이 고개를 끄덕였다. 한글교실이 그녀를 얼마나 행복하게 했을지, 그는 한참을 생각했다.

▪ ▪ ▪

두 사람은 부지런히 짐을 다 정리하고, 마지막으로 할머니들과 인사를 했다. 정아가 이사를 간다는 소리에 한글교실에서 수업을 듣던 할머니들 대부분이 배웅 나왔다. 소소하게 먹을 걸 챙겨 가지고 나오셔서, 정아가 받으며 너스레를 떨었다.

"떠난다는 사람들이 뭐가 예쁘다고 이렇게 먹을 걸 주세요."

"또 오라고 주는 거지."

봉단 할머니가 말하며 웃으신다.

"거봐라. 어른들 보는 눈이 정확하지?"

그러면서 할머니들끼리 둘이 잘 어울린다며 그렇게 좋아하신다. 아쉬울 때는 더 크게 웃는 게 최고라고, 할머니들은 생각하신 모양이다.

정아도 떠나는 주제에 눈물을 보이고 싶지 않아 생글생글 웃으며 인사했다. 영순 할머니가 신희의 손을 꼭 잡고 말했다.

"자식 욕심 너무 부리지 말고. 정아 선생님 고생해."

"예. 알겠습니다."

"정아 선생님 하고 싶은 거 있으면 하게 해 줘. 내가 봐서 알지. 나쁜 마음 먹을 사람 절대 아니거든."

"그럼요. 알죠."

신희가 웃더니 중얼거렸다.

"딴 놈 만나겠다는 것만 아니면 다 하게 해 줄게요."

그는 농담이 아니었는데 할머니들은 까르륵 웃으셨다.

인사를 마치고 둘이 차에 탔다. 아쉬운 마음에 서울로 향하는 차 안에서 아무 말도 없던 정아가 말했다.

"잠깐만…… 바다한테 인사하고 갈래요."

"바다한테 인사를 하자고?"

신희가 황당해하면서도 차를 세웠다. 해수욕장이 아니라서 막아 놓은 펜스까지, 정아가 달려갔다. 그리고 바닷가를 향해 손을 흔들었다.

"잘 있어."

정아가 손을 흔들며 인사하자 뒤따라온 신희가 그녀의 머리칼을 쓰다듬으며 말했다.

"또 어린애처럼 구네."

"못됐어…… 교감 좀 해 줘요."

"인사 다 했으면 가자."

그가 정아의 손을 잡아끌었다. 그러자 그녀가 꿍얼거렸다.

"자기도 여기 삼 년이나 살았으면서 왜 이렇게 야박해요? 안

아쉬워요?"

"안 아쉬워."

그가 잠시 멈춰 섰다. 그리고 정아를 바라보며 말했다.

"A국가에 있을 때 진짜 미칠 것 같은 날들이 많았어. 내가 할 수 있는 게 하나도 없는 것 같은 날들이, 계속 생기더라."

"……."

"새로운 트라우마가 생기더라. 그래서, 아마 네가 연락이 안 되던 그날. 유난히 놀라서 달려갔던 걸지도 몰라. 내가 너무 무서워서. 네가 어떻게 될까 봐. 무서웠어."

신희의 손이 정아의 머리칼을 쓸어내렸다.

"하루라도. 일 초라도 빨리. 너랑 같이 살지 않으면 죽을 것 같아."

"……."

"그러니까 안 아쉬워. 아주 조금도. 아쉽지 않아."

삶이 지극히도 불안한 곳에서. 여진이 온몸으로 느껴지고, 간혹 총성이 들리기도 하는 곳에서. 살릴 수 있었던 환자를 내 손안에서 잃는 곳에서의 기억이 정아가 사라졌던 순간 신희의 모든 정신을 지배했다. 정아가 조심스럽게 손을 뻗어 신희의 귀를 만지작거리며 물었다.

"괜찮아요?"

"응."

정아가 만지는 것이 기분 좋은 듯, 신희가 고개를 숙이고 중얼거렸다.

"그럴 때마다 항상 네 생각을 했어. 정아랑 잘 어울리는 남자가 되려면, 이 정도는 버텨야지."

그의 말에 정아가 어떤 표정을 지어야 할지 몰라 가만히 있었다. 신희가 바다를 보며 말했다.

"바다는 비에 젖지 않는다잖아. 그까짓 지나가는 비에는 젖지 않고, 넘치지도 않잖아."

"그러네요."

"너는 나에게 그런 바다 같은 사람이야. 너와 함께 있으면 나는 아무리 비가 오는 곳에 있어도 젖지 않을 수 있어."

"······."

"눈사람을 만드는 것 같은 귀여운 가족계획은 없지만 말이야. 너랑 결혼을 하면 나는, 평생 너와 잘 어울리는 남자가 되려고 노력할 거야. 언제나 네가 나를 나아가게 했으니까."

신희가 자신이 얼마 전 정아의 손가락에 끼워 준 반지를 만지작거리며 말했다.

"너는 나에게. 그렇게 대단한 여자야."

그녀가 처음으로 창문을 두드리던 날.

창문을 열자 바다로부터 해풍이 불어왔다. 꼭, 바다가 창문을 두드린 것만 같다고 생각했었다. 바닷가에서 만난 그 소녀의 얼굴이 신희에게는 바다 그 자체였다.

그가 가만히 자신을 바라보는 정아에게 말했다.

"자. 그러니까 얼른 서울 가서 결혼하자. 바다가 너 뺏어 갈까 봐 겁난다. 난 왜 곰 인형이랑 바다한테 경쟁심을 가져야 되냐?"

그가 능청을 떨자 정아가 신희의 팔에 팔짱을 끼며 말했다.

"곰 인형이랑 바다한테 왜 질투를 해요? 어린애도 아니고."

"너 닮아서 유치해졌어."

"또 내 탓한다."

둘은 또다시 티격태격하며 즐겁게 주차되어 있는 차로 향했다.

서울로 이사를 오니 정아는 적응하는 것만으로도 정신이 하나도 없었다. 우선 집 정리를 하고, 한 사람의 집이던 곳을 두 사람의 집으로 가꿨다. 가족이 늘어나면 또 바꾸게 되겠구나, 하고 생각하며.

동시에 여기저기 이력서를 넣고 다녔다. 이전에 다니던 학원에서 면접을 와 보라고 연락이 왔다. 정아가 학생들을 잘 가르치기도 했고, 학생들도 정아를 많이 따랐었기 때문에 학원에서도 반가운 눈치였지만 마지못해 받아 주는 시늉을 했다. 면접과 수업 실연에 따라 결정하겠다고 했다.

수업 실연 준비를 위해 모처럼 수능용 영어교재를 펼쳤지만 자꾸 할머니들이 아른거렸다. 그 조용한 바닷가에 있던 문학관이 자꾸만 그리웠다.

이 도시에서 잘 적응하고 살 수 있을까 생각하면 마음이 쓸쓸해졌다.

게다가 신희는 그런 그녀를 도와주기는커녕, 뭐가 그렇게 마음에 안 드는지 툭하면 공부를 방해한다.

"공부하지 마."

저녁 먹고 침대에 누워서 교재 좀 보려고 하니까 신희가 뺏어간다. 그러더니 정아의 얼굴을 붙잡고 말했다.

"나 봐 줘."

"애예요?"

"딱 보면 몰라? 완전 어린애지."

뻔뻔한 거 보니 아저씨 다 됐다. 신희가 영어교재를 정아의 손이 닿지 않는 책장 위에 올려놓는다. 쓸데없이 주도면밀한 사람이었다. 그가 정아의 옆에 누워 그녀를 와락 안고 말했다.

"그 학원 너무 멀어. 게다가 왜 이렇게 너한테 요구하는 게 많아? 텃세 부리는 거 아냐?"

"다 필요한 거거든요? 그보다 오빠네 병원이 더 멀어요."

그건 그렇지만. 잠시 고민하던 신희가 말했다.

"……원장도 마음에 안 들어. 너 맨날 야근시켰었다며."

"사람이 왜 이렇게 까다로워요?"

정아가 뿌루퉁해서 핀잔했다. 서울에 다시 적응하기도 힘든데 옆에서 이렇게 방해까지 한다. 공부를 방해하지 말라고 한 소리 더 하려는데 정아의 핸드폰이 울렸다. 모르는 번호라 고개를 기우뚱하며 정아가 전화를 받았다.

"여보세요?"

— 안녕하세요. 이호현이라고 합니다. 강정아 씨 되십니까?

"네. 맞아요."

— 늦은 시간에 죄송합니다.

자기소개를 하는데 신희의 모교 건축과 교수란다. 정아가 의아해하며 듣고 있는데 아내를 바꿔 주겠다더니 그의 목소리가 멀어졌다.

— 수영아. 내가 전화 걸어 줬으니까 이제 네가 받아.

— 네, 네? 당신이 그냥 다 전해 드리면 안 돼요?

— 안 돼. 네 일이잖아. 자. 받아, 얼른.

아이 달래듯 하는 남자의 목소리와 울 것 같은 여자 목소리가 들린다. 이 사람들 뭐 하는 거지…… 정아가 미심쩍어 전화를 끊을까 진심으로 고민하는데 여자가 말했다.

— 여보세요…… 저…… 한수영이라고 합니다.

"네."

이름을 들은 정아가 무심코 책장을 보았다. 책장 제일 잘 보이는 곳에 책이 한 권 있었다.

맨 처음 신희가 정아의 집에서 자고 가던 날, 그가 마음을 진정시키려 읽었던 책이었다. 그날 정아에게 손은 못 대고, 밤은 길어서 신희가 얼마나 괴로워하던지.

책이라도 재미있어서 다행이었다고, 신희가 말했었다. 저 책 작가와 동명이인이네 생각하다가, 그녀가 건축가와 결혼했다는 이야기를 들었던 걸 떠올렸다.

정아가 당황하며 물었다.

"저, 저기 혹시 한수영 작가님은 아니시죠?"

— 네? 아…….

전화로도 어쩔 줄 모르는 것이 느껴진다. 맙소사. 진짜 그 작가다. 정아가 경악하고 있는 사이 수영이 말했다.

— 저희 아버지가 한 철 자 원 자를 쓰시는데, 양평에 문학관이 생겨서요!

소설가인 한철원은 교과서에 실릴 정도로 유명한 작가니 이름만 들어도 알았다. 정아가 저도 몰래 바른 자세로 앉아 대답했다.

"네, 듣고 있습니다."

— 다른 게 아니라 양평에 한글교실이 하나 더 있으면 하신다고 해서…… 이신희 씨가 보내 주신 기사 스크랩을 봤어요! 인터뷰 읽고 감동했어요. 보육원에서 영어도 가르치셨다면서요? 대단하세요!

말하다 보니 신나는지 상대가 흥분하는 것이 느껴진다. 정아가 멍해서 혼잣말처럼 웅얼거렸다.

"그러니까 지금 말씀은……."

— 지금 문학관에 직원을 뽑고 있다고 하셔서요. 혹시 여기서 일해 보지 않으시겠어요?

"할게요! 당장 갈까요?"

정아가 망설이지도 않고 대답하자 신나 있던 상대가 움찔하며 말했다.

— 이거 제 핸드폰 번호예요! 제가 전화는 좀…… 귀찮으시겠지만 무, 문자나 메일을…….

낯을 엄청 가리는 모양이다. 전화를 끊고 멍하니 있던 정아가 신희에게 말했다.

"한철원 문학관에서 일해 보래요. 한글교실도요."

그녀의 말에 신희가 대수롭지 않다는 듯 대답했다.

"어? 진짜? 잘됐네. 그거 지은 게 우리 동아리 선배님이거든. 내가 동아리에서 한 것도 없는데 되게 잘해 주셨어. 연락드려 보길 잘했네. 선배님이 뭔가 좀 공익적인 일 하고 싶다고 하셔서 너 신문에 나왔던 거 보여 드렸지."

"와아…… 어떻게 그렇게 기특한 생각을. 맨날 방해만 해서 좀 귀찮았는데."

"뭐? 너 내가 귀찮아?"

신희가 울컥해 정아가 서둘러 그의 품에 안겨 가슴팍을 토닥토닥 두드려 달래자 아주 쉽게 달래져 평정을 되찾는다. 정아가 정말 감동한 표정으로 신희의 공치사를 했다.

"정말 고마워요. 진심으로."

"양평이 여기서 가까워서 마음에 들었거든."

"……네? 자, 잠깐만요. 이유가 겨우 그거예요?"

"응. 그거야."

그 선배님 부부는 공익적인 일을 하고 싶다는데, 이 남자는 고작 정아가 집과 가까운 데서 일하는 게 목표다. 정아가 황당해하는데 신희가 우겨 댔다.

"나 지금도 강정아 에너지가 모자라서 길에서 픽픽 쓰러질 거 같거든? 내가 그렇게 됐으면 좋겠어?"

"아니, 이 아저씨는 왜 맨날 내 탓을…… 그리고 세상에 그런 에너지가 어디 있어요?"

"있어. 내가 발견했다. 아, 잠깐만. 내가 발견했으면 이신희 에 너지가 되어야 하는 거 아냐? 원래 발견한 사람 이름이 붙잖아."

저 이과생이 진지하게 고민하기 시작한다.

농담처럼 가벼운 소리만 늘어놓았어도, 신희는 늘 정아가 하고 싶은 일을 할 수 있게 해 주고 싶어 했다. 할머니들과 그렇게 약 속했었으므로. 정아가 모르는 사이에 이리저리 뛰어다녔었다.

"고마워요."

그녀가 진심으로 말하자 신희가 어깨를 으쓱였다.

새로운 시작이었다. 정아의 심장이 두근거렸다. 바다처럼 살아 야지, 그렇게 마음을 먹었다. 단단해져야지. 조바심 내지 않아야 지. 그와 함께 있으면 무엇이든지 할 수 있을 것 같았다.

결혼식 전날까지도 신희의 부모님은 혹시 정아 마음이 바뀔까 걱정되어 몇 번이고 확실히 결혼할 거냐고 묻곤 하셨다. 여전히 신희가 못 미더우신 모양이었다. 당일이 되어서야 둘은 마음을 놓 았다.

결혼식 당일, 신희는 혹시나 정호가 올까 봐 굳은 표정으로 계 속 식장과 정아의 상태를 확인했다. 그러다 현수에게 잠깐도 신부 랑 못 떨어져 있냐는 구박을 듣고서야 제자리로 돌아갔다.

다행히도 정호는 나타나지 않았다. 대신 그에게서 짧은 문자 두 개가 왔다.

[잘 살아라. 미안하다.]

[그리고 오빠 결혼식은 꼭 와 줘. 부탁한다.]

정아는 핸드폰을 가만히 보다가 내려놓고, 결혼식을 위해 활짝 웃었다. 정아도 신희도 주례는 태진밖에 없다고 생각했다. 태진은 주례가 처음이라 잠시 망설였지만, 곧 행복해하며 받아들였다. 사회는 현수가, 축가는 원재의 팀 동료가 불렀다. 어딘지 시끌시끌하고 유쾌한 결혼식이었다.

신혼여행에서 돌아온 둘은 바로 일상으로 돌아갔다. 다음 해 봄, 신희는 본인이 원하던 대로 펠로우를 끝내고 대학 병원에 임용이 되었다.

정아는 문학관에서 새롭게 일을 시작했다. 나무 하나하나를 소중하게 다루며 지은 건물이었다. 조용한 곳이었고, 토요일 아침에는 한글교실을 열 수 있었다. 딱, 정아가 꿈꾸던 삶이었다. 정아가 퇴근 후에 자신에게 꼭 달라붙어 에너지를 충전하는 신희에게 말했다.

"오늘 문학관에 수영 언니네 꼬마들이 왔어요. 아가들 진짜 엄청 귀여운 거 알아요? 언니네 부부는 그렇게 조용한데 애들은 하나도 안 닮고 엄청 활발해요."

"그 작가님이랑 그만 놀고 나랑 좀 놀자. 너 뺏긴 기분이야."

"그게 문제가 아니라……."

하여튼 질투 참 심하다. 시어머니 말로는 '어려서부터 물건 욕심도 별로 없던 녀석'이라던데 유독 정아에게만 욕심이 어마어마했다. 정아가 자신의 어깨에 붙어 떨어지질 않는 신희의 얼굴을 잡아 들어 올렸다.

"저도 빨리 엄마가 되고 싶어요."

"나중에. 너 운동 좀 하면."

"지금부터 할게요. 네에?"

아이들이 사랑스러워서 정아는 눈을 뗄 수가 없었다. 어서 아이를 낳고 싶다고 생각했다. 그러나 신희가 걱정스러운 표정으로 대답했다.

"정아야. 내가 수술실에서 살아 봐서 아는데. 출산할 때 진짜 아파. 나를 믿어."

의사 남편의 단점은 이거였다. 너무 잘 아는 거. 정아가 신희를 소파로 데려가 앉히고 설득했다.

"언니가 어떻게든 낳는댔어요."

"그러니까 내가 그 어떻게든 낳는 과정을 알아서 무섭거든?"

"저 삐질 거예요?"

"애냐, 진짜……."

신희가 투덜거리자 정아가 말했다.

"어머님한테 이를 거예요."

"아니 왜 우리 어머니는 아들 편은 안 들고 네 편만 드신대?"

그가 뒤로 기대며 중얼거리더니 슬쩍 웃는다.

"너 하는 거 봐서."

"정말? 뭐 하면 돼요?"

"뭐 하긴. 임신하는 데 필요한 게 하나밖에 더 있어?"

"윽."

"자. 어디 꼬셔 봐."

그가 두 팔을 벌리고 나른하게 말했다. 어느 쪽이 유혹하고 있는지 모르겠다. 정아가 웃으며 그의 품에 안겼다.

연구실에 앉아 있던 신희가 몸을 일으켰다. 퇴근 시간이었다. 주말에 바닷가나 하루 다녀올까 생각했다. 정아는 바다를 좋아했고, 그래서 자신도 바다가 좋아졌다.

그나저나 오늘따라 정아가 답 문자가 없다. 전화할까. 귀찮게 군다고 혼나려나? 신희가 가방을 챙기다가 핸드폰을 들고 신중하게 고민했다. 그때 유리창 두드리는 소리가 들렸다. 뒤를 돌아보니 정아가 창문 앞에 서 있었다. 신희가 놀라서 창문을 열었다.

"정아야. 왜 여기 있어?"

그가 몸을 내밀고 묻자 정아가 웃으며 말했다.

"반차 썼어요. 관장님이 쓰라고 하셔서."

"왜? 어디 아파?"

관장이 꽤 깐깐한 사람이라고 들었는데 웬일이지. 어디 아픈가 싶어서 신희가 긴장하는데 정아가 물었다.

"퇴근할 거죠?"

"응. 지금 나가려고. 그런데 정말 어디 아픈 거야?"

"그게 아니라."

정아의 얼굴이 살짝 빨개서, 열이 나는 건 아닌지 신희는 더더욱 걱정이 됐다. 그녀가 작게 웃더니 속삭이듯이 말했다.

"산부인과 가려고요."

예상하지 못한 말에 신희가 얼빠진 얼굴로 물었다.

"……어?"

"테스터기 써 봤더니 임신인 것 같아서."

"아, 어어……."

"같이 가게 해 줄까요?"

그녀가 장난스럽게 말하더니 해사하게 웃는다. 신희가 얼어서 제자리에 서 있다가 다급하게 말했다.

"거기 있어. 그, 금방 나갈게. 잠깐만!"

"천천히 나와요."

"알았어!"

알았다고 해 놓고, 신희는 짐을 아무렇게나 내버려 두고 정신 없이 밖으로 달렸다. 빨리 나가서 그녀를 꼭 안아 줘야겠다고 생각했다. 그리고 조심해서 산부인과로 모셔 가야지. 아이가 태어나면 견뎌 줘서 고맙다고 말해야지.

이런저런 생각을 했는데 정작 정아를 마주 보고는 머릿속까지 얼어서 아무 말도 나오지 않았다. 정아가 웃음을 터트렸다.

"그렇게 넋 나간 거 처음 봐요."

그녀가 놀리는 것도 못 느낄 정도로 신희는 멍했다. 이런 날을 몇 번이고 상상했었는데 그게, 이렇게 기쁠 줄은 몰랐었다. 한참 멍하다가, 나른한 햇살을 맞으며 정신을 차린 신희가 말했다.

"일단 가자. 산부인과."

"으응."

"아. 근데 나 얼굴 보이면 안 돼. VIP신드롬이라고 아는 사람 가족이라서 더 잘해 주려다가 엇나가는 경우가……."

"저기요. 저 지금 애 낳으러 가는 거 아니고, 임신 확인하러 가는 거거든요?"

"그, 그러네."

정신을 차린 줄 알았더니 아니었다. 둘은 산부인과로 가서, 다시 한 번 임신을 확인했다. 건물 밖으로 나와서 여전히 얼빠져 있던 신희가 정아에게 물었다.

"기념으로…… 산책할까?"

그 말에 정아가 웃음을 터트렸다.

"또 산책. 꼬맹아, 아빠가 이렇게 재미없는 사람이다."

정아가 배를 팔로 감싸며 장난을 치자 신희가 대꾸했다.

"근데 내가 첫사랑이래. 얼굴은 마음에 들었나 보지?"

"으이구."

그의 능청에 정아가 어처구니없어하자 신희가 그녀의 손을 감싸 쥐고 말을 이었다.

"나에게도 네 엄마가 첫사랑이고."

그의 말에 정아가 신희를 올려다본다. 그러더니 행복한 얼굴로 웃었다. 둘은 한참을 걸었다. 즐겁게 이야기를 나누느라 시간 가는 줄 몰랐다.

또 다른 바다를 발견한 기분이 들었다. 그렇게 바다는 창문을 열고, 마음속으로 들어왔다.

에필로그

1

일요일 오후, 며칠 그렇게 춥더니 오늘은 좀 따듯한 기분이 들었다. 정아가 소파에 앉아 책을 읽고 있는데 여섯 살 난 아들 선이 달려와 그녀를 흔들었다.

"엄마! 눈 온다! 눈!"

정아가 베란다 쪽을 보니 정말로 하얀 눈이 펑펑 내리고 있었다. 책을 덮고 베란다로 달려간 정아가 감탄했다.

"우와. 엄청 많이 오네?"

"우와아아. 엄청 많이 오네."

선이 베란다에 통통한 얼굴을 딱 붙이고 엄마의 말을 따라 했다. 그런 아이가 귀여워 정아가 맑게 웃었다. 이미 바닥에 하얗게 눈이 쌓여 있었다.

"선아. 눈사람 만들까?"

"만들래! 아. 한이랑 아빠 깨워야겠다."

선이 만세를 하더니 쪼르르 안방으로 달려간다. 아빠는 몇 번 흔들어 봤지만 깰 것 같지 않아서, 한 살 아래의 여동생에게 소곤거렸다.

"한이야. 눈 보러 가자. 눈 엄청 많이 와."

"누운?"

한이 잘 떠지지 않는 눈을 억지로 비벼 떴다. 그리고 밖에 눈이 오는 것을 보더니 신나서 꼬물꼬물 침대 밖으로 나왔다. 선이 한의 손을 꼭 잡고 쪼르르 드레스룸으로 향했다. 정아가 가만히 보고 있으려니 선이가 서랍장으로 달려가 동생과 제 양말을 꺼낸다. 그리고 항상 엄마가 신겨 주던 두꺼운 양말을 한이 발에 먼저 꼼꼼하게 신겨 주었다. 겨우 한 살 터울인데 자기가 오빠라고 동생을 챙기는 걸 보니 사랑스러워 웃음이 났다. 정아가 한에게 점퍼를 입혀 주며 감탄했다.

"우리 한이, 오빠가 양말 신겨 줬네?"

"응. 오빠 고마워."

한이 말하자 선이 배시시 웃으며 정아에게 자랑했다.

"잘 신겨 줬지?"

"그럼. 세상에서 제일 잘했지. 자. 장갑도 끼자."

선과 한의 자그마한 두 손에 장갑을 끼워 주자 한이 엄마 품으로 폭 들어와 안긴다. 정아가 양손으로 선과 한의 한 손씩을 잡고 현관으로 향했다. 선이 침실을 돌아보며 투덜거렸다.

"아빠도 눈사람 만들어야 되는데 안 일어나. 잠꾸러기."

"그러게. 아빠 잠꾸러기네."

정아가 맞장구치며 마당으로 나왔다. 소복이 쌓인 눈 위로 아이 발자국 두 개, 어른 발자국 하나가 찍혔다. 눈 위를 한참 뛰어다니고 놀다가 하얀 눈을 조금 뭉쳐 데굴데굴 굴렸더니 조금씩 커지기 시작한다. 아무래도 이 재미있는 걸 셋이만 하려니 침실에서 자고 있는 잠꾸러기 한 명이 자꾸만 신경 쓰였다. 정아가 작은 눈 뭉치를 꾹꾹 뭉치더니 선에게 쥐어 주며 말했다.

"선아. 아빠 얼굴에 이거 꾹 누르고 와. 같이 놀자고."

"응!"

눈 뭉치를 받아 든 선이가 생각만 해도 재미있는지 방글방글 웃으며 침실로 달려갔다.

모처럼 주말에 잠을 자던 신희가 차가운 기운에 눈을 떴다. 아들이 그의 배 위에 앉아서 눈 뭉치를 아빠 얼굴에 문지르고 있었다. 잠이 확 달아났다.

"……선아. 뭐 하니?"

신희가 진지하게 묻자 선이 말했다.

"아빠. 눈사람 만들자!"

"엄마랑 한이랑 만들어."

"엄마랑 한이는 벌써 만들고 있어. 너무너무 재미있어서 아빠도 하게 해 주려고."

꼬맹이가 엄마 닮아서 재잘재잘 말도 잘한다. 신희가 선을 배 아래에 내려놓고 돌아누웠다.

"엄마가 데리러 오면 좀 생각해 볼게."

"치사해."

선이 팔짱을 끼고 삐죽거리더니 쪼르르 마당으로 달려 나갔다. 잠시 누워 있으려니 그 뒤에 정아가 와서 침대에 앉았다. 신희가 잠들었다고 생각한 정아가 작게 소리를 내며 웃더니 신희의 얼굴을 이리저리 살핀다.

"멋있네……."

소녀 팬처럼 혼잣말한다. 벌써 몇 년을 같이 살았는데 뭐가 멋있다는 건지. 신희의 귀가 조금씩 붉어졌다. 정아가 신희의 머리칼을 조심조심 쓰다듬으며 말했다.

"일어나요. 눈사람 만들어요."

귀에다 소곤소곤하는 말에 잠이 완전히 달아났다. 그녀의 목소리도, 손길도, 지금 이 순간이 영원했으면 하고 바라게 된다. 가슴속에 행복이 퍼진다. 그가 계속 자는 척하자 정아가 신희의 어깨를 잡아 흔들었다.

"얼른요. 네?"

"……."

"만화에선 눈사람 만들자고 하면 일어나던데, 내 남편은 왜 안 일어날까?"

정아가 혼잣말을 하자 신희가 못 참고 큽 웃음소리를 낸다. 그의 웃음소리에 정아가 입술을 살짝 내밀고 그의 뺨을 콕콕 찔렀다.

"이 아저씨 자는 척하는 것 좀 봐. 나랑 놀기 싫어요?"

"당신 애교 부리는 게 귀여워서 자는 척하는 건데."

그가 말하더니 상체를 느릿느릿 움직였다. 창밖을 보니 눈이 다시 내리고 있었다. 정아가 커다란 점퍼를 가져다 건넸다.

"자다 깨서 추울 테니까 옷 두껍게 입어요."

신희가 점퍼를 받아 들어 입자 정아가 지퍼를 잠가 주었다. 그러자 신희가 정아의 손을 붙잡았다.

"손 차갑잖아. 장갑 끼고 놀아."

"알았어요."

이번엔 신희가 서랍을 열어 장갑을 찾았다. 서로가 서로에게 잔소리를 하며 거실로 나오자 선이 둘에게 달려온다.

"아빠. 눈사람 만들자!"

"그러자."

신희가 하품을 하더니 고개를 끄덕거리고 몸을 푼다. 그러곤 밖으로 나가 두 아이와 아내가 만들던 눈 뭉치를 더 크게 굴리기 시작했다. 네 사람이 눈사람을 만드는 사이에도 눈은 내려서 계속 쌓였다. 잠시 후 신희가 상대적으로 조금 작은 눈 뭉치를 들어 큰 눈 뭉치 위에 올렸다. 전투적으로 눈을 굴리던 남매는 언제 지쳤는지 현관으로 들어가 거실에서 담요를 덮고 잠이 들어 있었다. 신희가 현관에 고개를 들이밀고 투덜거렸다.

"저 녀석들, 눈사람 만들자고 하더니 자고 있네."

그리고 돌아봤더니 정아가 제 목도리를 풀어 눈사람에게 둘러 주고는 까르륵 웃고 있다. 그 모습에 신희가 픽 웃었다. 아무래도 눈사람은 정아가 만들고 싶어 했던 모양이다. 아이들이 엄마랑 놀아 주느라 고생이 많다.

정아가 주머니에 넣어 가지고 나온 커다랗고 빨간 단추로 눈을 만들었다. 그 모습을 물끄러미 보던 신희가 다가가 그녀를 뒤에서 꼭 끌어안았다.

"다 만들었으면 더 잘까?"

"또 자요? 게으름뱅이."

말은 그렇게 했지만 대학 병원 교수인 그의 일과는 늘 바빴고, 정아도 그것을 알고 있었다. 그녀가 고개를 끄덕이자 신희가 먼저 거실로 들어가 소파에서 자고 있는 아이를 하나씩 침대로 옮겼다. 얼마나 신나게 놀았는지 안아 들어도 안 깰 만큼 깊이 잠들었다.

둘을 침대에 옮겨 이불을 덮어 주고 주방으로 향했다. 정아가 커피포트에 물을 끓이다가 신희에게 물었다.

"당신도 차 마실래요?"

"아니. 난 괜찮아."

신희가 대답하자 정아가 머그를 한 개만 꺼내 티백을 넣었다. 금방 기분 좋은 허브 향이 났다. 신희는 물을 붓자마자 그녀의 머그를 납치하듯이 뺏어 들고 침실로 향했다. 정아가 그의 뒤통수를 흘기며 물었다.

"어디 가져가요?"

"차는 괜찮은데, 너는 필요하거든."

신희가 말하더니 겉옷만 벗고 다시 침대에 풀썩 눕는다. 그리고 정아가 보기만 하자 표정을 찌푸리며 옆자리를 탁탁 쳤다.

"이리 오시죠, 강정아 선생."

"하여튼. 집에서도 자기가 선생님인 줄 안다니까."

"내가 언제?"

"맨날요, 맨날."

신희는 병원에서 늘 가르치는 입장이다 보니, 가르치는 말투가 입에 붙었다.

"미안. 안 그럴게."

그가 진심으로 사과했다. 그러자 정아가 옆에 앉아서 말했다.

"당신 병원에서 그렇게 무섭다면서요?"

늘 다정한 성격이라 병원에서도 그런 줄 알았는데, 얘기를 들어 보니 남편이 그렇게 무섭다는 모양이었다. 신희가 대답 대신 미소를 짓자 정아가 정말 이해가 안 간다는 듯이 말했다.

"그래서 이상해요. 나한텐 이렇게 다정한 남자인데. 다른 선생님들이 너무 무서워해서."

"사람 생명이 달린 일인데, 긴장해야지."

신희가 담담하게 말하며 정아의 팔을 부드럽게 붙잡아 품으로 당겼다. 정아가 알고 있는 신희는 하나부터 열까지 지극히 부드러운 남자였다. 그래도 사람의 생명을 다룰 때만큼은 엄한 표정을 짓고 있을까.

그렇게 생각하니, 이 남자가 너무 사랑스러워 견딜 수가 없다.

"저 차 마실 거예요."

"응. 마셔."

그가 말하더니 정아의 손을 잡아 손가락 끝에 쪽쪽 입을 맞췄다. 그리고 그녀의 느슨하게 짜진 스웨터를 팔꿈치까지 올리더니 팔에도 입을 맞췄다. 정아가 간지러워 웃는다.

"못됐어."

그녀의 애교 섞인 투정에 신희가 능청스럽게 어깨를 으쓱인다. 그가 다시 입을 맞추자 정아가 몸을 일으켜 신희의 옷깃을 쥐었다. 쪽쪽 소리가 나게 몇 번 가벼운 입맞춤을 한 신희가 다정히 말했다.

"당신 몸 차갑다."

"밖에 있다가 들어와서 그래요."

"녹여 줄까?"

"웃겨, 아주."

정아는 흘겼지만, 곧 웃으며 스웨터를 벗었다. 그리고 약간 당황하는 신희의 **뺨**을 두 손으로 감싸고 말했다.

"저 이제 진짜 추워요."

"어……."

"뭐 해요? 녹여 준다며."

"너무 섹시해서 순간 뇌가 얼었다."

신희가 진심으로 중얼거리자 정아가 작게 웃었다. 신희가 정아를 붙잡아 당겼다.

"선아. 뭐 만드냐."

신희가 앉은 소파 옆에서 선이 꼬물꼬물 뭔가를 만들고 있었다. 선이가 어른스럽게 말했다.

"유민이 선물."

"유민이가 누군데."

"우리 반 여자애."

"너 유민이 좋아해?"

"으음. 응."

아빠는 서른둘이 되어서야 첫 키스를 했는데 아들은 초등학교도 들어가기 전에 좋아하는 여자애가 생겼다. 종이를 접던 선이 한숨을 푹 쉬었다. 그러더니 걱정스러운 눈으로 신희를 보며 물었다.

"아빠. 나 일할까?"

"무슨 소리야?"

"아빠. 백수가 됐어?"

"……아니거든?"

"근데 왜 병원 안 가?"

근무하는 대학 병원에서 의료봉사를 한 달간 가기로 했다. 그 전에 임용이 된 후 처음으로 휴가를 받아 집에서 쉬고 있으니 걱정이 된 모양이다. 신희가 눈으로 얼른 정아를 찾았다. 왜 이렇게 오래 씻는 거야. 아무래도 요즘 신희가 계속 집에 있으니까 좀 귀찮아하는 것 같아 섭섭함을 지울 수 없었다. 그가 말했다.

"다음 주에 아빠 멀리 간다고 했잖아. 거기 가기 전에 잠깐 쉬는 거야."

"으응. 그럼 다행이고."

"요게 벌써 돈 벌어 오려고 해?"

"돈 없으면 한이 맛있는 거 못 사 주잖아."

안도한 아이가 신희에게 달라붙어 앉는다. 예전엔 어른들이 꼬마들한테 다 컸다고 말하는 게 농담인 줄 알았는데, 지금 제 아들을 보니 정말 다 컸다는 말이 절로 나온다. 선이 뿌듯한 표정을 짓고 있는 신희에게 물었다.

"아빠는 어떻게 엄마랑 결혼했어?"

"갑자기 왜?"

"나도 유민이랑 결혼하려고."

선이 말하고 부끄러운지 두 손으로 제 뺨을 감싼다. 앞서가는 선이 귀여운지 신희가 싱긋 웃고 아이의 머리를 손으로 헝클었다.

"엄마랑은 바다에서 만났어. 정아가 바닷가에 살았거든."

"아. 외갓집 바다지?"

"응. 어릴 때 엄마가 아빠를 얼마나 쫓아다녔는데. 좋아해 가지고."

"으, 진짜?"

선의 눈에 의심이 가득하다. 신희는 최근 들어 자신의 외모가 못생겨졌나 생각할 때가 있었다. 왜 만나는 사람들마다 아내가 아깝다고 하는 건지. 처음엔 좋았는데 이젠 서운해지려 한다. 물론 자신이 병원에서 아주 약간 엄한 편이지만, 그렇다고 아내가 그렇게 아까울 정도인가?

"진짜야. 맨날 내 뒤에 졸졸 따라오고 말 걸면 얼굴 빨개지고 그랬어."

"으음."

아이는 믿지 못하는 표정이다. 빨리 정아가 나와서 증인이 되어 줘야 할 판이었다. 선이 물었다.

"그래서 사귀게 됐었어?"

"아니. 어릴 때 만나고 헤어졌다가, 한참 후에. 어른이 돼서 다시 만났어."

"그때도 엄마가 쫓아다녔어?"

"음……."

한참 고민하던 신희가 미소를 짓더니 몸을 숙여 선에게 말했다.

"아니. 아빠가 쫓아다녔지."

"으응."

"어릴 때도 예뻤지만, 엄마가 되게 멋있는 어른으로 자라 있어서. 그래서 내가 좋아할 수밖에 없었어. 보자마자 딱 알았지. 이 사람은 절대 놓치면 안 되겠다."

신희가 중얼거렸다. 아이가 듣기에도 사랑에 푹 빠진 목소리라서, 선이가 쑥스러운지 배시시 웃었다. 그러더니 여자 친구에게 편지를 쓰겠다며 색종이를 들고 제 방으로 들어간다.

신희는 이국의 바다 마을 작은 병원으로 의료봉사를 떠났다. 정아는 얼마 전, 그동안 한글교실을 하면서 겪은 일을 에세이로 내 달라는 제안을 받아 하나하나 글을 적기 시작한 참이었다. 언어 능력은 좋지만 글재주는 영 없는 정아가 한숨을 푹 쉬었다.

"수영 언니는 어떻게 이런 일을 하고 있는 거야."

그녀가 투덜거리다가, 며칠 전 한글교실을 졸업한 할머니가 보낸 편지를 다시 꺼내 읽었다. 그 모습을 발견한 한이 정아의 무릎에 낑낑거리고 올라와 앉더니 말했다.

"엄마. 한이 편지 또 읽어 줘."

"그럴까?"

한은 왠지 할머니들이 보내 주시는 편지들을 좋아했다. 아이가 쓴 것처럼 꼬불꼬불한 글씨가 마음에 들었는지, 아니면 그 내용이 마음에 들었는지 툭하면 이렇게 편지를 읽어 달라고 졸랐다. 정아가 아이를 안고 편지를 읽었다. 맞춤법은 거의 대부분 틀렸고, 알아보기 힘든 문장도 있었다. 정아는 아이가 알아들을 수 있게 문장을 최대한 쉽게 수정하여 읽었다.

『정아 선생님. 어제 앵초가 고와서 선생님이 보고파 편지를 보내요. 아이들은 잘 크고 있을까. 선생님 닮아서 참 착하고 예쁜 아이들이어요. 재주가 없어 여기까지만 합니다. 내 마음은 아주 길어요.』

한이 편지를 붙잡아 한참 보더니 정아를 보며 깜찍하게 웃었다. 정아가 아이를 꼭 끌어안는데 전화가 울렸다.

"아빠네?"

정아가 한이에게 말하며 전화를 받았다.

"당신이에요?"

그녀의 목소리가 들리자마자 신희가 한탄했다.

— 덥다. 당신 보고 싶어, 미칠 것 같아. 언제 와? 나 안 보고 싶어?

"아니, 겨우 일주일 가지고……."

— 지금 뭐라고 했어? 겨우 일주일? 일주일이 어떻게 겨우야?

한 달 정도의 일정을 가지고 맨날 전화해서 성화다. 그것도 자기가 가겠다고 자진해서 간 거면서. 정아가 핀잔했다.

"예전엔 반년도 갔잖아요. 의료봉사."

— 그건 결혼 전이고, 젊을 때잖아. 젊을 땐 참을 수 있었는데

지금은 도무지 못 참겠다, 당신 보고 싶어서.

반대 아니냐고 묻고 싶지만. 그런 신희의 성화가 싫지 않았다. 정아가 미소를 지었다.

"다음 주말에 갈게요. 한이랑 선이는 너무 더우면 힘들어할 것 같아서 어머님, 아버님이 봐 주시기로 했어요."

그녀가 말하며 한이에게 물었다.

"한이 잠깐만 할머니 할아버지랑 있을 수 있지?"

"응. 오빠랑 놀 거야."

한이의 목소리가 전화로 들렸는지 신희가 빠르게 말했다.

— 그래. 한이랑 선이는 오면 탈수 생겨 안 돼.

"문학관 리모델링하느라 잠깐 닫아 둬서, 저 삼 박 사 일 동안 있을 수 있어요."

— 그래? 우리 둘이 삼 박 사 일이나 있을 수 있어?

신희의 목소리가 급격히 밝아진다. 아이들은 아빠 보고 싶다는데, 지금 둘이 있다고 좋아하게 생겼나, 이 남자는.

— 빨리 와. 보고 싶어.

정아가 한숨을 쉬었다. 하여튼 저 허당 괴짜 아저씨가 혼자 잘 지내고 있는지 걱정이었다.

며칠 뒤 정아는 신희가 있는 바다 마을에 도착했다. 그가 있는 곳은 푹푹 찌는 더위에 공기까지 습했다. 정아가 금방 친해진 아이와 이야기하다 까르륵 웃는다. 그러다 아이가 신희의 얼굴을 보더니 웃겨 죽겠다는 듯한 표정으로 도망가 버렸다. 신희가 그녀 곁에 털썩 앉아 물었다.

"왜 웃어? 쟤가 뭐래?"

"아. 당신이 내 남편이라고 했더니."

"응."

"내가 너무너무 아깝대요."

그녀의 말에 신희가 삐쭉거리며 말했다.

"그으래, 나도 안다. 너 아까운 거. 근데 그게 그렇게 빵 터질 정도로 웃긴 얘기냐?"

"으음. 그리고 당신이 내 첫사랑이라고 했더니."

"응."

"왜 이렇게 나이 차이 많이 나는 사람을 좋아하냐고."

들으면 들을수록 열 받는 이야기다. 신희가 두 손으로 꽉 정아의 얼굴을 붙잡았다.

"너 왜 이렇게 어려 보여서 이렇게 나를 억울하게 하냐? 애가 둘인 여자가."

"내가 뭘요. 여기 사람들이 보기에만 어려 보이는 거예요."

"전혀 아니거든?"

신희가 투덜거리더니 정아의 입술에 쪽 입을 맞췄다. 놀란 정아가 그를 밀어냈다.

"애들 지나가면 어쩌려고!"

"안 지나가잖아. 그리고 우리가 지금 뭐 나쁜 짓 해? 부부가 이 정도도 못 하냐고."

하여튼 잠깐 혼자 됐더니 아주 제멋대로다. 자기가 오고 싶어
서 의료봉사를 와 놓고.

잠깐 사이에 새카맣게 탄 신희의 눈웃음이 근사했다. 겨우 두
주 못 봤다고, 그가 그립고, 필요했다. 그의 손이 정아의 하얀 뺨
을 쓰다듬었다. 그러자 정아가 부끄러운지 웃고, 그의 어깨에 머
리를 기댔다. 그녀가 말했다.

"우리 은퇴하면, 맨날 이렇게 살까요?"

"응. 맨날 이러고 살자, 우리."

"사실은 아까 그 애. 내가 아깝다고 한 거 아니에요."

그녀가 투정하듯 말하자 신희가 슬쩍 물었다.

"그럼 뭐라고 했어?"

"당신 잘생겨서 엄청 인기 많다고 그래서……. 내 남편이라고
자랑 좀 했어요."

"아. 역시 내 자신감을 살려 주는 건 너밖에 없다."

신희가 즐거워하며 장난을 치자 정아가 웃더니 그를 올려다보
고 코를 톡톡 건드리며 말했다.

"너무 좋아하지 말아요."

"근데 나이 차이 많이 난다고 한 건 진짜지? 아. 억울해."

"어? 알아들었어요?"

"그래. 나도 나름 공부했다고. 나름이 아니라 너보다 훨씬 많이."

그가 제 머리를 헝클더니 말을 이었다.

"너 진짜 애들이랑 잘 통한다. 난 여기 오기 전에 세 달 공부하

고 와서 두 주나 더 있었는데 너 일주일 공부한 만큼도 못하다니."

"손짓 발짓 하고, 영어 섞어서 얘기하는 거예요."

"그니까 난 그 손짓 발짓이랑 영어를 섞어도 소통이 안 돼. 세 달을 공부했는데."

신희가 투덜거리자 정아가 그의 어깨에 머리를 기대며 말했다.

"난 물리 시간엔 백번 들어도 이해가 안 가더라. 당신은 물리 잘했잖아요."

"과학은 대체로 잘했지."

"그러니까 당신이 잘하는 거랑, 내가 잘하는 거랑 합치면 무서 울 게 없겠네요. 그렇죠?"

"음. 그건 그렇다."

신희가 중얼거리며 정아의 손에 깍지를 껴서 잡았다.

"정말 너와 살다 보니 무서운 게 없더라."

"으응."

"뭐, 좀 무서운 거 있어도 내가 평생 지켜 줄게."

그가 장난스럽지만 다정히 말했다. 정아가 웃으며 고개를 끄덕 였다. 당신이 있음으로, 세상의 모든 두려움들이 견딜 만해진다 고, 그녀는 생각했다.

— *fin*

외전

신혼여행지는 호주에 있는 골드코스트로 정했다. 겸사겸사 정아가 살던 동네도 구경하고 이모네에서 식사도 할 생각이었다.

신희가 주택가에 있는 은진과 제임스의 집 앞에 차를 세우고 감탄했다.

"엄청 예쁜 집에서 살았네."

"그렇죠?"

정아가 그토록 그립던 집을 바라보았다. 언제나 돌아가고 싶었던 소중한 추억. 작은 정원이 있는 단층의 마당이 넓은 집이었다.

"힘내서 벌어야겠다. 서울은 집값이 너무 비싸……."

신희가 아련한 목소리로 말하자 정아가 웃음을 터트렸다. 그녀의 웃음소리가 들렸는지 장화를 신은 이모부가 달려 나왔다.

「정아!」

제임스가 좋아서 어쩔 줄 몰라 했다. 그가 울 것 같은 표정으로 정아와 인사를 나눈 후에야 신희를 발견하고 매우 경계하는 표정을 지었다. 그 탓에 신희가 민망해하자 제임스가 정아에게 소곤거렸다.

「잘생겼네. 키도 크고.」

「제가 좀 보는 눈이 있죠.」

「역시 맘에 안 들어.」

신희가 당혹스러운 표정을 지었다. 다짜고짜 맘에 안 든단다. 처가에서는 오히려 무난히 넘어갔는데 이모 부부가 고비일 줄이야!

시큰둥한 표정의 제임스와 악수를 하고 집으로 들어가니 거의 잔칫상을 차리던 은진이 얼른 뛰어와 정아를 끌어안았다.

"세상에, 너 언제 이렇게 어른이 됐니. 정아가 결혼이라니……."

"이모…… 자주 못 와서 죄송해요."

"얘는. 여길 어떻게 자주 와."

은진의 눈이 금방 빨개지더니 눈물이 뚝뚝 쏟아졌다. 아이가 없는 그들에게 정아는 친자식이나 다름없는 존재가 되었다. 정아와 영상통화를 할 때에 부부는 세상에 더 밝은 사람이 없는 것처럼 웃다가, 전화를 끊고 나면 침울해져서 말없이 잠자리에 들었다. 은진이 애써 웃으며 신희에게도 한국어로 악수를 청했다.

"반가워요. 와. 우리 정아 능력 좋네. 이렇게 잘생긴 남자랑 결혼하다니."

"정아가 만나 줘서 제가 감사하죠."

신희가 장난스럽게 대답하는데 둘의 대화를 전혀 못 알아듣는 제임스는 무서운 얼굴로 그를 보고 있다. 정아 뒤에 내가 있다. 우리 애 울리면 가만 안 둔다. 이런 표정이었다.

넷은 은진이 마련한 저녁을 먹으며 시끌시끌한 시간을 보냈다. 여자 둘이 거실 소파에서 못다 한 수다를 떠는 사이 제임스와 신희가 설거지를 했다. 무뚝뚝한 두 남자는 한마디도 안 하고 달그락달그락 설거지만 했다. 한참 뒤 제임스가 물었다.

「의사라고 했죠?」

「네.」

「무슨 과?」

「마취과입니다.」

「호주에도 병원이 많은데.」

제임스가 농담 반, 진담 반으로 말하자 신희가 슬쩍 웃으며 대답했다.

「종종 오겠습니다. 시간 될 때마다.」

「정아가 좋은 사람을 만난 것 같네요.」

「아, 감사…….」

「마음에는 안 들지만.」

「예?」

「농담이에요. 농담.」

제임스가 어깨를 으쓱이고 웃었다. 계속 농담 반 진담 반이다. 제스처는 농담인데 눈빛이 진담이다. 그래도, 정아를 걱정하고 있는 것만은 분명하니까. 신희는 이제야 진짜 장인어른과 마주한 기분이었다. 이 어마어마한 부담감과 불편함······.

신희가 식은땀을 뻘뻘 흘리는 사이, 정아는 은진과 따뜻한 밀크티를 마시며 수다를 떠느라 정신이 없었다. 은진은 항상 속을 내보이지 못하고 웃기만 하던 정아가 언제 이렇게 자라서 진심으로 밝은 얼굴을 하게 되었나 감동했다. 정아가 모처럼 칭얼거렸다.

"처음에 한국 돌아가자마자 이모가 해 줬던 음식들 자꾸 생각나서 혼났어요."

"내가 좀 손맛이 좋지?"

"아까 오빠도 정신없이 먹던데요?"

"응. 내 생각에도 잘 먹더라."

둘이 한참을 웃다가, 신희에게 제임스의 국수를 해 줬다는 이야기에는 눈물이 나올 정도로 웃었다. 설거지를 마친 제임스가 시무룩하게 물었다.

「뭐가 그렇게 재미있어? 나 빼놓고.」

「정아가 연애할 때 남편한테 국수 파스타 해 줬다는 얘기하고 있었어.」

「웃을 만하네.」

그 말을 들은 제임스도 즐겁게 웃었다. 신희만 억울한 표정이었다.

「저한테 처음 해 준 음식이 그거였다니까요.」

「자기가 해 달라고 해서 해 준 거니까 안 먹을 수도 없으니 다 먹더라고요.」

정아가 웃음을 그치지 못하고 말하자 신희가 어깨를 으쓱였다.

「먹다 보니 맛있더라고.」

즐겁게 이야기하다가 은진이 먼저 일어나 정아를 일으키며 말했다.

"디저트 먹어야 하니까 둘이 바닷가 한 바퀴 돌면서 소화시키고 와."

"네에."

신희가 정아에게 손을 뻗었다. 그러자 정아가 그의 손을 꼭 쥐고 이모 부부에게 손을 흔들었다.

「다녀올게요.」

「응.」

은진과 제임스가 웃으며 손을 흔들었다. 둘은 곧 돌아올 정아가 잠깐 나가는 것도 아쉬워서 한참 둘의 뒷모습을 보고 있었다.

해변으로 나와 보니 파도가 무척 잔잔했다. 신희가 밤바다를 걸으며 정아에게 말했다.

"두 분 다 좋은 분이시네."

"그렇죠?"

"응. 이모부님 엄청 나 관찰하시더라. 지금이라도 결혼 무르라고 하실까 봐 겁났어."

"그런가……."

고개를 갸우뚱하던 정아가 문자가 와서 반짝거리는 핸드폰을 잠시 열었다. 그러더니 제자리에 서서 웃음을 터트린다. 신희가 의아해하며 물었다.

"왜?"

제임스가 보낸 문자였다. 'Pass'라고 쓰여 있다.

"오빠 합격인가 보네요."

"와……. 나 지금 진짜로 안심된다. 나 아까 진짜 긴장했어."

신희가 가슴을 쓸어내리는 시늉을 하더니 유쾌하게 웃었다. 그들의 앞에 끝없이 긴 해변이 펼쳐져 있었다. 파도 소리를 들으며 둘은 한동안 침묵을 즐겼다. 바닷가에서 산책을 하다가, 은진에게서 디저트를 준비했으니 돌아오라는 연락이 왔다. 집으로 돌아가기 전, 정아가 신희의 손을 더욱 꼭 쥐고 바다를 바라보며 말했다.

"바다를 보면 가끔씩, 내가 어른이 되기까지 얼마나 많은 좋은 사람들이 필요했었나. 그런 생각을 해요."

"음……."

"태진 쌤도 이모랑 이모부도. 문학관이 있던 곳에 할머니들이랑."

정아가 신희를 올려다보며 별빛처럼 반짝이는 눈웃음을 지었다.

"오빠도."

"……."

"그래서 나도 그런 좋은 사람이 되려고요. 나 하나가 다친 아이를 낫게 할 순 없겠지만."

"……."

"그런 스쳐 지나가는…… 좋은 어른 중에 한 명이 되고 싶어요."

정아의 말에 신희가 잠시 후, 부드럽게 웃으며 대답했다.

"그래. 우리 그러자."

그의 대답이 마음에 들었는지, 정아가 손을 놓고 신희에게 팔짱을 끼며 꼭 달라붙었다. 둘은 아무래도 결혼 참 잘한 것 같다고 생각하며, 밤바다를 걸어 집으로 향했다.

작가 후기

안녕하세요! 기진이라고 합니다.

10월 초 출간을 앞두고 작가 후기를 쓰고 있습니다.

이번 '바다는 창문을 열고'를 쓰는 동안, '내가 쓸 수 있는 한 가장 착한 사람들 이야기를 써 보자.' 이렇게 생각했었습니다.

그런데 마지막으로 원고를 확인해 보니, 정아도 신희도 그렇게 세상에 다시없을 정도로 유별나게 착한 사람들은 아닌 것 같기도 합니다. 아무래도 쓰고 있는 사람의 한계인 것 같습니다!

둘 다, 정아가 바란 것처럼 그저, '스쳐 지나가는 좋은 어른 중에 한 명' 정도의 사람들이 아닐까 싶습니다.

내일도 모레도 저는 무언가를 쓰겠지만, 이렇게 마음껏 착한 사람들의 이야기를 쓰자는 한 가지 마음으로 쓰는 글이 또 있을

지는 잘 모르겠습니다.

이런 억지스러운 마음으로 쓴 글을 읽어 주신 지극히 소중한 독자님들께 감사드립니다.

후기를 쓰고 있는 지금은 추석이 막 지나 가을바람이 불고 있습니다!

이번 겨울, 감기 조심하시고 언제나 행복하시기를 바랍니다.

감사합니다!

기진 드림

바 창
다 문
는 을 고

열

1판 1쇄 찍음 2016년 10월 4일
1판 1쇄 펴냄 2016년 10월 11일

지은이 | 기　진
펴낸이 | 정　필
펴낸곳 | **(주)뿔미디어**

기획 · 편집 | 박경희, 고수민

출판등록 | 2002년 9월 11일 (제1081-1-132호)
주소 | 경기도 부천시 원미구 소향로 17, 303(두성프라자)
전화 | (032)651-6513 / 팩스 032)651-6094
E-mail | scarlets2012@hanmail.net
블로그 | http://blog.naver.com/dahyangs
홈페이지 | http://bbulmedia.com

값 9,000원

ISBN 979-11-315-7469-0 03810